I0694432

VICTORIA DAHL

Lo que HACEN los Chicos Malos

Editado por Harlequin Ibérica.
Una división de HarperCollins Ibérica, S.A.
Núñez de Balboa, 56
28001 Madrid

© 2011 Victoria Dahl
© 2017 Harlequin Ibérica, una división de HarperCollins Ibérica, S.A.
Lo que hacen los chicos malos, n.º 122 - 15.3.17
Título original: Bad Boys Do
Publicada originalmente por HQN™ Books

I.S.B.N.: 978-84-687-9096-1
Depósito legal: M-41313-2016

Agradecimientos

Quiero dar las gracias a Jennifer Echols por su conocimiento del mundo universitario y de los estudiantes de posgrado. Al no haberme doctorado, necesitaba echar un vistazo a lo que se escondía entre bastidores. También quiero agradecerle a Amy el que haya hecho todo lo posible para mantenerme cuerda durante todo este tiempo. Lamento que haya recaído sobre ti esa responsabilidad a lo largo de todo el año. Y mis más enormes gracias a Tara por su maravilloso apoyo.

Y, como siempre, familia de Twitter, sois los mejores comentaristas virtuales que una mujer puede desear. Habéis hecho una gran labor distrayéndome del estrés, por no hablar del trabajo. Pero, por una vez, también me habéis ayudado a concentrarme, así que quiero dar públicamente las gracias a todos los amigos del Twitter #1k1hr. Y gracias también a Jared por haber empezado la conversación sobre la falda escocesa.

Mi marido me ha ayudado a llegar hasta el final de esta novela, que no habría podido escribir sin él. Y, chicos, os prometo unas magníficas vacaciones para compensar los días que he pasado encerrada en mi dormitorio con el café y el ordenador portátil.

Y, en último lugar, sin que por ello sean menos importantes, quiero dar las gracias a mis lectores. Sin vosotros, yo no escribiría. Sois vosotros los que hacéis posibles mis libros.

Esta novela está dedicada a Amy, mi maravillosa agente. Gracias por estar siempre a mi lado.

Capítulo 1

Aquello no era un club de lectura; era una cacería.

A Olivia le costaba creer que hubiera terminado allí. En realidad… ni siquiera podía creer que se hubiera metido sin pensárselo en una cosa así. Había leído el libro recomendado dos veces. Había entresacado los temas de discusión más importantes. Había tomado notas detalladas, había marcado las páginas. Y, al final, antes de entrar en la cervecería, se había pasado diez minutos en el coche, preparándose para su primera incursión en un encuentro exclusivo para mujeres.

«Son mujeres como yo», se había asegurado a sí misma. «No tengo por qué estar asustada. Encajaré sin problemas en el grupo porque todas tenemos el libro en común».

Y allí estaba en aquel momento, sentada en la cervecería Donovan Brothers, escuchando a siete mujeres hablando de sus citas y de sus aventuras sexuales. Y Olivia, que no tenía citas ni aventuras sexuales que aportar, permanecía sentada sin decir ni mu, aferrada al libro seleccionado por el club de lectura con dedos tensos.

Y no porque no hubiera tenido amigas. Había tenido una amiga íntima en el colegio. Y otra en la universidad. Y después… después había tenido a su marido. Su ex era lo más parecido a un amigo íntimo que había tenido durante los últimos diez años y Víctor había fracasado estrepitosamente en aquel aspecto. Necesitaba amigas, y las necesitaba rápido.

Cuando Gwen Abbey la había invitado a unirse al club de lectura, Olivia se había sentido halagada y aliviada.

Pero debería habérselo imaginado. Gwen no era la clase de persona a la que le gustara hablar sobre literatura. Por supuesto, era una mujer inteligente, pero su atención revoloteaba como un colibrí después de haberse tomado un café expreso. Podía leer un libro, pero Olivia no la imaginaba pasando dos horas hablando de él.

—Me alegro mucho de que hayas venido —susurró Gwen, pasándole el brazo por los hombros y apretándola un instante—. ¿No te parece muy divertido?

—¡Sí! —contestó Olivia, sintiendo los dedos entumecidos contra la cubierta del libro.

Deseó con todas sus fuerzas no haber pegado tantas notas entre las páginas. Ondeaban como banderines azules bajo el aire del ventilador del techo.

—¿No te parece increíble lo guapo que es?

Olivia miró hacia la barra donde un hombre muy joven y muy atractivo iba llenando los vasos en el grifo de cerveza. Era Jamie Donovan, por lo que le habían dicho. Su saludo de bienvenida había desatado risitas nerviosas en toda la mesa minutos antes. A las risas les habían seguido promesas, o amenazas, sobre lo que aquellas mujeres harían si pudieran quedarse a solas con Jamie Donovan durante unos minutos. «Buscar lo que esconde debajo de la falda escocesa» había sido el referente común.

—¿Entonces él es la razón por la que quedáis en esta cervecería? —aventuró Olivia, acercándose a Gwen.

—Pues claro. No hay ningún motivo por el que no podamos disfrutar de una agradable vista mientras pasamos el rato. Además, Marie, Alyx y Carrie están casadas, así que este es un lugar seguro para divertirse coqueteando un poco. Pueden babear con Jamie y fantasear. Después sus maridos se benefician cuando vuelven a casa. ¡Así que todo el mundo queda contento!

—¡Genial! —contestó Olivia con fingido entusiasmo.

Pero estaba harta de fingir entusiasmo. ¿Por qué no podía entusiasmarse sin necesidad de fingir? Por supuesto, aquello no era lo que esperaba y a Olivia le gustaba saber en dónde se metía. Hacía planes. Listas. Creía que, en la vida, había que medir dos veces antes de cortar. Pero ni todas las medidas y prevenciones del mundo habían conseguido que su matrimonio funcionara. Necesitaba soltarse un poco.

Y, la verdad fuera dicha, se sintió mejor al saber que algunas de aquellas mujeres estaban casadas. Si de lo que se trataba era de divertirse, y no de ligar, ella también podía participar. O, por lo menos, podía intentarlo.

—Aquí viene —susurró Gwen—. Y parece que tenemos suerte…

—¡Jamie! —exclamó una de las mujeres—. ¡Te has puesto la falda escocesa para nosotras!

El atractivo camarero, un hombre de pelo rubio oscuro y despeinado, les guiñó el ojo. A todas.

—Es el primer miércoles de mes. No habréis pensado que podía olvidarme del encuentro del club de lectura, ¿eh?

Si las risas podían ser estridentes, aquellas, desde luego, lo fueron. Con toda la sutilidad de la que fue capaz, Olivia se cubrió un lado de la cara con la mano para poder ver la famosa falda y no pudo negar que le quedaba bien. Entre el dobladillo de la falda oscura y el principio de las botas quedaba al descubierto una adorable porción de pierna bronceada salpicada con el delicado brillo del vello dorado. La falda no era de cuadros. Parecía de lona negra. El pecho lo llevaba cubierto por una vieja camiseta marrón en la que apenas podía distinguirse el logo de Donovan Brothers.

Era un hombre maravilloso. Olivia no podía negarlo.

Jamie continuó avanzando desde su mesa para servir la bebida a otro grupo reunido en otra parte del bar. No hubo gritos procedentes del otro extremo del bar. Los hombres estaban concentrados en un partido de béisbol que emitían en una enorme pantalla de televisión. Ni siquiera prestaron atención a las piernas desnudas de Donovan. Por su parte, las mujeres del club de lectura estiraron el cuello sin ningún pudor. Olivia se hundió un poco más en la silla.

—¿Cuánto tiempo lleváis reuniéndoos aquí? —le preguntó a Gwen.

—Cerca de un año. Antes solíamos reunirnos en un Starbucks. La verdad es que el club estaba a punto de morir. Nadie tenía tiempo de leer y de reunirse después. Pero ahora tenemos un cien por cien de asistencia.

—¿Y la lectura? —presionó Olivia.

Pero no obtuvo respuesta porque Jamie Donovan había vuelto a aparecer con una enorme sonrisa. Su pelo le pareció más oscuro en aquel momento, pero las luces del ventilador del techo lo teñían de oro.

—¡Feliz miércoles, señoras!

Gwen sonrió de oreja a oreja.

—¿No querrás decir «feliz día de la joroba»?

—Vamos, Gwen, soy un chico educado. Deberías avergonzarte de ti misma.

—Me encantaría poder avergonzarme de mí misma. ¿Quieres ayudarme?

Por un instante, Olivia pensó que Gwen había ido demasiado lejos. Que había ofendido a aquel camarero. Él estaba trabajando. Le tocó el brazo a su amiga, intentando presionar para que se disculpara, pero Jamie soltó una sonora carcajada.

—Muy bueno —reconoció entre risas—. ¿Lo traías preparado?

–Es posible –contestó Gwen.

–Me siento halagado. ¿Os traigo lo de siempre? ¿Una jarra de India pale ale y otra de ámbar?

Todas se mostraron de acuerdo, pero cuando Jamie comenzó a volverse, Olivia se aclaró la garganta.

–Perdona, ¿a mí podrías traerme una botella de agua?

–Por supuesto –respondió, empezando a volverse, pero cuando posó en ella la mirada, se enderezó–. ¡Ah, hola! ¿Eres nueva en el club?

Al saber que su sonrisa iba dirigida a ella, Olivia enmudeció. Entreabrió los labios. De ellos no salió un solo sonido.

–Esta es Olivia –la presentó Gwen.

–Hola, Olivia.

¡Dios santo! ¿Cómo era capaz de hacer que las sílabas de su nombre sonaran como un beso? Un beso profundo, lento. Olivia se estremeció.

Jamie Donovan bajó la mirada. Y arqueó las cejas.

–¡Vaya! Mira eso.

La indignación la invadió al oír sus palabras. ¿Cómo se atrevía a mirarle los senos como si…?

Pero Jamie hizo un gesto con la mano.

–Parece que tú sí sabes cómo se supone que funciona un club de lectura. Las demás deberíais tomar nota.

El calor encendió las mejillas de Olivia mientras bajaba la mirada hacia su subrayado ejemplar de *El último mohicano*. Las otras mujeres comenzaron a abuchear a Jamie y a lanzarle servilletas arrugadas. Por supuesto, no estaba mirando sus senos. Ni siquiera se había fijado en ella antes de comenzar a volverse hacia la barra. Olivia se inclinó para guardar el libro en el bolso.

–Yo vi la película –comentó la mujer que estaba sentada a su lado–. Es increíble. Una historia magnífica.

–Desde luego. La verdad es que me alegro de haberla leído. Aunque no vayamos a hablar de ella esta noche –

desvió la mirada hacia Gwen–. ¿Por qué me dijiste que estabais leyendo *El último mohicano*?

Gwen se encogió de hombros.

–Porque si te hubiera dicho que solo íbamos a tomar una copa y a pasar el rato no habrías venido, ¿o no tengo razón?

Olivia quería indignarse ante aquella mentira, pero Gwen tenía razón. Lo bueno de un club de lectura era que le proporcionaba a Olivia algo de lo que hablar. Había pensado que podría ayudarla a amortiguar la incomodidad que solían producirle las conversaciones con otras mujeres. Pero en aquel momento estaba allí y aquello era lo que se había propuesto.

–Tienes razón –contestó–, así que, gracias.

La conversación sobre *El último mohicano* condujo a seguir hablando de películas en las que actuaban hombres atractivos e incluso Olivia pudo hacer alguna contribución. Había estado casada, pero no ciega. Y tampoco estaba ciega cuando Jamie volvió a la mesa con las cervezas. Bastaron sus antebrazos desnudos para despertar su atención. Eran unos brazos fuertes y viriles. Todavía seguía mirándolos cuando apareció un vaso de agua ante ella.

–Su vaso, señorita Olivia –le dijo, dirigiéndose a ella como si fuera una profesora. Y lo era. ¿Sería una coincidencia o se le habría pegado el olor de los rotuladores de pizarra?–. Y también un vaso para la pinta, supongo –deslizó un vaso vacío al lado del agua.

A Olivia no le gustaba la cerveza, pero en aquel momento no podía interesarle más.

–Por supuesto –contestó, y los ojos verdes de Jamie chispearon.

¡Dios santo! ¿Sería capaz de hacer eso a voluntad? Aquella mirada era un arma letal. Olivia desvió la mirada intentando protegerse y mantuvo los ojos bajos hasta que se fue. Aquel hombre era belleza y simpatía en estado puro. Una simpatía que no discriminaba objetivos. Un rasgo divertido para chicas acostumbradas a disfrutar de aventuras de una noche, pero, desde luego, no era algo por lo que ella debiera sentirse halagada. Lo sabía por propia, y dolorosa, experiencia.

Pero sí se sentía halagada por el hecho de que Gwen se hubiera tomado la molestia de engañarla para que asistiera. Bastó aquello para hacerla sonreír mientras bebía un sorbo de la más clara de las dos cervezas. Pero aquella claridad ocultaba un sabor amargo y tuvo que disimular una mueca. A lo mejor podía convencer al grupo para que salieran a tomar un martini en otra ocasión. Sin embargo, a medida que fue avanzando la velada, fue acostumbrándose a aquel brebaje. Aquella cervecería no era como esos bares en los que los varones se agrupaban como los hombres de las cavernas. Era un espacio seguro y acogedor y Olivia descubrió que le gustaba. Incluso llegó a beberse medio vaso de aquella repugnante cerveza y, para cuando se disculpó para ir al cuarto de baño, sentía un zumbido muy agradable en la cabeza.

Aquello iba a formar parte de su nueva vida. Un club de lectura sin libros. Mujeres que disfrutaban de su compañía. Y hombres encantadores dispuestos a atenderla. Bueno, por lo menos, un hombre encantador.

De pie ante el espejo, Olivia se retocó el brillo de labios, parpadeó varias veces para humedecer las lentes de contacto y se alisó su nuevo peinado, una media melena. Había estado a punto de probar un nuevo color de pelo, pero, en aquel momento, se alegraba de no haberlo hecho. Porque aquella noche quería ser una mejor versión de sí misma. Más madura, más sabia y más segura. Algo más segura. Pero no tanto como para no sobresaltarse como un conejo asustado cuando al salir del cuarto de baño tropezó con Jamie Donovan.

—¡Ay, lo siento!

Alargó la mano como si quisiera apuntalar el barril de cerveza que se balanceaba sobre el hombro de Jamie. Pero Jamie la rodeó y dejó el barril en el suelo, detrás de la barra.

—¿Quieres otra cerveza? —le preguntó.

—¡No! —contestó ella con tanto énfasis que Jamie arqueó las cejas—. Quiero decir que no... estoy bien, gracias.

—No te gusta la cerveza, ¿verdad?

Olivia le miró avergonzada.

—No, lo siento. No pretendo despreciar tu trabajo ni nada por el estilo...

—Bueno, creo que mi autoestima sobrevivirá —aquella vez, la sonrisa de Jamie fue más natural, pero no por ello menos deslumbrante.

—El problema es que me resulta demasiado amarga. Nunca me ha gustado. Por muy suave que sea...

Jamie desvió la mirada hacia la mesa del club de lectura.

—¿Cuál has probado esta noche?

—La más clara. La India pale ale.

—Ese ha sido tu error. Una cerveza clara no siempre es sinónimo de suave. La India pale ale tiene un fuerte sabor a lúpulo. Se le añadía una dosis de lúpulo para conservarla cuando se enviaba en barco a la India, de ahí su nombre.

—¡Ah, claro!

Gwen asintió como si de verdad lo comprendiera. Pero la verdad era que había probado todo tipo de cervezas a lo largo de su vida y no le había gustado ninguna.

—Prueba la cerveza ámbar —sugirió Jamie.

—Vale —comenzó a volverse, pero Jamie alzó un dedo para detenerla.

—Toma —le sirvió un vaso muy fino que parecía como el primo mayor de un vaso de chupito. Olivia miró el líquido dorado oscuro con inquietud. En realidad, no tenía la menor intención de probar la cerveza ámbar, pero a lo mejor él se había dado cuenta.

—Adelante —insistió Jamie—. Te prometo que es más suave que la pale ale.

Encogiéndose de hombros con un gesto de resignación, Olivia tomó el vaso y bebió un sorbo. Estaba ya haciendo una mueca cuando se dio cuenta de que no estaba tan mala.

—Vaya.

—¿Lo ves? Te lo he dicho.

Una sonrisa de placer marcó las líneas de expresión de sus ojos y Olivia se dijo que el calor que fluía dentro de ella era producto de la cerveza.

—¡No, no! —protestó cuando le vio servir un vaso de cerveza de color chocolate—. De ninguna manera.

—¿No confías en mí?

No podía estar preguntándolo en serio. ¿Quién demonios iba a confiar en un hombre como aquel, con aquellos chispeantes ojos verdes? De hecho, le resultaba ofensivo que estuviera coqueteando con ella como si de verdad pretendiera hacerlo. Como si ella pudiera tragarse que un joven como él pudiera sentirse atraído por una mujer de treinta y cinco años como ella. ¿Pensaría que estaba tan desesperada como para creerse una cosa así?

Olivia alzó la barbilla y le quitó el vaso de las manos, ignorando el roce de sus dedos.

—No confiaría en ti ni en un millón de años —contestó. Aun así, bebió un generoso trago de cerveza y se sorprendió al ver que no le lloraban los ojos. La verdad era que estaba bastante... suave—. De acuerdo, no está mal.

—¿Alguna vez te he mentido?

Olivia no pudo evitar echarse a reír. Agarró los dos vasitos de cerveza y se alejó de allí. Cada mirada de aquel tipo era una mentira, pero una mentira agradable por lo menos. Aun así, sabía que no debía permitirse disfrutar de sus mentiras en exceso. Ya había caído en eso en otra ocasión. Probablemente, aquello era lo único que Jamie Donovan tenía en común con Víctor, su exmarido. Su especial encanto.

De modo que le resultó fácil dar media vuelta para regresar con su grupo de mujeres. Sin embargo, Gwen decidió ponerle las cosas difíciles.

—Vaaaya —dijo, alargando las sílabas cuando Olivia se sentó—. Se te veía muy cariñosa con Jamie.

—No es cierto. Solo estaba dándome a probar una cerveza. Eso es todo.

Gwen tamborileó los dedos sobre uno de los vasos.

—Dos cervezas.

—Sí, dos cervezas. ¿Eso significa algo? ¿Hay un código secreto relacionado con las cervezas en Donovan Brothers? ¿Es como el lenguaje victoriano de las flores o algo parecido?

Gwen se derrumbó sobre la mesa, riendo a carcajadas tan fuertes que terminó resoplando.

—Espero que no tengas que conducir.

—¡Qué va! Vivo a cuatro manzanas de aquí.

—Puedo llevarte yo a casa —se ofreció Olivia.

Gwen siempre le había caído bien, pero no habían comenzado a hablar entre ellas hasta que se había hecho público el divorcio de Olivia. Durante el año anterior, habían quedado para comer juntas una media docena de veces y Gwen le había confesado que a ella tampoco le resultaba fácil hacer amigas. Había señalado su cuerpo con un gesto que lo explicaba todo. Gwen era una rubia natural de largas piernas y atributos dignos del póster central de una revista. No era la clase de amiga que una mujer llevaba a casa para que conociera a su marido. Pero Olivia ya no tenía marido. Y prefería salir a comer con Gwen que volver a pensar en la posibilidad de una cita.

Al final, Gwen se irguió en la silla y se secó las lágrimas de los ojos.

—Deberías darle caña —dijo, señalando hacia la barra.

—Sí, claro. Seguro que soy su tipo.

—Creo que «su tipo» son las mujeres en general y tú estás dentro del grupo. Me parece que ese chico es una opción muy agradable para volver al mercado del sexo.

—Pensaba que se trataba de volver al mercado de las citas.

Gwen sacudió la cabeza.

—Tienes todo un mundo nuevo ante ti, Olivia.

—Mira, lo sé todo sobre ese mundo nuevo y no tengo ningún interés en convertirme en una asaltacunas, gracias.

—Ya has sido una esposa trofeo. ¿Por qué no probar la otra cara de la moneda?

Olivia se terminó una de las muestras de cerveza.

—Yo no era una esposa trofeo. No tengo los atributos necesarios para ello —miró los senos de Gwen arqueando una ceja con un gesto elocuente.

—Sí, pero Víctor tenía doce años más que tú, ¿verdad? Así que ahora te toca a ti ser la más joven.

Aunque negó con la cabeza, Olivia desvió la mirada hacia Jamie.

—¿Cuántos años tiene, de todas formas?

—No estoy segura. ¿Veinticinco? ¿Veintiséis? Todavía está en su primera juventud.

—¡Dios mío! Es solo un bebé.

Pero, al parecer, ella era la única que lo pensaba. Entre risas ahogadas, una de las mujeres se acercó al billar y metió las dos monedas que hacían falta para una partida. Olivia la miró, confundida por su exagerada alegría, hasta que la mujer, ¿se llamaba Marie?, se irguió y miró hacia la mesa con el ceño fruncido.

—¡Jamie! —gritó—. La mesa de billar está llena.

Jamie rodeó la barra, secándose las manos en un trapo de cocina.

—Se ha tragado las monedas, pero no ha salido ninguna bola —le explicó Marie.

—Bueno, será mejor que le eche un vistazo.

Se echó el trapo al hombro y se agachó y Olivia comprendió por fin de qué iba todo aquello. La falda escocesa se le levantó un poco, mostrando algunos centímetros de su musculoso muslo y, aunque a Olivia le pareció una treta de lo más infantil, ella miró como todas las demás. Se preguntó cómo sería el tacto de aquellos muslos. Seguro que eran duros. Fuertes. Y seguro que sería una delicia saborearlos.

Jamie le dio un puñetazo al mecanismo de las monedas y tiró varias veces de él. Sus músculos se tensionaban y se relajaban con cada movimiento.

¡Dios santo!

—¡Ah! Aquí está el problema —dijo Jamie—. Has metido una moneda de cinco centavos.

—¡Ay, qué tonta!

Jamie le tendió la moneda y comenzó a levantarse, pero recorrió la habitación con la mirada hasta cruzarla con la de Olivia. Arqueó las cejas al tiempo que bajaba la mirada hacia sus rodillas desnudas.

—Nos ha pillado —susurró Gwen, mientras las dos volvían la cabeza hacia la mesa.

—Marie no debería haber hecho eso —replicó Olivia—. Y nosotras no deberíamos haber mirado.

Gwen apretó los labios para sofocar una carcajada.

—¡Estoy hablando en serio! —insistió Olivia, pero la voz de Jamie, sonando justo tras ella, la interrumpió.

—Es increíble. Cada vez sois más perezosas. Hace cuatro meses ya utilizasteis este truco. ¿Qué tal un poco de originalidad para la próxima vez?

—¡Ay, Jamie! —exclamó la mitad de la mesa con obvia decepción.

—Y procurad no romperme el billar.

Era adorable. Como un cachorro. Pero Olivia mantenía los ojos fijos en la mesa.

—¿Ya estás lista, Gwen?

—¿Para irme? Pero si son solo las ocho.

¿Las ocho? Aquellas dos horas se le habían pasado volando. Se había divertido de verdad. Pero todavía tenía que ir a la compra, poner una lavadora y prepararse para meterse en la cama a las diez y media. Se levantaba todas las mañanas a las seis y media. Sin excepción.

—Sé que soy patética, pero tengo que irme. ¿Estás segura de que no quieres que te lleve a casa? No me gusta la idea de que vuelvas andando.

—Ya encontraré a alguien que me lleve, no te preocupes. Nos veremos mañana en la universidad, ¿de acuerdo?

Olivia agarró el bolso y se levantó para no correr el riesgo de dejarse atrapar otra vez por la conversación. Y, por una vez, la posibilidad de que la atrapara era real. Aquellas mujeres eran simpáticas, amables y divertidas. Ninguna de ellas había sacado el tema del divorcio. No había sido objeto de miradas malintencionadas. Nadie le había preguntado con sarcasmo que dónde estaba viviendo. Parecía caerles bien de verdad.

De hecho, todas expresaron su decepción ante su marcha. Algunas se levantaron para abrazarla antes de que se dirigiera hacia la puerta.

—Entonces, ¿cuál será el libro del mes que viene? —preguntó Olivia, haciéndolas reír a carcajadas.

—¡El *Kama Sutra*! —gritó una de ellas.

Y Olivia cedió a la tentación de enseñarles el dedo índice. Respondió con una risita a sus carcajadas de indignación y se dirigió hacia la puerta. Por supuesto, allí estaba Jamie Donovan, con la mano en el picaporte.

—Te lo recomiendo con entusiasmo —dijo mientras mantenía la puerta abierta, dejando entrar una ráfaga de aire frío—. El *Kama Sutra*, quiero decir.

—Estaba de broma —le aclaró Olivia.

—Yo no.

Olivia se vio envuelta en una extraña mezcla de alegría y pura vergüenza, pero no quería limitarse a sonrojarse y pasar de largo. Así que optó por aceptar su desafío y recorrerle de los pies a la cabeza con la mirada. Estaba adorable, sosteniéndole la puerta con el brazo estirado.

—Mucho hablar, pero… —dijo mientras pasaba por delante de él con una confiada sonrisa, intentando ignorar cómo temblaban las notas del libro, sacudidas por el viento.

—Buenas noches, Olivia —gritó Jamie tras ella—. Te veré el mes que viene.

Y era muy posible que lo hiciera, se dijo Olivia.

Capítulo 2

Jamie Donovan miró receloso a su alrededor mientras cruzaba el campus. No había muchas posibilidades de que se encontrara con alguien de su familia. Su hermano y su hermana estaban trabajando en la cervecería y hacía mucho tiempo que habían terminado sus respectivas carreras universitarias. Él también se había graduado mucho tiempo atrás, pero había vuelto a la universidad y entraba en el campus a hurtadillas, como si fuera una chica que se hubiera saltado la hora de llegar a casa.

No sabía por qué se ponía tan nervioso. A nadie, y menos aún a sus hermanos, le había importado que hiciera un curso sobre el control de alimentos y bebidas. Les había sorprendido, sí, pero de forma favorable. Al fin y al cabo, él era el garbanzo negro de la familia. El único que no se tomaba nada en serio y sacaba siempre las notas raspadas. Por eso tenía tanto miedo. Si uno intentaba algo podía fracasar y Jamie tenía todo un historial de fracasos.

Consiguió encontrar la clase sin problema y sintió una ligera decepción al entrar. Esperaba encontrarse con un aula de cocina con todo tipo de electrodomésticos y amplias zonas para la preparación de alimentos. Pero aquello no era un aula de cocina y la clase tenía el aspecto de una sala de conferencias: asientos en pendiente, paredes grises, una pizarra blanca y un ordenador en la mesa del profesor. Y solo unos cuantos estudiantes hasta entonces. Miró el reloj. Todavía faltaban diez minutos. Estaba tan nervioso que había llegado muy pronto.

Decidió sentarse en la parte de atrás del aula y sacó el teléfono para revisar los mensajes recibidos. Pero no tenía nada. Cuando surgía algún problema en la cervecería, todo el mundo le consultaba a su hermano mayor, Eric. Y Tessa, su hermana, solo le llamaba cuando él se metía en líos, algo que no tenía que hacer bajo ningún concepto. Había sido bueno. Muy bueno. Mejor de lo que todo el mundo pensaba. Ni siquiera aquel desastre que había ocurrido dos meses atrás con Mónica Kendall había sido culpa suya.

Bueno, técnicamente sí había tenido la culpa, pero estaba intentando hacer las cosas bien. Aunque ni siquiera se había tomado la molestia de contarlo. No, había ido demasiado lejos como para intentar justificarse mediante explicaciones. Necesitaba cambiar de vida y aquellas clases iban a ayudarle a hacerlo.

Miró de nuevo el reloj y abrió el ordenador portátil, preparándose para tomar notas. Esperaba con todas sus fuerzas que aquel curso fuera tan práctico como prometía su descripción. Porque si comenzaban a contarle la historia socioeconómica de los restaurantes tendría que largarse. No había reorganizado todo su horario de trabajo para comprender el lugar que ocupaba en la historia de la restauración. Tenía un proyecto que sacar adelante. Tenía grandes planes.

La puerta que tenía tras él se abrió y Jamie alzó la mirada al ver que alguien entraba. Y volvió a mirar.

No podía ser.

La sorpresa inicial dio paso a una sonrisa de placer. Era aquella mujer tan puritana del club de lectura. Amelia. No, Olivia. Sí, eso era. Aquel día parecía incluso más conservadora, con un vestido gris y una chaqueta de punto de color azul. El pelo lo llevaba tan peinado y brillante como la vez anterior, pero se había puesto también unas gafas pequeñas de montura negra. Era tan… pulcra. A Jamie le entraron unas ganas casi irresistibles de revolverle el pelo, como le había pasado la noche que la había visto en la cervecería. Comparada con las mujeres del club de lectura le había parecido fría, elegante y reservada.

Antes de que tuviera oportunidad de ceder a la tentación de revolverle el pelo, pasó por delante de él. Y fue una suerte, porque podía imaginar cómo habría reaccionado en el caso de que hubiera alargado la mano para tocarla.

Estuvo a punto de soltar una carcajada, pero le distrajo el hecho de que Olivia no se sentara en los asientos destinados a los alumnos, sino que continuara avanzando hasta la mesa que había en la parte delantera de la clase y dejara allí los papeles y el ordenador portátil.

¡Mierda! La puritana señorita Olivia era su profesora.

En realidad, no pretendía nada cuando había estado coqueteando con ella la semana anterior, pero deseó haberse esforzado más. Porque no recordaba haber vivido una situación tan excitante.

Olivia se ajustó las gafas y se alisó la chaqueta. Jamie se fijó en lo delgada que parecía con aquel vestido. No era una mujer pequeña; si no recordaba mal, tenía una altura media. Debía de andar por el uno sesenta y cinco, pero la delgadez de sus caderas y la delicadeza de sus brazos la hacían parecer más pequeña. Y no porque no fuera una mujer dura. Su mirada no había vacilado un instante cuando se había despedido de él.

Aquellos mismos ojos estaban recorriendo el aula, pero no parecieron fijarse en Jamie. Él intentó no sentirse ofendido.

—Bienvenidos al curso de Desarrollo y Dirección en Restauración —dijo con una voz que resonó con claridad en el aula—. Me llamo Olivia Bishop. Parece que tenemos una buena mezcla de estudiantes, como suele ocurrir durante los cursos de verano. Algunos de vosotros ya sois propietarios de restaurantes. Otros estáis empezando a darle vueltas a la idea de montar uno, y seguro que algunos solo venís a disfrutar del aire acondicionado.

Resonaron las risas en la habitación y el propio Jamie se descubrió sonriendo de oreja a oreja, como si, de alguna manera, también él fuera responsable del buen hacer de Olivia.

—Como esta es una asignatura abierta a estudiantes no universitarios, será bastante tranquila. Pero, por favor, recordad que cuando imparto la asignatura, no lo hago para entregar una nota. Estudiar esta asignatura os brindará una oportunidad de aumentar vuestros conocimientos y, quizá, de comenzar a trabajar en el sueño de abrir un restaurante. Más adelante, os invitaré a hablar de lo que cada uno de vosotros espera de esta sesión. Pero comenzaremos aportando información que pueda seros útil a todos. Así que, vamos a empezar, ¿de acuerdo?

Encendió la pantalla del ordenador y comenzó a exponer una estadística del número de restaurantes que había en el mundo real. Jamie se relajó. Aquello era justo lo que estaba buscando. Él tenía muchas ideas, pero necesitaba comprender hasta qué punto eran prácticas.

El hecho de que fuera Olivia la que le diera la clase iba a ser un extra.

Fue tecleando las notas en el ordenador y solo muy de vez en cuando se tomó algún descanso para alzar la mirada y deslizarla por las piernas de Olivia. Esta iba calzada con zapatos planos, pero a Jamie no le costaba nada imaginar aquellas piernas con unos zapatos de tacón y un vestido corto de color negro. ¿Se vestiría alguna vez de aquella manera? El día que había ido a la cervecería llevaba unos pantalones negros y un jersey sin mangas. No era probable que fuera muy aficionada a los vestidos ajustados. Pero había algo en aquella mujer que hacía que quisiera averiguarlo.

Cuando Olivia por fin alzó la mirada hacia él, cuando por fin le descubrió y abrió los ojos como platos, sintió una fiera punzada de interés. Y cuando comenzó a tartamudear y perdió el hilo de la clase, su interés aumentó hasta convertirse en algo más sólido. Al fin y al cabo, no era la primera vez que conseguía ponerla nerviosa.

A lo mejor Olivia Bishop no era una mujer tan fría y serena como ella misma pensaba.

¿Habría sufrido algún daño cerebral por culpa de la cerveza negra? ¿Cómo podía explicarse si no que estuviera viendo a Jamie Donovan sentado en su clase?

No era tan raro, intentó decirse a sí misma mientras tragaba con fuerza por décima vez en un minuto. Era socio de una cervecería. ¿Por qué no iba a estar allí? Pero la lógica no podía impedir que su mente saltara como un CD rayado. Y no ayudaba mucho el que Jamie estuviera sonriendo como si supiera lo nerviosa que estaba.

Debería haberse fijado en su nombre al leer la lista, pero la había repasado dos semanas atrás, antes de la excursión a la cervecería. De modo que allí estaba, enfrentándose a Jamie Donovan sin advertencia alguna.

Olivia se alisó la chaqueta. Se agarró después al delicado algodón de su vestido favorito, pero se obligó a soltarlo para no terminar arrugándolo de forma irremediable.

—Eh, bueno. Por lo que respecta al porcentaje de fracaso durante el primer año, oiréis que se arrojan muchas cifras, pero no significan nada a no ser que... eh... a no ser que estudiemos de cerca los motivos en cada fracaso.

Retomó por fin el hilo y consiguió superar los noventa minutos de clase con algunos vestigios de su dignidad intactos. Cada vez que miraba de forma accidental hacia

Jamie, le veía tecleando con diligencia en el ordenador, tomándose la clase en serio, por lo menos en apariencia. Aquello la ayudó a relajarse, pero la relajación desapareció en un segundo cuando terminó la clase y Jamie comenzó a bajar las escaleras en vez de subirlas.

Gracias a Dios no llevaba falda escocesa alguna a la que asomarse. Aquel día, llevaba unos vaqueros envejecidos y una camiseta con un Correcaminos descolorido en el pecho.

—¡Hola, señorita Olivia!

—No me llames así —le pidió.

Jamie arqueó las cejas.

—Señorita Bishop entonces. Creo que me gusta. Me entran ganas de traerte una manzana.

Olivia no pudo evitar el sonrojo que le cubrió las mejillas, así que se puso a remover los papeles que tenía encima de la mesa, dejando que la media melena cayera hacia delante.

—Estamos en un curso de verano, no es una clase estrictamente académica. Puedes llamarme Olivia.

—De acuerdo, Olivia.

Al igual que la última vez, hizo que su nombre sonara como algo sensual. Olivia se aclaró la garganta.

—¿Vienes a clase por la cervecería?

—Sí, estoy intentando actualizarme un poco.

—¿Y qué te ha parecido la primera clase? ¿Te ha parecido útil?

—Ha sido genial, de verdad. Me preocupaba que fuera una pérdida de tiempo. Que terminara siendo demasiado teórica para lo que yo necesito. Eres… increíble.

Aquello la hizo alzar la cabeza.

—¿Sí?

—Sí. Llevas las riendas de la clase, pero lo haces de una forma muy sutil. Aportas mucha información, pero no eres rígida.

–Gracias.

–Y –se inclinó hacia ella–, eres, con mucho, la profesora más guapa que he tenido.

Olivia dejó caer los papeles, se enderezó en la silla y retrocedió.

–Señor Donovan.

–¿Sí?

–Eso no es apropiado.

–Lo sé –su sonrisa se convirtió en un provocativo gesto.

Olivia fingió no sentir el escalofrío que recorrió su cuerpo. Aquella sonrisa no tenía nada que ver con ella. Seguro que ya la había utilizado diez veces aquel día. Era una herramienta, aunque Oliva no estaba del todo segura de qué pretendía arreglar con ella.

–Coquetear en este contexto es de lo más inapropiado.

–¿De lo más inapropiado? Vamos, Olivia. Si apenas eres mi profesora. Ni siquiera tienes que ponerme una nota, así que eso de «lo más inapropiado» me parece una exageración. Pero si te gusta ocupar una posición de poder...

Olivia soltó un grito ahogado y alzó la barbilla.

–Sal conmigo –le pidió Jamie.

–¿Qué? ¡No! ¿Es que no has oído lo que he dicho?

–¿Y has oído tú lo que he dicho yo? Dame una buena razón por la que no podamos tener una cita.

–Eres... –señaló el cuerpo de Jamie con un gesto–. Creo que ni siquiera sería legal. ¿Cuántos años tienes?

–Veintinueve. ¿Y tú? ¿Treinta y uno?

–Treinta y cinco –contestó.

Estuvo a punto de romperse los dientes por la fuerza con la que los apretó cuando Jamie soltó un silbido.

–Treinta y cinco, ¿eh? Podría traer una nota de mi padre, pero mi padre murió hace mucho tiempo. Creo que no le parecería mal que saliera contigo.

Olivia oyó un suave gemido y se dio cuenta de que procedía de su propia garganta.

–No, gracias. Pero te agradezco el ofrecimiento. Ahora, si no te importa, tengo que cambiar de clase.

Era una mentira pura y dura, pero los momentos desesperados exigían medidas desesperadas.

Jamie se encogió de hombros con aquel cuerpo maravilloso, suelto y relajado.

–Si cambias de opinión, dímelo. Ya sabes dónde me siento.

Lo había hecho a propósito. Reconoció el brillo travieso de sus ojos antes de que se volviera para subir las escaleras.

Olivia se había creído a salvo de la tentación de comérselo con los ojos porque no llevaba la falda escocesa, pero su trasero quedó justo al nivel de sus ojos mientras subía las escaleras. Era un trasero de primera. Redondo, tenso y adorable.

Si ella fuera un poco más joven, o un poco menos prudente... Pero no lo era.

Ella solo era Olivia Bishop y estaba aprendiendo a ser feliz siendo tal y como era. No necesitaba ser otra persona. Y Olivia Bishop jamás se acostaría con un alumno. Aunque la hubiera dejado con el cuerpo temblando de excitación.

–Jamás en mi vida –musitó mientras la puerta de la clase se cerraba tras él.

Capítulo 3

Olivia pasó el resto del día cumpliendo con sus obligaciones, tal y como esperaba de sí misma. Limpió su diminuto despacho y archivó los documentos y las notas del semestre de primavera. Llamó al dentista para cambiar una cita que coincidía con una de las clases de la universidad de verano. Después, cruzó el campus para dirigirse a la biblioteca, cargada de libros y trabajos encuadernados. Hacía un día precioso, así que aquella era la única obligación que no le importó. Estaba sonriendo cuando dejó los libros y, después, en vez de dirigirse a la sección de ensayo, revisó la estantería de los últimos superventas y estuvo hojeando libros de ficción. Con el club de lectura, o sin él, le apetecía leer algo más ligero.

Pero aquella pequeña burbuja de relajación fue interrumpida por el tintineo que anunció la llegada de un mensaje de texto.

Hola, cariño. ¿Vas a ir la fiesta de despedida de Rashid esta noche?

¿Cariño? Solo su exmarido podía tener tanto descaro. La había engañado. Se había divorciado de él. Y, aun así, pensaba que podía manipularla con unas cuantas insinuaciones y unas palabritas cariñosas.

Sí, tecleó, dando por sentado que se lo había preguntado porque quería que le transmitiera algún recado. Víctor solía marcharse en cuanto terminaban las últimas clases de primavera. Y Olivia estaba disfrutando de la soleada tranquilidad del campus en verano, sabiendo que no estaba obligada a encontrarse con Víctor.

El teléfono volvió a tintinear.

¿Tienes la dirección?

Olivia dejó caer el libro que sostenía entre las manos. Clavó la mirada en el teléfono mientras el golpe sordo del libro contra el suelo retumbaba en la biblioteca. ¿Qué demonios pretendía? La única razón por la que había aceptado ir a aquella fiesta era que estaba segura de que Víctor no se presentaría allí con una de sus últimas graduadas agarrada del brazo.

No, tecleó, presionando la tecla de envío como si estuviera apretando el gatillo de una pistola mientras jugaba a la ruleta rusa. Contuvo la respiración hasta que el teléfono volvió a tintinear con delicadeza.

No importa. Llamaré a Rashid. Nos veremos allí, Olivia.

Qué canalla. ¿Qué derecho tenía a quedarse en la ciudad cuando se suponía que tenía que estar fuera? ¿Se habría quedado para asistir a aquella fiesta? No creía que fuera importante en la vida de Víctor, pero este parecía aprovechar cualquier oportunidad que tenía para entablar conversación con ella mientras le pasaba el brazo por los hombros a cualquier otra mujer.

Olivia se preguntó a quién llevaría en aquella ocasión. ¿A Allison? ¿O sería una nueva? No importaba. Ella ya no era capaz de distinguirlas.

Había sido él el que la había engañado. Olivia no entendía por qué parecía estar teniendo tantos problemas para olvidarla. Se había revuelto contra ella como si la culpa hubiera sido suya. «No eres divertida», la había acusado, «eres una mujer aburrida. ¿Qué esperabas?». Las chicas con las que estaba saliendo Víctor, al parecer, eran como excursiones al circo: diversión constante y un comportamiento propio de los animales salvajes.

Olivia cerró el mensaje sin responder. Recogió el libro que había caído al suelo y abandonó la biblioteca con un humor muy diferente al que llevaba al entrar en ella. El camino de regreso le pareció en aquel momento de una distancia imposible.

No quería ir a aquella fiesta si también iba a ir Víctor. No soportaba verle. Ya tenía que cruzarse con él cuatro o cinco veces a la semana en el trabajo. No era justo que tuviera que verle exhibir a sus muñecas delante de ella. Ya ni siquiera estaba celosa, pero le fastidiaba que fuera tan grosero.

Ella nunca perdía la compostura. Jamás le había montado una escena. No se dejaba llevar por los impulsos. Era aburrida, como el propio Víctor había dicho. No era divertida. Y lo bueno de tener una exesposa aburrida era que no causaba problemas.

Maldijo a Víctor por aprovecharse de ello.

Con las mandíbulas apretadas por el enfado, cruzó con paso firme el césped y pensó en la última fiesta de la facultad. Víctor había llegado acompañado de una atractiva joven y se había paseado con ella con falsa modestia. Era un engreído y, a veces, a Olivia hasta le costaba creer que se hubiera casado con él. Lo que ella había considerado al principio de su relación un espíritu generoso y extrovertido era la simple necesidad de ser siempre el centro de atención.

El centro de atención. Como Jamie Donovan. En eso podría superar a Víctor.

Olivia trastabilló hasta detenerse. Uno de los zapatos se le salió. Se quitó el otro también y fijó la mirada en las uñas pintadas de rojo asomando entre las briznas de hierba de color esmeralda.

Pero no podía hacer algo así. ¿O sí?

No estaría bien. Era atroz. Inmaduro.

Y lo disfrutaría como pocas cosas, aunque solo fuera durante unos segundos. Víctor se merecía que le diera una lección.

–No –se dijo a sí misma, mientras recogía los zapatos y continuaba andando.

La hierba estaba fresca en contraste con el calor del sol. Se preguntó por qué no se habría quitado antes los zapatos. A veces, relajarse daba buenos resultados.

–Ha sido él el que me ha pedido una cita –se susurró a sí misma.

Pero no le había pedido que le utilizara.

En cualquier caso, no tenía manera de ponerse en contacto con Jamie. Bueno, tenía la lista de clase, pero sería vergonzoso hacer algo así. Implicaría traspasar una línea prohibida. Utilizar la lista de clase para pedir una cita supondría igualar a Víctor en inmoralidad.

Así que, en realidad, no había nada que hacer. Como si no supiera en dónde trabajaba. ¡Ja!

Cuando llegó por fin al coche, Olivia se sentó en el asiento y apoyó la frente en el volante. Fijó la mirada en las motas de polvo que cubrían el velocímetro.

Por una parte, ella nunca había hecho nada parecido: acercarse al lugar de trabajo de un hombre y pedirle salir. Por otra, estaba buscando experiencias nuevas. Nuevas aventuras. Nuevos desafíos.

Pero enfrentarse a un desafío no significaba hacer una estupidez. Y la aventura no era sinónimo de engaño.

Una vez tomada la decisión, condujo hacia su casa, pero, por primera vez, advirtió que su trayecto habitual pasaba a una manzana de distancia de la cervecería Donovan Brothers. No podía verla, pero estaba allí, brillando como un faro. Tentándola.

Soltó una maldición, giró a la derecha y condujo en

dirección contraria a la de su casa. Aquella dirección la llevaba hacia la cervecería, hacia Jamie, y hacia una decisión errónea que la llamaba con tanta fuerza que no podía ignorarla.

Aparcó y miró a su alrededor como si quisiera reconocer el coche de Jamie. Una estupidez. Idéntica a la de salir del coche y cruzar la puerta de la cervecería, pero eso era lo que estaba haciendo, empujada por el deseo de venganza.

Después de haber estado bajo un sol tan intenso, al principio no vio nada. Se adentró en un mundo oscuro y frío que olía a cerveza fría y a madera abrillantada. Parpadeó varias veces, preocupada por la posibilidad de que Jamie estuviera allí, siendo testigo de su caída.

Al final, la vista se le acostumbró y sintió alivio y decepción al mismo tiempo al comprobar que Jamie no estaba detrás de la barra. Había una mujer rubia con una coleta alta al lado del grifo. Colocó una rodaja de limón en el borde de un vaso, añadió el vaso a una bandeja con otras tres cervezas y fue a servir la única mesa que estaba ocupada.

–¡Hola! –saludó al pasar por delante de Olivia.

–¡Hola! –respondió Olivia con voz débil.

Una rápida mirada al local le aseguró que Jamie no estaba acechando en una de las esquinas del bar. Olivia miró las puertas abatibles por las que se accedía a la parte de atrás, pero, al igual que podía estar detrás de aquellas puertas, podía estar también a cientos de kilómetros de distancia. Aquella era la señal de que no debería estar allí. Acababa de ser salvada de la miseria y la vergüenza.

Olivia retrocedió y comenzó a volverse.

–¿Puedo ayudarte en algo?

Era de nuevo la mujer, en aquella ocasión con la bandeja debajo del brazo. Le dirigió una abierta sonrisa y Olivia se sobresaltó al reconocer el parecido. Definitivamente, aquella chica tenía algún parentesco con Jamie.

–¿Quieres una cerveza?

—¡No, no! Estaba buscando a alguien, lo siento. Yo solo…

—¿A Jamie? Hoy no está en el bar.

Olivia parpadeó. ¿Las mujeres se pasaban por allí cada dos por tres buscando a Jamie? Sí, por supuesto que sí.

Horrorizada, deslizó el pie izquierdo hacia el derecho.

—De acuerdo, gracias.

—¡Deberías seguir nuestra cuenta de Twitter! Siempre avisa cuando va a estar en el bar.

—Eh, claro, gracias. Lo haré —tosió y repitió—. Gracias.

Pero justo cuando estaba llegando a la puerta, las puertas abatibles se abrieron y salió Jamie.

¡Ay, Dios!

La sonrisa se le heló en los labios y abrió los ojos sorprendido al verla.

—Señorita Ol… —deslizó la mirada hacia la camarera y volvió a mirar a Olivia—. Olivia. Hola, ¿qué estás haciendo aquí?

La mujer le guiñó el ojo a Olivia y dijo:

—Parece que estaba escondido en la parte de atrás —se retiró entonces hacia la barra—. ¡Eh, Jamie! —le saludó con entusiasmo al pasar por delante de él

Jamie la ignoró y avanzó hacia Olivia. El corazón de esta se aceleró hasta alcanzar un ritmo preocupante. No podía marcharse en aquel momento. Porque, ¿qué otra razón podría tener para estar allí? Ni siquiera se le había ocurrido llevar algún material de clase o algún libro con el que justificar su presencia. Aquel era el tipo de desastre al que una se rebajaba cuando no hacía listas antes de tomar una decisión.

—Hola —graznó.

—Hola —Jamie hundió las manos en los bolsillos y esperó con la boca curvada en una sonrisa de perplejidad.

—¿Estás trabajando? —le preguntó Olivia.

—La verdad es que no. Hoy es mi día libre.

–¡Ah!

Olivia asintió, y continuó asintiendo mientras Jamie inclinaba la cabeza.

–¿Se me ha olvidado algo en clase o…?

Olivia tomó aire.

–¿Esta noche tienes algo que hacer?

Jamie se quedó boquiabierto al oírla.

–¿Qué?

–Me pediste que saliéramos y te dije que no, pero tengo que ir a una fiesta esta noche. Un profesor se jubila y…

La enorme sonrisa que asomó al rostro de Jamie la distrajo.

–¿Qué pasa? –le espetó, irritada por la velocidad a la que le latía el pulso.

–Solo estoy… sorprendido.

Olivia temió entonces que hubiera estado bromeando. Que su flirteo hubiera sido solo una broma. Era imposible que ella fuera su tipo.

–Si no quieres…

–Claro que quiero. ¿A qué hora paso a buscarte?

–Podemos quedar aquí. No hace falta que…

–Sí, vale. ¿A qué hora paso a buscarte?

Por primera vez, Olivia vislumbró la firmeza que se escondía tras aquel aterciopelado exterior.

Y a su pulso pareció gustarle mucho.

–¿A las siete y media?

–Genial. A las siete y media. Allí estaré. ¿Quieres una cerveza, un vaso de agua o…?

–No, gracias. Será mejor que…

Con el sentimiento de culpa revolviéndole el estómago, le dio su dirección y su número de teléfono y farfulló un adiós mientras él le dirigía una sonrisa.

–Te veré esta noche –dijo Jamie, haciéndolo sonar como una promesa.

Olivia caminó a trompicones hacia la puerta. La pesada

puerta de madera estuvo a punto de pillarle la pierna, pero Jamie la agarró justo a tiempo. Olivia corrió hasta su coche y se desplomó en el asiento.

¿Qué demonios acababa de hacer? ¿Por qué iba a salir con un hombre acostumbrado a que las mujeres fueran al bar a preguntar por él? Aquello era una locura. Debía de parecer estúpida.

—Pero no he hecho esto por él —susurró para sí—. Lo estoy haciendo por mí.

Y era cierto. Pero no podía fingir que el encanto de Jamie Donovan no era parte de lo que quería. Aquel encanto era como un polvo mágico y dorado que alguien estuviera esparciendo sobre su piel y quería que todo el mundo viera aquel resplandor. Su marido incluido.

Después se sacudiría la magia y todo volvería a la normalidad. Pero todavía tenía el corazón acelerado cuando llegó a su casa y aquella sensación no tenía nada que ver con los nervios.

Capítulo 4

Aquel no era el tipo de mujer con el que solía salir Jamie. Tessa lo había señalado en cuanto Olivia se había ido, pero Jamie la había ignorado. Después de haber pasado un año sin salir con nadie, ya no sabía cuál era su tipo. Y acababa de pulsar el botón de reiniciar.

Le dirigió a Olivia una mirada furtiva. Ella fijaba la mirada en el parabrisas como si estuviera conduciendo. Estaba distinta aquella noche, pero no menos tensa. Había vuelto a quitarse las gafas y le brillaban los labios. En vez de un vestido discreto, se había puesto un vestido negro. No demasiado corto, ni con mucho escote, como a él le habría gustado, pero el vestido se pegaba a su cuerpo como unas manos acariciantes.

Y olía bien. Aquel olor evocaba el frescor de una noche de verano. El de las flores refrescándose en la oscuridad.

Era agradable.

Jamie se había propuesto mantenerse alejado de las mujeres durante una temporada, pero había hecho una excepción con Olivia. Era distinta. Tranquila, madura. Responsable e inteligente. A lo mejor era buena para él. Un paso positivo en el camino que estaba emprendiendo. Desde luego, a Tessa la había sorprendido.

Todavía no se podía creer que Olivia hubiera ido a la cervecería. ¡Había sido ella la que le había pedido salir! Su rechazo inicial había sido firme. A Jamie no le había dolido. Al fin y al cabo, le había pedido una cita sabiendo que las posibilidades de que aceptara eran remotas. Pero debía haberle causado un gran impacto. Sonrió al pensar que había conseguido hacerla pensar en él.

—Tuerce a la derecha —le indicó Olivia, señalando una casa enorme situada entre los acantilados y los pinos.

La ciudad de Boulder se veía a unos ciento cincuenta metros bajo sus pies.

—Tienes amigos en las altas esferas.

—Esta no es una fiesta de amigos. Son solo colegas de trabajo.

Jamie condujo la camioneta hasta un estrecho arcén y la dejó junto a otra docena de coches.

—¿No tienes amigos en el trabajo?

—Algunos. Gwen, por ejemplo. Pero ella no estará en la fiesta. Vendrán profesores de la facultad y sus parejas. O sus citas —le dirigió una mirada que Jamie no supo cómo interpretar—. Estoy segura de que no va a ser tan divertida como las fiestas a las que vas tú.

—¿Te refieres a los botellones que organizo cada semana en el sótano de mi casa?

—Eh, sí, supongo.

—Era una broma, Olivia. Hace años que los botellones comenzaron a formar parte del pasado.

—¿Del pasado? —preguntó, recorriéndole con la mirada—. No creo que sea cronológicamente posible.

Parecía considerarse mucho más vieja que él, algo que a Jamie le resultaba curioso. Al fin y al cabo, solo tenía treinta y cinco años, y aparentaba unos treinta. Jamie salió de la camioneta y la rodeó para abrirle la puerta.

—Ten cuidado. Hay muchas piedras.

Olivia posó un pie enfundado en un zapato de tacón negro en el suelo y a Jamie se le hizo la boca agua. Estaba tan atractiva con los tacones como había imaginado. ¡Dios! Le encantaban los tacones.

—Gracias —musitó Olivia.

Jamie se obligó a alzar la mirada. Le tomó la mano y se la sostuvo con fuerza mientras ella se tambaleaba sobre los tacones. La oyó soltar una exclamación de sorpresa antes de inclinarse hacia él cuando uno de los pies se le salió del zapato.

—Creo que se ha quedado atascado el tacón entre las piedras.

—Apóyate en mí.

Se inclinó y Olivia posó la mano en su espalda para apoyarse. Jamie tiró del zapato para sacarlo de entre las piedras y sacudió el polvo del tacón. Después, le rodeó el pie con la mano. Tenía la piel muy suave y retorció el pie cuando Jamie deslizó el pulgar por su empeine. Le puso el zapato y trepó por su tobillo, envolviendo con los dedos los delicados huesos de la articulación.

—No te has hecho daño en el tobillo, ¿verdad?

—No —susurró ella en respuesta.

Jamie le bajó el pie, pero continuó sujetándole el tobillo como si necesitara algún tipo de apoyo.

—¿Estás segura? —continuó avanzando con la mano hasta abrir los dedos sobre la pantorrilla.

—Estoy segura —Olivia se aclaró la garganta como si hubiera sido consciente de lo ronca que había sonado su voz—. Gracias.

—Entonces, vamos a entrar.

Jamie le ofreció el brazo para subir por el camino de la entrada y ella lo aceptó con una sonrisa de agradecimiento.

—No tenemos que quedarnos mucho tiempo. Solo tengo que hacer acto de presencia —le aseguró.

—Estoy seguro de que será divertido.

—Me temo que te equivocas.

–¿Hay alguien de quien tenga que tener especial cuidado?

Olivia se tambaleó y él tuvo que agarrarla.

–¿Qué quieres decir? –le preguntó.

–Recuérdame que venga a recogerte a la puerta cuando nos vayamos. Con tacones este camino no es nada seguro.

–De acuerdo. Por lo menos, no lo es para mí cuando llevo tacones.

Contestó con una risa tímida y nerviosa, algo que a Jamie le resultó muy atractivo en una mujer como ella.

–A lo que me refería es a que he oído decir que estas reuniones entre profesores universitarios pueden ser tensas. Quién es profesor numerario, quién no. Alguien ha conseguido una beca que pensaba recibir otro. He oído montones de conversaciones de ese tipo en el bar. ¿Hay alguien a quien tenga que hacer la pelota?

–¡Ah! Te refieres a eso. No, no tengo ningún enemigo por culpa de los presupuestos. Ni tensiones por llegar a ser profesora numeraria. Soy una simple instructora.

–¿Eso qué significa?

–No soy doctora y no me dedico a la investigación. Enseño y eso es todo.

Mantenía un tono neutral y no parecía avergonzarse de ello. Se estaba limitando a exponer los hechos.

–Eso suena mejor, de verdad.

Olivia le sonrió.

–A mí también me lo parece.

–Muy bien. Así que no hay tensiones ocultas.

–Exacto. Sí, bueno, quiero decir, no –en aquel momento parecía preocupada.

–No te preocupes –le aseguró él–. Seguro que me divertiré.

Olivia tragó saliva con tanta fuerza que Jamie pudo oírlo.

–Estoy segura de que eres la clase de hombre capaz de divertirse haciendo cualquier cosa.

Él se encogió de hombros.

–Lo intento.

–Eso sí que está bien –Olivia se detuvo ante una enorme puerta de madera y tomó aire–. Pero esto es una fiesta de profesores universitarios. Espero que esta noche estés preparado para un desafío.

Jamie recorrió su cuerpo con la mirada mientras ella llamaba al timbre.

–Claro que lo estoy –musitó.

Cuando la puerta se abrió y entraron en la casa, Jamie se alegró como nunca de haber decidido ponerse unos pantalones negros y una camisa para salir. Los vaqueros no hubieran quedado bien aquella noche. Pero, aunque había elevado el nivel de su indumentaria, se sentía fuera de lugar entre tantas esculturas y madera abrillantada. Olivia, por su parte, encajaba muy bien en aquel ambiente. Era elegante, fría y decía lo que había que decir cuando hacía las presentaciones. Las notas de la música del piano parecían flotar a su alrededor.

Y tenía razón respecto a la fiesta. Era aburrida, empezando por la lánguida música del piano, que parecía haber sido compuesta para provocar el sueño a un insomne. El tiempo transcurría muy despacio. Jamie contestó a las ocasionales preguntas sobre su nombre y su trabajo, que nunca daban lugar a una conversación más larga, y fantaseó con la posibilidad de poner las manos en la cintura de Olivia y estrecharla contra él para darle un beso. Un beso largo y profundo. Imaginó que la primera vez se iría ablandando poco a poco. Tendría que seducirla.

Hacía mucho tiempo que Jamie no ponía en práctica su capacidad de seducción y tuvo que reprimir las ganas de estirarse y crujirse los nudillos con un gesto de anticipación.

–¿Y va bien la cervecería? –le estaba diciendo alguien.

Jamie parpadeó, intentando salir de su estupor, y se encontró frente a un hombre corpulento con una copa de vino que utilizaba como un puntero. Si Jamie no se equivocaba, era un exjugador de fútbol americano.

–¿Perdón?

–Tú eres uno de los socios de la cervecería, ¿verdad? De Donovan Brothers. Me llamo Todd. He estado varias veces allí. Buena cerveza.

–Gracias.

Jamie se presentó a sí mismo y descubrió que, tal y como sospechaba, aquel tipo había jugado veinte años atrás en el equipo universitario. Jamie no era un gran deportista. Había jugado al béisbol durante un par años cuando estaba en el instituto, pero no se lo había tomado demasiado en serio. Aun así, saber algo de deportes formaba parte de su trabajo, de modo que estuvo hablando con él sobre la liga de aquel año. Muchas veces se preguntaba si aquellos tipos no acababan cansándose del tema. Estaba seguro de que Todd había hablado de la última liga más de miles de veces. Pero, bueno, tampoco él se cansaba nunca de hablar de cerveza. A lo mejor era reconfortante saberse experto en algo.

No tardaron en pasar a hablar de la alineación de la siguiente temporada y la mente de Jamie comenzó a vagar. ¿Cuánto tiempo llevaban en la fiesta? ¿Una hora? Buscó a Olivia con la mirada, intentando encontrarla en medio de la multitud, al tiempo que se mostraba de acuerdo sobre los fichajes de la próxima temporada.

Cuando por fin encontró a Olivia, esta parecía encontrarse en una situación parecida. Un anciano diminuto la tenía acorralada y ella asentía cada pocos segundos, aunque su mirada revelaba que estaba muy lejos de allí.

Jamie se disponía a escuchar la historia del último gran partido de Todd cuando advirtió que la mirada de Olivia se afilaba y todo su cuerpo se tensaba. Cambió el peso de pie.

Jamie siguió el curso de su mirada por encima de la cabeza de su interlocutor. Tardó algunos segundos en identificar a alguien que destacara entre los invitados, pero al final averiguó a quién estaba mirando Olivia con tanta atención.

Una pareja acababa de cruzar la puerta. El hombre era alto y atractivo y estrechaba las manos con entusiasmo de todos aquellos que se encontraban a su alrededor. La mujer era rubia, de piel bronceada y muy, muy joven.

Olivia se volvió fingiendo ignorarlos, pero Jamie observó el momento en el que el hombre veía a Olivia, arqueaba las cejas y se dirigía hacia ella sin vacilar. Agarró a su cita de la mano con evidente intencionalidad y la guio a través de los invitados, aunque se detuvo en varias ocasiones para hablar con algún conocido.

Cuando alcanzó a Olivia, la estrechó en un abrazo en cuanto se volvió hacia él. Olivia esbozó una mueca.

Muy interesante.

Todd parecía concentrado en su propia historia, así que Jamie dijo:

—Esos sí que eran días gloriosos, ¿eh? —le palmeó la espalda—. Pásate este fin de semana por la cervecería y te invitaré a una cerveza.

Dejó a Todd sonriendo con orgullo y se dirigió hacia uno de los camareros. La copa de Olivia estaba vacía y parecía necesitar otra. Justo cuando comenzaba a avanzar hacia ella, Olivia alzó la mirada, le dijo algo al hombre y señaló a Jamie. Durante un instante fugaz, la sorpresa cruzó el rostro del hombre cuando se volvió.

—Víctor —dijo Olivia en cuanto Jamie se acercó—, te presento a Jamie Donovan. Jamie, este es Víctor. Y esta es Allison.

—Encantado de conoceros —dijo Jamie, tendiéndole primero la mano a Allison.

Se la estrechó después a Víctor, que se la agarró con la fuerza de una tenaza.

–Víctor Bishop –se presentó el hombre, sorprendiendo a Jamie tanto como esperaba.

Bishop.

Jamie intentó mantener un semblante neutral y amable. No miró a Olivia, aunque todo en él estaba deseando llevarla a un aparte y pedirle alguna aclaración.

–Y dime –continuó Víctor, estrechando la mano de Jamie por última vez, aunque resultaba ridículo–, ¿cómo conociste a Olivia?

–Le serví unas cuantas cervezas –contestó muy seco.

–¿Cervezas?–Víctor miró a Olivia con expresión incrédula–. A ti no te gusta la cerveza.

–Las mías sí –respondió él con una sonrisa.

Se atrevió por fin a mirar a Olivia. Tenía las mejillas sonrojadas y apretaba con tanta fuerza la copa que le habían palidecido los nudillos.

–Le he dado algunas clases.

Olivia le miró a los ojos e intentó sonreír, pero el resultado fue una tensa mueca.

–Jamie es socio de Donovan Brothers, una cervecería familiar –le explicó a Víctor.

–Pero no tengo nada en contra del vino. Toma, Olivia –le quitó la copa vacía y le tendió la llena.

Le entraron ganas de preguntar a Víctor cómo había conocido él a Olivia, pero ya lo sabía. Tenían el mismo apellido y era obvio que aquel hombre no era su hermano.

–Bueno –dijo Víctor–, me gusta ver que vuelves a salir con alguien otra vez, Olivia.

Pero sus palabras no parecían sinceras. De hecho, sonaron bastante forzadas, por no mencionar su brutal condescendencia.

Jamie le miró pensativo. Víctor Bishop era mayor que Olivia, debía de llevarle por lo menos diez años, y vestía como si pretendiera formar parte del reparto de una obra de teatro local en calidad de típico profesor universitario. Unos pantalones muy bien planchados, camisa gris, chaqueta de espigas y zapatos de ante de color marrón. Y todas eran prendas que parecían muy caras.

—Vaya, Víctor —intervino Jamie al ver que se hacía un incómodo silencio—, no he oído hablar mucho de ti —le pareció detectar un leve resuello por parte de Olivia—. Supongo que trabajas en la universidad.

—Por supuesto. Soy profesor de Economía.

Jamie sonrió.

—¿Y tú, Allison? ¿También trabajas en la universidad o eres una inocente espectadora como yo?

—¡Ah! —contestó la chica, alzando la mirada hacia Víctor como si quisiera consultar con él la respuesta—. Supongo que ahora soy una inocente espectadora. Durante el semestre anterior he sido asistente del profesor.

La asistente de Víctor, imaginó Jamie. No necesitó recurrir a los conocimientos sobre psicología que había adquirido trabajando como camarero para entender el trasfondo de lo que allí estaba pasando. Se preguntó cuántos años llevaría Olivia divorciada. Como si hubiera conseguido llamar su atención al pensar en ella, Olivia le agarró del brazo. Víctor clavó la mirada en sus brazos unidos.

—Será mejor que vayamos a buscar a Rashid —dijo Olivia con falsa alegría—. Todavía no le he felicitado por su nuevo destino en Stanford.

Se alejaron como si fueran a buscar a Rashid, pero Jamie la condujo a la cocina. Allí estaban los empleados del catering, pero no había ningún invitado. En cuanto estuvieron fuera de la vista de cualquiera de los asistentes a la fiesta, Jamie la soltó y retrocedió. Cuando se cruzó de brazos, Olivia clavó la mirada en el suelo.

—¿Y? —le dijo Jamie.

Olivia no alzó la mirada.

—¿No quieres contarme lo que está pasando aquí?

Olivia retorció las manos, pero no dijo nada.

—Imagino que Víctor es tu exmarido.

Olivia se mostró más que un poco avergonzada al asentir, así que Jamie tuvo la certeza de que había comprendido lo que estaba pasando allí.

—Y él es la razón por la que me has invitado a esta fiesta.

Olivia tragó saliva.

—Yo no lo diría así. Quiero decir, esto… no…

Genial. Jamie se sintió más molesto de lo que esperaba. Su primera cita en casi un año y era una cita fingida. Mierda. Aquella era una nueva experiencia.

—Bueno, supongo que me siento halagado.

—Jamie…

—Tu exmarido está saliendo con mujeres más jóvenes y por eso a ti se te ha ocurrido aparecer también con un hombre joven.

—¡No es eso! —le interrumpió Olivia—. Bueno, no es solo eso. Todo esto tiene que ver más conmigo que contigo.

—¿Y se supone que eso tiene que hacerme sentir mejor?

Olivia se derrumbó ligeramente, dejó caer los hombros y Jamie se dio cuenta de que era la primera vez que la veía sin su perfecta compostura.

—Lo siento —se disculpó—. Se suponía que no tenía que venir.

Al propio Jamie le avergonzó un poco que aquella respuesta le animara tanto.

—¿No sabías que iba a estar aquí? ¿De verdad?

—No, no he dicho eso. Me has entendido mal. Sabía que iba a estar aquí. Pero yo no estoy jugando a nada o, por lo menos, no pretendía hacerlo. Acepté venir a la fiesta porque se suponía que estaba fuera. Ahora tengo una nueva vida. No quiero volver a verle. Cuando me enteré de que iba a venir… Lo siento, no debería haberte traído.

Jamie no se molestó en decir lo contrario.

Olivia bebió un sorbo de vino y cuadró los hombros,

como si de pronto hubiera sido consciente de que se había encorvado.

—Lo siento mucho. Solo quería ser capaz de soltarme un poco.

—¿Delante de tu ex?

—Sí, delante de mi ex. Él…

Jamie la vio tragar con fuerza y apretar la mandíbula. Por un momento, le preocupó que fuera a llorar.

—Escucha…

—Esa chica con la que ha venido, Allison… No es la primera con la que sale. Y el matrimonio no le supuso ningún freno a la hora de disfrutar de ese tipo de caprichos.

—Ah.

—Todo muy predecible, ¿no? Pero ya no estoy amargada. Ya no le odio. Te juro que no es eso. Lo único que quiero es disfrutar de una vida que no tenga nada que ver con él.

—¿Excepto cuando no te queda más remedio?

Olivia se encogió de hombros y se terminó el vino antes de dejar la copa con mucho cuidado sobre el mostrador. Mientras comenzaba a volverse, musitó:

—Me dijo que no era una mujer divertida.

Jamie se pasó la mano por el pelo, preguntándose si resultaría muy grosero que se fueran en aquel momento. Estaba justificado. Estaba seguro de que ella no pondría ninguna objeción. Y tendría la amabilidad de dejarla en su casa.

Olivia se volvió para mirarle.

—Cuando le descubrí engañándome, me dijo que lo había hecho porque soy aburrida.

Jamie esbozó una mueca.

—Dios mío.

—¿Y sabes una cosa? No soy divertida, pero eso no significa que no pueda intentarlo.

—¿Quieres volver con él? —preguntó Jamie en voz tan alta que ella parpadeó sorprendida.

–¡No! No es eso. Solo estoy intentando disfrutar de la vida. Averiguar quién soy yo. Solo tenía veintiún años cuando me casé con él, pero ya no soy esa jovencita. Quiero saber quién soy.

Le miró a los ojos y, por primera vez, permitió que Jamie viera algo de ella misma. Algo cálido y vulnerable.

–¿Tú crees que soy la clase de mujer que sale con alguien como tú?

–¿Alguien como yo? –Jamie se obligó a no sentir una satisfacción casi primitiva al ver cómo parecía ablandarse su mirada.

–Eres joven, guapo e intencionadamente encantador.

–A mí me gusta pensar que mi encanto es algo natural.

–¡Y lo es! –respondió ella, curvando los labios en una sonrisa irónica–, pero lo utilizas para causar buen efecto.

–Caigo bien a la gente.

Olivia sonrió entonces, alejando la tristeza de su rostro.

–Lo sé. Y eres la diversión en persona. Así que pensé… –el color incendió sus mejillas.

Enfadado o no, Jamie no podía evitar el interés que despertaba en él aquella mujer y el rubor de sus mejillas le intrigó.

–¿Qué pensaste?

–Estoy probando cosas nuevas. Como el club de lectura, así que pensé…

–¿Pensaste que podrías probarme a mí también?

Para sorpresa de Jamie, Olivia le dirigió una sonrisa traviesa.

–Pensé que podía intentar salir contigo. Y también pensé en hacerlo delante de Víctor. No debería haberlo hecho, lo siento. Me dejé llevar por un impulso. La verdad es que cambié de idea cuando vi que no estabas en la cervecería, pero entonces apareciste y…

Jamie se encogió de hombros.

—No estoy diciendo que no esté bien que hayas intentado ponerle en ridículo, pero te habría agradecido que me lo advirtieras.

Olivia le tocó el brazo.

—Lo siento de verdad. Vámonos.

—No sé. Ya que me he arreglado para venir podríamos intentar sacarle partido a la situación.

—Jamie…

—Eh —le tomó la mano con la que Olivia le estaba señalando y se la llevó al pecho—. Contesta solo a una pregunta. ¿Tienes algún interés en mí o no?

Olivia le apretó la mano.

—Tengo interés en ti, pero creo que…

—Ahora mismo eso es lo único que necesito saber —se acercó un poco más a ella mientras Olivia se colocaba un mechón de pelo tras la oreja con un gesto nervioso—. ¿Hasta qué punto quieres ponerle celoso?

—No quiero ponerle celoso. Solo quiero que deje de pasearse con esas chicas delante de mí. Me parece muy poco respetuoso.

—Poco respetuoso —repitió Jamie con una sonrisa—. ¿Sabes? Tienes razón. Es de muy mala educación, así que ¿hasta dónde quieres llevar todo esto?

Olivia le miró con los ojos entrecerrados.

—¿Qué quieres decir?

—¿Un beso? ¿Un beso para darle una lección sobre etiqueta?

—Sobre etiqueta, ¿eh?

Olivia soltó una carcajada y el sonido de su risa danzó sobre la piel de Jamie. Pero mientras reía, él continuaba pendiente de la pregunta que había formulado y Olivia le miró nerviosa.

—¿Te refieres a besarme ahí, delante de todo el mundo?

—No, aquí.

Miró los labios de Olivia mientras esta se los humedecía, asomando la lengua durante un instante tan fugaz que le hizo desearla mucho más.

—Pero entonces, ¿cómo sabrá que me has besado?

—No te preocupes, se enterará —dijo Jamie.

—Bueno, si crees que puede funcionar.

—Sé que puede funcionar —afirmó Jamie con voz queda, acercándose a ella.

Parecía fácil sobresaltar a Oliva y Jamie no quería hacerlo. Tal y como esperaba, Olivia se movió un poco y echó la cabeza hacia atrás.

Jamie sonrió.

—¿Adónde vas?

—No sé, yo solo...

Pero sus palabras murieron en el instante en el que Jamie le rozó los labios. Fue una caricia delicada, apenas podía considerarse un beso.

—De acuerdo —Olivia suspiró y cerró los ojos—. Solo un beso.

Jamie cerró los ojos y volvió a besarla. Aquella vez fue un beso algo más largo, aunque todavía ligero. Pero cuando Jamie comenzó a apartarse, fue Olivia la que cerró el espacio que los separaba y se besaron de verdad. Entreabrió los labios lo suficiente como para permitirle percibir su aliento y el calor de su boca. Jamie le besó el labio superior y el inferior, acariciando con la lengua aquella boca rosada y carnosa.

Olivia volvió a suspirar contra su piel y Jamie ya no fue capaz de aguantar ni un segundo más. Necesitaba saborearla. Cuando deslizó la lengua sobre la de Olivia, la descubrió caliente y dulce como el vino. Continuó besándola, rozándole apenas la lengua, dándose tiempo para deleitarse. Estaban en una cocina, en la fiesta de unos desconocidos. No habría nada más que un beso y él quería disfrutar cada segundo.

Unos instantes interminables después, Jamie retrocedió y abrió los ojos a las luces relucientes de aquella moderna cocina un poco aturdido. Olivia también parecía perpleja, estaba parpadeando como si acabara de despertarse. Tenía las pupilas dilatadas, las mejillas sonrojadas y los labios rojos como cerezas. A su ex no podría pasarle por alto aquel beso aunque quisiera.

—¡Vaya! —susurró Olivia—. Se te da muy bien besar.

—Me gusta besar.

—Creo que a mí también —dijo ella, y Jamie no pudo evitar una carcajada.

—Vamos, será mejor que volvamos a la fiesta antes de que desaparezca.

—¿Qué desaparezca qué? —preguntó Olivia, pero Jamie sacudió la cabeza.

Olivia no podía ver lo guapa que estaba. Cálida, sonrojada y, por una vez, en absoluto tensa. Era casi como verla desnuda. Casi.

Jamie le tomó la mano y la condujo de nuevo a aquella fiesta llena de gente altiva y aburrida que estaba fingiendo disfrutar.

—¿Vienes a muchas fiestas como esta?

—No a muchas. Por lo menos ahora. Ahora intento decidir a las que de verdad quiero ir, pero, por desgracia, todas son como esta. Todo el mundo intenta impresionar a los otros y comportarse de manera intachable. ¿A qué clase de fiesta sueles ir tú?

—Yo no voy a fiestas. Trabajo.

—¿Tu trabajo no es tan glamuroso como parece?

—Es muy glamuroso, señorita Bishop, pero trabajo muchas horas.

—No me llames así —le pidió Olivia, dándole un cachete en el brazo.

—No seas así, Olivia. Me resulta muy excitante que seas mi profesora.

—Apenas puede decirse que sea tu profesora —le dijo, recordando lo que el propio Jamie le había dicho.

–Solo lo suficiente –le corrigió él.

Olivia soltó una carcajada y le dio un codazo en las costillas mientras se dirigían hacia unas puertas que daban a una terraza. Jamie ya había localizado a Víctor Bishop y era indiscutible que el tipo estaba tenso. Jamie le brindó una sonrisa.

–¿Y por qué has decidido apuntarte a las clases? –le preguntó Olivia mientras salían a la terraza.

Jamie estaba tan relajado que estuvo a punto de contestar con sinceridad. Pero recordó que estaba guardando un secreto y selló sus labios.

Olivia inclinó la cabeza.

–¿Por qué? –insistió ella.

– Por nada en particular. Solo quería actualizar algunos conocimientos básicos sobre el mundo de los negocios.

–No, me estás ocultando algo –habían llegado a una barandilla desde la que se disfrutaba de una vista espectacular, pero Olivia se colocó de espaldas a ella para mirarle a los ojos–. ¿Por qué te has apuntado a esas clases? Tengo la sensación de que llevas muy bien la cervecería.

Jamie miró por encima de ella.

–Qué vista tan maravillosa.

–Suéltalo.

Mierda.

–No quiero hablar de eso.

–¿Por qué no?

–Es demasiado pronto. Apenas estoy empezando a pensarlo.

–¿Estás pensando en montar tu propio negocio?

–¡No!

Olivia arqueó una ceja.

–No es eso, de verdad. Es solo que… No sé. Estoy pensando en ampliar las prestaciones de la cervecería.

Ella adoptó una expresión neutral y a continuación formó con la boca una bonita O de sorpresa.

—¡Vas a incorporar un restaurante!

—Shh —Jamie miró a su alrededor para asegurarse de que nadie la había oído—. Todavía no. Y es posible que no lo haga nunca. Estoy yendo a tus clases para explorar las posibilidades. Eso es todo.

—Pues me parece genial. ¿Qué responsabilidades tienes en la cervecería? —se volvió para contemplar la vista una vez había conseguido sonsacarle su secreto.

—Yo me dedico de la barra y todos aportamos algo a la gestión —algunos más que otros.

—Servir comida supondría una mayor implicación en la cervecería.

El cuello le ardió de vergüenza. ¿Estaba insinuando que no sería capaz de involucrarse más?

—Sí, ya lo sé.

—Si necesitas cualquier tipo de ayuda, no dejes de decírmelo.

—Me las arreglaré.

Olivia le dio un golpe con la cadera.

—Tienes razón.

A lo mejor Olivia pensaba que no iba a ser capaz de hacerlo. A lo mejor había visto algo en él.

—¿De verdad?

—Sí —contestó ella con voz queda—. La vista es increíble.

¡Ah! Por supuesto. Jamie se inclinó contra la barandilla para mirarla, consciente de que el brazo de Olivia estaba a solo unos milímetros del suyo. Cuando vio que se le ponía la piel de gallina, tuvo la excusa perfecta para agarrarla del brazo y acercarla a él. La brisa agitaba la melena de Olivia, desnudando su cuello.

—Me alegro de que me hayas traído aquí —susurró—. Pero nos hemos olvidado de buscar a Víctor.

—Nos ha visto.

—¿De verdad? ¿Y crees que se ha dado cuenta?

Jamie le acarició la muñeca con el pulgar.

–Claro que se ha dado cuenta.

–¿Pero cómo?

Jamie la miró con expresión interrogante. Estaba desconcertada, algo que divirtió y extrañó a Jamie al mismo tiempo.

–Por tu boca –le aclaró, dejando que su mirada cayera sobre sus labios–, por tus ojos.

Olivia negó con la cabeza, como si no lo comprendiera. Jamie sonrió.

–Se nota que estás excitada –le aclaró.

Olivia tensó los músculos del brazo y el rubor cubrió su rostro.

–No lo sé… Estoy segura de que… –cuando comenzó a apartarse, Jamie entrelazó los dedos con los suyos y la retuvo a su lado.

–Excitarse no tiene nada de malo, Olivia, ¿no crees?

–Es solo que… –volvió a negar con la cabeza y, en aquella ocasión, cuando se apartó, él se lo permitió–. Ni siquiera te conozco.

La alarma se encendió en sus enormes ojos. No parecía darse cuenta de que aquello formaba parte de la excitación. Parte de lo que había hecho que se le colorearan las mejillas y se le suavizaran los labios cuando la había besado.

–Es la química –musitó Jamie–. No tiene nada que ver con la razón. De hecho, es todo lo contrario.

–La química –susurró ella

La mirada de Olivia tituló un instante mientras la deslizaba por el cuerpo de Jamie y este sintió que la química volvía a activarse. Olivia curvó los labios antes de sacudir la cabeza y borrar por completo su sonrisa.

–Bueno, gracias.

–¿Por la química?

–Por seguirme el juego.

Jamie estaba siguiéndole el juego, sí, pero no todo había sido un juego. Aun así, si aquello la ayudaba a sentirse mejor, él estaba dispuesto a dejarlo pasar.

–¿Quieres que te traiga otra copa de vino?

–No. Creo que deberíamos irnos –le guiñó el ojo–. Ya has hecho tu trabajo.

–Olivia…

–Gracias otra vez. Por todo. Pero creo que deberías llevarme a casa.

Jamie sonrió. Aquello no sonaba como una invitación, pero, por lo menos, había conseguido un beso. El jueves le llevaría una manzana y vería hasta dónde podía llegar a partir de ahí.

Capítulo 5

No había llamado.

Olivia permanecía en la cama con la mirada clavada en el techo y sintiéndose estúpida por el mero hecho de pensar en ello. Sabía de antemano que no la iba a llamar. Se había dicho a sí misma que no quería que lo hiciera. Pero, en aquel momento, cuando faltaban solo unas horas para que le viera en clase, la situación le resultaba violenta. Por lo menos para ella.

Jamie se lo tomaría a risa.

Por lo menos no le había invitado a pasar cuando la había acompañado hasta su puerta. Solo le había dado otro beso. Un beso lento, ardiente, que había hecho cosquillear todo su cuerpo.

Sonrió. A lo mejor merecía la pena pasar algo de vergüenza. No se sentía como una mujer nueva ni nada parecido, pero sí bastante más feliz.

Era un buen comienzo.

Aun así, incluso en el caso de que él hubiera mostrado algún interés, ella no se creía capaz de recorrer aquel camino con Jamie. Aquel hombre era muy potente. Se lo había parecido incluso antes de que rozara sus labios, y después le había parecido letalmente embriagador. No tenía la menor duda de que podría pasar muy buenos momentos con

Jamie Donovan, pero ella no quería limitarse a ser una más de una larga lista de mujeres. No quería ni pensar lo que sería verle alejarse de ella, llevándose aquellos buenos momentos con él.

Fueran cuales fueran sus propias intenciones, para Olivia no fue ninguna sorpresa pensar en él en cuanto oyó el sonido del teléfono. Una prueba más de que ya estaba loca por él. Se obligó a acercarse temerosa al aparato y contestó sin mirar siquiera el identificador de llamadas, fingiendo que no le importaba quién pudiera ser.

—Olivia Bishop —contestó.

—¡Olivia Bishop! —dijo al otro lado una amistosa voz femenina.

—¿Gwen? —preguntó, y en ese momento se dio cuenta de lo que estaba a punto de pasar.

—Hablé con Marcie ayer por la noche.

—¡Ay, Dios!

Olivia se tapó los ojos con la mano. Marcie era amiga de uno de los compañeros de trabajo de Víctor.

—Eres una brujita traviesa —la acusó Gwen, arrastrando las palabras, sin disimular que estaba disfrutando con su secreto—. Estás enamorada hasta las trancas de Jamie Donovan. No sé si odiarte o subirte a un pedestal.

—No estoy enamorada de Jamie Donovan.

—Mentirosa.

Oliva sonrió mientras sacudía la cabeza.

—No te estoy mintiendo.

—Mira, admiro que estés intentando proteger su pudor. Resulta encantador.

—Gwen —insistió Olivia riendo—, admito que fui con él a una fiesta, pero eso fue lo único que pasó.

—¿No pasó nada más? —preguntó Gwen elevando la voz—. ¿Y cómo surgió todo? Solo le habías visto una vez, ¡una vez!

—Lo sé.

–¿Y decías que estabas intentando regresar al mundo de las citas? Lo que has hecho ha sido ponerte en el disparadero.

Olivia se tiró en la cama riendo de tal manera que no podía respirar.

–Necesito todos los detalles –le pidió Gwen–. ¡Por favor, Olivia, cuéntame algún detalle!

–Lo siento, Gwen, pero no tengo ningún detalle que contar.

–Entonces, cuéntame cualquier cosa a cualquier nivel. Sácame del misterio.

Olivia suspiró. No iba a contarle todo a Gwen, pero si se negaba a hablar, todo parecería mucho peor de lo que había sido.

–Jamie me pidió salir y yo...

–Un momento. Repite eso.

No era una parte fácil de contar y Olivia deseó poder evitar contarla. Pero se limitó a obviar los detalles.

–Le vi en el campus. Me pidió que si quería salir con él y le dije que no, pero entonces me acordé de la fiesta...

Gwen soltó un chillido.

–Fuimos a la fiesta y eso fue todo. Fin de la historia.

–¡Qué va! Ni lo sueñes. ¿Cómo estuvo Jamie? ¿Os enrollasteis? ¿Visteis a Víctor? ¡Oh, Dios mío! Dime que coincidisteis con Víctor.

–Jamie fue encantador. No, no nos enrollamos, pero por supuesto que vimos a Víctor. Y, lo más importante, él nos vio a nosotros.

–¡Ay, Dios mío! Me encantaría que estuvieras ahora aquí conmigo para poder chocarte los cinco –Gwen había sido secretaria del departamento de Víctor durante dos años y no le tenía una gran simpatía.

–Admito que fue bastante satisfactorio.

–¿Ah, sí? ¿Terminaste satisfecha?

–Gwen, no pasó nada. Y no va a pasar nada. Me divertí, pero eso es todo.

—¿Te rechazó?

Olivia elevó los ojos al cielo.

—Ahora sí que me gustaría que estuvieras aquí. Para poder chocarte los cinco en la cabeza.

—Vamos, Olivia, ¿por qué no vas a verle otra vez?

—Es complicado.

—No tiene por qué serlo.

—Pero lo es. Y ahora tengo que colgar. Se me está haciendo tarde para salir a correr.

Bastante tarde, la verdad fuera dicha. No solo había dormido más de la cuenta, sino que no había vuelto a acordarse de correr hasta aquel momento. Aquello ya era un principio. Había salido a correr a la misma hora todas las mañanas desde que se había enterado de que su marido la engañaba.

—¡Esta conversación todavía no ha terminado! ¡Ni de lejos! —oyó gritar a Gwen mientras presionaba con el pulgar el botón con el que puso fin a la llamada.

Olivia chasqueó la lengua y colgó el teléfono.

A pesar de la hora que era, no fue a cambiarse para salir a correr. Durante unos segundos se limitó a disfrutar de aquella sensación. De la novedosa y extraña sensación de tener una amiga íntima. Era casi tan emocionante como besar a Jamie, aunque la felicidad quedara confinada en partes menos interesantes de su cuerpo. Se sentía estúpida por haber ignorado la necesidad de tener una amiga durante tanto tiempo. Habría sido mucho más feliz mientras estaba casada con Víctor si no se hubiera dedicado por entero a él.

Y a lo mejor habría descubierto la verdad antes de haber malgastado tantos años.

El arrepentimiento intentó asomar su horrible cabeza, pero Olivia se lo impidió. Había pasado un año regodeándose en el sufrimiento y ya estaba harta. Aquel año iba a ser para ella. El año de Olivia. Y aquel verano sería el punto de partida. Había aceptado impartir dos asignaturas durante el verano para disponer de un dinero extra, pero las dos eran fáciles de preparar y no le llevarían mucho tiempo. Había enseñado aquellos contenidos en otras ocasiones y eran clases libres de créditos. Incluso el grupo de estudiantes al que había aceptado tutorizar durante aquel verano era bastante independiente, de modo que, dejando de lado las horas de despacho y el tiempo de clase, era libre de hacer lo que le apeteciera. ¿Pero qué le apetecía?

Mientras se lavaba los dientes y se ponía unos pantalones cortos y una camiseta, revisó las opciones que tenía para aquel día. Las clases solo duraban hasta las dos. Después podía dedicarse a abrir las cajas que todavía estaban esperando en el armario del dormitorio. O podía dedicarse a estudiar el programa de planificación financiera que tenía intención de revisar. Pero ninguna de aquellas dos tareas le parecieron actividades apropiadas para una mujer que estaba volviendo a la vida. Y tampoco eran la mejor opción para la clase de mujer que se llevaba a un hombre más joven que ella a una fiesta y le besaba a la vista de los empleados de la cocina.

Mientras se ataba los zapatos, Olivia tomó una decisión. Aquel día conduciría hasta Denver y comería allí sola. Se tomaría un vino con la comida. O dos. Y después iría al museo de arte y se pasaría allí tantas horas como quisiera paseando por las galerías.

Además de ser una actividad divertida, la distraería y evitaría que siguiera pensando en Jamie. Lo había pasado muy bien con él, pero no había sido justa. Le había utilizado y él no iba a volver a llamarla. Y era preferible. Tenía toda una vida que construir. Y después de haber descubierto que tenía química... Bueno, aquello le abría todo un mundo de posibilidades...

Pero cuatro horas después, su arenga había perdido la fuerza y al ver a Jamie en el aula, se sintió tan violenta como había imaginado. Él se limitó a sonreírle.

Olivia le saludó con una sutil inclinación de cabeza e intentó no volver a mirarle mientras comenzaba la clase sobre los costes iniciales de un negocio, los seguros y la financiación. Temas áridos, desde luego, y sin ninguna aplicación para su proyecto, pero Jamie parecía estar tomando detalladas notas, si es que podía guiarse por la velocidad con la que volaban sus dedos sobre el teclado. O, a lo mejor, estaba en medio de una conversación *online*. En aquellos tiempos, era difícil decirlo.

Cuando terminó de contestar la última pregunta planteada por los alumnos y les despidió, no la sorprendió que Jamie bajara las escaleras en vez de subirlas. Pero, aun así, el corazón le dio un vuelco como si acabara de recibir el mayor impacto de su vida. Era ridículo.

Jamie le dejó una manzana en la esquina de la mesa.

—Buenas tardes, señorita Bishop. Está usted muy guapa hoy.

Olivia notó su propio rostro tenso por la vergüenza. Se había puesto aquel vestido pensando en él. Era de color rojo. Demasiado rojo para dar clase, pero las diminutas margaritas blancas le habían servido como excusa y se había dicho que era perfecto para el verano. Y le encantaba cómo se arremolinaba la tela en el corpiño, haciendo parecer que tenía unos senos de tamaño medio. El relleno del sujetador también ayudaba, pero Jamie no iba a tener oportunidad de quitarle la ropa y descubrir la diferencia.

—¿Quieres que vayamos a comer?

Olivia alzó la mirada bruscamente, desviándola de su ridículo regalo.

—Son las dos.

—De acuerdo. ¿Quieres que vayamos a tomar un café? ¿Una cerveza? ¿Un helado?

—Estuvo mal por mi parte arrastrarte a aquella situación. Te agradezco que vinieras y aprecio que no lo hayas utilizado contra mí. Pero creo que no sería una... buena idea.

—Una declaración demasiado solemne para un inocente helado de barquillo.

Aquel hombre era capaz de hacer que las palabras «inocente helado de barquillo» sonaran como una perversa promesa. En sus ojos verdes parecía bailar una sonrisa.

A Olivia le entraron ganas de encogerse, así que cuadró los hombros e intentó parecer incluso más alta. Pero continuó con la mirada fija en la manzana.

—Eso es porque haces que no parezca inocente. Al menos, para mí.

Jamie cambió de postura y ella alzó la mirada. El semblante de Jamie no traslucía la menor diversión.

—¿Y eso no te parece importante?

Sí, claro que se lo parecía. Demasiado importante. Pero jamás lo reconocería.

—No soy una chica de dieciocho años que esté empezando a abrir las alas. Tengo que ser razonable.

—Yo diría que hasta ahora has sido más que razonable. Dijiste que querías divertirte.

—Y es cierto, pero...

—Entonces, inténtalo —Olivia no sabía que la mirada de Jamie pudiera ser todavía más cálida, pero lo fue—. Yo soy capaz de hacer que cualquier cosa resulte divertida, Olivia, incluso tú.

La excitación se abrió paso a través de ella. Debería haberse sentido ofendida, pero lo único que sintió fue anticipación ante la posibilidad que se le abría.

—Solo eres un niño. No lo comprendes.

—No soy ningún niño —replicó Jamie con voz queda y grave.

Y ella sabía que tenía razón. Lo sabía. Pero había algo alegre y puro en él. Algo que le decía que todavía era capaz de disfrutar de la vida, a diferencia del resto de la triste población, que a duras penas conseguía ir abriéndose camino. Aquello era lo que atraía a las mujeres como moscas. Desde luego, era lo que la atraía a ella.

Olivia se cruzó de brazos y recorrió con la mirada las sillas vacías, la moqueta oscura y el gris de las paredes que resplandecía bajo las luces fluorescentes. Aquel lugar era la parte más importante de su vida y la cuestión era que… que ni siquiera era algo que hubiera deseado. Su vida no podía ser más triste.

—Un café.

Jamie arqueó las cejas.

—¿Un café? De acuerdo, el café es bastante divertido, pero…

—Solo un café. Después tengo otros planes.

Jamie le concedió un simpático guiño de ojos. Ni siquiera protestó cuando le dijo que era mejor que quedaran en la cafetería. De hecho, su sonrisa le indicó que conocía el motivo por el que se lo decía: no porque quisiera ir desde allí al museo, sino porque tenía miedo de lo que podía pasar si Jamie volvía a llevarla a su casa.

Al final, pasó un rato muy agradable. Jamie resultó ser mejor conversador de lo que esperaba. Por supuesto, hablar formaba parte de su trabajo, pero cuando se habían atrevido a meterse en el terreno de la política, le había parecido un hombre reflexivo y bien informado. Y la había hecho reír. Estuvieron sentados en una terraza en sombra. Olivia se pidió un café con leche descremada y él un *macchiato* de caramelo con hielo con doble ración de nata.

Cuando Jamie la acompañó al coche, estaba tan nerviosa como una adolescente. Y con motivo, porque en cuanto le abrió la puerta, Olivia quedó atrapada entre esta y el coche, con Jamie inclinándose hacia ella.

—¿Puedo llamarte? —le preguntó Jamie.

—Jamie… —no podía permitir que aquello continuara, pero tampoco podía pasarse la vida resistiéndose.

–Solo tienes que decir que sí –susurró él.

Y entonces la besó, de manera que Olivia tuvo la boca demasiado ocupada como para decir nada.

La había dejado marchar con un beso. Con un maldito beso, nada más. Pero incluso aquello le hizo sonreír. No se lo diría a Olivia jamás en su vida, pero salir con ella le hacía sentirse... más adulto. Menos como un ligón y más como un hombre dispuesto a pasar el tiempo con una mujer interesante. Y no porque no estuviera dispuesto a acostarse con ella si surgiera la oportunidad. Aquel único beso le había dejado duro como una piedra. Por supuesto, había sido un beso, largo, húmedo y profundo.

–¡Diablos, sí! –musitó mientras aparcaba en la cervecería.

Rodeó el edificio antes de entrar para asegurarse de que las puertas y ventanas estaban aseguradas y las aceras limpias, pero cuando llegó a la puerta principal, todavía estaba pensando en Olivia.

–¿Dónde demonios has estado? –le preguntó su hermano Eric antes de que Jamie hubiera puesto un pie en el umbral.

La agradable calidez que fluía por sus músculos se transformó en hielo.

–Ya te dije que los jueves llegaría más tarde a partir de ahora.

–Dijiste que llegarías a las cuatro. Y son las cuatro y media.

Jamie sintió que le ardía la sangre. El calor le quemaba la piel. Quería responder. Quería gritar que la semana anterior había trabajado sesenta y dos horas y que si le daba la gana podía llegar media hora tarde. No había un solo cliente en el bar, por el amor de Dios.

Pero no podía contestar porque lo último que quería era

que Eric comenzara a preguntarle dónde había estado o por qué de pronto había decidido tomarse los martes libres en vez de los lunes, o por qué necesitaba llegar tarde los jueves. Así que se sirvió de toda su fuerza de voluntad para reprimirse y limitarse a susurrar:

—Lo siento.

Eric pareció sorprendido. A lo mejor tenía ganas de pelea. Pero renunció con elegancia y dijo:

—De acuerdo. Siento haberte gritado.

¿De verdad era tan fácil? Se pasaban la vida peleando como el perro y el gato y esa era una de las razones por las que él prefería mantener sus proyectos en secreto hasta que pudieran hacerse realidad. Si no lo tenía todo planificado a la perfección, Eric le tumbaría el plan antes de que hubiera salido la primera palabra de sus labios. De hecho, ya se lo había tumbado en una ocasión, pero Jamie no estaba dispuesto a rendirse.

—¿Algo especial para hoy?

—Wallace ha recibido por fin ese chocolate mexicano que estaba esperando. Va a preparar otra cerveza negra con sabor a chocolate.

—Genial.

—Quiere llamarla Devil's Cock.

Jamie arqueó las cejas.

—¿Devil's Cock?

—Sí, y poner un gallo en la etiqueta.

—¿Y tú qué le has dicho?

—Le he dicho que me lo pensaría. Después de la feria de Santa Fe, decidí que podríamos ser un poco más atrevidos. Ahora mismo la gente no se anda con demasiadas sutilezas.

—Bueno, supongo que no me sorprende. Y creo que podría ser una etiqueta fantástica. Podrías pedir una muestra antes de tomar una decisión.

—Sí, es una buena idea. A lo mejor lo hago.

Jamie apretó los dientes al percibir el tono de sorpresa de Eric.

—Y ya está la nueva —Eric le tendió una copia plastificada de la carta de verano.

—¡Vaya! Bonita presentación.

—Es de la nueva empresa de marketing. Supongo que está funcionando bien.

—¿Dónde está Tessa? —preguntó Jamie.

Su hermana era una compañía mucho más relajante y Jamie preferiría ponerse al día con ella, pero, al parecer, tenía el día libre. Aquello explicaba el mal humor de Eric. Tessa calmaba y alegraba a los dos hermanos por igual.

—¿Tienes que irte pronto? —Jamie miró el reloj.

Debió de ser muy poco sutil, porque Eric echó la cabeza hacia atrás y soltó una carcajada.

—Te dejaré solo. Chester ha organizado la barra. Ya está todo listo.

—Gracias.

—¡Ah! Y Tessa ha comentado algo sobre un especial.

Jamie gimió mientras Eric pasaba por delante de él.

—Espera, ¿qué clase de especial?

La carcajada de su hermano fue la única respuesta. La risa fue perdiéndose mientras Eric se dirigía hacia la parte de atrás y las puertas abatibles se cerraban tras él.

—Dios mío.

Entonces fue Jamie el que murmuró malhumorado. Por mucho que quisiera a Tessa, estaba volviéndole loco con aquellas travesuras de Twitter. Era ella la que se encargaba de la red social de la cervecería. Por desgracia, Jamie no sabía nada de Internet que fuera más allá de Google y el correo electrónico. Y, para mayor desgracia de Jamie, Tessa utilizaba el Twitter con su nombre y disfrutaba poniéndole en situaciones incómodas. Dos semanas atrás había organizado una campaña llamada «¿Dónde está Jamie?», en la que incitaba a las clientas a fotografiarle allí donde le vieran. La campaña había ido bien en la cervecería, aunque había ralentizado su trabajo. Pero había sido mucho menos agradable cuando estaba en el supermercado o paseando en bicicleta.

Había intentado dejarse llevar, pero comenzaba a estar paranoico. Asomó la cabeza por la parte trasera del bar.

—¡Chester! —llamó a un camarero que trabajaba allí a tiempo parcial—. ¿Puedes mirar la cuenta de Twitter en tu teléfono? Cuando hayas terminado de limpiar, mira a ver qué ha preparado Tessa para esta noche.

—¡Entendido! —respondió Chester.

Jamie corrió de nuevo a la barra para estar listo antes de la avalancha de clientes que se acercaban al salir del trabajo. Sí, Chester ya había preparado la barra, pero nadie era tan exigente como él. Comenzó a arreglar las mesas para que estuvieran preparadas para los clientes. Limpió las mesas, las sillas y las cartas. Barrió después todo el salón y regresó a la barra para terminar de prepararla.

—¡Eh! —Chester se asomó al cabo de un rato—. Tessa ofrece pintas a mitad de precio de cinco a seis a cualquiera que te cuente un chiste. Y no tiene por qué ser gracioso.

Jamie sonrió mientras limpiaba la barra hasta sacarle brillo. Podría soportar unos cuantos chistes. O, por lo menos, eso creía.

Para cuando dieron las seis de la tarde, la garganta le dolía de tanto reír. Y también de gemir horrorizado. No era consciente de la cantidad de chistes malos que existían y, mucho menos, de que pudiera oírlos todos en una hora. Pero tenía que admitir que había sido una hora bastante buena. Pasó el resto de la tarde de buen humor, hasta que, a las nueve menos cuarto, comenzó por fin a cerrar. A las nueve en punto vio marcharse al último cliente, que se despidió saludándole con la mano, cerró la puerta y sacó el teléfono a toda velocidad para llamar a Olivia.

—Hola, señorita Bishop.

—¿Jamie? —parecía dormida. Y accesible.

–Lo siento, ¿estabas durmiendo?

Miró perplejo el reloj. ¿Había gente que se acostaba a las nueve?

–No, todavía no. Estoy leyendo en la cama.

–Tenía la esperanza de que te apeteciera acercarte a echar una partida de billar.

–¿Ahora? –se echó a reír como si fuera algo inaudito.

–¿Podría ser?

–Ya estoy en pijama y en la cama.

–¿Ah, sí? –Jamie se dejó caer en una silla y apoyó los pies en la mesa–. ¿Qué tipo de pijama?

Olivia se echó a reír como si estuviera de broma. Genial. Jamie decidió imaginarla con un pijama corto de seda y botones y las gafas negras. Una imagen muy sexy.

–¿Qué tal ha ido la noche? –le preguntó Olivia.

–Me has hecho llegar tarde.

–Ha sido culpa tuya

–No –la corrigió–, la que me ha subido la camiseta has sido tú.

Jamie decidió en aquel momento que jamás se cansaría de oírla reír. Le encantaba cómo se le quebraba la voz cuando se sentía avergonzada.

–Lo siento. No suelo ser tan atrevida. Y menos en el aparcamiento de una cafetería.

–No has podido controlarte –dijo él–. Nos pasa a todos. Pero prometo no decírselo al decano.

–¡Basta! –la risa de Olivia comenzaba a ser somnolienta.

–¿Qué estás leyendo? –le preguntó Jamie, intentando mantenerla al teléfono. Olivia le dijo el título de un libro del que Jamie nunca había oído hablar. Un libro que sonaba serio y difícil–. Mi madre leía mucho, pero no me transmitió el amor por la lectura –admitió.

–¿Leía? ¿Ha muerto?

–Sí, hace mucho.

A Jamie no le gustaba hablar sobre ello. No le gustaba nada hablar de aquel tema. Así que cerró la boca, dejando patente que no tenía nada más que decir. Pero Olivia no entendió la indirecta.

—¿Hace cuánto tiempo?

—Hace trece años.

—¡Dios mío! Entonces solo eras un adolescente.

—Sí.

Jamie se aclaró la garganta e intentó decirse que se alegraba de que no le hubiera preguntado por su padre, porque entonces habría tenido que contar toda la tragedia. Pasando por alto los detalles del papel que había jugado en ella, por supuesto.

—¿Estabas muy unido a ella? —le preguntó Olivia con voz queda.

—Sí.

Todos estaban muy unidos en aquella época. Sus hermanos y sus padres. Cada hermano tenía una personalidad diferente, pero todos habían sido queridos por igual. Aunque había resultado ser Jamie el único que no lo merecía. Toda una sorpresa.

—Yo no estoy muy unida a mi madre —confesó Olivia. Jamie oyó el sonido de un interruptor y la imaginó acomodándose en la cama—. Es una mujer fría, muy estricta. Y nada divertida.

Jamie sonrió al oír su tono irónico.

—Tú no eres una mujer fría —le aseguró.

—¿No?

—No. Estás tumbada en la cama con un pijama muy corto y manteniendo una conversación inapropiada con uno de tus alumnos, ¿no es cierto?

La risa de Olivia volvió a disipar la tristeza.

—Tú no sabes nada de mi pijama.

—Shh.

—Y esta conversación no tiene nada de inapropiado.

–Podría tenerlo, si dejaras de intentar corregirme.

–Jamie –suspiró–, eres increíble, ¿lo sabes?

–Me encanta que susurres eso estando en la cama.

Pero la voz de Olivia era cada vez más queda, de modo que Jamie fue lo bastante galante como para ofrecerle colgar. Pensó en la agenda que tenía para el día siguiente y esbozó una mueca. Le tocaba pasar el día entero haciendo trabajo de oficina y ocuparse después de la barra, y los viernes abrían hasta las diez. Gracias a Dios, aquel era un espacio de degustación y no un bar normal que abriera hasta altas horas de la madrugada.

–Si eres capaz de aguantar despierta una hora más, mañana también te arroparé antes de dormir.

–Me encantaría –susurró Olivia.

Y Jamie casi pudo sentir sus dedos deslizándose por su cuello.

–A mí también me encantaría.

Qué relación tan extraña. Nada de sexo. Largas conversaciones íntimas. Y maldita fuera si no le gustaba.

Capítulo 6

–¿Por qué no contestas a mis mensajes?

Olivia no se podía creer que hubiera contestado al teléfono. Había estado evitando a Víctor durante toda la semana, pero al salir de la ducha no había podido ver el identificador de llamadas y allí estaba, soportando sus reproches.

–Víctor, una de las razones por las que me divorcié de ti fue que, de esa manera, no tendría que responder ni a tus mensajes, ni a tus llamadas ni a tus correos electrónicos a no ser que quisiera. Y no quiero.

–Vamos, Olivia, ¿qué te pasa últimamente?

Olivia se envolvió en la toalla.

–¿De qué estás hablando?

–Te comportas de manera extraña.

Extraña. Sí, por ejemplo, había salido con un desconocido más joven que ella. Y Jamie llevaba tres noches seguidas llamando a la hora de dormir. No podía continuar negando, por lo menos ante sí misma, que se estaba enamorando de él. Por lo visto, hablar con un hombre durante horas mientras se estaba en la cama era una herramienta muy efectiva para romper resistencias.

–¿Olivia? –Víctor elevó la voz con obvia irritación.

–¿Sí?

–¿Quién era ese tipo?

La curiosidad debía de estar corroyéndole las entrañas, para que lo preguntara de forma tan directa. A Víctor le gustaba retorcer los temas complicados de tal manera que, al final, a Olivia le costaba recordar cuál era la cuestión principal. Sonrió.

–¿Qué tipo?

–¡Maldita sea! Olivia, si quieres que juguemos…

–Víctor –le interrumpió–, no estoy jugando. Mi vida ya no tiene nada que ver contigo. Todo ha acabado entre nosotros para siempre.

–Eso no es cierto. Seguimos siendo amigos.

–¡No somos amigos! ¿De dónde te has sacado esa tontería?

–Olivia, escucha…

–No, tengo que colgar. Ya hablaremos en otro momento. O no. En realidad, no importa. Adiós.

Por primera vez desde hacía meses, no se notó nerviosa tras hablar con Víctor. La cuestión era que ya no le importaba. Tenía otros asuntos de los que preocuparse. Asuntos más importantes, esperaba.

Jamie la había invitado a almorzar a su casa, a un *brunch*. El almuerzo era la más inocente de las comidas, pero, en aquel caso, era posible que fuera la expresión codificada del sexo. Podrían haber quedado para salir a almorzar, pero ella iba a ir a su casa para disfrutar de una comida íntima.

Estaba aterrada, y preparada en un cien por cien.

Algo había cambiado para Olivia durante aquellos últimos días. Salir con Jamie continuaba pareciéndole peligroso e irresponsable y sabía que aquella relación no llegaría a nada. Pero qué más daba. Solo llevaba un año divorciada. Todavía no estaba preparada para una relación estable. Aquel era el momento de disfrutar de una aventura apasionada con un hombre más joven que ella, capaz de hacerla retorcer los dedos de los pies con el mero sonido de su voz.

De hecho, llevaba horas levantada pensando en ello.

Debido a su trabajo, Jamie no era una persona muy madrugadora. Le había pedido que fuera a su casa a las doce y le había explicado que tendría que invitarla a un almuerzo porque el desayuno era la única comida que sabía hacer bien. Olivia se había entretenido yendo a correr, duchándose y secándose el pelo. Pero en aquel momento tenía que enfrentarse a la imposible tarea de elegir lo que se iba a poner. Se plantó delante del armario y miró con impotencia su ropa.

Sabía lo que se habría puesto si hubieran decidido salir. Un bonito vestido sin mangas, no tenía la menor duda. ¿Pero y si tenía la típica casa descuidada de un universitario? ¿O un compañero de piso?

Un *brunch* podía sonar como algo elegante, pero a lo mejor Jamie consideraba que para un almuerzo bastaba con unas galletas saladas y algo de embutido. Se imaginó a sí misma con un elegante vestido, sentada en una mesa diminuta y comiendo donuts cubiertos de azúcar glas.

—No —se regañó a sí misma.

Jamie tenía veintinueve años, no diecinueve. Tenía una casa de verdad, con una mesa de verdad y una cocina que quizá sabía cómo usar. Así que eligió un bonito vestido amarillo y lo dejó en la cama. Después se dirigió a la cómoda para enfrentarse a la tarea, todavía más difícil, de elegir la ropa interior.

¡Ay! En aquel momento se arrepintió de haberse puesto un sujetador con tanto relleno. La publicidad falsa y desnudarse a plena luz del día no casaban bien. Bajó la mirada hacia la toalla que apenas sobresalía sobre su pecho y volvió a mirar el cajón lleno de bonitos, delicados e innecesarios sujetadores. Se sentó entonces con fuerza en la cama y se enfrentó a un problema que había estado ignorando. Un problema que había intentado olvidar con todas sus fuerzas.

No solo era una inexperta en divertirse de forma irresponsable.

Era una inexperta y punto.

Víctor era el único amante que había tenido. El único. Si se acostaba con Jamie, él sería el segundo. Pero, por supuesto, no se lo diría jamás de los jamases.

Al fin y al cabo, era una mujer moderna y cultivada. Una divorciada de treinta y cinco años sin prejuicios morales y con una saludable vida amorosa. De joven, no había pretendido reservarse para el matrimonio o para la llegada de su alma gemela. El problema había sido que era una chica delgaducha y con gafas demasiado tímida para atreverse a mirar más allá de los libros. Y, al igual que otras chicas calladas y tímidas antes que ella, se había enamorado locamente de aquel profesor tan inteligente que la había ayudado a abrirse. Parecía tener tanto interés en ella… ¡En ella!, por inaudito que pareciera. No había tenido una sola oportunidad de resistirse.

Todo era perfecto. Ella era una joven sin experiencia y a Víctor le gustaba. Pero ser una inexperta con Jamie era una cuestión muy distinta. De modo que tendría que fingir. Algo que no tenía por qué resultarle en absoluto difícil. Había tenido relaciones sexuales durante una década. Un hombre no podía ser muy diferente de otro. El proceso siempre era el mismo. Ella tenía el mismo cuerpo. Y eso era lo que la preocupaba.

Cuando le había preguntado a Víctor, este le había dicho que no le importaba que tuviera los senos pequeños. Pero había sido imposible ignorar las miradas que dirigía a los escotes de otras mujeres. Y las tres mujeres que le había conocido eran impresionantes en ese aspecto.

Pero era absurdo preocuparse. Solo eran sus senos. Una pequeña parte de lo que a Jamie le interesaba de ella. Al menos, eso esperaba. Y, en cuanto a lo demás, no tenía por qué enterarse de que tenía tan poco experiencia. Saldría del paso fingiendo.

Ella siempre había sido una persona que funcionaba mediante la lógica. Se sintió mejor después de elegir su sujetador favorito. Era de algodón lila con encaje blanco en los bordes. Se puso una braga a juego y se enfundó el vestido amarillo. Después, se puso las lentes de contacto y se maquilló.

El reloj indicaba que todavía le quedaba media hora y no estaba muy segura de qué hacer, de modo que se sentó en el sofá con las manos en el regazo. Si quería, podía ir a casa de Jamie y limitarse a compartir el almuerzo con él. Lo sabía. Pero no era eso lo que quería. Le quería a él. Quería sentirle a su lado y dentro de ella. Y, por asustada que estuviera, no retrocedería. Alguien tenía que ser el primero después de Víctor y ese alguien iba a ser Jamie.

Al cabo de treinta minutos de serena calma, se levantó, se puso unas sandalias de tacón y salió hacia casa de Jamie. Abordaría aquella diversión de la misma manera que abordaba cualquier otra cuestión: con lógica y tranquilidad.

Lógica, tranquilidad y un corazón que latía enloquecido. Al parecer, lo de divertirse no iba a ser un asunto tan fácil, porque para cuando llegó a casa de Jamie, apenas podía oír otra cosa que su pulso acelerado.

Advirtió que vivía en un bonito barrio, de casas grandes. Y la suya no era una excepción. El porche estaba dividido en dos entradas. Se dirigió a la de la izquierda y llamó. Cuando comenzó a marearse, se obligó a respirar, y siguió haciéndolo cuando vio una figura acercarse tras el cristal esmerilado de la puerta.

—Señorita Bishop —la saludó Jamie. Una sonrisa se extendió por su rostro como un cálido regalo—, gracias por venir.

Ojalá pudiera repetir más tarde esa misma frase, pensó Olivia. Reprimió una risa nerviosa mientras él le abría la puerta por completo y le hacía un gesto para invitarla a entrar. Olivia comenzó a pasar delante de él y trastabilló cuando Jamie se movió para besarla. En el preciso instante en el que se dio cuenta de que pretendía darle un beso en la mejilla, ella estaba volviéndose para darle un beso en la boca. Y para entonces ya fue demasiado tarde. Sus bocas toparon con torpeza antes de que Olivia se apartara.

La puerta se cerró tras ella.

—¡Qué bien huele! —dijo animada.

—Gracias.

—Y… —se fijó por fin en cuanto la rodeaba y giró asombrada—. ¡Qué bonito!

Aquel no era un sórdido apartamento. Ni siquiera el refugio de un hombre. Los altos ventanales se abrían a la brisa, dejando que el sol iluminara el suelo de madera. Las puertas y los rodapiés también tenían la calidez de la madera y hacían un bonito contraste con el color almendra de las paredes.

—¿Cuánto tiempo llevas viviendo aquí?

—Unos dieciocho meses —la condujo hacia una cocina pequeña amueblada en granito oscuro y acero inoxidable.

—Tienes una casa preciosa. No me esperaba esto.

—¿Ah, no? —abrió la puerta del horno y sacó una sartén—. ¿Qué te esperabas entonces?

Olivia se aclaró la garganta, pero no contestó.

—¿Letreros de neón de marcas de cerveza? ¿Pósters pegados con cinta adhesiva a las paredes?

—No, yo…

—Eso lo reservo para mi dormitorio. Así me aseguro de empezar bien el día.

—Para —Olivia le dio un golpe en el brazo.

Jamie la agarró de la muñeca y la atrajo hacia él.

—Llevo mucho tiempo esperando esto.

La abrazó, le rozó los labios y el mundo pareció explotar. Olivia entreabrió los labios y Jamie deslizó la lengua en su interior. Y, aunque todo comenzó despacio, Olivia no tardó en encontrarse apoyada contra la encimera de la cocina mientras la lengua de Jamie trabajaba en su boca y sus manos la agarraban de las caderas. Ella se aferró a él, adorando su olor, su sabor, su tacto. Durante tres noches seguidas, se había dormido oyendo su voz. También ella había estado esperando aquel momento.

Habían compartido besos en otras ocasiones, pero aquello fue muy diferente. El cuerpo entero de Jamie estaba presionado contra el suyo. Olivia cambió de postura, Jamie presionó con las caderas y el deseo se desató dentro de ella.

A lo mejor Jamie pretendía hacerlo allí mismo. A lo mejor la sentaba en la encimera, le subía la falda y le bajaba las bragas. Nunca se había visto en una situación como aquella, excitada hasta la desesperación en una cocina, con el frío granito a su espalda. Ya estaba húmeda. Tan húmeda, de hecho, que hasta podía notarlo.

Algo vibró con fuerza y Oliva se sobresaltó.

—Lo siento —le pidió Jamie con voz ronca—. Perdona un momento.

Cuando Jamie se alejó, dejó tras él tal repentina frialdad que a Olivia se le irguieron los pezones. Tenía la sensación de estar a punto de estallar, pero Jamie continuó moviéndose con calma mientras se agachaba para sacar una fuente del horno.

—Tortilla al horno. Espero que no tengas nada en contra del beicon.

—No, intenté hacerme vegetariana hace unos cuantos años. Pero fue un vergonzoso fracaso.

—¿Ah, sí?

—A los cuatro días estaba tan desesperada por comer carne que paré en una tienda de camino a casa y me compré un taco. Me lo comí en la caja registradora, mientras estaba pagando.

–Eso está muy mal –le reprochó Jamie–. Y yo que pensaba que eras una mujer tan controlada.

Olivia sonrió, aunque era cierto que siempre le había gustado tenerlo todo bajo un estricto control.

–Puedo llegar a perder la cabeza, supongo. Pase lo que pase, no te interpongas entre mí y una bandeja de tacos.

–Jamás se me ocurriría.

A pesar de la intensa esperanza de Olivia, Jamie no volvió a su lado. Al parecer, no iba a haber sexo en la cocina. Aquel hombre estaba dispuesto a darle de comer. Se acercó a la nevera y sacó un cuenco. Los ojos de Olivia bajaron hasta sus pies descalzos. Todo en él hacía que se le hiciera la boca agua, hasta sus pies. Tenía un aspecto adorable y juvenil con aquellos vaqueros viejos y la camiseta. Cuando alargó la mano hacia el interior de la nevera, la camiseta se levantó y Olivia tuvo posibilidad de ver un pedazo de su musculosa espalda y el hueso de su cadera sobresaliendo de forma deliciosa.

Iba a hacerlo. De verdad lo iba a hacer. Iba a verle desnudo. Iba a tocarle. Iba a envolverle con su cuerpo. Qué sensación tan rara. Era como si se estuviera viendo a sí misma en una película, representando un papel.

–Olivia, ¿puedes agarrar esto?

«¿Esto?», Olivia estaba dispuesta a agarrar cualquier cosa que le pidiera. Pero, al final, resultó ser un cuenco de fruta cortada. Le siguió con tristeza a través de la cocina hasta la puerta de atrás.

Estaba siendo encantador, estaba haciendo un gran esfuerzo por ella. Pero Olivia no necesitaba nada de aquello. ¿Se tomaría siempre tantas molestias para una simple sesión de sexo? No era raro entonces que fuera tan popular. El camarero siempre a su servicio.

Como tenía los ojos fijos en el trasero de Jamie, tardó

varios minutos en darse cuenta de dónde estaban. Jamie dejó un cartón de zumo de naranja y una botella de champán sobre una mesa redonda.

—¿Un cóctel mimosa?

—¿Y tienes que preguntarlo? ¿Alguna vez te ha dicho alguien que no?

Jamie frunció el ceño, pero Olivia estaba demasiado distraída por lo que veía a su alrededor como para preocuparse.

—Qué lugar tan bonito, Jamie.

Se sentaron en una amplia terraza de madera equipada con una mesa, sillas y una única tumbona. Desde allí, bajando un escalón, se accedía a una zona más pequeña que incluía un jacuzzi escondido detrás de un enrejado. Pero el resto del jardín era lo más sorprendente. Un camino de piedra cruzaba las plantas y las formaciones de rocas. Al final del enorme jardín había una pequeña cascada que caía desde unas piedras de unos dos metros.

—Qué espacio tan bonito. Es muy relajante.

—Gracias.

Jamie hizo un gesto para que se sentara, le tendió un cóctel y volvió a la cocina. Ya había puesto la mesa y Olivia se descubrió sonriendo mientras contemplaba la vajilla y la cubertería, todo dispuesto en perfecto orden sobre un mantel de papel. Su café ya estaba preparado.

—La otra taza que tengo es un vaso de pinta.

—¿Necesitas ayuda? —se ofreció.

—No —Jamie salió haciendo equilibrios con dos fuentes, sendos cucharones de madera y la cafetera—. Si algo sé hacer, es servir una mesa.

Colocó cada cucharón en una de las fuentes y aquel detalle le recordó a Olivia al de las servilletas de papel dobladas. Su detallismo no alcanzaba los niveles de Martha Stewart, pero le pareció adorable. Una vez más.

Olivia se sirvió los huevos y el café y la mezcla de fragancias fue gloriosa. Le sonó el estómago, pero cuando alargó la mano hacia el tenedor, Jamie tomó la botella de champán. Olivia se obligó a esperar con educación mientras él le servía el champán y el zumo de naranja. Cuando terminó, Jamie alzó su copa.

—Por la diversión —brindó.

—Y las cosas nuevas —añadió ella.

Cinco minutos después, Olivia se dio cuenta, avergonzada, de que había dejado el plato limpio. Y la copa vacía.

—¡Ay, estaba todo buenísimo!

—Toma un poco más —le ofreció Jamie, inclinando la botella.

El líquido dorado burbujeó y siseó en su copa. Olivia soltó una risita y ella misma se preguntó si estaría achispada. Después, se sirvió un poco de café.

—¿Siempre has querido ser profesora? —le preguntó Jamie mientras se servía una generosa cantidad de tortilla de beicon.

—No, la verdad es que no.

—¿Aterrizaste en ese trabajo sin pensarlo?

—Sí —había surgido así, sin más. Pero había aterrizado empujada por la mano de su marido. Intentó no suspirar—. Pero la asignatura que imparto me encanta. Mis padres eran inversores y empresarios. Hay mucho conocimiento especializado en cualquier negocio relacionado con la hostelería. Muchas cosas que un restaurador no tiene por qué saber. Me gusta poder servir de ayuda en ese campo.

Jamie la miró con atención.

—¿Ah, sí?

—Es un campo difícil. Montar un restaurante es arriesgado y estresante, y consume mucho tiempo. Me gusta la idea de poder echar a la gente una mano.

De hecho, a ella le habría gustado ser asesora en vez de profesora. Abrió la boca para decirlo, pero decidió no hacerlo, incapaz de expresarlo de una forma que no resultara patética. Se había enamorado de Víctor y él había querido que dedicara su tiempo y su energía a su carrera. Y eso era lo que había hecho ella. Había aceptado un trabajo mal pagado en la universidad porque lo importante era la carrera de Víctor. Por supuesto que sí. Nadie se habría atrevido a discutirlo.

Jamie se la quedó mirando fijamente con los ojos entrecerrados, como si quisiera descifrar algo. Olivia quería encogerse y protestar diciendo que había hecho lo que en aquel momento había considerado lo mejor. Sí, entonces era una idiota de veintitrés años que se había casado con un hombre que la manipulaba, pero su intención había sido buena. Al fin y al cabo, a Víctor acababan de nombrarle profesor numerario. Tenía que sacar adelante su carrera.

—No es un mal trabajo —dijo con voz queda.

—Tengo una idea —no parecía decepcionado. Parecía… ¿emocionado?

A Olivia le costó acostumbrarse a aquel giro inesperado de la conversación.

—¿Qué clase de idea?

—A lo mejor podemos ayudarnos el uno al otro.

Olivia inclinó la cabeza con expresión interrogante.

—Tú quieres aprender a divertirte…

—¿Y?

Jamie sonrió, pero no lo hizo con su habitual nivel de confianza.

—Y yo quiero aprender cómo convertir una cervecería de degustación en un auténtico pub.

No era un plan muy impactante. Olivia ya había imaginado que intentaría orientar su negocio en aquella dirección. Pero sí era sorprendente oírle exponer los problemas de ambos como si estuvieran al mismo nivel. ¿Le estaba proponiendo que trabajara para él a cambio de sexo?

—Jamie… no sé.

—No tenemos nada que perder.

—Si voy a trabajar para tu familia, no estoy segura de que sea apropiado...

—No vas a trabajar para mi familia. Mi familia no sabe nada de esto.

—No lo comprendo —musitó.

Alargó la mano hacia su copa y se alegró de que Jamie se la hubiera vuelto a llenar.

Jamie se reclinó en la silla y sostuvo su copa entre las manos, fijando en ella la mirada mientras inclinaba el líquido.

—Mi hermano no confía en mí. La verdad es que nadie confía en mí. Supongo que me lo he ganado a pulso. Digamos que mi criterio a la hora de meterme en algunos asuntos ha sido bastante cuestionable.

—¿Te refieres a asuntos relacionados con el negocio?

—No, no me refiero a eso. Hace años, hice algunas locuras, bastante considerables. Y, una vez asumes el papel de oveja negra, es difícil quitártelo de encima.

—¿Tuviste algún problema con las drogas? ¿Hiciste algo ilegal?

—No, nada parecido. Es solo que... mi hermano y yo no nos parecemos en nada. Él es un ejemplo de responsabilidad. Yo nunca pude competir con él a ese nivel, así que ni siquiera me molestaba en intentarlo —se encogió de hombros—. Es complicado, pero, al final, el resultado es este. Somos socios a partes iguales en la cervecería, así que, proponga lo que proponga, tendré que convencer a mis hermanos de que es una buena idea. Por eso necesito ayuda. Toda la ayuda posible.

—Por supuesto, estaré encantada de ayudarte, pero no necesito que...

—No, eso no es verdad. Tú también necesitas ayuda. Y da la casualidad de que a mí se me da muy bien divertirme. Estoy muy curtido en ese campo.

A Olivia le ardía la cara como si se hubiera caído en un campo de agujas.

—¿Pero sexo? Yo no puedo…

—Yo no he dicho nada de sexo.

¡Ay, Dio santo! Olivia se llevó la mano a la mejilla.

—No lo entiendo.

—Me refiero a divertirse. A quedarse despierto hasta más tarde de las diez, por ejemplo.

—A mí me gusta…

—A acostarse tarde. A emborracharse bajo las estrellas. A bañarse desnudo. A ir a un club de *striptease*…

—¿A un club de *striptease*? —gritó.

Jamie le guiñó el ojo.

—Y quizá podamos trabajarnos una sesión de «no puedo esperar más» contra la pared del cuarto de baño mientras estamos allí. Siempre y cuando eso te parezca divertido.

—Creo…

La cara le seguía ardiendo. Tenía la garganta tan cerrada que le costaba creer que todavía pudiera respirar. Aquello no era normal. No era así como la gente hacía las cosas. Ni siquiera las divorciadas maduras con los hombres más jóvenes que ellas. A lo mejor debería sentirse ofendida porque Jamie le estaba ofreciendo un trato que implicaba meterse en su cama. O colocarla contra una pared.

Pero, por otra parte, aquello le facilitaba las cosas. No tendría que preocuparse de que la relación se convirtiera en algo especial. En algo profundo. Solo… estaban haciéndose un favor. Intercambiando servicios.

Pensando en ello, decidió que quizá fuera así como se hacía. A lo mejor era como una de aquellas ricachonas que mantenían a su lado a hombres mucho más jóvenes que ellas, si bien, en su caso, era una ricachona bastante pobre.

Pero era así como hacían los hombres, ¿no? Los hombres como Víctor ofrecían consejo, estabilidad, una mano sabía con la que guiar a sus parejas. Las mujeres jóvenes les brindaban a cambio cuerpos tersos y la satisfacción de necesidades básicas.

–¿Y bien? –la urgió Jamie.

Dejó la copa en la mesa y se enderezó. La miró a los ojos sin la menor sombra de vergüenza. ¿Cómo era capaz de hacer algo así?

Olivia se obligó a sí misma a enderezarse también. Fuera cono fuera, ella le deseaba, ¿no?

–De acuerdo –dijo, sorprendida por la convicción que reflejaba su propia voz–. Trato hecho, pero quiero que demos hoy la primera lección.

Capítulo 7

–No he traído bañador –dijo insegura a pesar de su atrevida declaración.

Jamie intentó parecer serio mientras sacudía la cabeza al tiempo que dejaba el último plato en el fregadero.

–¿No has oído lo que te he dicho antes?

Casi podía ver cómo repasaba mentalmente la lista de diversiones que le había propuesto. De hecho, movía los labios mientras la recitaba para sí. De pronto, abrió los ojos como platos.

–Pero hoy… Yo pensaba que…

–¿Qué? –preguntó Jamie, fingiendo que no sabía a qué se refería.

Olivia comenzó a farfullar con el rostro de nuevo enrojecido.

–¿Que nos lo tomaríamos con más calma? –sugirió Jamie para evitar que se sintiera culpable.

Pero sabía lo que iba a decir. Ella pensaba que iban a disfrutar del sexo y, al parecer, estaba dispuesta a ello. La sangre comenzó a bombearle a toda velocidad, inundando sus venas hasta que todo su cuerpo estuvo en tensión.

Olivia se aferró a sus palabras, asintiendo con entusiasmo.

–Sí, a tomárnoslo con más calma.

–Pero yo estoy intentando enseñarte a lanzarte de golpe. Empezaremos por el jacuzzi.

Olivia miró hacia la terraza mientras dejaba los cubiertos en el fregadero.

–Pero… la gente nos verá.

–No. El jacuzzi está a salvo de miradas.

–Pero para llegar hasta allí…

–Tengo toallas, Olivia. Toallas grandes y esponjosas.

Olivia tragó saliva y fijó la mirada en el rectángulo que el sol formaba sobre el suelo de la cocina.

–De acuerdo –aceptó, pero parecía aterrada.

–¡Eh! –Jamie se acercó a ella y la agarró por la barbilla–. Estoy de broma. Podemos empezar por acostarnos tarde.

Olivia le miró a los ojos y Jamie volvió a reconocer en ellos una gran vulnerabilidad. El corazón le dio un vuelco, pero Olivia apretó la mandíbula y rectificó.

–No, tienes razón. Yo no soy la experta en esto. Debería confiar en ti.

Jamie dibujó la línea de su barbilla con el dedo y su piel le pareció de seda.

–Solo es un jacuzzi –la tranquilizó.

No quería que Olivia pensara que se estaba mostrando dispuesta a hacer ninguna otra cosa en aquel momento. No quería avergonzarla hablando de sexo.

–Será solo un baño. Nada más.

–De acuerdo. Solo un baño en el jacuzzi.

–Te dejaré la toalla en el dormitorio.

Se alejó con naturalidad, intentando evitar que notara con cuánta anticipación esperaba aquel momento. Si Olivia pensaba que se bañaba desnudo en el jacuzzi cada fin de semana con una chica diferente, que así fuera. Se guardó un par de preservativos en el bolsillo, se colgó una toalla al cuello y dejó otra en la cama para Olivia. Después, volvió a pasar delante de ella y agarró la botella de champán y las copas.

Cuando vio que Olivia abría el grifo del fregadero, se detuvo.

–Que quede esto bien claro, de los platos me ocuparé yo después.

–¡Ah, de acuerdo! –dijo Olivia.

Cerró el grifo del agua y Jamie se dirigió corriendo hacia el jacuzzi. Había conectado el temporizador para que el agua estuviera caliente durante los fines de semana, así que estaba ya a la temperatura adecuada. Jamie encendió los chorros, dejó la ropa en el banco y se metió.

Sabía que Olivia tardaría un poco. Podía imaginarla en aquel momento de pie en la cocina, con los dedos entrelazados y la mandíbula tensa como el acero. Era una mujer seria y prudente, pero también de gran fortaleza. No tenía la menor duda de que reuniría el valor que necesitaba.

Apoyó la cabeza en la bañera y cerró los ojos mientras la imaginaba recorriendo el pasillo muy despacio, con los tacones repiqueteando contra la madera. Cuando llegara al dormitorio, clavaría la mirada en la toalla. Después en la cama. Sus manos vacilarían sobre el nudo que sujetaba su vestido. Dios, Jamie haría cualquier cosa por desatárselo. Por liberar aquel cinto y descubrir lo que se escondía bajo la tela amarilla. Por ver por primera vez su piel. ¿Qué llevaba debajo del vestido? ¿Unas prendas sencillas y discretas? ¿Algo delicado y sedoso?

Para cuando abrió los ojos y la descubrió de pie ante él, ya estaba comenzando a excitarse. Parpadeó sorprendido. En su mente, Olivia todavía estaba nerviosa y vestida.

–¡Eh! –la saludó, recorriendo con la mirada la toalla que se ceñía a su cuerpo.

¡Debajo de la toalla no llevaba nada! Estaba seguro. Tenía los ojos abiertos como platos y los nudillos tan blancos como el algodón al que se aferraban, pero permanecía erguida, sosteniéndole la mirada.

—¿Estás seguro de que no puede vernos nadie? —le preguntó.

—Estoy seguro. Hay demasiadas sombras.

—¿Podrías…?

Jamie volvió a cerrar los ojos, pero aguzó el oído para compensar tanta caballerosidad, como si fuera posible oír cómo caía una toalla por encima del sonido de los chorros. Contó hasta diez, y después hasta veinte, convencido de que se produciría un cataclismo en el instante en el que Olivia estuviera desnuda con él en el agua. O, por lo menos, que Olivia le salpicaría un poco.

—¿Contará como que me he bañado desnuda si tienes los ojos cerrados todo el tiempo?

Aquello sería una tragedia, así que Jamie abrió los ojos al instante. Y allí estaba ella. El torbellino de burbujas cubría la mayor parte de su cuerpo. Todo, la verdad fuera dicha. Jamie podía ver más partes de su anatomía cuando estaba sentado en clase. Pero los pocos centímetros de los hombros que sobresalían por encima del agua estaban desnudos. El pelo oscuro apenas le rozaba el cuello cuando se movía. El agua danzaba y descendía apenas un par de centímetros, tentándole con la posibilidad de contemplar su desnudez.

Jamie se obligó a mirarla a la cara, pero no tardó en darse cuenta de que no importaba. Olivia estaba demasiado ocupada fijando la mirada en su pecho como para advertirlo. En respuesta, Jamie se irguió un poco más.

—Así que lo he hecho —dijo Olivia por fin.

Esbozó una tímida sonrisa que no tardó en extenderse por todo su rostro.

—Sí, lo has hecho, ¿y cómo te sientes?

—Todavía no lo sé.

Olivia se deslizó unos centímetros hacia la derecha, acercándose un poco más, aunque continuaba habiendo medio metro de bañera entre ellos. Desde donde estaba,

Olivia podía contemplar todo el jardín. Un golpe de brisa le removió el pelo y Jamie la vio respirar hondo.

—Estar aquí es como estar en una cueva. Es un rincón secreto.

—Sí, exacto.

Detrás del enrejado, el día era una explosión de luminosidad. Afuera, la gente disfrutaba del domingo. Y nadie sabía que Oliva y Jamie estaban escondidos entre las sombras, desnudos bajo el agua. Olivia le rozó el pie con el suyo. Y él respiró despacio.

Cuando había desafiado a Olivia a bañarse desnuda con él, creía tenerlo todo bajo control. Se sentía un poco superior a ella. Como el hombre al que le había sido asignada la tarea de enseñarla a liberarse. Pero aquel no era un baño divertido con una chica achispada que se desprendía de la parte superior del bikini con la misma facilidad con la que se habría quitado una chaqueta que sobraba. Aquella era Olivia Bishop, cuya desnudez era algo preciado y secreto. Y hasta entrever sus hombros desnudos resultaba arriesgado. En aquel momento, Jamie no se sentía ni superior ni tranquilo. Estaba nervioso y tan excitado que agradecía la cobertura que le proporcionaba el agua burbujeante. Y no era tan liberal como para permanecer allí tranquilo con una palpitante erección.

En absoluto.

—¡Mira! —susurró Olivia.

Por un instante, Jamie temió que el agua se hubiera aclarado. Pero Olivia estaba señalando hacia arriba, hacia el comedero para colibrís que había colgado en un árbol. Dos pájaros de color verde danzaban frente a él, aleteando el uno contra el otro mientras competían por el agua azucarada.

Pero Olivia estaba sonriendo, así que Jamie prefirió mirarla a ella.

—Esto es genial. Gracias.

—De nada, puedes venir cuando quieras —le ofreció Jamie con una ironía que a ella pareció pasarle desapercibida.

—Me siento distinta.

—¿Ah, sí?

Olivia se volvió y le sonrió. Su boca se curvaba con un aire seductor que Jamie nunca había visto en ella.

—Sí.

Jamie cambió la pierna de postura para poder deslizarla contra la de ella. El brillo de excitación que centelleó en los ojos de Olivia fue inconfundible.

—Me resulta raro llamarte señorita Bishop cuando se supone que hoy soy yo el que tiene que enseñarte.

—Eso es porque no deberías llamarme así nunca y lo sabes.

—De acuerdo, entonces, te llamaré Olivia.

Alargó la mano hacia las copas de champán y le tendió una, aprovechando la oportunidad para acercarse un poco a ella. En aquel momento, su pantorrilla descansaba de la forma más natural contra la de Olivia.

—Tienes un nombre precioso. Creo que nunca he conocido a nadie que se llame así. Y en la cervecería conozco a mucha gente.

—Es un poco anticuado —suspiró.

—Es muy bonito —insistió Jamie.

No añadió que le quedaba perfecto. A Olivia no le habría gustado porque era cierto que era un nombre un tanto anticuado y aquella era la razón por la que le quedaba bien.

Suspirando, se hundió un poco más en el agua y bebió un sorbo de champán. Tenía una expresión relajada. Soñadora. Y el vapor le coloreaba de rosa las mejillas.

Jamie le acarició la sien, apartando un mechón de pelo pegado a su piel humedecida. Cuando Olivia se volvió hacia él, le acarició el labio inferior con el pulgar, adorando la suavidad de aquella carne. Ella le miró expectante, todo su nerviosismo parecía haberse disuelto en el agua. Y Jamie ya no era capaz de aguantar ni un segundo más.

La besó, manteniendo la mano en su hombro mientras se deslizaba a su lado. Y fue extraño, porque allí, en aquel calor, fue como si sus cuerpos estuvieran participando en el beso. Todo el cuerpo de Olivia estaba tan húmedo y caliente como su boca en aquel momento. Cuando ella deslizó la mano por sus hombros, la caricia fue tan sensual como la habría sido la de su lengua. Y cuando presionó la rodilla contra su muslo, resbaló por su piel.

Jamie intentó tomarse las cosas con calma, pero Olivia asaltó su boca y hundió los dedos en su pelo para acercarle a ella y Jamie tuvo que controlarse para no abalanzarse sobre ella. Su mano aterrizó en su cadera y los dedos se curvaron de forma natural para sostenerla. Y, entonces, la palma comenzó a trepar por su costado, explorando su cuerpo y acercándola a él.

Al principio, Jamie pensó que era solo la presión del agua lo que sentía contra él, hasta que se dio cuenta de que Olivia estaba deslizando la rodilla entre sus muslos. Jamie intentó encontrar un equilibrio imposible entre acercarse más a ella y guardar las distancias. Un segundo después, su capacidad de control estaba tan dañada que terminó hecha trizas y ahogándose en el agua. Olivia estaba intentando profundizar el beso y le rozó el miembro con el muslo porque tenía la pierna cada vez más encajada entre las suyas.

La oyó emitir un leve sonido. Un susurro de sorpresa o de placer, Jamie no estaba seguro porque su mente estaba ocupada con la sensación de la piel de Olivia contra su sexo y sus propias manos explorando su espalda. Olivia estaba desnuda. Cada centímetro de su piel estaba húmedo y disponible. Alzó las manos hasta su cuello y fue descendiendo milímetro a milímetro, siguiendo el camino marcado por su columna, hasta llegar a la base. Allí extendió las manos, le moldeó las nalgas y la sostuvo por las caderas.

En aquella ocasión, Olivia gimió más alto y Jamie no tuvo problema alguno para interpretar aquel sonido.

La hizo reclinarse contra él. Le encantaba que su respiración estuviera tan agitada como la suya. Posó la boca en su cuello mientras ella se aferraba a su cabeza. La echó después hacia atrás y la alzó por las caderas, obligándola a permanecer erguida para poder verla. Olivia tenía los ojos cerrados y los labios entreabiertos y Jamie siguió el curso de las gotas de agua que se deslizaban desde su cuello hasta sus senos desnudos. Le besó la clavícula y siguió después el camino del agua con los labios. Cuando cerró los labios sobre el pezón, Olivia jadeó con tal intensidad que temió haberle hecho daño. Pero entonces hundió los dedos en su pelo para estrecharle contra ella y él gimió en señal de aprobación.

Tenía unos senos tan pequeños que su mano apenas se curvó al posarse sobre ellos, pero eran de una sensibilidad extraordinaria. Cuando dibujó la aureola con la lengua, a Olivia le temblaron las manos. Y cuando le acarició el pezón con los dientes, sollozó. Era asombroso. Jamie podría haber pasado horas haciendo aquello, intentando arrancar de su boca todos los sonidos imaginables de placer. Era un bonito juego, encontrar los lugares que más placer le producían. Hasta la caricia de la lengua por la blanca piel del lateral de su seno la hizo suspirar. Jamie continuó provocándola antes de volver a cerrar los labios sobre el pezón.

–No puedo… –jadeó Olivia.

Jame dejó que el pezón se deslizara de entre sus labios con tal lentitud que Olivia gimió.

–Ya no aguanto más.

–Bien, en ese caso, será mejor que te sientes –le propuso Jamie.

Olivia colocó la rodilla en el asiento que tenía Jamie junto a su cadera y levantó la otra pierna para sentarse a horcajadas sobre él.

Durante una décima de segundo, Jamie consideró la

posibilidad de deslizarse en su interior. Bastaría con que la instara a bajar las caderas para hundirse en ella, porque jamás había deseado nada con tanta intensidad. Nada. Ninguna mujer, ninguna fantasía le había llevado nunca a tal grado de desesperación.

Olivia bajó la mirada hacia él. El pelo húmedo se pegaba a su cuello en bucles oscuros. Abría los ojos de tal manera que Jamie podría haberse hundido en ellos. Su pecho se elevaba y descendía al ritmo de sus jadeos mientras aguardaba expectante.

–Mierda –musitó Jamie, y la abrazó para besarla.

Su miembro quedó atrapado entre ellos, presionando el vientre de Olivia. Cada vez que esta respiraba, provocaba un placer ardiente en su sexo. No podía dejar de pensar en lo que sentiría estando dentro de ella. Se enredó el pelo de Oliva en la mano y la besó con fuerza.

Olivia, excitada, le clavó las uñas en los bíceps mientras se retorcía contra él. El mundo entero de Jamie se transformó en una ola de palpitante deseo. Posó una mano en su muslo y deslizó los dedos a lo largo del rincón en el que se unían estos. La acarició, adorando cómo se retorcía contra él y provocándola hasta hacerla sollozar.

Justo cuando estaba a punto de hundir los dedos en su interior, el mundo se detuvo. Todo se detuvo. Los dos se quedaron paralizados, mirándose impactados.

Jamie no tenía la menor idea de cuánto tiempo llevaban juntos en el jacuzzi, pero se había olvidado de prolongar el tiempo del temporizador. Rugió en sus oídos aquel repentino silencio. El agua se aplacó y quedó convertida en un plácido estanque.

Olivia abrió los ojos y miró a su alrededor como si acabara de recordar dónde estaba.

–¡Ay! –exclamó.

Jamie sintió el susurro de aquella exclamación como una caricia de aire frío en la mejilla.

Tomó aire y deslizó los dedos sobre la tensa perla del clítoris.

—Ay —repitió ella, arqueando las caderas contra él.

Jamie había vuelto a recuperar el control en el agua serena. Era capaz de pensar y comprendió que no quería que aquello acabara en solo unos minutos. Así que la acarició despacio, con mucho cuidado, deleitándose de nuevo en sus gemidos de placer. Siguió los pliegues de su sexo, le acarició el clítoris y la torturó dibujando la sensual apertura con los dedos, pero sin hundirlos en su interior. Y también para él fue una tortura tener su miembro presionado entre sus cuerpos cuando todo lo que deseaba estaba a solo unos centímetros de distancia.

Al cabo de unos segundos, Olivia le hizo alzar el rostro hacia ella y le besó con fuerza.

—¡Dios mío! Esto se te da genial —gimió contra su boca.

Jamie soltó una risa incómoda mientras ella se sentaba.

—¿Tienes… protección?

¿Por qué demonios se habría dejado los vaqueros a cinco mil kilómetros de distancia? Jamie señaló con un gesto vago los pantalones, pero no fue capaz de desviar la mirada de Olivia, que continuaba entre sus piernas. Tenía unos senos adorables y los pezones tensos y oscuros. Pero Jamie solo era capaz de fijarse en el triángulo de vello oscuro que reposaba entre sus muslos.

—Jamie —le urgió Olivia—, ¿tienes preservativos?

—En los pantalones —consiguió farfullar.

Olivia se inclinó de nuevo hacia delante, presionándole el miembro de tal manera que Jamie vio estrellas de placer, y alargó la mano para agarrar el montón de ropa.

—Gracias —contestó Jamie jadeando.

Tomó los pantalones para sacar un preservativo. Después se detuvo durante unos segundos un tanto embarazosos atrapado por Olivia.

—¡Ah! —exclamó Olivia, echándose hacia atrás para apartarse de sus rodillas.

Jamie se levantó y se puso el preservativo, consciente de la mirada de Olivia. Cuando volvió a sentarse en el agua, agarró a Olivia de la mano y la hizo acercarse flotando hacia él. Se hundió algo más en el agua para que ella pudiera ponerse de rodillas en el asiento y colocarse sobre él. Después, tomó su propio miembro con la mano y guio a Olivia hacia él. Pudo observar todo el proceso a través del agua clara. Y cuando rozó el sexo de Olivia con la cabeza de su miembro, la oyó tomar aire y contenerlo.

Después el cuerpo de Olivia le aceptó, cerrándose a su alrededor. Jamie oyó cada aleteo de su respiración, hasta el más leve jadeo mientras se hundía en ella.

Jamie no respiraba. Estaba demasiado ocupado sintiendo la tensión, la presión. Demasiado ocupado observándola mientras empujaba en su interior.

Olivia posó la mano en su pecho y extendió los dedos.

—Espera —jadeó, respirando con más fuerza.

Jamie esperó con los dientes apretados mientras sentía los músculos de Olivia moviéndose a su alrededor y cediendo después levemente.

—Ya está —susurró Olivia.

Gracias a Dios, Jamie pudo por fin respirar e hizo descender a Olivia los últimos centímetros. Durante unos instantes, allí quedo todo. Aquello era lo único que necesitaban. Permanecieron los dos muy quietos, dejando que el agua se serenara a su alrededor. Olivia posó la mirada en el lugar en el que se unían sus cuerpos, como si estuviera tan fascinada como él.

Y todo fue silencio. Un silencio profundo. Los pájaros cantaban. Oyeron pasar un coche por la calle y, a lo lejos, el zumbido de un cortacésped.

Jamie deslizó las manos por las caderas y la cintura de Olivia hasta alcanzar sus senos. Le acarició los pezones con los pulgares y Olivia sacudió las caderas. Jamie no necesitó nada más para salir de aquel letargo. Olivia volvió a mover las caderas en círculo con un torturado suspiro. Jamie permitió que fuera ella la que marcara el ritmo. Al principio, Olivia fue despacio, poco a poco, pero, en el momento en el que él le pellizcó los pezones, aumentó el ritmo de sus movimientos, haciendo chocar sus caderas con fuerza contra él mientras las caricias de Jamie se hacían más rudas.

El orgasmo de Jamie estaba ya consolidándose en la base de su miembro de modo que intentó no pensar en lo sexy que estaba Olivia. En cómo se arqueaba mientras cabalgaba sobre él, empujando sus senos con firmeza contra sus manos. Intentó no fijarse en su miembro saliendo de ella cuando Olivia se elevaba, ni sentir la imposible tensión de su vagina cuando se deslizaba hacia abajo. Intentó no oír el sonido tenue y oscuro de los gritos que Olivia reprimía para que no llegaran a oídos de sus vecinos.

Pero cuando los gemidos aumentaron de volumen y el movimiento de sus caderas se hizo más rápido, comprendió que ya no iba a poder aguantar mucho más. Se hundió un poco más en el agua, la hizo echarse hacia atrás, colocó una mano en su cadera y otra entre sus cuerpos. Podía sentir el perfecto contraste de su dureza contra el sexo blando de Olivia, pero la pasión entorpecía sus movimientos y tardó unos segundos en encontrar el lugar preciso que buscaba.

—¡Dios mío! —exclamó Olivia cuando por fin le acarició el clítoris—. ¡Jamie! —continuó moviéndose a toda velocidad.

Jamie apretó los dientes, resistiéndose a aquel constante placer.

—¡Dios mío! —susurraba Olivia una y otra vez mientras Jamie rezaba para poder aguantar.

Al final, los susurros de Olivia se transformaron en un sollozo. Sacudió las caderas contra él mientras sus músculos interiores le atrapaban con una tensión casi imposible. Olivia enterró el rostro en su cuello y pronunció su nombre con un grito amortiguado. Jamie se aferró a sus caderas hasta que cesaron los espasmos.

A Olivia todavía le temblaban los muslos cuando Jamie la alzó para sentarla de nuevo sobre él. Le miró deslumbrada por lo ocurrido.

Y entonces Jamie se abrazó a sus caderas y se vació dentro de ella, permitiéndose fijarse en todo cuanto le rodeaba. En el pelo revuelto y los ojos somnolientos de Olivia. En la boca enrojecida, en los labios entreabiertos en un fuerte jadeo mientras él se hundía de nuevo hasta el fondo. Y en los pezones erguidos y oscuros sobre la pálida piel.

Olivia volvió a gritar su nombre y él gruñó satisfecho mientras embestía con un deseo brutal. Cuando por fin llegó al orgasmo, gruñó entre dientes y continuó dentro de ella hasta que remitió la última oleada de placer.

En cuanto aflojó el abrazo, Olivia se desplomó contra Jamie. Su cuerpo se acomodaba sobre el de Jamie como si fuera de gelatina.

Jamie consiguió soltar una risa tensa.

—¿Estás bien?

—No —contestó Olivia contra su hombro.

—¿No?

—No. Me siento… llena. Y dolorida.

—Lo siento, yo…

—Y creo que esto no ha sido divertido.

—Eh… —Jamie la apartó, intentando interpretar su expresión—. Olivia…

—Ha sido… la perfección metafísica.

Se echó a reír y Jamie dejó escapar un suspiro de alivio.

—¿De verdad? Bueno, me impresionas. «Se te da muy bien besar», «perfección metafísica»…

—No te lo creas tanto. Yo también he tenido algo que ver.

—Sí, desde luego.

—Y… ¿te he parecido divertida?

Todavía estaba sonriendo, pero cuando se echó hacia atrás para mirarle, Jamie pudo ver en sus ojos que la pregunta era sincera. Alzó las manos para cubrirse los senos, pero Jamie se las retiró.

—Eh…—retuvo las manos de Olivia entre las suyas y le sostuvo la mirada—. Tú también has estado perfecta.

La sonrisa de Olivia pareció entonces auténtica. Se mordió el labio como una colegiala orgullosa. Y entre aquella sonrisa traviesa, sus senos desnudos y el hecho de que todavía estuviera dentro de ella, Jamie comenzó a excitarse otra vez.

La sonrisa de Olivia se transformó en una expresión de sorpresa.

—Procura tener cuidado a la hora de demostrar toda esa capacidad de diversión, Olivia —le advirtió—. Es peligroso.

—Voy a tener que aprender a medir mis propias fuerzas.

Jamie esbozó una mueca cuando Olivia se echó a reír, pero añadió también una sonrisa.

—De acuerdo, pero esta vez vamos a comprobar los límites de los poderes que acabas de descubrir en la cama. No quiero buscarme más problemas.

Olivia se levantó, haciéndole reprimir un gemido. Y aquella vez, mientras permanecía desnuda al lado del jacuzzi, no le pidió que cerrara los ojos.

—Dese prisa, señor Donovan. La clase se reanuda dentro de cinco minutos.

—Cinco minutos —musitó un tanto abrumado.

Pero pensó que con Olivia no le resultaría difícil conseguirlo.

Capítulo 8

Parecía imposible que solo hubieran pasado unas horas desde que Olivia había salido de su apartamento. Mientras recorría el camino que serpenteaba entre los dúplex de su barrio, la melena le rozaba el cuello y todavía sentía algunos mechones húmedos.

Había sido asombroso.

Olivia bajó la cabeza porque no era capaz de disimular la enorme sonrisa de su rostro y quería mantener lo ocurrido en secreto. Quería retener lo ocurrido para sí y no contárselo a nadie. No porque se sintiera avergonzada, sino porque si liberaba aquel secreto, podría terminar disipándose. Y no podía dejar escapar ni un instante de lo que había vivido.

—¿Dónde demonios has estado? —gruñó una voz masculina desde el pequeño porche de su casa.

Olivia alzó la cabeza y borró la sonrisa de su rostro. Su exmarido estaba subiendo los escalones de la entrada con el ceño fruncido, en tensión.

—¿Qué ha pasado? —le preguntó Olivia—. ¿Qué estás haciendo aquí?

—Estaba muerto de preocupación. ¡Llevo todo el día llamándote!

—Estaba ocupada —pasó por delante de él y sacó las llaves del bolso.

–Te he llamado a primera hora de la mañana.

Olivia elevó los ojos al cielo.

–Había salido a correr. Y no finjas que no lo sabías.

Víctor la siguió escaleras arriba.

–Eran las ocho y media, Olivia. Tú no sales a correr a las ocho y media. Y te he llamado al fijo y al móvil.

Olivia se ruborizó, sintiéndose culpable. De lo que más culpable se sentía era de haberse levantado tan tarde y haber salido a correr a las ocho y media en vez de a las seis.

–¿Qué te pasa, Olivia? –la presionó–. Últimamente te comportas de una forma muy extraña.

–A mí no me lo parece.

–Es por él, ¿verdad?

¿Él? Hasta la última célula de su cuerpo pareció cosquillear al pensar en Jamie.

–No has dormido en casa esta noche, ¿verdad? Dios mío Olivia, ese chico es tan joven que podría ser uno de tus alumnos.

Olivia giró el pomo y abrió la puerta, mostrando la casa tal y como la había dejado. Estaba como siempre, limpia y con cada cosa en su lugar. Pero sus sentimientos estuvieron a punto de desintegrarse ante aquella visión.

No tenía sentido que ella estuviera allí con el mismo aspecto de siempre, rodeada de sus objetos de siempre, cuando acababa de hacer una locura. Algo perverso, delicioso e irresponsable. Algo que la había hecho sentirse mucho mejor que todo lo que había hecho hasta entonces.

Y, encima, Víctor. Víctor, que estaba siguiéndola al interior de la casa profiriendo todo tipo de palabras sin sentido. Echándole en cara las tonterías más ridículas e hipócritas.

Olivia dejó las llaves en la mesa. No cayeron en el platito de cerámica que tenía allí para ese fin, pero no le importó.

Dejó el bolso y colgó la chaqueta en el respaldo de una silla, en vez de en el perchero. Se volvió después hacia su marido.

–Tienes que estar de broma –le reprochó con la mandíbula apretada.

–Olivia…

–No, lo digo en serio. Esto tiene que ser una jodida broma.

Víctor se encogió al oír aquella palabra saliendo de sus labios. Y, en realidad, también ella se encogió un poco, pero fue un alivio. Como sajar una herida.

–¿Estás en mi casa haciéndome preguntas sobre mi vida íntima? ¿Tú? No es asunto tuyo, por si no te ha quedado claro.

–Es asunto mío si te dedicas a exhibirla delante de mis colegas y amigos. ¡Un camarero! ¿En qué demonios estabas pensando para llevarle a una fiesta de profesores universitarios?

Era tan indignante que Olivia se echó a reír.

–Lo siento, pero… ¿estás hablando en serio? ¿Quieres saber algo gracioso de verdad? Es uno de mis alumnos. Y supongo que estaba pensando lo mismo que pensabas tú cuando llevabas a una de tus alumnas a una fiesta. Allison, Rachel, y quienquiera que fuera la chica a la que llevaste hace un par de años.

–Todas esas mujeres están buscando…

–Estaba pensando que a lo mejor me apetecía acostarme con él –le interrumpió Olivia.

El rostro de Víctor perdió el color, como si fuera un dibujo del Telesketch al que se le estuvieran borrando los detalles. Se balanceó hacia atrás.

–Estás perdida –susurró.

–Todo lo contrario.

–Una mujer de tu edad persiguiendo a un estudiante. Es penoso.

Penoso. Después de todo lo que había hecho él. En aquel instante, le odiaba y quería hacerle tanto daño como le había hecho a ella.

–¿Penoso? –se burló–. Hace media hora, cuando me tenía contra el cabecero de su cama, no me lo ha parecido.

Víctor parpadeó y retrocedió. Por un instante, Olivia vio que algo se rompía dentro de él. Vio arrepentimiento, y tristeza.

–No me lo puedo creer –siseó Víctor.

Odiando su propio arrepentimiento, Olivia cruzó los brazos con un gesto defensivo.

–Deja de llamarme. Y no vuelvas por aquí. Vive tu vida y déjame vivir la mía. Esto no tiene nada que ver contigo.

Víctor respondió con una sonrisa retorcida y amarga.

–¿Que no tiene nada que ver conmigo? Eso sí que tiene gracia. Esto tiene mucho que ver conmigo.

–Te equivocas. Solo es cosa mía.

–Puedes repetírtelo todas las veces que quieras. Si eso te ayuda a atravesar esta fase tan desagradable, puedes seguir fingiendo que no tiene nada que ver conmigo.

–Sal de aquí –le ordenó Olivia con voz queda.

Víctor sacó algo del bolsillo de su chaqueta y lo dejó en el mostrador.

–Solo venía a traerte la información que he recibido sobre el plan de jubilación. Por fin la han enviado. Gracias a Dios, creo que ya no queda nada más.

–Si recibes algo más, ¿te importaría enviármelo por correo electrónico?

–Será un placer.

Se marchó dando un portazo tan fuerte que las llaves resbalaron de la mesa y cayeron al suelo.

Olivia permaneció donde estaba, sin respirar. Cuando por fin tomó aire, comprendió que Víctor había arruinado lo que acababa de compartir con Jamie. Lo había echado a perder. Lo había convertido en algo triste, en un gesto de venganza. El muy canalla. Dejando de lado su manera de exhibirse con las jóvenes con las que salía, se había comportado de forma muy civilizada durante todo el proceso de divorcio. Pero, en cuanto ella había comenzado a rehacer su vida, se había mostrado despiadado.

¿Por qué?

Olivia recogió las llaves y las dejó en el platito de cerámica. Después, agarró el bolso que había dejado en la silla y llevó la chaqueta al armario del pasillo. Aquellos movimientos la ayudaron a sentirse un poco mejor, pero no era capaz de detener la avalancha de arrepentimiento que la sofocaba.

No se había equivocado. Había dado a conocer su secreto y había desaparecido la magia. Al fin y al cabo, nada podía ser perfecto y vengativo al mismo tiempo, ¿no?

—Mierda —musitó, frotándose los ojos con las manos.

Cuando abrió los ojos, la habitación estaba inclinada. Parpadeó media docena de veces para que las lentes de contacto volvieran a su lugar, maldiciéndose en todo momento. No iba a permitir que Víctor le arrebatara lo que había vivido.

No.

Había sido atrevida. Valiente. Se había alejado de tal manera de su zona de confort que la había perdido por completo de vista. Había estado con un hombre más joven. Un hombre muy atractivo. Había ido a su casa. Se había metido desnuda en su jacuzzi. Y había hecho el amor con él.

Y, de pronto, recuperó una pequeña parte de aquel placer. Era imposible no sentirlo cuando recordaba a Jamie presionando en su interior. Llenándola. Tensándola. La primera vez, el primer orgasmo… Jamás había sentido nada parecido. La forma en la que su cuerpo se aferraba a él mientras se corría. La forma en la que Jamie iba creciendo y creciendo dentro de ella.

—¡Dios mío! —susurró, sacudiendo la cabeza con incredulidad.

¿Había sido él? ¿O había sido ella? Daba igual. Pero ella quería volver a disfrutarlo. Y no iba a permitir que

Víctor se lo arrebatara. Y no iba a permitirse poner en duda que también Jamie lo deseara. No iba a preguntarse cuántas veces lo habría hecho con otras mujeres. No iba a preocuparse por la posibilidad de que estuviera utilizándola. Y si lo había hecho con otras mujeres, bien por él. La práctica le había cundido con creces

—Que te jodan, Víctor —dijo.

Y, aunque su voz sonó un poco insegura, se alegró de haberlo dicho. Aunque no volviera a usar aquel verbo jamás en su vida, aquel día lo había utilizado en los momentos precisos.

Y, modestia aparte, también lo había puesto en práctica condenadamente bien.

Jamie se descubrió a sí mismo soñando despierto, incapaz de concentrarse en la conversación que fluía a su alrededor. Por si no se vieran bastante en el trabajo, su hermana había vuelto a proponer que comieran juntos los domingos, en un esfuerzo por estrechar los lazos familiares. El día que lo había anunciado, a Jamie no le había importado demasiado. Al fin y al cabo, disfrutaría al menos de una comida casera a la semana. Pero, en aquel momento, no pudo evitar que le fastidiara.

Había tenido que enviar a Olivia a su casa. Era demasiado pronto como para invitarla a comer a la que había sido la casa de la familia. Y como había cancelado la comida del domingo anterior, su hermana había amenazado con una respuesta violenta si se le ocurría volver a hacerlo. Pero él no tenía ganas de separarse de Olivia. ¡Maldita fuera! Le habría gustado estar con ella hasta el día siguiente por la mañana.

El sexo había sido… intenso. Más intenso de lo que esperaba. Hacía meses que no se acostaba con nadie y su última experiencia había sido mala. Pero no había sido solo eso. Durante los últimos dos años todos sus encuentros con mujeres le habían dejado vacío. No había tenido tantas aventuras como todo el mundo sospechaba, aunque se había divertido mucho antes de los veinticinco. Pero la diversión no implicaba otro tipo de sentimientos. Solo era una experiencia. Y cualquier experiencia podía llegar a aburrir al cabo de un tiempo.

Pero aquel día, con Olivia... con Olivia había habido sentimiento. Además de una gran diversión.

—¡Eh! —pasó una mano delante de su rostro.

Jamie miró furioso a su hermana.

—¿Qué?

—He dicho que estoy pensando en organizar una barbacoa para celebrar el Cuatro de Julio el domingo siguiente al día cuatro. ¿Te viene bien?

—Claro.

—Tú te encargarás de los cohetes.

—¿De los cohetes? ¿Y de qué va a encargarse Eric?

—De la cerveza —dijo Tessa—. Yo de la comida. Y Luke traerá los platos y todas esas cosas.

Jamie la miró con incredulidad.

—¿Yo me encargo de los cohetes? ¿Es la barbacoa de la familia y tu novio tiene que traer más cosas que yo? —señaló a Luke con un dedo acusador—. ¡Luke ni siquiera es de la familia!

Tessa elevó los ojos al cielo.

—Muy bien. Entonces tú traes los platos, los vasos y las servilletas. Y los cohetes. Luke puede ayudarme a mí con la comida.

—¡Ah! ¿Estás segura de que confías en mí? —le espetó Jamie. Desahogó su irritación en el novio de Tessa—. Últimamente veo mucho tu coche por aquí.

Luke sonrió.

—Aunque te cueste creerlo, me gusta pasar tiempo con mi novia.

–Sí, sobre todo muchas noches. Cada vez que paso por aquí después de cerrar la cervecería, veo tu coche.

Tessa le miró boquiabierta.

–¿Me estás vigilando?

–Por favor, llevo años vigilándote.

–¿Qué? –chilló Tessa.

–Tessa –respondió él con impaciencia–. Vives sola en una casa enorme. Claro que paso por aquí para asegurarme de que estás bien. Pero supongo que ahora cuentas con protección policial.

Dicho policía, el detective Luke Ahser, sonrió como un ángel desde el otro extremo de la mesa. ¡Menudo ángel!, pensó Jamie. Había ido a la universidad con Luke y aquel tipo no era mejor que él. De hecho, aquella era la razón por la que Jamie le estaba fulminando en aquel momento con la mirada.

Luke le dio la mano a Tessa y ambos se miraron de una forma especial.

–La verdad es que Luke está pensando en venirse a vivir a mi casa.

Jamie reconoció su propia indignación en el gruñido atragantado de Eric.

Luke se aclaró la garganta. La sonrisa había desaparecido de su rostro.

–Antes quería hablar con vosotros dos. Tessa vive aquí, pero esta sigue siendo la casa de vuestra familia. Si os incomoda la idea...

–Tienes toda la razón del mundo. Nos incomoda la idea –ladró Jamie.

–Lo comprendo –dijo Luke, y desvió la mirada hacia Tessa.

Tess asintió como si estuviera contestando a una pregunta.

–Luke me hace feliz, Jamie, y lo sabes. Fuiste tú el que me dijo que no rompiera con él.

Jamie sintió que la desaprobación de Eric giraba en su dirección.

—No te dije que volvieras con él. Y si tan feliz te hace, ¿por qué solo vais a vivir juntos?

La patada de Eric fue rápida y efectiva. Jamie cerró la boca al instante.

—Estamos de acuerdo —se limitó a decir Eric.

—Muy bien —dijo Tessa con una sonrisa de satisfacción—. Voy a por el postre.

Desapareció en la cocina, dejando tras ella un tenso silencio. Solo llevaba unos meses saliendo con Luke y ni a Jamie ni a Eric les hacía mucha gracia la idea de que su hermana pequeña tuviera una relación tan seria con un hombre. Y menos con un hombre con un pasado como el de Luke.

El silencio se impuso hasta que regresó Tessa con una tarta de manzana. Cortó una porción que le sirvió a Jamie acompañada por una incisiva pregunta.

—¿Cómo van tus citas?

—¿Por qué no le haces a Eric esa pregunta?

—Porque él no tiene citas. Y es una suerte, porque tú sales por todos nosotros. Así que háblame de esa mujer.

—No tengo nada que contar. Y no tengo tantas citas. Por supuesto, comparado con Eric no paro. Pero…

—¿Quién es? —insistió Tessa.

—No es nadie —respondió Jamie, encogiéndose en cuanto salieron aquellas palabras de su boca.

—Bueno, solo la vi un momento, pero ya puedo decir que es más guapa que esa horrible Mónica Kendall. Así que, buen trabajo.

Jamie sintió que una piedra caía de no sabía muy bien dónde y aterrizaba en su estómago. Tragó con fuerza e intentó hacerla desaparecer. No quería hablar de Mónica Kendal. Jamás. Y menos aún en relación con Olivia. Por fortuna, y por una vez en su vida, Eric salió en su ayuda.

–Luke, ¿has tenido alguna noticia de los Kendall? Llevamos tiempo sin saber nada de ellos.

Luke suspiró.

–Eso es porque no hay nada que contar. Las pistas que nos llevaron hasta Taiwán se han agotado allí. Pero con Mónica estamos trabajando desde otro ángulo.

Jamie dejó caer su tenedor.

–Ella se defiende diciendo que su participación fue mínima, pero estamos presionándola con la esperanza de que termine poniéndose en contacto con su hermano. No os preocupéis.

El hermano de Mónica, Graham, era el cerebro que estaba detrás del robo de la cervecería... Mónica había jugado un papel crucial en aquella operación. Un papel crucial que implicaba a Jamie de una forma que él prefería olvidar.

–Tengo que marcharme –anunció, apartando su plato.

Tessa protestó como siempre. Le pidió que se quedara y se quejó porque se iba demasiado pronto. Él se fue de todas formas. Cuando Tessa necesitaba algo, recurría a Eric, el hermano en el que se podía confiar. Y, desde hacía algún tiempo, a Luke. Jamie solo era el hermano problemático y estaba harto, cansado de ser el chivo expiatorio.

No podía seguir cargando con las culpas y los arrepentimientos de la adolescencia.

Estaba dispuesto a madurar. A sentar cabeza y a hacer algo por sí mismo. Sentar cabeza, pensó. A lo mejor Olivia podía ayudarle con algo más que con los planes para mejorar la cervecería.

Capítulo 9

Olivia solo había hablado con él una vez desde el domingo y había sido una conversación aterradora. Aterradora por la ola de calor que se había desatado al oír su voz. Aterradora por lo fácil que le había resultado tumbarse en la cama y reír mientras hablaba con él, con el teléfono presionado de tal manera contra la oreja que cuando había colgado le dolía la cabeza.

En aquel momento, mientras recorría el pasillo para dirigirse a clase, tenía los nervios a flor de piel, rebosantes de adrenalina. Aquella era la primera vez que iban a verse desde… desde entonces.

Jamie no seguiría siendo un recuerdo maravilloso. Iba a estar en clase, observándola mientras ella se movía, posando sus ojos allí donde el domingo había posado sus manos.

—Olivia —la saludó en medio del pasillo, y ella se volvió sobresaltada.

Allí estaba. Con aquel pelo del color del bronce ligeramente despeinado, como si hubiera estado mesándose el cabello cada cinco minutos. Sus ojos verdes sonreían, compartiendo con ella su secreto. Y aquellas caderas estrechas que Olivia había rodeado con las piernas…

Si minutos antes se creía saturada de adrenalina, se

equivocaba. La adrenalina volvió a manar con tanta fuerza que casi le dio miedo.

–Hola –consiguió graznar.

–Lo siento –Jamie miró a su alrededor–. Lo que quería decir era: hola, señorita Bishop, ¿puedo ayudarla?

Olivia se quedó mirando como una estúpida el ordenador portátil y los libros. «Tranquilízate», se ordenó a sí misma. Aquello era absurdo. Consiguió por fin esbozar una sonrisa.

–No, creo que puedo arreglármelas sola.

–¿De verdad? –Jamie agachó la cabeza, pero Olivia podía seguir viendo la sonrisa que iluminaba su rostro.

¡Y cuántas ganas tenía de acariciarle!

–¿Lo has traído todo? –le preguntó Olivia–. Para después de clase, quiero decir.

–Sí. ¿Deberíamos…?

Jamie señaló hacia la puerta, pero Olivia detectó un movimiento tras él y desvió la mirada. Acababa de pasar otro estudiante saludando a Olivia con un gesto de cabeza. Pero no fue aquel estudiante el que la hizo quedarse boquiabierta.

–¡Ay, mierda! –musitó.

–¿Me estás evitando? –preguntó Gwen a unos diez metros de distancia.

–¡No! –dijo Olivia.

Pero aquel «no» no iba dirigido a Gwen. Se lo estaba diciendo a Jamie, que se estaba volviendo para mirar tras él.

–¡No mires!

Pero ya era demasiado tarde. Los ojos de Gwen se convirtieron en dos círculos perfectos. Y abrió la boca como si estuviera enseñándosela al dentista. Dio un traspié y se detuvo de pronto.

–¡Hola, Gwen! –la saludó Jamie–. ¿Qué haces por aquí?

–¡Ay, Dios mío! –exclamó Gwen. Desvió la mirada hacia el ordenador portátil de Jamie y miró de nuevo a Olivia–. ¡Dios mío!

Jamie se enderezó. Lo embarazoso de la situación terminó minando su natural cordialidad.

–Eh, creo que voy a buscar un asiento. Solo estoy haciendo un curso de actualización…

Gwen por fin había conseguido cerrar la boca y en aquel momento sonreía como el gato de Alicia, era todo ojos y una enorme sonrisa.

–Adiós, Gwen. Señorita Bishop.

La puerta se cerró en silencio tras él, dejando a Olivia a solas con Gwen.

–¡Ay, Dios mío!

–Gwen…

–Por favor, dime que te llama señorita Bishop mientras te lame como si fueras una piruleta.

–¡Gwen! –Olivia la agarró del brazo y tiró de ella hacia un lado del pasillo–. ¡Cállate!

–¡Mierda, Olivia! ¿Está en tu clase? No lo soporto. Te lo juro por Dios, es demasiado perfecto.

Olivia estaba intentando mantener una expresión de firmeza. Al fin y al cabo, una diminuta parte de sí misma todavía era capaz de conservarla. Por desgracia, otras parecían haber empezado a montar un número de baile en el pasillo, aderezado con patadas al aire y confeti brillante.

–No puedes decírselo a nadie –le advirtió, manteniendo la voz a medio camino entre una orden y un grito histérico.

Gwen se puso a dar saltitos con las manos unidas.

–¡Debería haberme imaginado que estaba pasando algo cuando ayer no me devolviste la llamada! ¿Lo has hecho verdad? ¡Te has acostado con Donovan! ¡Ay, Dios mío! Lo veo, se te nota en todo el cuerpo.

Olivia se asustó, pensando que podía haber pasado algo por alto mientras se duchaba.

–¿Qué?

–Pareces… relajada. Hasta tienes el pelo más suelto. ¿Y te has pintado los ojos para venir a clase? ¡Qué descaro, Olivia!

–¿Me prometes que no se lo contarás a nadie?

–Te lo juro. No pienso repetir nada de lo que me cuentes.

La tensión de Olivia cedió un poco. Se reclinó contra la pared, apoyándose en ella.

–Jamie es… es… ¡Ay, Gwen!

Gwen unió las manos y apoyó en ellas la barbilla, como si fuera una niña esperando un regalo de Navidad.

–Es… ¡Oh, maldita sea! –gimió–. No puedo contarte nada. Me parece mal. Me siento como si fuéramos jugadores de fútbol hablando de mujeres en el pasillo.

Su amiga se entristeció.

–¡Vamos, Olivia!

–No, lo siento. Y ahora tengo que irme. Empiezo la clase dentro de un minuto.

Gwen hizo un gesto restándole importancia.

–¡Bah! Es un curso de verano. Si no quieres darme detalles, por lo menos contesta a esto: ¿es como he pasado horas imaginando que sería?

–¡Gwen!

–Lo digo en serio. ¿He estado empleando bien mis fantasías? Es imposible que sea tan guapo y sea bueno en la cama, ¿verdad? El universo no puede concederle tantas virtudes a un solo hombre.

Olivia sacudió la cabeza con feliz exasperación y se apartó de la pared.

–Tengo que marcharme.

Pero la siguió el último gemido lastimero de Gwen. Y la verdad era que Olivia no quería guardárselo todo. Estaba burbujeando de alegría por lo que había hecho. Así que, antes de marcharse, se acercó y le susurró al oído:

–El universo le ha concedido muchas virtudes. Muchas. En cantidades vergonzosas, te lo juro.

–¡No! –gritó Gwen, haciendo reír a Olivia a carcajadas mientras corría hacia la clase.

Se obligó a sofocar las risas antes de entrar, pero, al parecer, las puertas no estaban insonorizadas. Todos los alumnos estaban pendientes de ella cuando entró y Jamie parecía incluso algo nervioso. Aunque pareció hacerle mucha gracia verla trastabillar hasta detenerse y estirarse el jersey.

La miró con ojos ardientes mientras ella bajaba la escalera y pasaba a solo unos centímetros de él.

–¿Está todo el mundo preparado? –les preguntó a los alumnos.

–Yo sí –sonó una voz por encima de los susurros de asentimiento.

–Muy bien –Olivia ocupó su lugar en la mesa y miró las filas de estudiantes. Pero, al final, miró a Jamie a los ojos–. Vamos a empezar.

Olivia jamás había terminado una clase con aquel grado de excitación, pero había una primera vez para todo. Y Jamie estaba allí, justo delante de ella, rezumando su carisma por todo el aula. Cada vez que posaba los ojos en él, la hacía consciente de su especial presencia. O bien observándola con intensidad o tecleando sus notas con una sonrisa ladeada. Olivia estaba comenzando a preguntarse si después de una hora y media sonrojándose podría terminar desmayándose. De lo que estaba segura era de que estaba ya un poco mareada.

La clase terminó por fin. Y estuvo a punto de gemir cuando vio que dos estudiantes dejaban sus cosas en sus respectivos pupitres para acercarse a preguntarle algo. Una reacción terrible en una profesora, así que se sacudió aquella actitud e hizo un esfuerzo consciente por analizar sin precipitación las hojas de cálculo para las que necesitaban ayuda.

Diez minutos después había terminado y Jamie seguía esperando con paciencia en su silla. Parecía demasiado grande para el pequeño espacio que se esperaba que ocupara un estudiante.

Arqueó las cejas y ella volvió a sonrojarse. Se alisó la falda, en un esfuerzo por secarse el sudor de las manos.

–¿Ya puedes atenderme? –le preguntó.

Durante una décima de segundo, Olivia se imaginó sentándose encima de él. Se levantaría la falda y recrearía el encuentro del jacuzzi en el aula. A lo mejor Jamie le desgarraba la camisa, haciendo volar los botones, para poder posar su boca sobre ella otra vez.

Olivia tragó con fuerza y cerró el ordenador.

–Sí, ya puedo.

Se dirigió hacia su despacho con la espalda ardiendo al saber que Jamie la seguía. Jamás se había sentido así. Como si tuviera hasta el último nervio a flor de piel. Como si la mera caricia de un hombre en el brazo pudiera hacerla gritar de placer. Pero no de cualquier hombre...

Cuando llegaron a su despacho, Jamie alargó la mano para abrirle la puerta y la acarició con el brazo. Ella contuvo la respiración, sintió que el vello se le erizaba y la piel le ardía.

–¡Dios mío! ¡Qué bien hueles! –susurró Jamie.

Cuando abrió la puerta, se presionó contra la espalda de Olivia.

Olivia se estremeció con fuerza y esperó que Jamie no lo notara. Pero cuando rodeó el escritorio, descubrió que tenía la mirada fija en sus senos. Los pezones se irguieron e imaginó que debían de ser visibles bajo la camisa y el jersey.

Jamie ya no sonreía.

Olivia no pudo evitar preguntarse qué pasaría si cerrara la puerta con cerrojo. ¿Querría volver a hacer el amor con ella? Era imposible que la deseara tanto como él, pero, al menos, la deseaba. Eso era evidente.

Sin embargo, por mucho que Olivia hubiera cambiado, no se había transformado en una persona diferente. No era capaz de acostarse con alguien en su despacho. No podía. En cualquier caso, estaban allí para que ella cumpliera con su parte del compromiso. Jamie podía disfrutar del sexo donde quisiera. Lo que necesitaba de ella era un consejo.

Olivia dejó el portátil en el suelo para despejar la mesa y señaló la zona que acababa de quedar liberada.

—Enséñame lo que tienes —le pidió a Jamie.

Por un instante, Jamie pareció sobresaltarse.

—Me refiero al proyecto —le aclaró.

—¡Ah! El proyecto. Estaba pensando en otra cosa.

Olivia intentó con todas sus fuerzas no emocionarse demasiado. Era un hombre. Por supuesto, pensaba mucho en el sexo. Seguramente tanto como antes de haberla conocido.

Jamie se pasó la mano por el pelo y bajó la mirada antes de levantarse de nuevo para acercarse a la puerta.

—¿Te importa que cierre? Me siento…

—Claro, no pasa nada.

Una vez estuvo la puerta cerrada, se sentó y comenzó a sacar papeles de su bolsa. Montones de papeles. Algunos de tamaños estándares y otros que recordaban de forma sospechosa a servilletas de la cervecería Donovan Brothers. Olivia no fue consciente de lo nervioso que estaba hasta que le vio manejar con tanta torpeza los papeles que la mitad terminaron en el suelo.

—Lo siento, es solo… —recogió el último de los papeles caídos, lo colocó sobre el resto y presionó el montón—. Es la primera vez que le enseño esto a alguien.

Olivia recordó en aquel momento su preocupación por el tamaño de sus senos y se quedó muy quieta, intentando sofocar una risa muy poco oportuna. Una vez superada la risa, asintió.

—Sé hasta qué punto puede ser algo íntimo y personal

un proyecto. La gente considera los negocios como algo árido, como entidades que solo sirven para ganar dinero. Pero un negocio puede ser algo tan significativo como cualquier otra forma de expresión.

—Sí, supongo que sí —mantuvo las manos sobre sus documentos.

Olivia inclinó la cabeza y Jamie por fin transigió.

—De acuerdo. Permíteme dejar algo claro desde el principio. No quiero crear un nuevo negocio. Quiero trabajar con lo que ya hemos construido. La cervecería es un espacio cercano. Yo hablo con cada una de las personas que cruza la puerta de la cervecería. No quiero una expansión que suponga tener que atender cincuenta mesas más. De hecho, creo que lo mejor sería venderles el proyecto a mis hermanos como algo que encaja con lo que ya tenemos.

—De acuerdo.

—Así que...

—Jamie —Olivia posó la mano en su brazo—, no tienes por qué estar tan nervioso.

—Lo sé —asintió, inclinó la cabeza y le tendió los papeles.

—Antes quiero que me cuentes qué idea tienes.

Jamie parecía no saber qué hacer con las manos tras haberse quedado sin los documentos para apoyarlas.

—La idea que tengo es... —tras hacer una pausa, se aclaró la garganta y volvió a intentarlo—. Estoy pensando que en todas las cervecerías a las que voy ofrecen el mismo menú. Sándwiches y patatas fritas. O platos presentados con salsas hechas con cerveza. O helados hechos con cerveza negra.

Olivia tuvo problemas para no esbozar una mueca de repugnancia.

—Son buenos menús. Pero, aunque quisiera hacer algo parecido, en la cocina no tenemos espacio para algo así.

—Muy bien.

—Así que estaba pensando en pizzas. Pero no como las pizzas a domicilio, sino pizzas artesanas con *mozzarella* fresca, hojas de albahaca y salsas caseras. Y, en vez de hacer comidas con cerveza, podríamos ofrecer cervezas para acompañar a cada una de las pizzas. Por ejemplo, una pizza picante puede combinarse con una pilsner. Otra que lleve mucha carne podría maridar con la porter. Y el queso feta es perfecto para una India pale ale.

Se interrumpió de pronto, como si temiera haber hablado demasiado. Pero Olivia no supo cómo llenar aquel silencio. Estaba tan impresionada que no sabía qué decir.

—Pero es solo una idea —se precipitó a aclarar Jamie.

—Bueno, yo… ¡Caramba!

Jamie bajó la mirada y la clavó en sus manos abiertas.

—Creo que es una idea asombrosa. De verdad. Es original, pero asequible y fácil de llevar a cabo. Creo que a tus clientes les encantará y que atraerás a un nuevo público que busque un lugar en el que comer algo con la cerveza.

—¿Sí? —Jamie comenzó a sonreír y cuando Olivia asintió, esbozó una enorme sonrisa—. ¿Te gusta?

—Sí, me gusta. Y no solo es un concepto genial, sino que no vas a necesitar una enorme cocina industrial para llevarlo a cabo.

—Exacto —Jamie comenzó a buscar frenético entre sus papeles y Olivia apartó las manos para evitar que se rozaran sus manos—. Mira.

Le tendió una hoja que parecía haber arrancado de un catálogo. En ella aparecían cuatro modelos diferentes de hornos para pizza.

—¿Tenéis una nevera comercial?

—Tenemos una nevera bastante grande, pero creo que necesitaríamos una más grande. Y también un congelador, aunque quiero que los ingredientes sean frescos.

Olivia se reclinó en la silla y le sonrió.

–¿Qué pasa? –le preguntó Jamie con los ojos entrecerrados.

–Tenemos mucho trabajo que hacer, pero todo lo que me has dicho es alentador. Por lo que me dijiste la vez anterior, pensaba que tenías una idea muy general, que solo habías pensado en la posibilidad de servir comidas. Pero veo que ya has empezado a recrear todo el proyecto. Y tienes una visión realista. Creo que todo va a ser muy fácil.

–¿Sí?

–Bueno, va a ser fácil para mí, pero tú vas a tener que trabajar mucho.

Jamie se echó a reír, pero a Olivia le pareció ver una expresión de alivio cruzando su rostro. Parecía sentirse en un terreno inestable; resultaba extraño ver a un hombre con tanta confianza en sí mismo sintiéndose tan inseguro. A Olivia le costaba comprenderlo. Él era uno de los socios de la cervecería. Llevaba la barra con sorprendente habilidad. Pero había algo en su propio proyecto que le generaba inseguridad.

–¿Y por dónde quieres empezar? –le preguntó.

–No lo sé. ¿Por dónde te parece que deberíamos empezar?

–Tienes una gran idea, por no mencionar un local perfecto. Así que, lo siguiente será un análisis comparativo de los competidores y los costes de equipamiento, renovación y diseño. Tendrás que ocuparte del desarrollo de la carta, la campaña de publicidad, el establecimiento de plazos, la elaboración de un presupuesto… –se interrumpió al darse cuenta de que Jamie había palidecido–. ¿Estás bien?

–Sí, claro que estoy bien. Creo que tengo aquí algunas de esas cosas. Por lo menos en parte.

A Olivia le parecía imposible que Jamie Donovan pudiera ser más encantador, pero al verle tan vulnerable, no pudo evitar que despertara en ella una nueva oleada de sentimientos cálidos y reconfortantes.

–Muy bien –le dijo con suavidad–. ¿Por qué no le echamos un vistazo para ver lo que tenemos?

Jamie soltó un suspiro de alivio, aunque parecía estar preparándose para algo traumático.

–¡Eh! –Olivia le tomó la mano–. Solo es un jacuzzi –le dijo, repitiendo sus propias palabras–. No tienes por qué tener miedo.

Jamie entrecerró los ojos.

–Solo un jacuzzi, ¿eh? Estaría más tranquilo si no hubiera estado mintiendo cuando te lo dije.

Si hubieran tenido una relación de verdad, en aquel momento, Olivia se habría levantado y habría rodeado el escritorio para darle un abrazo. Se habría sentado en su regazo, le habría abrazado y le habría dicho que no se preocupara, que estaba segura de que sería tan bueno dirigiendo un restaurante como en todo lo demás. Pero solo estaban haciendo de profesores. Por supuesto, con un toque más divertido de lo habitual. De modo que se limitó a apretarle la mano y se la soltó.

Hasta ese momento, Jamie había cumplido más que de sobra con su parte del compromiso. En aquel momento, le tocaba a ella ayudarle a hacer realidad sus sueños.

Capítulo 10

Jamie sacó la cinta métrica del bolsillo y recorrió la cocina de la cervecería con la mirada por última vez. No estaba muy equipada: encimeras, un lavavajillas, una nevera, un horno pequeño y utensilios para algún catering ocasional. Desde luego, había sitio suficiente para un horno para pizzas, pero el espacio no representaba ningún problema.

Midió la pared vacía de la cocina y después el espacio para la preparación de comidas. Él consideraba que era más que suficiente para la pizzería, pero tendría que preguntarle a Olivia. Necesitaban una nevera mucho más grande, pero contaban con toda una pared, de modo que había suficiente espacio para aumentar la zona de la cocina. Sobre la potencia eléctrica no sabía mucho. Tendría que llevar a alguien para que se ocupara de ello. Los electricistas no trabajaban los domingos y sus hermanos estaban allí durante el resto de la semana. Quizá pudiera quedar con alguien a las ocho de la mañana, antes de que apareciera todo el mundo.

—¡Hola!

Jamie dio media vuelta y guardó con torpeza la cinta métrica antes de darse cuenta de que no era la voz de Eric.

—¿Dónde demonios está la cebada de primavera que pedí el mes pasado?

El alivio de Jamie fue tal que hasta sufrió un ligero vértigo al ver que era Wallace, el maestro cervecero. Un extraño alivio, teniendo en cuenta que el enorme y barbado rostro de Wallace estaba arrugado por un ceño de furia.

—¿Y bien? —bramó.

—Tranquilízate. Cuando la pedí, ya te dije que tardaría por lo menos tres meses. Todavía no la han cosechado siquiera.

—¿Cómo demonios se supone que voy a trabajar en la nueva India pale ale si no tengo la cebada?

Jamie se encogió de hombros, acostumbrado como estaba a los ataques de cólera de Wallace.

—Pensaba que estabas trabajando en una cerveza negra con sabor a chocolate picante.

—¡Sí! Y en la de trigo con arándanos, y en la ale oscura. Trabajo en más de una cerveza a la vez, por si no se había dado cuenta, señor Donovan.

¡Oh, por el amor de Dios! ¿Qué demonios le pasaba aquel día?

—¿Qué haces? —preguntó Wallace de pronto, bajando la mirada hacia la cinta métrica que descansaba en el suelo, entre ellos.

—¿Qué? —graznó Jamie.

El maestro cervecero señaló hacia el objeto en cuestión.

—¡Ah, eso! —Jamie se agachó para recogerla y se la metió en el bolsillo—. Tomando medidas.

—Sí, eso ya lo he entendido. ¿Pero qué…?

—Eh, ¿estás bien, tío? Pareces muy tenso.

Wallace encogió sus enormes hombros y pareció olvidarse de la cinta métrica.

—Eh… ya sabes, problemas personales.

—¿Problemas con alguna mujer? —preguntó Jamie, pero en cuanto salieron las palabras de su boca se dio cuenta de su error—. ¿O con algún hombre?

Nunca se sabía con quién estaba saliendo Wallace.

—Sí —contestó él, y Jamie se limitó a asentir.

Wallace posó una de sus enormes manos en el hombro de Jamie y se inclinó hacia él. Jamie se descubrió con la mirada fija en sus fieros ojos grises. Aquel tipo debía de medir por lo menos dos metros.

—Ya sabes cómo son estas cosas, Jamie. Todo el mundo cree que cuando estás en el mercado, todo es alegría y diversión. Pero yo me preocupo y cuido de todas las personas con las que salgo. Y, a veces, las cosas se complican.

—Dímelo a mí.

—Sabía que me comprenderías.

Jamie asintió y Wallace le apretó los hombros con delicadeza.

—Siento haberte gritado. El problema es que estoy un poco tenso. A lo mejor necesito un poco de ejercicio —le guiñó el ojo.

—Eh… ¿Wallace? —Jamie se aclaró la garganta.

—¿Sí?

—¿Estás intentando ligar conmigo?

—¿Qué?

Jamie desvió la mirada hacia su hombro y hacia la mano enorme que lo cubría.

Wallace aflojó la presión de la mano.

—¡Qué dices, tío! —ladró, echó la cabeza hacia atrás y soltó una carcajada brutal.

—¿Qué pasa? —preguntó Jamie con dureza. La única respuesta de Wallace fue una palmada en la espalda que estuvo a punto de tumbarle—. ¿Qué te parece tan gracioso?

—Tú…

Jamie se cruzó de brazos.

—¿Yo qué?

—Me temo que no eres mi tipo, ¿no te parece?

—Bueno… —Jamie frunció el ceño—, supongo que no.

—¡Supongo que no! —repitió Wallace riendo.

—Tío, a mí no me parece tan gracioso —insistió Jamie.

—¡Eh, vamos!

Le dio otra palmada en la espalda, pero, en aquella ocasión, Jamie estaba preparado y solo tuvo que dar un paso hacia delante. Bajó la mirada hacia sus brazos con el ceño fruncido.

—¿Sabes una cosa? —le dijo Wallace—. Voy a darte las gracias por haberme alegrado el día. Pero, aunque me sintiera atraído por ti, no estaría bien, porque eres mi jefe.

—Bueno, claro… —comenzó a decir Jamie.

—No quiero complicar todavía más mi vida sentimental. Pero gracias.

Había cruzado ya media habitación cuando Jamie asimiló lo que acababa de decirle, «¿gracias?».

—¡Eh…!

Wallace se despidió de él con la mano antes de desaparecer en el taller y cerrar la puerta sin dejar de reír.

—¿Qué demonio? —musitó Jamie.

Todavía estaba ardiendo de vergüenza, aunque la mitad de su turbación se debía a que no sabía qué le había afectado más, si que Wallace le hubiera acusado de querer ligar con él o el hecho de que le hubiera rechazado de plano.

—Es ridículo —farfulló.

No podía estar molesto porque su inexistente propuesta hubiera sido rechazada. Aquello era una locura. Y debería alegrarse de no ser el tipo de Wallace. Aquel hombre siempre salía con personas menudas y delicadas, con independencia de su género. Y, gracias a Dios, él no entraba en ninguna de aquellas categorías.

Descolocado por aquella conversación, Jamie comenzó a girar lentamente, sin entender, durante unas décimas de segundo, qué estaba haciendo en medio de la cocina con un lápiz en la mano.

—Sí. Tomar medidas —aun así, miró confundido a su alrededor una vez más antes de volver a concentrarse en los números.

En cualquier caso, había tomado todas las medidas. Ya

solo necesitaba hacer unas cuantas llamadas para preguntar por el horno para pizzas.

Olivia le había puesto deberes, nada más y nada menos, así que también él le había puesto algunos. Ella se había mostrado más que un poco reticente ante la idea de salir a cenar a las nueve.

—¿A las nueve? —había preguntado—. Pero es...

—¿Muy tarde?

—Mira, he salido hasta después de las diez en muchas ocasiones. Esto es una tontería.

—Perfecto. Pues seré tonto. Quedamos a las nueve.

Fuera o no una tontería, Olivia parecía preocupada por la hora a la que habían quedado y aquello hizo sonreír a Jamie mientras avanzaba por el pasillo que conducía hacia las oficinas de la cervecería. Él se había ofrecido a quedarse con el despacho más pequeño porque pasaba la mayor parte del día en la barra, pero no podía evitar pensar que aquella era la representación de su parte de responsabilidad en el negocio. Con un poco de suerte, el despacho pronto se le quedaría pequeño y podría quejarse con motivo de la falta de espacio. Sí, esperaba que ocurriera pronto, pero, de momento, la poca documentación que tenía no llenaba ni de lejos el espacio disponible.

—¿Jamie?

Jamie se quedó petrificado. Después, retrocedió hasta el despacho de Eric.

—Te he oído discutiendo con Wallace. ¿Qué estás haciendo aquí? El martes es tu día libre.

—Solo quería revisar unas cosas —sentía el peso de la cinta métrica en el bolsillo como si fuera de plomo.

—¿Wallace se ha tranquilizado?

Jamie entrecerró los ojos, buscando algún indicio de burla en el rostro de su hermano, pero no encontró ninguno. A lo mejor no había oído aquella parte de la conversación.

—Sí, ya está bien.

–Perfecto. ¿Y tú? ¿Qué tal llevas su rechazo?

–Vete al infierno.

–¡Eh! –le llamó Eric cuando Jamie comenzó a avanzar a grandes zancadas hacia su despacho–. Espera un momento, quiero hablar contigo.

Apretando los dientes, Jamie regresó hasta la puerta de su hermano.

–Lo digo en serio –dijo Eric–. Quiero que hablemos de Tessa.

Aquello borró de golpe toda la indignación de Jamie.

–¿Por qué? ¿Qué ha pasado?

–No ha pasado nada. Es solo que… ¿Tú crees que estará bien? ¿Crees que le irá bien viviendo con Luke?

–No lo sé, tío. Eres tú el que le ha dicho que adelante. Pensaba que te parecía bien.

–No es que me parezca bien. Pero tiene veintisiete años y la casa es suya. Puede hacer lo que quiera.

–Lo hará de todas formas, pensemos nosotros lo que pensemos –gruñó Jamie.

–Exacto.

En lo único que habían estado siempre de acuerdo había sido en todo lo relacionado con su hermana. Y, hasta aquel mismo año, ambos estaban de acuerdo en que era una joven dulce e inocente y seguiría siéndolo durante mucho tiempo. Pero se habían equivocado.

Jamie se encogió de hombros.

–Supongo. En cualquier caso, tú pareces llevarte muy bien con Luke.

A Eric no le pasó por alto el tono acusatorio de Jamie. Frunció el ceño y cerró la mano en un puño.

–Nos equivocamos con él. Te equivocaste a la hora de juzgarle.

–Lo que yo sé es que en la universidad era un mujeriego.

–Sí, bueno, pero todos podemos madurar. Y la hace muy feliz. Tú mismo lo reconociste.

—Sí, supongo.

Eric suspiró.

—De todas formas, Tessa está con él, así que tendremos que darle una oportunidad. Siempre y cuando la trate bien.

—Por supuesto —se mostró de acuerdo Jamie—. ¿Te ha comentado algo sobre cuándo piensa mudarse Luke?

—Él paga un alquiler mensual, así que supongo que será antes del mes que viene. Tessa no fue muy precisa.

—¿Entonces se irá a vivir con ella la semana que viene?

—¡Ja!

Sin estar siquiera allí, Tessa era lo único que de verdad les unía.

Jamie dejó a su hermano riendo, algo que ocurría con poca frecuencia, y se dirigió hacia su despacho intentando analizar su resistencia a la relación de su hermana. Luke y él habían sido compañeros en la universidad. Aquel tipo le caía bastante bien. Y, aunque era cierto que Luke se había divertido, no podía decirse que fuera una mala persona. Había ligado con montones de chicas, pero jamás había sido uno de aquellos tipos que emborrachaban a sus acompañantes para que se soltaran. Y tampoco hablaba de sus ligues a su espalda.

Y Eric tenía razón. Todo apuntaba a que Luke había dejado atrás los días de las mujeres y la bebida. Había madurado.

A lo mejor era eso lo que le fastidiaba. Las locuras de Luke se habían aceptado como algo propio de la juventud mientras que a él parecían haberle etiquetado de mujeriego de por vida. Pero, en realidad, él era tan culpable de ello como todos los demás. Durante algunos años, se había entregado por entero a aquella vida. Porque… porque de verdad creía que no era otra cosa. Un mujeriego. Un holgazán. Nadie podía imaginar hasta qué punto estaba decepcionado consigo mismo.

Así que, a lo mejor, eso era lo que le fastidiaba de su

antiguo amigo. Luke había abandonado la juventud, aunque hubiera cometido otros errores a lo largo de los años. Y aquello era lo que Jamie tenía que aprender a aceptar: que era posible esforzarse y volver a equivocarse. Pero que, si eso ocurría, no tenía por qué pasar nada.

Tomo aire y encendió el ordenador. Era hora de ponerse con los deberes. Y después… después llegaría la diversión.

Capítulo 11

Olivia le dio a Jamie un beso en la puerta e intentó fingir que la creciente oscuridad que veía tras él no la preocupaba. Pero sí lo hacía. Eran las nueve en punto. Si salían a aquella hora, no podrían regresar a casa hasta después de las once. Eso, asumiendo que no hicieran nada después de la cena, y no podía asumirlo en absoluto. De manera que no podría acostarse hasta las doce.

«Y con un poco de suerte, no te dormirás hasta las dos o las tres».

Olivia intentó reprimir su ansiedad. Podía hacerlo. Si dejar de salir a correr unos cuantos días era el precio a pagar por pasar una noche con Jamie, lo pagaría. Estaba dispuesta a pagar cualquier precio.

Desde luego, Jamie lo merecía aquella noche. Iba con vaqueros y camiseta, como siempre, pero completaba su atuendo con una camisa de cuadros escoceses de color verde. Se había remangado la camisa, mostrando así sus antebrazos, y a Olivia le bastó verlos para que se le hiciera la boca agua. Tenían un aspecto increíblemente viril, eran anchos, musculosos y cubiertos de vello.

—¿Estás lista? —preguntó Jamie, retrocediendo en el porche para que pudiera salir.

—¿Adónde vamos?

–Hace una noche preciosa. He pensado que podemos ir andando al restaurante, que está a solo unas manzanas de aquí –bajó la mirada hacia sus tacones–. ¿Estás dispuesta?

–Claro –Olivia se interrumpió para quitarse los tacones–. Estoy dispuesta.

–¡Vaya! Eso se merece un crédito extra, señorita Bishop. Impresionante.

–Debo de tener un profesor muy inspirador. Cada vez soy más divertida.

Cuando Jamie le tomó la mano, la inspiración pareció cosquillearle por el brazo y se extendió hasta el resto de su cuerpo desde allí. Olivia sintió la dureza y la frialdad de la acera bajo sus pies. Como el sol se había ocultado tras las montañas, notó también el frío mordisco del aire sobre la piel. Y se sintió profunda y plenamente viva.

Olivia le apretó la mano.

–Háblame de la cervecería.

–¡Eh! Que hoy ya he hecho los deberes.

–No, lo que quiero saber es cuándo empezó y cuánto tiempo lleva perteneciendo a tu familia.

–Mi padre la inauguró hace veinticinco años. Uno de sus hermanos murió en Vietnam y le puso el nombre a la cervecería en su honor.

–Qué emocionante. Pero siento mucho lo de tu tío.

–Gracias.

–¿Y tu padre? Creo que dijiste que había muerto.

Por un momento, Jamie aflojó la mano con la que sostenía la de Olivia. Esta pensó que iba a soltarla, que había traspasado una línea prohibida. Pero Jamie volvió a tensar la mano sobre la suya.

–Sí, murió cuando yo tenía dieciséis años.

–Pero me contaste que tu madre…

–Murieron los dos en un accidente de coche.

Olivia tiró de él para que se detuviera. Estaba demasiado impactada como para continuar caminando.

—Lo siento, Jamie. ¿Solo tenías dieciséis años? Una cosa así debió de cambiarte la vida.

—Sí, desde luego. Pero, por lo menos, yo era casi un adulto. Tessa solo tenía catorce años.

—¿Y qué fue de vosotros? ¿Con quién vivisteis a partir de entonces?

Jamie tiró de ella, instándola a seguir caminando. Olivia apenas podía verle la cara en la oscuridad, pero a lo mejor él lo prefería así.

—Mi hermano Eric volvió a casa para cuidar de nosotros. Se hizo cargo de la cervecería hasta que Tessa y yo pudimos ayudarle. Ahora la llevamos los tres.

—¿Por eso le cuesta tanto dejar que tú la dirijas? ¿Porque ha asumido esa responsabilidad durante mucho tiempo?

—Sí, estoy seguro de que esa es gran parte de la razón.

Aquel era un tema doloroso para Jamie. Olivia no necesitaba verle la cara para comprenderlo. De modo que decidió dejarlo de lado.

—Tu hermana parece muy simpática.

—Y lo es. Es demasiado inteligente para su propio bien. Pero fue ella la que fue capaz de mantener a la familia unida, incluso siendo tan joven.

Olivia se preguntó qué papel habría jugado él, pero no lo preguntó. Le parecía un asunto demasiado serio para una noche de diversión. Tenía la sensación de que había tropezado de forma involuntaria con un tema profundo y espinoso.

—Bueno, supongo que es una suerte que a los tres os guste el mundo de la cerveza. No sé qué habría pasado si no hubiera sido así.

—Era imposible que no nos gustara. Es un don que se lleva en la sangre.

Olivia le dio un golpe con la cadera.

—Un don, ¿eh?

—Algunos nacemos con él, pero también se puede adquirir.

–¿Entonces todavía hay alguna esperanza para mí?

Jamie le acarició con el pulgar la sensible piel de la mano.

–Claro que hay esperanza para ti. Sé que aprendes rápido.

A lo mejor era cierto que aprendía rápido, porque se estaba olvidando ya de la hora que era y estaba empezando a disfrutar. Un paseo nocturno, descalza y con un hombre encantador. Y estaba segura de que iban a hacer el amor. Notó el fuego de la anticipación en el vientre.

Cuando había empezado a salir con Víctor, había sentido muchos nervios. Temblaba incluso de ansiedad y deseo. Pero nunca había experimentado aquella líquida languidez. Ni nada que se le pareciera. El deseo por Jamie era tan fuerte que la hacía sentirse poderosa.

Jamie la llevó a un restaurante en el que Olivia solo había estado una vez. Compartieron una botella de vino y consiguieron evitar temas espinosos. Él no le preguntó por su divorcio. Ella no le preguntó por su familia. Hablaron de música y de los cotilleos de la universidad. Después, Jamie le contó las más absurdas anécdotas sobre clientes que habían bebido demasiado o querían recibir terapia gratuita por parte de alguien amable. Para cuando salieron del restaurante, Olivia se había reído tanto que estaba sin aliento y le dolían los costados.

–¡Por favor, dime que no es verdad! –le pidió entre risas.

–Es cierto –insistió Jamie–. Le tiró el anillo, le volcó un cuenco de cacahuetes en la cabeza y se fue. Y, y no estoy de broma, él se volvió hacia la mujer que tenía a su lado en la barra y le pidió que se casara con él. ¡Y ella aceptó!

–¡No!

–La mujer en cuestión era la mejor amiga de su exnovia. Al parecer, había estado sentada en el banquillo, esperando que le llegara la oportunidad de participar en el juego.

—¡Dios mío! ¿Y siguen casados?

—No tengo ni idea. No volví a verles. La otra mujer, la primera, se pasó por la cervecería unas cuantas veces, pero no me pareció apropiado preguntarle.

Olivia reía de tal manera que tuvo que detenerse y apoyarse contra la parada del autobús con las manos en el estómago mientras intentaba tomar aire.

—¡Es la historia más horrible que he oído en mi vida!

—Pues tengo muchas más, pero iré dosificándolas para que no pierdas el interés.

Olivia se enderezó sonriéndole e intentó memorizar su rostro, azul en medio de la noche. El cielo escuro que lo enmarcaba estaba cubierto de estrellas y la hizo sentirse luminosa por dentro. O a lo mejor fue la caricia de Jamie, que le rozó las mejillas con las yemas de los dedos.

—Deberías quitarte los tacones —le propuso Jamie—. Queda un largo camino hasta casa.

—No quiero quitarme los tacones —replicó ella, apoyando la cabeza contra el cristal de la parada—. Quiero parecer sexy.

Los dientes de Jamie resplandecieron cuando sonrió.

—Tú estás sexy de cualquier forma.

—Eso no es verdad. Normalmente parezco una profesora.

—Sí, es verdad, pero…

—¡Eh! —Olivia le dio un empujón, pero apenas consiguió moverle el hombro.

—Pero me gusta verte con esas falditas tan delicadas, los jerséis de lana y las gafas. Me pareces inaccesible.

Olivia sintió una punzada de arrepentimiento porque aquella era su verdadera personalidad. Lo sabía, pero quería otra cosa. Cuando cerró los ojos, Jamie le acarició el labio con el pulgar, activando todas sus terminales nerviosas.

—Me gusta porque, cuando te veo con la blusa abotonada y con un aspecto tan discreto, te recuerdo desnuda en el jacuzzi, con el vapor elevándose a tu alrededor…

–Jamie –susurró Olivia con la yema del pulgar de Jamie entre los labios.

–… con la cabeza hacia atrás mientras cabalgas sobre mí. Y con los labios entreabiertos al llegar al orgasmo.

El deseo estalló dentro de ella. Hundió el dedo de Jamie entre sus labios y lo succionó. Y le encantó oírle gemir.

–Olivia… –susurró él con voz ronca.

Cuando Olivia le acarició el pulgar con la lengua, Jamie gimió y se presionó contra ella. Sacó el pulgar de entre sus labios y arrastró aquella humedad por su barbilla mientras la besaba con fuerza. Hundió la lengua en su boca, haciéndole saber que estaba tan excitado como ella.

El vino la había relajado lo suficiente como para ser capaz de abrir las piernas cuando Jamie deslizó la rodilla entre ellas. Sintió la presión del muslo de Jamie contra su sexo mientras ella hundía los dedos en su pelo y profundizaba el beso. Estaba ardiendo por dentro, pero cuando Jamie posó la mano en su seno, el gemido de Olivia fue mitad de deseo mitad de alarma. Era de noche, pero estaban en la calle y no había bebido tanto como para hacer algo tan atrevido.

Cuando volvió la cabeza, Jamie deslizó la boca hasta su seno y tiró con suavidad del pezón.

–No –susurró ella.

Pero, al mismo tiempo, se estrechó contra él, hundió la rodilla entre sus piernas y Jamie frotó el muslo contra su sexo hasta hacerla gemir.

–No puedo seguir haciendo esto –susurró Olivia.

–¿Haciendo qué?

–Esto. Vamos a meternos en un lío.

–Solo nos estamos besando –la contradijo él, mordisqueándole la mandíbula.

–No –gimió–. Esto no es solo un beso. Es…

–Esto es divertirse –respondió Jamie, moviéndose contra ella–. Y nadie puede vernos.

Sí, tenía razón. Era divertido y estaban solos en medio de la noche. Seguro que si alguien se acercaba, oirían sus pasos. Jamie le acarició el pezón al tiempo que le succionaba el cuello con la boca. Todo dentro de ella se tensó.

Olivia suspiró su nombre y echó la cabeza hacia atrás mientras Jamie buscaba el escote del vestido y tiraba de él hacia abajo. Y en el instante en el que la piel de Jamie rozó su seno, Olivia comprendió que estaba perdida. No había hecho nada parecido en su vida, pero quería continuar. Quería alcanzar el orgasmo allí mismo, escondida del resto del mundo solo por la oscuridad.

Pero había olvidado que la oscuridad era un refugio engañoso. Y, lo más importante, que las paradas de los autobuses siempre estaban situadas en una calle. Incluso con los ojos cerrados, Olivia distinguió el resplandor de unos faros y abrió los ojos.

—¡Un coche! —exclamó con voz ahogada, revolviéndose para poner el pie en el suelo y desenredar los dedos del pelo de Jamie.

Jamie soltó una maldición y apartó las manos del vestido justo en el momento en el que les iluminaban los faros. Olivia contuvo la respiración y apretó los ojos hasta que el coche pasó por delante de ellos y se sumergieron de nuevo en la oscuridad.

—¡Te lo dije! —gritó.

—Mierda.

Olivia le empujó para evitar que continuara metiéndole la rodilla entre los muslos.

—¡Jamie!

—Vale, lo siento. Tenías razón. Es solo que… deseaba hacerlo.

Ante aquella declaración, a Olivia le costó continuar enfadada.

—Vamos a dejar clara una cosa. Yo solo quiero divertirme de maneras que no supongan terminar arrestada.

—¿Estás segura? Porque sería una experiencia salvaje.

Olivia volvió a empujarle, pero Jamie se echó a reír y se inclinó para darle un último beso. Olivia mantuvo los labios apretados para evitar otro desastre.

—Muy bien —Jamie suspiró—. Creo que ni siquiera yo estoy preparado para conocer el interior de una celda. Y, ahora mismo, no estoy del todo seguro de que mi familia estuviera dispuesta a pagar una fianza. A lo mejor deberíamos volver a casa.

—A lo mejor —contestó ella con ironía, pero no pudo evitar sonreír mientras caminaban hacia su casa—. Estás loco, ¿lo sabes?

—¡Qué va! Solo estoy excitado. Pero no sé si eso me sirve como excusa.

—Es el vino —respondió ella como si no estuviera también excitada hasta el dolor.

Como si no hubiera pasado las noches despierta esperando el momento de tenerle de nuevo a su lado. La palma de la mano le cosquilleó cuando Jamie le tomó la mano para entrelazar los dedos con los suyos.

—Cuéntame qué sueles hacer para divertirte.

Olivia frunció el ceño.

—Esa es una pregunta tonta. Ya te dije que yo no sé divertirme.

—No me lo creo. A ti la diversión te sale de forma natural.

—No, qué va. Para divertirme… salgo a correr. Y leo. Y voy a museos.

—¡Vaya! —respondió Jamie—. No estaba preparado para una revelación de ese tipo.

Olivia le dio un codazo en las costillas con toda la dignidad que fue capaz de reunir.

—A lo que me refería es a… Cuéntame cómo te divertías cuando eras más joven. Antes de conocer a Víctor. O cuando eras adolescente, incluso. Seguro que hacías algo para divertirte: oír música, ir a fiestas, salir con chicos…

Chicos. Olivia se aclaró la garganta porque la tenía atenazada por el secreto de que no había habido chicos en su adolescencia. En realidad, no. Pero Jamie acababa de mencionar algo importante. Había tenido una vida antes de Víctor, aunque hubiera sido muy inocente.

—Me gustaba patinar, y la música *country*. Hasta los catorce años, jugué al *softball*. Y me encantaban los parques de atracciones.

Jamie se la quedó mirando.

—Me encantaba la montaña rusa —le aclaró Olivia.

—¿La montaña rusa? ¿De verdad?

—Sí

—Genial. Creo que ya sé cuál va a ser nuestra próxima misión. ¿Tienes el domingo libre?

—¿Por qué? —preguntó Olivia con recelo.

—Porque no voy a tener otro día libre hasta entonces y no podemos recorrer Elitch Gardens en dos horas.

Olivia abrió la boca para protestar, pero se dio cuenta de que no tenía la menor idea de por qué iba a negarse. No había vuelto a montar en una montaña rusa desde que estaba en la universidad. ¿Y por qué no? Porque a Víctor no le gustaban. ¿No era patético? Había visto anunciar la nueva montaña rusa de Elitch Gardens. Tenía un aspecto asombroso.

—De acuerdo, sí. Tengo el domingo libre.

Quedaron atrapados en el resplandor de una farola. Olivia alzó la mirada y vio el pelo de Jamie, todavía revuelto por sus caricias. Había sido ella la que le había despeinado y se sintió satisfecha al pensarlo.

A lo mejor no era tan aburrida como pensaba. Desde luego, no lo estaba siendo con Jamie. Y, quizá, la pregunta que este le había planteado fuera más significativa de lo que parecía.

Era posible que, al final, fuera Víctor el que no sabía divertirse. Al fin y al cabo, no le gustaban las montañas rusas. Ni la música *country*. Ni batear. Ni los juegos de mesa. Ni los estadios de béisbol. Ni los zoos.

A Olivia le gustaban todas aquellas cosas cuando era joven y después… Y después había conocido a Víctor.

Pero no estaba siendo justa. Le había conocido con veintidós años. Para entonces, ya había tenido tiempo de madurar. Había terminado los estudios universitarios y era una persona adulta. Y los adultos hacían cosas de adultos, como ir a fiestas en las que se servían cócteles y acudir a la ópera. Los adultos leían libros importantes, hablaban de política y se esforzaban en apoyar la carrera de sus cónyuges.

La carrera de Víctor en su caso.

Así que, a lo mejor no había sido una mujer aburrida. A lo mejor había estado demasiado ocupada intentando ser lo que Víctor necesitaba que fuera. Y él necesitaba que fuera alguien inferior. Inferior a todas aquellas jóvenes que le gustaban y cautivaban su atención.

Que se fuera al infierno. Y esperaba que todo lo que se estaba divirtiendo, todo el tiempo que estaba pasando con Jamie, la ayudara a ser un poco más ella misma cada día.

—Yo no quería ser profesora —confesó de pronto, reconociendo en medio de la oscuridad lo que no había sido capaz de admitir en una habitación iluminada—. Ni siquiera había pensado nunca en la posibilidad de enseñar. Yo quería tener mi propio negocio. Disfrutar de la emoción del riesgo, del desafío. Así era como quería divertirme antes.

Antes de conocer a Víctor, quería decir. Antes de haberse comportado como otras muchas mujeres estúpidas.

Jamie asintió sin decir palabra y ella se alegró de que permaneciera en silencio. Se alegró porque se había sentido bien haciendo aquella confesión y no quería arruinar el efecto intentando averiguar por qué. No quería escarbar en el arrepentimiento aquella noche.

Cuando llegaron a la acera que conducía a su complejo de apartamentos, Olivia comenzó a preocuparse por lo que podía pasar a continuación. No en relación al sexo. A aquella parte de su relación se había adaptado con rapidez. Pero no sabía cómo enfrentarse al momento de la transición. ¿Debería invitarle a pasar? ¿Dar por sentado que la seguiría? ¿Tenía que dejar claro que quería que se quedara? ¿Querría Jamie pasar allí la noche?

A Olivia le parecía increíble que la gente hiciera cosas como aquella cada día.

—Estoy impresionado —admitió Jamie—. No has mirado el reloj ni una sola vez.

—Porque no quiero saber lo tarde que es.

—Es tarde —le informó él mientras subían hasta su puerta—. Muy tarde.

¡Ay, Dios! ¿Y eso significaba que quería quedarse o marcharse? ¿Pero cómo podía estar tan insegura cuando habían estado a punto de hacer el amor en la calle?

—Jamie —dijo mientras abría la puerta—, es tarde, pero…

—Déjame quedarme —la urgió él, agarrándola por la cintura antes de que tuviera tiempo de volverse—. Déjame quedarme —se presionó contra su espalda.

Su cuerpo encajaba perfectamente con el de Olivia.

—Estás de broma, ¿verdad? Pensaba hacerte entrar y cerrar después la puerta con llave.

—Gracias a Dios —susurró Jamie, besando ya su cuello—. Porque no soy capaz de apartar las manos de ti.

Olivia dejó caer el bolso al suelo, se volvió hacia él y buscó los botones de la camisa mientras él encontraba su boca. Parecieron pasar semanas hasta que llegaron a la cama. Meses. Olivia le apartó la camisa y metió las manos bajo la camiseta. Cuando le rodeó las costillas con los brazos, notó la piel de Jamie cinco veces más caliente que la suya. Y en el momento en el que deslizó las uñas a lo largo de su espalda, él se sobresaltó.

Demasiado impaciente como para entretenerse en una lenta exploración, Olivia le levantó la camiseta.

—¿Tienes cosquillas?

—Un poco —respondió él con la voz amortiguada por el algodón de la camiseta mientras ella terminaba de quitarle la prenda.

Olivia se concentró entonces en saborear el calor de su pecho.

—Mm —musitó, haciéndole tensarse—. ¿Solo un poco?

—A lo mejor más que la media.

—¡Dios mío, me encanta! ¿Cómo es posible que no lo haya notado antes?

—¿Porque estabas demasiado ocupada aniquilándome?

—Exacto —susurró, distraída por la sensación del vello hirsuto que cubría su pecho. Cuando deslizó las manos por sus costados, Jamie se estremeció—. Lo siento, yo…

Estaba demasiado excitada como para seguir hablando, de modo que le desabrochó el cinturón y fue desabotonándole los vaqueros lentamente, botón a botón.

—¿Te he dicho alguna vez lo atractivo que eres? —preguntó con la mirada fija en el bulto que sobresalía en los bóxers de color negro.

—Es posible… ¡Oh, Dios mío!

Olivia no conseguía abrirse camino con los dedos bajo la tela, así que renunció y hundió la mano por la banda elástica.

—¿Tienes cosquillas? —volvió a preguntarle a Jamie cuando este se estremeció.

—No. Ni una maldita cosquilla.

—Mm —ni siquiera así podía rodear todo su sexo.

Cuando Jamie se desabrochaba el cinturón, la palabra «atractivo» apenas servía para describirle. Bajo el cinturón, Jamie era glorioso.

Olivia le acarició. Él la besó y deslizó las manos a lo largo del escote del vestido, aflojando la tela y bajándola por sus hombros y sus brazos. Olivia volvió a acariciarle y le besó con más fuerza al sentir la humedad en la cabeza de su miembro.

—Vamos a la cama —susurró.

Jamie asintió y comenzó a arrastrarla hacia atrás. A Olivia le costaba creer que se pudiera reír y estar tan excitada al mismo tiempo, pero se descubrió a sí misma riendo con nerviosismo.

—Eso es la cocina —le avisó, lamentando tener que separarse de él para así poder indicarle cuál era la dirección correcta.

Jamie le agarró la mano y tiró de ella para llevarla al dormitorio.

—Una cama alta —musitó Jamie al ver la cama con dosel.

—Lo sé. Es…

—Perfecta. Ven aquí…

—¿Qué?

Jamie tiró del vestido, se lo bajó por completo y la abrazó un instante. Aquel día, Olivia no se había puesto sujetador. De hecho, había prescindido de él a propósito y, en aquel momento, se alegró sobremanera, porque Jamie inclinó la cabeza y succionó el pezón sin la menor vacilación. Todavía atrapada entre sus brazos, lo único que pudo hacer ella fue echar la cabeza hacia atrás y sentir.

—Eres tan sensible —dijo Jamie con voz queda, acariciando con un aliento helado el pezón—. Me encanta.

Ella se estremeció y deseó, por un instante, poder tener las manos libres para taparse. Sus senos no eran dignos de contemplación. En absoluto. Pero Jamie la besaba una y otra vez como si le gustaran. Después, Jamie terminó de quitarle el vestido antes de girarla.

Olivia parpadeó sorprendida y abrió los ojos con asombro cuando Jamie posó la mano en el centro de su espalda y la hizo inclinarse ligeramente. Sintió los muslos contra el borde de la cama y, con las manos de Jamie presionando hacia delante, no le quedó otro remedio que inclinarse.

Posó las manos sobre el colchón; después apoyó el estómago. Les siguieron las mejillas. Extendió los dedos sobre la cama y contuvo la respiración expectante. La mano de Jamie comenzó a descender por su espalda. Llegó al borde de las bragas y se las bajó con un movimiento rápido.

Estaba expuesta ante él. Desnuda, salvo por los tacones. Abierta para él. El corazón le latía con tanta fuerza que lo sentía como un tambor en los oídos. Por encima del correr palpitante de la sangre, oyó la leve caída de la tela, el sonido sordo de sus zapatos al caer al suelo, el susurro del envoltorio al rasgarse. Y, después, sintió la mano de Jamie agarrando su cadera.

Olivia cerró los ojos y aplastó la mejilla contra la cama. Parecía algo… impersonal, pero, de alguna manera, aquello lo convertía en algo más íntimo. Se sentía vulnerable en extremo, esperando a que Jamie la tomara.

Esperaba que se hundiera en ella y se preparó para recibir el impacto, pero, al parecer, él tenía otra idea. Sintió sus dedos a lo largo de su cuerpo, trazando un húmedo camino hasta su clítoris. Olivia jadeó ante aquel contacto, parpadeó y abrió los ojos de par en par. Y se quedó estupefacta al descubrirse con la mirada clavada en una imagen erótica.

Pero no era cualquier imagen. Era su espejo.

Allí estaba, inclinada, impotente, con el rostro medio escondido en el edredón. Jamie permanecía tras ella, desnudo, con el miembro erecto y orgulloso. Esperaba encontrarse con su mirada en el espejo, pero, al parecer, él no se había fijado en el espejo. Tenía la cabeza inclinada, la miraba con los ojos entrecerrados, mientras su mano…

—¡Ah! —jadeó Olivia, contemplando cómo se tensaba su rostro cuando Jamie deslizó dos dedos húmedos en su interior.

También el rostro de Jamie se tensaba mientras hundía y sacaba los dedos una y otra vez. Olivia observaba como si estuviera viendo una película, asombrada al ver su cara, su cuerpo, siendo utilizados de aquella manera. Jamie sacó los dedos y Olivia contuvo la respiración al verle agarrarse el pene. Lo rodeó con la mano, se colocó mejor el preservativo y se acercó a ella. Olivia notó la presión al tiempo que veía su mano extendida sobre la cadera. Jamie comenzó a frotarse a lo largo de su sexo, deslizándose sobre su clítoris con una lenta y deliciosa caricia.

Olivia se aferró al edredón, hundió los dedos y se mordió el labio hasta dejarlo casi insensible. Jamie no alzó la mirada ni una sola vez. Estaba ocupado viendo cómo se restregaba contra ella. Olivia sacudió las caderas cuando Jamie volvió a presionarse contra el clítoris e imaginó el aspecto que debía tener, húmeda y henchida.

Por fin, Jamie posó su sexo contra el suyo y empujó despacio, con la mandíbula apretada por la tensión. Tenía los pómulos rígidos y sonrojados. Olivia dejó escapar la respiración, como si su cuerpo necesitara hacerle espacio. Jamie fue haciéndola ceder hasta llenarla por completo, invadiéndola en el mejor de los sentidos. Segundos después, estaba moviendo las caderas contra ella y Olivia jadeando frente a aquella presión.

Olivia separó los pies un poco más. Jamie la agarró por las caderas y las alzó, haciéndole arquear la espalda un poco más. Salió de ella para volver a embestir con más profundidad. Olivia gritó y cerró los ojos, pero se obligó a abrirlos. No quería perderse ni un solo segundo de aquel encuentro, así que se mordió el labio, apretó los puños con fuerza y observó a Jamie Donovan mientras la tomaba.

Era una máquina maravillosa de músculos tensos y piel bronceada que iba hundiéndose cada vez más en ella. Cada embestida parecía convertir en piedra su mandíbula. Y durante todo aquel tiempo, sus ojos resplandecían mientras se observaba a sí mismo penetrándola.

Para Olivia era como una película. Como una película pornográfica protagonizada por ella. ¡Por ella! Y podía sentirlo todo: cada caricia, cada embestida. Quería gritar, pero lo único que hizo fue gemir y aferrarse con fuerza a la cama.

Jamie deslizó las manos por su cuerpo, moldeó su cintura un instante antes de aferrarse de nuevo a sus caderas y clavó los dedos en ella mientras sus movimientos iban creciendo en intensidad.

–¡Sí! –susurró Olivia–. ¡Sí, más fuerte!

Jamie desvió la mirada hacia su rostro y su expresión se hizo más fiera. Aquello era casi insoportable. Aquella visión de algo tan impropio y tan excitante a la vez. Sentía cómo se arremolinaba el deseo dentro de ella, cada vez más tenso, y tenía el clítoris tan rígido que le dolía. Jamás había tenido un orgasmo como aquel, nacido del puro sexo, sin caricias, sin preliminares apenas, jugando a ser utilizada como un objeto sexual.

–Jamie –susurró mientras el placer se hacía tan penetrante que se acercaba al dolor durante unos segundos interminables.

–Sí –la urgió él, clavando los dedos en ella y sumando así un nuevo dolor hasta que todo estalló con un cambio de postura de Jamie que la hizo gritar y gritar hasta enronquecer.

–¡Oh, Dios mío! –jadeó–. ¡Jamie, Jamie…!

–No puedo… –gimió él–. Olivia, yo…

A Olivia se le aclaró la visión a tiempo de ver el gesto de inmenso placer de Jamie y la forma en la que se tensaban sus músculos mientras se hundía en ella al alcanzar el orgasmo.

Al terminar, permaneció quieto y redujo la fuerza con la que la sujetaba. Olivia se permitió relajarse fijando la mirada en su reflejo con un estupefacto agotamiento.

Jame abrió por fin los ojos y la observó durante largo rato antes de fruncir el ceño y seguir el curso de su mirada hasta el espejo. Se encontraron sus miradas y Jamie se quedó boquiabierto.

—¡Santo Dios! —exclamó casi sin aliento.

—Sí —susurró ella—. Lo sé.

—¿Cómo has…? ¿Qué…?

Olivia arqueo las cejas.

Jamie bajó la mirada hacia el cuerpo de Olivia y la desvió de nuevo hasta el espejo.

—¿Por qué demonios no me has dicho que había un espectáculo?

Olivia comenzó a reír. Temblaba de tal manera que, al final, Jamie tuvo que separarse de ella para que pudiera tumbarse en el colchón. Su sexo se quedó frío sin él.

—Muy bien, tenemos que volver a hacerlo. No es justo, Olivia.

—Yo creo que también tú tenías una vista bastante buena.

La sorpresa transformó su rostro, seguida por un adorable rubor.

—Sí, tienes razón.

Jamie agarró un pañuelo de papel para quitarse el preservativo y se desplomó de espaldas a su lado.

—Me importa un bledo lo divertida o no que seas —le advirtió—. Llámalo como demonios te apetezca, pero eres alucinante.

Olivia le dio un codazo en las costillas.

—Cierra el pico.

—Lo digo en serio. Ha sido… Ha sido de lo más excitante. Por lo menos, para mí.

Olivia se volvió hacia él. Posó la rodilla en el muslo de Jamie y se presionó contra su costado. Este le pasó el brazo bajo la cabeza y la estrechó contra él. Su pelo revuelto parecía estar exigiendo una caricia, así que Olivia hundió los dedos en él y lo acarició hasta convertirlo en un mar de rizos salvajes.

—Has cambiado mi vida. Lo digo en serio.

A los ojos de Jamie no asomó ningún indicio de risa cuando se enfrentó a su mirada. Olivia fue entonces consciente de que en la mirada de Jamie siempre bailaba la risa, pero, en aquel momento, su expresión era serie, solemne.

—Yo no… —comenzó a decir, pero se dio cuenta de que había estado a punto de revelar demasiado. No esperaba que aquella relación se prolongara y no quería asustarle—. Había pasado mucho tiempo desde la última vez y no estaba segura… —dijo en cambio.

Jamie le tomó la mano y se la llevó a los labios para darle un cariñoso beso.

—Yo también llevaba una buena temporada sin hacer nada parecido.

—No es verdad —se burló ella—. Estamos trabajando con conceptos de tiempo diferentes.

—Lo digo en serio. Ya no soy ese tipo. De verdad, ya no.

—Jamie, te he visto. Prácticamente resplandeces cuando hay mujeres cerca.

Jamie retuvo la mano de Olivia en la suya y la presionó contra su pecho.

—Me gustan las mujeres. Eso no lo voy a negar.

Olivia no podía esgrimir aquella verdad contra él. Sí, experimentó unos celos puros y candentes hacia todas aquellas mujeres que habían disfrutado con él, pero no podía enfadarse. ¿Quién iba a rechazarle? ¿Qué mujer tenía la fuerza de voluntad necesaria para resistirse?

—Yo no tengo tanta experiencia como tú —susurró—. Pero lo has hecho todo muy fácil. Así que, gracias.

Jamie la miró con recelo.

—No estarás a punto de darme una placa antes de decirme que me largue.

—¡No!

—Pues eso se ha parecido un poco a un discurso de despedida.

—No, era solo un agradecimiento. Te lo prometo.

Jamie se incorporó apoyándose sobre un codo para poder mirarla. Alzó la mirada y Olivia se volvió para mirarle en el espejo. Se observaron el uno al otro en silencio durante un largo rato. Parecía más fácil mostrar los sentimientos en la distancia, de modo que Olivia le permitió ser testigo de lo que sentía cuando él deslizó los dedos a lo largo de su cuello y su pecho hasta posarlos sobre sus senos desnudos. Dibujó los pezones sin dejar de mirarla a los ojos mientras ella se dejaba envolver por aquella nueva vulnerabilidad. Jamie la hacía sentirse cálida, sexy, nerviosa y triste. Todo a la vez.

La caricia de Jamie avanzó hacia el otro seno, descendió hasta el ombligo y trepó hasta los hombros. Para terminar, Jamie la agarró por la barbilla y la hizo volver el rostro hacia él. Le besó con tanta delicadeza que Olivia apenas sintió el roce de sus labios.

—Sé que te levantas pronto, ¿quieres que me vaya?

—No —respondió ella con excesiva prontitud, alarmada por la posibilidad de que se fuera.

Aquella respuesta tan rápida hizo sonreír a Jamie.

—Genial. Vamos a acurrucarnos.

Olivia le dio un cachete en el hombro y se levantó.

—Voy a cerrar la puerta con llave. El baño está ahí.

Aunque comenzó a alargar la mano hacia la bata, se obligó a detenerse y dejó caer la mano. En vez de taparse, avanzó con los tacones, apagó las luces y se aseguró de que la puerta quedara bien cerrada. Se sentía extraña caminando desnuda por su cuarto de estar. Nadie podía verla, las persianas estaban bajadas, pero aun así… Estaba desnuda, con la piel fría y el sexo todavía henchido y le parecía algo temerario. A lo mejor debería hacerlo más a menudo. A lo mejor se había convertido en una de aquellas personas que limpiaban la casa desnudas.

Sonrió mientras apagaba el último interruptor. Cuando volvió al dormitorio, Jamie estaba ya acurrucado bajo las sábanas, arropado en el lado de la cama que no debía. El lado opuesto al que ocupaba antes su ex. Olivia sonrió de oreja a oreja mientras se deslizaba bajo el edredón, disfrutando incluso de aquella diferencia. Jamie alargó los brazos hacia ella para que se acercara. Y a Olivia se le hizo extraño ser abrazada desde el lado izquierdo de la cama, en vez del derecho.

—Espera —le pidió Olivia, mientras se movía.

—¿Qué pasa?

—Nada, es solo la luz —alargó la mano y al instante los envolvió la oscuridad.

Al principio le abrazó con cierta tensión, pero era imposible estar tensa con Jamie. Su cuerpo lánguido y hundido en la cama era todo calor y relajación. Poco a poco, fue ablandándose contra él. Jamie le acarició el pelo. La fragancia de su piel llenaba los pulmones de Olivia. Podía sentir la presión de su pecho contra ella, pero se sentía flotando, suspendida en la oscuridad y anclada a él.

—Buenas noches —murmuró Jamie con la voz ronca por el sueño.

Disminuyó el ritmo de su respiración. Su mano descansaba pesada sobre su espalda. Y Olivia se permitió fingir que era suyo. Suyo de verdad.

Una idea terrible, pero eran las dos de la madrugada, había bebido media botella de vino y le importaban un comino la sensatez y la prudencia. Aquella noche podía fingir. Al día siguiente volvería a ser responsable y adulta. De momento, Jamie era suyo.

Capítulo 12

—Ya voy de camino —dijo Olivia por el móvil.

Fingía estar entrecerrando los ojos por culpa del sol, pero la verdad era que sonreía de tal manera que los ojos apenas se le veían.

—Más te vale no estar mintiendo —le advirtió Gwen—. Ayer por la noche te llamé por lo menos diez veces.

—Estaba ocupada —respondió Olivia mientras entraba a paso ligero en su edificio.

Se había puesto unos tacones demasiado altos para el trabajo, pero hacían un ruido fantástico contra el suelo de mármol.

—¡Ah! Así que estabas ocupada, ¿eh? Eres una brujita perversa. Te odio.

El eco de la risa de Olivia resonó en todo el pasillo y decidió que sería mejor que colgara para evitar molestar a los grupos que estaban en clase.

—¿Ahora mismo estás ocupada?

—No.

—De acuerdo. Voy a llevar las cosas a mi despacho y después me pasaré…

—Tardarás demasiado. Dejarás las cosas en tu oficina, comprobarás el correo electrónico y tu correo. Ven ahora mismo aquí porque estoy a punto de explotar.

–Vale, voy hacia allí.

Gwen todavía estaba aullando cuando Olivia colgó el teléfono y dio media vuelta en el pasillo. Su progreso fue de pronto interrumpido por la dureza del hombro contra el que chocó.

–¡Ay! –exclamó–. Lo siento.

Un hombre la agarró del brazo para sujetarla.

–No, ha sido culpa mía –dijo mientras ella se volvía hacia él. Era un hombre atractivo, quizá algo mayor que ella–. Estaba intentando adelantarte sin molestarte mientras hablabas.

–Espero que eso no signifique que me he convertido en uno de esos usuarios de móvil tan molestos.

La sonrisa de aquel desconocido le resultaba vagamente familiar, pero no era capaz de identificarle.

–Por supuesto que no. Pero, tengo que reconocer que he perdido el criterio al respecto. El año pasado tuve una cita a ciegas con una mujer que estuvo manteniendo una conversación mediante mensajes de texto durante toda la cena. Soy Paul, por cierto. Paul Summers. Nos conocimos hace unos meses.

Olivia debía de seguir pareciendo perpleja, porque la sonrisa de su interlocutor vaciló.

–Me encargué de las clases de Johnson cuando él se jubiló.

–¡Ah, sí! Lo siento. Cada vez que tengo un grupo nuevo de estudiantes, mi capacidad para recordar nombres disminuye. Venías de Chicago, ¿verdad? ¿Qué tal te va por aquí?

–Muy bien. El invierno es genial. Y, claro, mucho menos húmedo.

Olivia sonrió y se obligó a no mirar hacia la escalera. Estaba deseando ir a ver a Gwen para hablar de Jamie. Burbujeaba por dentro pensando en él. Necesitaba…

–Supongo que no es una buena idea, puesto que ni siquiera te acordabas de mí, pero podríamos salir a tomar un café algún día, o a comer.

—Yo… ¿qué?

—¿Te apetecería salir a tomar un café? —repitió, arqueando las cejas—. ¿A comer? ¿O a lo mejor no?

—¡Ah! —no pudo evitar sonreír al ver la mueca con la que parecía estar cuestionándose a sí mismo—. Eh, yo…

—Eh, tranquila. Lo intentaré en otro momento…

—No, no es eso. Es que no se me dan muy bien este… este tipo de cosas.

—¿Es que hay alguien a quien se le den bien?

Olivia pensó al instante en Jamie, aunque no estaba segura de que debiera estar pensando en él. En realidad, no estaban saliendo juntos, solo se estaban… divirtiendo. Era una relación temporal. Lo habían dejado claro. Jamie era joven, despreocupado y, lo más importante, un hombre libre. Su relación terminaría al cabo de una semana o dos. Después él continuaría con su vida. Y también ella debería continuar con la suya.

Pero aun así…

Olivia tragó saliva, intentando aliviar la sequedad de su garganta.

—La verdad es que —comenzó a decir con mucho cuidado— estaría bien tomar un café. Pero ahora mismo no puedo. ¿Qué tal si lo dejamos para otro momento?

—De acuerdo. Creo que podré soportarlo. Volveré a preguntártelo, y considéralo una advertencia.

—Lo haré.

—Me alegro de volver a verte, Olivia —le guiñó el ojo con un gesto amistoso antes de alejarse por el pasillo.

Paul era encantador. Educado. Y un hombre bien entrado en los treinta años. Era la clase de hombre con el que saldría si fuera una mujer seria. Pero, en aquel terreno, ser una mujer seria le parecía mucho más peligroso que ser divertida.

Pensaría en ello más adelante si volvía a invitarla. Pero, en aquel momento, estaba dedicada a Jamie a manos llenas.

Riendo con disimulo por aquel involuntario juego de palabras, corrió hacia las escaleras para dirigirse al despacho de Gwen.

Gwen la estaba esperando en la puerta.

—¡Dios mío, mírate! —dijo, y soltó un silbido.

Olivia bajó la mirada hacia los zapatos.

—Lo sé. Los he visto en el armario y…

—No, no me refiero a los zapatos, que son preciosos. Me refiero a ti. A los zapatos, al botón que te has dejado desabrochado. Y a esa mirada que está diciendo «tómame».

—¡Gwen! —exclamó, empujándola al interior del despacho.

—Es verdad. Ese hombre debe de ser tan milagroso como parece. ¿Le has hecho ponerse la falda escocesa?

—No.

—Pues deberías. Y deberías grabarlo todo.

Olivia cerró la puerta y se apoyó contra ella. Intentó reprimir una carcajada, pero no lo consiguió.

—Eres malísima.

—Sí. Y también estoy muerta de celos. Me gustaría poder pasearme con esa expresión en la cara.

—¿De verdad estoy tan distinta? Porque acaba de invitarme a salir un hombre en el campus.

Gwen se dejó caer en una silla. Los hombros le temblaban mientras reía.

—¿Lo ves? Desprendes una vibración especial, hermanita. ¿Quién te ha pedido salir?

—Paul Summers.

—No le conozco

—Porque está en la International Businnes Law, dos edificios más allá. Pero deberías intentar cruzarte con él. Es un encanto.

—¿Un encanto? —Gwen agarró un bolígrafo y apuntó su nombre—. Estoy segura de que se me ocurrirá algún motivo para pasarme por su despacho. Aunque… —la recorrió de arriba abajo con la mirada–, no puede decirse que seamos mujeres del mismo tipo.

No, desde luego que no. Gwen tenía el pelo rubio y rizado y unos senos maravillosos que mostraba con una sutil habilidad.

–No sé por qué, pero no creo que le importe.

Gwen alzó las manos.

–¡Qué más da! No te he pedido que vengas por eso. Siéntate y cuéntamelo todo.

Olivia se sentó con las manos en el regazo.

–No sé qué contar, la verdad. No quiero violar la intimidad de Jamie, pero estoy a punto de estallar.

–¿Estás enamorada?

La preocupación que asomó al rostro de Olivia fue inconfundible.

–No, claro que no. No soy tan tonta. Ni siquiera estamos saliendo.

Gwen arqueó una ceja con expresión dubitativa.

–En serio. Le dije que necesitaba aprender a relajarme y divertirme y él… se ofreció a ayudarme. Ayer por la noche me hizo salir hasta muy tarde. Y el domingo vamos a ir a un parque de atracciones. Ese tipo de cosas.

Decidió ahorrarse lo de bañarse desnuda en el jacuzzi.

–De acuerdo, todo eso es muy divertido, pero estoy segura de que ha habido algo más.

–Sí, estoy dispuesta a admitir que también están pasando otras cosas. Otras cosas muy divertidas.

–Olivia, no me puedo creer que estés haciendo algo así.

–Lo sé. Es…

–¡Estoy orgullosa de ti! Me gustaría poder hacer algo parecido. Yo también necesito un poco de diversión en mi vida.

Aquella declaración dejó a Olivia estupefacta.

–¿Qué quieres decir, Olivia? Tú siempre te estás divirtiendo.

–Sí, me gusta salir y divertirme, pero nunca he sido tan valiente como para hacer lo que estás haciendo tú. ¡Y con Jamie Donovan nada menos!

Olivia no sabía qué decir. Siempre la había sorprendido la amistad de Gwen, el hecho de que una mujer como ella quisiera ser su amiga.

Gwen negó con la cabeza.

–Lo digo en serio. ¿No te parece increíble estar haciendo algo así?

–¡Sí! Hasta cuando estoy con él tengo la sensación de que es algo que le está ocurriendo a otra persona. Es tan…

Gwen se inclinó hacia delante.

–¿Maravilloso?

–¡Ja, ja! De acuerdo, sí. Es maravilloso, tanto dentro como fuera de la cama –ignoró el gemido de celos de su amiga y se encogió de hombros–. Es tan sencillo y directo… Jamás había conocido a un hombre como él.

–Sí, claro, pero volvamos a la parte de lo maravilloso que es.

–Gwen…

–Vamos –le suplicó Gwen–. Cuéntame algo. ¿No tienes ni unas migajas para una mujer hambrienta? ¡Por favor!

Olivia tomó aire.

–De acuerdo. Te contaré una cosa.

Gwen sonrió y apoyó la barbilla entre las manos.

–Ayer por la noche fuimos a cenar y nos pasamos un poco con el vino. Decidimos ir a mi casa, pero… nos distrajimos y estuvieron a punto de pillarnos haciendo el tonto en una parada de autobús.

–¡No! –chilló Gwen–. ¿Qué pasó?

–Nos estábamos besando y, quizá, yendo un poco más allá. Era de noche y no estábamos en condiciones de pensar. Pasó un coche y nos iluminó como si fuera un foco.

–¿Y qué pasó cuando llegasteis a tu casa?

Olivia sonrió de oreja a oreja.

—Terminamos lo que habíamos empezado, sin que nadie nos viera —salvo ella misma.

—Eres mi heroína. Lo sabes, ¿verdad?

—Gwen, yo soy mi propia heroína.

Gwen señaló hacia la puerta.

—Sal de aquí. No quiero volver a verte.

Olivia comenzó a salir, pero se detuvo con la mano en el picaporte.

—Eh, ¿te apetece ir al cine el sábado por la noche?

—¿Y Jamie?

—No es mi novio, Gwen.

Gwen arqueó una ceja.

—Así que trabaja el sábado.

—Sí.

Tras dejar de reír, Gwen asintió.

—De acuerdo, vamos al cine. Y también a cenar.

Olivia fue sonriendo durante todo el trayecto hasta su despacho.

¿De verdad era valiente? Ella no tenía esa sensación. Al principio, estaba aterrada. Después, sobrecogida. Y, en aquel momento, exultante y un poco perpleja. Pero también se sentía feliz. Mucho más de lo que se había sentido en mucho tiempo.

Acostarse con Jamie Donovan era un milagroso elixir.

Era hasta físicamente agotador. Cuando se sentó tras el escritorio, sus muslos protestaron por el esfuerzo. Otro pequeño momento de felicidad. Jamie había vuelto a hacer el amor con ella aquella mañana. Dos veces. Perderse la carrera matutina había sido un placer. Y el ejercicio había sido igual de intenso.

La única razón por la que había decidido ir a la universidad era que estaba horrorizada con su propio comportamiento. Cuando Jamie se había ido, Olivia se había quedado en la cama con una enorme sonrisa en el rostro. Aquello se había acercado en exceso a la actitud de una enamorada.

Así que se había duchado y vestido y se había puesto los tacones. ¿Y qué iba a hacer consigo misma? Algo responsable, como planificar o investigar. Pero, teniendo en cuenta que su mente continuaba volando hacia las manos de Jamie agarrándole el trasero, pensó que quizá fuera preferible comenzar por algo más sencillo, como el correo electrónico.

Olivia encendió el ordenador y abrió el correo electrónico. No había mucho correo en verano, así que reparó al instante en un aviso de su jefe de departamento. Quería verla en su despacho en cuanto pudiera pasar por allí.

El corazón le dio un vuelco al pensar en qué podría querer. Como instructora, no tenía una plaza fija en la universidad. Podían despedirla cuando quisieran, por cualquier razón, aunque trabajara como una bestia de carga. Siempre había trabajado mucho, pero, desde su divorcio, impartía cuatro asignaturas por semestre además de dos seminarios de verano, decidida a demostrar su valía. No podía permitirse el lujo de perder su trabajo y, habiendo desaparecido de escena su marido, la universidad no sentiría presión alguna para retenerla en la plantilla.

Las ganas de sonreír se esfumaron mientras leía el mensaje por segunda y tercera vez. El jefe de departamento no daba ninguna pista de lo que quería y Olivia intentó convencerse de que sería algo rutinario. A lo mejor quería que se encargara de los cumpleaños del departamento. No sería la primera vez que un instructor era utilizado como asistente.

Deseando de pronto haberse puesto unos zapatos mucho más estables, recorrió el largo pasillo que conducía hasta el lugar en el que la reclamaban.

El despacho de Lewis Anderson estaba situado en la habitación principal del departamento. Era el más grande, por supuesto, pero eso no significaba mucho en el Departamento de Economía Aplicada. Era uno de los departamentos con menos prestigio de la universidad y el tamaño de los despachos así lo reflejaba.

Tenía la puerta abierta y cuando Olivia llamó, Lewis alzó la mirada confundido. Cuando reparó en su presencia, la incomodidad se reflejó en sus facciones.

—Olivia, buenos días. Pasa. Y... eh, ¿puedes cerrar la puerta?

¡Ay, no! Aquello no presagiaba nada bueno. Nada bueno en absoluto. La sangre abandonó el cerebro de Olivia a tal velocidad que sintió un ligero mareo. Saludó a su jefe con una seria inclinación de cabeza mientras cerraba la puerta.

—¿Ocurre algo?

—No estoy seguro —señaló la silla. Olivia tomó asiento—. He recibido una información que necesito exponerte, aunque es de naturaleza personal y preferiría no tener que hacerlo.

Olivia asintió como si lo comprendiera.

—Se te acusa de mantener una conducta inadecuada con uno de tus alumnos.

—¿Qué? —preguntó ella casi sin aliento.

La sangre que había abandonado su cerebro regresó con una violencia despiadada. La piel le ardía como el fuego.

—¿Es cierto que tienes una relación personal con uno de tus estudiantes?

—¿Quién te ha contado eso?

—Olivia, esa no es la cuestión. ¿Es cierto?

—Yo. No. Es decir, hay un estudiante en mi clase que es amigo mío. Pero le conocí antes de que comenzaran las clases.

Lewis esbozó una mueca.

—¿En qué clase está?

—En una sesión de formación continua para emprendedores en hostelería. No es un curso que reporte créditos académicos, Lewis. Y no es un estudiante universitario. Es propietario de un restaurante. No es que... Yo jamás...

Lewis alzó la mano y exhaló despacio antes de tomar aire.

—De acuerdo. Todas son buenas noticias. Me preocupaba que pudiera tener algo que ver con el grupo de alumnos a los que estás tutorizando este verano.

—¡No! ¡Claro que no!

Lewis consiguió esbozar una leve sonrisa.

—Por supuesto, no podía creerme que estuvieras manteniendo una relación inapropiada con uno de los estudiantes que tienes bajo tu supervisión, pero cualquier indicio de esa clase de conducta debe de ser comunicado sin dilación.

—¡Por supuesto, por supuesto! —a Olivia se le hizo un nudo en la garganta por culpa de las lágrimas nacidas de una mezcla de miedo y alivio—. Siento haberte puesto en esta situación. No sé quién puede haber insinuado nada de ese tipo.

—Estoy seguro de que la persona en cuestión solo está preocupada por las implicaciones éticas del asunto.

Sí, claro. Y las vacas volaban.

—Si puedes decirme quién te lo ha contado, podría ser yo la que aliviara sus preocupaciones. Me avergüenza que hayamos llegado a este punto. Y, por supuesto, lo último que quiero es dañar la reputación de la universidad.

—No puedo decirte su nombre, Olivia. Pero le transmitiré lo que me has dicho.

Olivia asintió.

—¿Necesitas algo más?

—Sí, espera un momento —tecleó algo en el ordenador e imprimió una hoja—. Solo necesito que firmes esto, es el reconocimiento de que hemos mantenido esta conversación.

Olivia fulminó con la mirada la hoja que le tendía. Cuando miró a Lewis, este esbozó una mueca.

—Lo siento. Tengo que registrarlo. No te estoy pidiendo su nombre. No quiero inmiscuirme en tu vida personal, pero necesito que firmes esto para demostrar que hemos tenido esta conversación.

Aquello quedaría registrado para siempre. Y saldría a la luz cuando el departamento asignara las clases en otoño. A Olivia le tembló la mano mientras garabateaba su firma.

Lewis no podía decirle quién le había comunicado aquella bajeza, pero Olivia no necesitaba un nombre. Sabía quién lo había hecho y salió decidida hacia su edificio.

El Departamento de Economía estaba en un edificio precioso, tradicional, de techos altos y amplios ventanales. Oliva entró como si estuviera tomando un castillo al asalto. No había puesto un pie en aquel edificio desde hacía meses, pero había pasado años subiendo y bajando aquellas escaleras: reuniéndose a almorzar con Víctor cuando este se lo pedía, llevándole libros que se había dejado en casa, corriendo a llevarle su camisa más bonita cuando el decano le pedía una reunión. Si alguna vez había habido una profesora que hubiera sido utilizado como asistente, esa había sido ella.

Olivia pasó a paso ligero delante de la recepcionista mientras esta balbuceaba una protesta. La puerta de Víctor estaba cerrada, así que avisó con un golpe antes de abrirla. Casi esperaba encontrarle acostándose con una estudiante en el escritorio, pero la mesa estaba vacía. El despacho estaba vacío.

—¡Señora Bishop! —gritó la recepcionista mientras corría hacia allí.

—Señorita Bishop.

—El señor Bishop no está aquí. No ha venido en toda la semana.

—¿Está en la ciudad?

—No lo sé, pero no puede presentarse aquí y...

Olivia pasó por delante de ella, sacando el teléfono móvil mientras caminaba. En cuanto marcó el número de Víctor saltó el buzón de voz, lo que podía significar cualquier cosa. Que estaba de vacaciones con una de sus novias de veintitrés años. O en una pista de raquetbol. O jugando al golf con algún pez gordo de la universidad. O que no la tenía a ella para recordarle que cargara el teléfono.

Estando tan humillada, mortificada y furiosa, no tenía sentido intentar trabajar. Sentía el corazón a punto de salírsele del pecho.

¿Cómo se atrevía? Después de todo lo que le había hecho pasar, ¿cómo se atrevía a lanzarla a los lobos con tan vil ensañamiento? Ella no tenía la protección de su propio trabajo, como él. Ni siquiera tenía un contrato fijo. No era profesora numeraria. En cuanto surgiera la menor duda, lo más prudente para la universidad sería despedirla.

Para cuando terminó de recoger sus cosas y pudo dirigirse hacia el coche, Olivia estaba al borde de las lágrimas. Si terminaba llorando por culpa de Víctor en el trabajo, le destrozaría. Le arruinaría la vida. Y estaba en condiciones de hacerlo. Por eso era tan impactante que hubiera sido tan mezquino.

Por suerte para Víctor, consiguió reprimir las lágrimas hasta que llegó al coche y, para entones, la furia había arrasado con las ganas de llorar. El camino hasta la casa de Víctor, la que había sido también su casa, fue visto y no visto. Aparcó en el camino de la entrada, encantada con el chirrido de los neumáticos sobre el cemento. Solo había provocado aquel chirrido otra vez en su vida.

Con una amarga sonrisa, dejó el coche en la zona del aparcamiento y se abalanzó hacia la puerta como un espíritu vengativo. Así era como se sentía, de todas formas. Aunque probablemente pareciera una profesora irritada y con tacones. El sonido del timbre de la puerta resonó en su cabeza.

Al no obtener respuesta, tuvo la convicción de que Víctor estaba fuera. Había hecho una llamada de teléfono que podía arruinarle la vida y después se había largado feliz en un avión a Hawái. El muy arrogante, egoísta, inútil… Olivia aporreó el timbre una y otra vez, como si así pudiera descargar su furia.

—¡Un momento, maldita sea! —gritó una voz de hombre en el interior.

Olivia se quedó helada con el dedo sobre el timbre.

La puerta se abrió con un silbido.

—¿Qué demonios…? —al verla, Víctor enmudeció.

Olivia retrocedió un paso al ver a Víctor envuelto en una toalla. Tenía el pelo empapado y le goteaba.

—¡Ah! —exclamó.

—¿Olivia? ¿Qué te pasa?

Olivia se envolvió en su indignación como en un chal.

—Necesito hablar contigo.

—¿Ahora mismo?

—Sí, ahora mismo.

—De acuerdo, pasa. ¿Te parece bien que me ponga unos pantalones o prefieres que hablemos así?

Olivia le indicó que se alejara con un gesto y se dirigió sola al cuarto de estar, consciente de la desagradable ironía de estar siendo invitada a entrar en su propia casa. Ella había decorado aquella habitación, al igual que el resto de las habitaciones de la casa. Se le hacía raro estar allí con los brazos cruzados, como si temiera romper algo sin querer. Y, aun así, no le producía tristeza. Podía haber decorado aquella casa, pero lo había hecho atendiendo a los deseos de Víctor, no a los suyos. Víctor necesitaba una casa en la que pudiera celebrar fiestas y cenas importantes. Las habitaciones estaban diseñadas para impresionar, no pensando en el confort.

Oyó los pasos de Víctor en el piso de arriba y la invadió de nuevo la nostalgia. Había vivido en aquella casa durante muchos años, conocía todos sus sonidos, todas sus peculiaridades. Pero en aquel momento quería marcharse.

Olivia cruzó los brazos con fuerza, sintiendo cómo iba trepando por la nuca el dolor de cabeza y se tensaba alrededor de su cuello y su cabeza. Cuando oyó los pasos de Víctor en la escalera, se volvió para enfrentarse a él.

Se había puesto unos pantalones y una camisa que se había dejado desabrochada. ¿Estaría provocándola? ¿Intentando tentarla? Ella le había dicho muchas veces que tenía un torso muy bonito, y se lo había dicho en serio, pero la definición de «bonito» había cambiado desde que había visto el cuerpo de Jamie.

Víctor se pasó la toalla por el pelo una última vez y se la colgó al hombro.

—¿Qué puedo hacer por ti?

—No me lo puedo creer —rugió.

—¿El qué? —preguntó Víctor, arqueando las cejas con fingida inocencia.

—¿Has llamado al jefe de mi departamento?

—¿Por qué iba a hacer una cosa así?

—¡Para que me despidan!

Víctor se encogió de hombros.

—No tengo la menor idea de a qué te refieres.

Maldito mentiroso.

—Alguien ha llamado al jefe de mi departamento para decirle que me estoy acostando con uno de mis alumnos. ¿Quién crees que puede haber sido?

—No he sido yo. ¿Por qué iba a llamar yo?

—Vamos, Víctor. No finjas que no te cabreó enterarte de lo de Jamie.

Víctor sonrió con un gesto de suficiencia.

—Yo no diría que me «cabreó», como tú dices de forma tan educada.

Otra mentira. Había visto la rabia en sus ojos.

—¿De verdad, Víctor? ¿Entonces cómo describirías tus sentimientos?

—¿De verdad quieres saberlo? Muy bien. Me pareció vergonzoso. Una mujer de treinta y cinco años ligando con un estudiante que tendrá poco más de veinte. Me pareció un gesto desesperado, y te compadecí.

Olivia retrocedió horrorizada.

–No me puedo creer que me hayas dicho una cosa así. ¡Tú, precisamente tú!

–Yo soy el único que puede decirte la verdad, porque te quiero.

Olivia se quedó boquiabierta, pero no fue capaz de articular palabra.

–Sabes que todavía te quiero. No entiendo por qué me estás haciendo esto.

–Estás loco –consiguió decir Olivia por fin–. Estás loco de remate. Debería ser yo la que hablara con el jefe de tu departamento.

–¡Yo no llamé a tu jefe! Dios mío, sabes que jamás te haría algo así. Sería el primer sospechoso y no puedo arriesgarme a que te enfades conmigo.

–Sí, tienes toda la maldita razón, no puedes –le espetó–. Y no te atrevas a decir que estoy haciendo algo vergonzoso. Te dedicas a perseguir a chicas a las que doblas en edad como si estuvieras intentando revivir tu juventud.

–Jamás he tenido que perseguir a nadie –le contradijo–. Ni siquiera a ti.

Olivia se clavó las uñas en las palmas de las manos y no le permitió ver nada más que burla en su rostro. Tenía razón. No la había perseguido. La había apadrinado y había conseguido que estuviera dispuesta a arriesgarlo todo por él. Alzó la barbilla.

–A lo mejor deberías pensar algún día en la posibilidad de asumir un desafío.

–¡Ah! ¿Eso es lo que estás haciendo tú?

La verdad era que sí, pero no en el sentido que pensaba él.

–No he venido aquí para volver a discutir de nuestros problemas. Solo quiero saber por qué lo has hecho.

–Yo no le he contado a nadie tu secreto, Olivia.

–¿Entonces quién ha sido?

Víctor alzó las manos, abriéndose la camisa al hacer aquel gesto.

–¿Cómo voy a saberlo?

–¿Alguien te ha hablado de ello?

–Fueron muchas las personas que me hablaron de ello después de la fiesta. Supongo que es algo que tengo que agradecerte a ti.

Olivia creyó sentir una punzada de culpa, pero, al final, resultó ser solo la emoción de una minúscula victoria.

–Sé muy bien lo que se siente, así que no intentes hacerme sentir mal.

–Hay una gran diferencia y lo sabes. Yo no quería llegar a esto.

–Víctor…

–Yo no quería llegar a esto y sigo sin quererlo.

Olivia deseó entonces no haber ido a buscarle.

–Víctor, vas ya por la segunda novia. No te hagas el mártir.

–Fue un error, maldita sea. Tú…

–No –le interrumpió Olivia, dándole la espalda y dirigiéndose hacia la puerta–. No he venido a esto. Adiós. Pero si averiguo que fuiste tú el que llamó a Lewis, que el cielo te ayude, porque pienso contarle al decano todo lo que sé –abrió la puerta, salió y la cerró de un portazo.

Víctor volvió a abrirla.

–Olivia…

–¡Y carga el maldito teléfono!

Olivia se alejó y le dejó allí plantado, en el último escalón, observándola con el ceño fruncido mientras se alejaba. Hacía mucho tiempo que Víctor no le repetía aquello de «yo no quiero el divorcio», ¿qué sentido tenía que lo resucitara en aquel momento? Debía de ser triste no poder tenerlo todo, pero Olivia creía que Víctor había superado su divorcio tiempo atrás.

Aun así, el estado emocional de Víctor ya no era su problema. Tenía otros problemas que solucionar. Como averiguar quién la había denunciado. Víctor tenía razón en algo; estando en su sano juicio, no haría nunca algo así.

Ninguno de sus compañeros de trabajo estaba al tanto de la razón de su divorcio. No sabían que se había estado acostando con su alumna asistente. Olivia lo había descubierto porque había tenido que adelantar un viaje para asistir al entierro de su abuelo.

Había aceptado guardar silencio. Aquella había sido su última concesión a la carrera profesional de Víctor. Aun así, continuaba impresionándola el esmero con el que había tejido su mentira. Había sido entonces cuando se había dado cuenta de lo bien que mentía. Por lo que a sus colegas concernía, Olivia y Víctor habían roto de mutuo acuerdo, el suyo había sido un divorcio civilizado. Como una triste separación.

Pero si ella contaba la verdad, la reputación de Víctor quedaría dañada. No perdería su trabajo, pero dejaría de ser el niño bonito destinado a convertirse en el jefe de su departamento. Y había habido otras mujeres. Allison, por ejemplo, que había sido alumna de Víctor. Olivia estaba convencida de que su relación había empezado entonces, al igual que había iniciado su relación con Olivia años atrás.

Qué tonta había sido al creer que era la única mujer de su vida. Al creer que era alguien especial. La verdad era que a ciertos hombres les gustaba sentir la adoración de las jóvenes. Les gustaba ser los mentores sabios, los iniciadores en el sexo, siempre en posesión de la autoridad. Y a muchas mujeres jóvenes les gustaba también aquel acuerdo.

Olivia intentó sacudirse los recuerdos. Ella ya no era así. Había dejado de ser así mucho tiempo atrás.

Pero si Víctor no la había denunciado, ¿quién habría sido? ¿Quién más lo sabía? Que ella supiera, Gwen era la única persona al tanto de que Jamie estaba en su clase y de que ella estaba saliendo con él. Pero no podía ser Gwen.

De ninguna manera. A lo mejor había sido una casualidad. A lo mejor algún alumno les había visto salir juntos y temía que pudiera mostrar algún favoritismo. ¿Pero por qué? Aquel curso no tenía créditos asignados. No habría nota.

A lo mejor había sido Víctor el que había llamado y había confiado en su capacidad para mentir para eludir cualquier enfrentamiento con ella.

Cuando llegó a su casa, Olivia estaba tan confundida como cuando había salido del despacho de Lewis. No podía pensar. No quería pensar. Y solo conocía una manera de evitar que su mente dejara de funcionar, de modo que se puso la ropa deportiva y salió a correr.

Capítulo 13

—Ahora no tengo tiempo para eso —musitó Jamie—. Tengo que ocuparme de un bar.

Levantó la bandeja de vasos limpios y se dirigió hacia las puertas abatibles, pero Luke le siguió a lo largo de la barra con la expresión firme de un oficial de policía.

—Solo tienes un par de clientes. Creo que eres capaz de ocuparte de varios asuntos al mismo tiempo, aunque solo sea un momento.

—Ya te conté todo lo que pasó con Mónica. No hay nada más que añadir.

—No te estoy pidiendo información. Solo quería darte algunos datos.

Jamie intentó relajar la tensión de los hombros.

—¿Qué clase de datos?

—Lo había hecho antes.

—Dios mío, Luke, ¿voy a tener que sonsacártelo? ¿Qué es lo que había hecho antes?

—Acostarse con un hombre para que su hermano tuviera la oportunidad de entrar en su negocio.

Jamie sintió que tensaba con excesiva fuerza la mano sobre el vaso que estaba agarrando, así que lo dejó para evitar romperlo. Se le revolvió el estómago, pero agarró con mucha calma la bayeta y se puso a abrillantar la barra.

–¿Eso te lo ha dicho ella?

–No lo ha admitido, pero no ha hecho falta que lo hiciera. Fue así. Se acostó con el propietario de una empresa constructora en su despacho, después de una fiesta. Esa misma noche, le robaron quinientos números de la seguridad social.

Jamie frotó con más fuerza.

–¿Y te sorprende?

–No. Solo quería asegurarme de que no te pillara por sorpresa si salía a la luz. Estamos utilizando esa información para presionarla, queremos que le tienda una trampa a su hermano. Le hemos advertido que si no colabora esa información podría filtrarse.

–Es un poco duro, ¿no te parece?

Luke soltó una carcajada.

–Por fin hemos conseguido desenredar todo ese lío del supuesto acto benéfico. Graham consiguió reunir cuatrocientos cincuenta mil dólares con el último torneo de golf. Donó, exactamente, doce mil doscientos setenta y cinco a la asociación contra el cáncer que se suponía tenía como beneficiaria el torneo. Y eso es solo un grano de arena en el desierto comparado con todas las personas a las que estafó robándoles su identidad. Ella formó parte de ese entramado.

–Vaya –Jamie renunció por fin a la barra y dobló la bayeta en un perfecto cuadrado–. ¿Ella se llevaba algo a cambio?

–Pues esa es la cuestión… Creo que no. Creo que ella solo buscaba la emoción. La rebelión. Esa familia es un desastre.

La emoción. Exacto. La emoción. O el engaño. O la seducción. O el poder. O el sexo.

Jamie la habría odiado si hubiera servido para algo. Pero aquella información solo sirvió para que se odiara un poco más a sí mismo.

–¿Se lo dirás a Eric?

—Claro.

Sería una conversación divertida. «Eh, ¿te acuerdas de esa mujer con la que me acosté que solo estaba utilizándome para conseguir el código de la alarma? Pues tenemos noticias frescas. No soy el único idiota que cayó en su trampa». Sí, aquello contribuiría en gran manera a recuperar la confianza de su hermano.

—Escucha, Jamie. Sobre Tessa y la casa…

—Me parece genial —le interrumpió Jamie.

—Sé que le habéis cedido la casa a Tessa, pero ella no lo ve así. Todavía sigue considerándola la casa de la familia. La quiero y quiero estar con ella. Pero no quiero nada que la haga sufrir.

—Entonces, no la hagas sufrir.

—Jamie, sé lo que quieres decir. Si os molesta que me vaya a vivir con ella, tu hermana sufrirá.

Jamie estaba teniendo problemas para continuar desconfiando en Luke y aquello no ayudaba.

—Estoy deseando darte una oportunidad, ¿de acuerdo? Y si eso te hace sentirte mejor, se lo diré también a ella. Y me alegro por ti.

—¿De verdad?

—No, de verdad no. Pero me alegro por ella.

Luke sonrió.

—Con eso me basta. Nos veremos el domingo entonces.

—No podré ir —alzó la mano para interrumpir las protestas de Luke—. No tiene nada que ver contigo. Tengo planes.

—Se lo diré a Tessa.

—Gracias.

Jamie apenas era consciente de los sonidos que se filtraban tras él. Oyó el grito de Tessa al ver a Luke. Al grito le siguió el sonido de una conversación y el pitido de la alarma cuando se abrió la puerta de atrás. Tessa iba a pasar el día fuera. Eric no tardó en asomar la cabeza por la barra.

—Me voy. ¿Lo tienes todo bajo control?

Era la pregunta clásica de Eric, pero a Jamie le sacaba de quicio.

—¿No lo tengo siempre?

—¿Quieres que conteste en serio a esa pregunta?

—Vete a la mierda —musitó Jamie, esperando haberlo dicho a suficiente volumen como para que Eric le oyera sin necesidad de captar la atención de ningún cliente.

Eric avanzó hacia él y se cruzó de brazos. Al parecer, le había oído.

—¿Hay algo de lo que quieras hablar?

—Nada en especial. ¿Has visto a Luke?

—Le he saludado cuando se iba.

Jamie se frotó la nuca.

—Tenía noticias frescas. Están presionando a Mónica Kendall para que les ayude a localizar a su hermano.

—Perfecto. ¿Y con que tipo de presión?

—Por lo visto trabajó como elemento de distracción para su hermano en otras ocasiones.

Jamie se concentró en cambiar la presión de uno de los barriles de cerveza, pero al ver que su hermano no decía nada, alzó la mirada.

La boca de Eric había adoptado su habitual rigidez.

—Un elemento de distracción. ¡Vaya! Sí que elegiste bien en aquella ocasión, ¿eh?

A Jamie se le cerró el estómago.

—Es obvio que no la elegí yo. Me eligió ella.

—Sí, bueno. Creo que eres lo que se suele denominar como un objetivo fácil.

—Lo hizo a propósito. Vino aquí, se tomó una cerveza y me pidió que la llevara a casa. Eso no tuvo nada que ver ni con mi personalidad ni con mi pasado.

—¿De verdad crees lo que estás diciendo? —preguntó Eric—. ¿Crees que no fue culpa tuya? ¿Cómo crees que hubiera reaccionado yo si lo hubiera intentado conmigo? —preguntó Jamie.

—¿Como un monje moralista y arrogante?

Eric apretó los puños.

—Yo habría respondido como un maldito adulto —gruñó.

La furia rodó en el interior de Jamie como una bola de fuego. Los músculos le ardían con la necesidad de desahogarse. Pero se limitó a apretar la barbilla.

—Respondí como un adulto —respondió malhumorado.

—Te comportaste como un adolescente descerebrado, como siempre.

—Ahora eres tú el que está en la barra, intentando provocar una discusión delante de mis clientes. Sí, estás haciendo muy buen trabajo para ser el adulto de la familia.

Eric echó la cabeza hacia atrás. Tomó aire y miró furioso hacia el techo durante unos segundos.

—Lo siento. Es que me saca de mis casillas que parezca que no te afectó lo que hiciste.

—No necesito que me digas lo que debo sentir, Eric. Y tampoco tengo que demostrarte nada.

Advirtió por el rabillo del ojo que alguien se acercaba a la barra y fulminó a su hermano con la mirada.

—Ahora, vete al infierno. Estoy trabajando.

—Jamie… —comenzó a decir Eric.

Pero Jamie se había dado media vuelta y estaba dirigiéndole una sonrisa a la mujer con aspecto de abuela que se acercaba.

—Jamie —Eric volvió a intentarlo, pero Jamie ya estaba concentrado en su clienta.

—¿Vienes a probar la nueva cerveza negra, Maggie?

—¡Qué va! —soltó una risita—. No, solo queríamos más galletas saladas.

Eric por fin dio media vuelta y se fue. Un minuto después, Jamie oyó la alarma de la puerta de atrás y movió el cuello en redondo, intentando relajar la tensión.

A lo mejor el proyecto que tenía para la cervecería era ridículo. Eric jamás le daría una oportunidad. Nunca escuchaba sus ideas. Estaba empezando a pensar que tendría que emprender un proyecto diferente. No podía seguir así durante el resto de su vida, siempre bajo la bota de su hermano mayor.

Había intentado trabajar en la ampliación de la cervecería. Había puesto su corazón en ello. Pero si Eric decidía pisotear sus proyectos, crearía otros nuevos que no tuvieran nada que ver con sus hermanos.

Capítulo 14

Olivia había estado corriendo durante casi dos horas y, por extraño que pareciera, había descubierto que después le resultaba mucho más fácil respirar. No iba a permitir que Víctor le arruinara sus planes de diversión. Unos meses atrás, o unos días atrás, habría respondido de forma muy diferente a aquella llamada del departamento. Se habría acobardado, se habría retirado, habría dado un giro de ciento ochenta grados y se habría alejado de cualquier posible escándalo.

Pero no había hecho nada malo y la idea de regresar a una vida sin riesgos la enfurecía. Vivía muy segura, sí, pero también había estado muy sola. Y triste. Y aburrida.

Así que cuando Jamie la llamó para preguntarle que si podía pasarse por la cervecería aquella noche para que hablaran de su proyecto, aceptó sin pensar.

Aun así, el corazón le revoloteaba como un pájaro en el pecho cuando cruzó la puerta. La cervecería estaba más llena de lo que esperaba para ser una noche de diario, pero no la sorprendió descubrir que casi una cuarta parte de la clientela la conformaban mujeres. Demasiados clubs de lectura para un solo hombre.

Vio a Jamie en una mesa situada en una esquina sirviendo cervezas a un numeroso grupo de mujeres. Una de ellas se levantó y le plantó un beso en la mejilla. Jamie ni siquiera reaccionó con sorpresa. Se limitó a sonreír y le tendió una pinta mientras el resto del grupo aullaba en señal de aprobación.

Olivia corrió hacia un taburete vacío de la barra sin saber por qué estaba tan nerviosa. Había sido Jamie el que le había pedido que se pasara por allí tras confesarle que tenía la repentina urgencia de revisar el proyecto.

«Soy valiente», se dijo a sí misma, mientras se escabullía hacia la barra como un ratón asustado. Se sentó, cruzó las manos en el regazo y esperó a que Jamie apareciera detrás de la barra. Pero este se estaba tomando su tiempo. Se forzó a mirar por encima del hombro y le vio limpiando la mesa; la falda escocesa se elevaba, mostrando la parte posterior de sus rodillas.

La falda escocesa.

El rostro le ardió. Y al rostro le siguieron otras partes de su cuerpo.

Cuando Jamie por fin regresó a la barra, tardó en verla. Apiló los vasos sucios, limpió la bandeja y miró expectante a la clientela. Tenía la expresión tan distendida como si estuviera anticipando algún motivo para ser feliz incluso en las circunstancias más cotidianas. Cuando la descubrió en la barra, sonrió.

—¡Estás aquí!

—No estaba segura de lo que debía traer... —le mostró su libreta.

—¿Quieres una cerveza?

—¡No! No quiero una cerveza.

—Lo tomaré como un sí —respondió Jamie, y alargó la mano hacia un vaso de pinta—. Prueba la hefeweizen.

—¡No me va a gustar! —se echó a reír—. Lo siento, pero no me gusta la cerveza.

—A todo el mundo le gusta la cerveza —insistió él, tendiéndole un vaso—. Mira, esta la servimos con una rodaja de limón.

–¿Para disimular su sabor?

Jamie se llevó la mano al pecho como si le hubiera dado un golpe mortal.

–La crueldad se llama Olivia Bishop.

Olivia miró el vaso con recelo.

–Parece espesa.

–No está filtrada. De hecho, podría considerarse un aperitivo. Pruébala.

Olivia se preparó para lo peor, bebió un sorbo y... No estaba tan mal. Se encogió de hombros y asintió.

–De acuerdo, hasta ahora, es mi favorita. ¿Qué cerveza es?

–Es una cerveza de trigo sin filtrar, con menos sabor a lúpulo. Seguramente por eso es la que más te gusta. El mes que viene tendremos un grifo con la versión belga, que tiene un cierto sabor a naranja. Es posible que te guste más.

–Ya veremos –respondió dubitativa, pero bebió otro sorbo y ni siquiera esbozó una mueca.

Jamie alzó la mirada tras ella y alargó la mirada hacia un vaso.

–Espera un segundo. Me están pidiendo otra cerveza.

Olivia observó sus manos mientras manipulaba el grifo y contempló después sus pantorrillas cuando se alejó a servir. Aquel hombre la había transformado en una mujer lasciva. Apenas se veía nada entre el dobladillo de la falda y la parte superior de sus botas, pero miró de todas formas.

Cuando Jamie llegó a la mesa, su clienta, una rubia maravillosa con unos vaqueros que no podían ser más ceñidos, se levantó, le rodeó el cuello con los brazos y le plantó un beso en la mejilla.

Olivia se volvió de cara a la barra con las mejillas ardiendo y con un sentimiento que no era capaz de descifrar. Vergüenza, celos y la insidiosa sensación de ser una condenada estúpida. Jamie podría acostarse con aquella mujer esa misma noche si quisiera. No tenía la menor duda. A lo mejor, ya se había acostado con ella. Desde luego, ella no había tenido ningún reparo en besarle. Las mujeres no besaban a un desconocido de esa forma, ¿verdad?

Pero quizá no fuera un desconocido, volvió a decirse. Durante los pocos minutos que llevaba allí, le habían besado dos mujeres distintas.

Si hubiera ido a la cervecería por decisión propia, si no la hubiera invitado Jamie, se habría terminado la cerveza y habría inventado una excusa para marcharse. Habría huido como una cobarde, con independencia de lo que Gwen le había dicho. No era una mujer valiente. Era tonta, estúpida y vieja.

¿Cómo era posible que un hombre como Víctor conservara la confianza en sí mismo frente a estudiantes espectaculares con exnovios veinte años más jóvenes que él?

Olivia bebió otro sorbo de cerveza y se secó la frente empapada en sudor. A lo mejor aquella era la razón por la que no eran capaces de controlarse. A lo mejor, cada mujer que se metía en su cama era una nueva inyección de arrogancia.

Se imaginó a sí misma olvidando a Jamie y saliendo con un joven tras otro para demostrarse a sí misma que todavía estaba en condiciones de hacerlo. Ahogó una risa, sacudió la cabeza y se obligó a sí misma a no volverse, sobre todo cuando oyó unos gritos de aprobación seguidos por una carcajada de Jamie. Todas le adoraban y ella era una completa imbécil.

—Ya te has bebido la mitad de la cerveza —señaló Jamie. Olivia alzó la mirada y le descubrió secándose las manos en una trapo—. Puedo anticipar un «te lo dije» en mi futuro.

—Tenía sed, eso es todo. Y no está tan mal.

Jamie le sonrió y le guiñó el ojo con cálida intimidad. Con la misma cálida intimidad que había compartido aquella noche con docenas de clientas. Olivia se aclaró la garganta.

—Estás más ocupado de lo que esperaba.

La sonrisa de Jamie se tensó un poco.

—Sí, ha habido un Twitter especial.

—¿Un qué?

No había duda, su sonrisa estaba perdiendo su curvatura natural.

—La cervecería tiene una cuenta de Twitter en la que… anunciamos noches especiales.

—¿Y qué tiene de especial esta noche?

No solo su sonrisa se transformó en una línea recta muy poco habitual en él, sino que sus mejillas adquirieron una sospechosa tonalidad rosada.

—La consigna es: «Bésame. Soy irlandés».

—¡Ah! —¿cuántos besos más habría habido?—. Ya entiendo.

El semblante de Jamie translucía una inmensa tristeza mientras se inclinaba hacia ella y bajaba la voz.

—Mira, no se lo cuentes a nadie, pero no soy yo el que hace esas promociones. Sí, aparece mi nombre, pero es mi hermana la que lleva el blog, la cuenta de Twitter, la de Facebook y todas esas historias. Yo casi nunca sé qué demonios va a pasar hasta que empiezan a aparecer mujeres que me manchan la cara de pintalabios y me piden cervezas a mitad de precio.

—¿Qué? —Oliva miró alrededor del bar, que estaba casi lleno—. ¿De qué estás hablando?

—Como esta noche. Tessa se ha pasado por aquí como si fuera toda dulzura e inocencia. No me ha dicho una sola palabra. Ni siquiera me ha mirado. Pero, una hora después, ha enviado un mensaje diciendo: «Bésame. Soy irlandés: la primera pinta a mitad de precio por besar la mejilla de un irlandés». Podría esperarme algo así para Saint Patrick, ¡pero ni siquiera estamos en marzo!

Olivia se echó un poco hacia atrás, fijándose en sus hombros maravillosos y en aquel pelo que parecía haberse despeinado a propósito para aumentar su atractivo. Contempló aquella boca maravillosa, sus chispeantes ojos verdes… y su mirada reparó entonces en el lápiz de labios de su mandíbula.

—¿Tu hermana te utiliza como estrategia publicitaria?

—Sí.

Olivia se mordió el labio y se aclaró la garganta.

—¿La primera pinta a la mitad de precio?

—Sí.

—¿Y esta segunda cerveza que acabas de servir?

—Por lo visto, era un beso extra por si el primero no había funcionado.

En aquel momento parecía desolado, pero minutos antes aquella no era su expresión.

—No parece que te moleste.

—Bueno, todas son muy simpáticas. No hay nada de malo en ello. Es solo que me gustaría poder decidir cuándo me apetece que las mujeres me den palmadas en el trasero. Hoy he tenido un día muy estresante. No tengo la cabeza como para jugar al irlandés vestido de escocés.

Olivia bajó la mirada hacia la falda escocesa.

—Vale, hace un rato me apetecía, pero después de haber discutido con mi hermano… ya no tengo ganas.

Olivia estaba haciendo un gran esfuerzo para no echarse a reír. El alivio bullía en su interior. Aquella era la razón por la que a todas aquellas mujeres les resultaba tan fácil tocarle, porque estaban invitadas a hacerlo.

—Déjame ver si lo he entendido bien. Hay días que te parece perfecto que mujeres a las que no conoces te den palmadas en el trasero.

—Solo por encima de la falda. He desarrollado unos reflejos muy rápidos para cuando intentan otra cosa. Soy capaz de esquivar cualquier intento a toda velocidad incluso con una bandeja cargada de pintas al hombro.

—Pues es un alivio.

—Eh —le dijo, guiñándole de nuevo el ojo—, ya sabes que tengo cosquillas.

Olivia soltó una carcajada mientras él volvía a la barra para atender a otros clientes. Quizá fuera tonta, pero no en el sentido que había estado pensando. Era tonta por haber tenido miedo de estar siendo una estúpida. Sí, a Jamie le gustaba de verdad. Le gustaban las mujeres en general, de hecho. Y lo que era una estupidez era preocuparse por aquel amor universal. Si no hubiera sido por eso, ni siquiera hubiera podido probar aquella experiencia, de modo que, ¿qué sentido tenía que le molestara?

—Idiota —musitó para sí.

Había aceptado aquella aventura como el regalo que era, no podía enamorarse de Jamie. Y no lo haría. Por lo menos, no más de lo que ya lo estaba.

Jamie cobró una cuenta antes de volver a hacerle caso.

—Quería que le echaras un vistazo a la cervecería. Que revisaras la cocina y toda la zona del bar. Mañana me gustaría hablar de los detalles y quiero contar con tu perspectiva.

Muy bien. Estaba allí para trabajar. Por supuesto. Sacó la libreta.

—Debería haber traído una cámara.

—Puedes utilizar la nuestra. Espera un momento.

Jamie empujó las puertas abatibles y apareció cinco segundos después. Recorrió el bar con la mirada y le hizo un gesto para que se acercara.

—Lo siento. Ni siquiera tengo tiempo para acompañarte en una visita rápida. ¿Te importa echar un vistazo tú sola?

—¿Estás seguro de que puedo? —le preguntó mientras pasaba tras él.

—Olivia, soy uno de los propietarios. Si quisiera, podría montar aquí mismo una tienda y organizar una noche romántica. ¿Quieres que lo haga?

Con los ojos abiertos como platos, Olivia miró la espartana cocina y los suelos de baldosas.

—Eh…

—Solo era una broma. Para mí eso no supondría ninguna diversión. Échale un vistazo, ¿quieres? Volveré dentro de un momento.

Cuando Jamie empujó las puertas abatibles, llegó hasta ella el sonido de una animada canción de Van Morrison que se fue desvaneciendo a medida que la puerta se mecía tras él. Olivia se adentró unos cuantos pasos con la sensación de estar invadiendo un espacio privado.

Tal y como Jamie había dicho, la cocina no tenía nada digno de mención, pero era lo bastante grande como para poder convertirse en la cocina de un restaurante, sobre todo si se ceñían a la escala propuesta por Jamie.

Oliva abrió el cuaderno y comenzó a tomar notas y a hacer fotografías. Haría falta más ventilación y refrigeración, pero la remodelación sería mínima. Esbozó algunas ideas, aunque siempre se le habían dado mejor los modelos digitales que los hechos a mano.

Media hora después, se encontró a sí misma frente a una pared de cristal, contemplando unos tanques de metal. Eran más grandes de lo que había imaginado y la habitación era muy funcional, casi industrial. Había mangueras enrolladas en el suelo y cubos alineados en la pared de atrás, aunque no podía decir si estaban llenos o vacíos. En el suelo había desagües, a unos tres metros de distancia cada uno, como si los charcos y los vertidos formaran parte del trabajo diario.

Intentó abrir la puerta, que estaba cerrada con llave, lo cual fue casi un alivio. Aquella parecía una zona a la que no debería tener acceso. Aun así, hizo algunas fotografías de la pared de cristal para poder hacerse una idea de la disposición de la cocina.

Salió después al pasillo que comunicaba con el bar.

Vio el nombre de Eric en la primera puerta. Era la de un despacho amplio y muy utilizado. Limpio, pero un poco desordenado, lleno de archivadores y material publicitario. El despacho de Tessa estaba al lado y tenía un aspecto similar al de Eric, aunque estaba algo más ordenado. El último despacho era el de Jamie. Era más pequeño que los otros dos y a Olivia se le cayó el corazón a los pies al verlo. La mesa estaba limpia, despejada, salvo por una pantalla de ordenador. Había dos archivadores detrás del escritorio más un armario pequeño. Eso era todo.

Olivia salió y regresó a toda velocidad al bar, intentando no pensar en la frustración de Jamie cuando había hablado de que quería asumir más responsabilidad.

Dos de las mesas estaban vacías y el bar estaba mucho más tranquilo, pero Jamie estaba más ocupado que nunca, sirviendo cervezas y limpiando mesas. En cuanto la vio, sonrió. Olivia sintió el alivio arremolinándose dentro de ella. No importaba lo pequeño y vacío que fuera su despacho. En realidad, tenía sentido. Él trabajaba en el bar. Era allí donde vivía. Un despacho diminuto no era un lugar para Jamie.

Tomó también fotografías de la zona del bar, procurando pasar inadvertida.

—¿Tienes las medidas de la cocina? —le preguntó a Jamie cuando este pasó por delante de ella.

—Sí, te las enviaré por correo electrónico —contestó.

—Perfecto. Creo que aquí ya casi he terminado. ¿Puedes enviarme también las fotografías?

—No, esos archivos pesan muchísimo. Llévate la cámara a tu casa, iré mañana a por ella.

—Si no te importa...

Olivia ya no tenía ningún motivo para seguir allí y se

sentía muy incómoda estando de pie al final de la barra, viendo a Jamie enjuagando vasos y colocándolos en las bandejas del lavavajillas. Pero no quería marcharse.

—Jamie…

Jamie cerró el grifo y se secó las manos.

Olivia abrió la boca, pero las palabras que salieron de ella no fueron las que debían,

—Tienes lápiz de labios en la ceja.

—¡Ah, sí! Seguro que nunca habías visto a un hombre así pintado —se limpió la ceja—. Pareces horrorizada.

—No, no es eso.

—Lo que te dije el otro día era cierto. Hacía mucho tiempo que no salía con nadie. Casi un año. Sé que parece que trabajar aquí es estar todo el día de fiesta, pero…

¿Casi un año? Aquello la sorprendió lo suficiente como animarla a fingir un falso valor.

—Lo que iba a decir es que… ¿por qué no vuelves a mi casa esta noche?

—¿Con brillo o sin él?

Olivia sonrió con alivio.

—Como tú quieras.

—Tú lo has querido. Tendría que salir de aquí a las nueve y media. ¿Estarás despierta para entonces?

—Qué gracioso.

—Te despertaré.

Olivia sacudió la cabeza y se dirigió hacia la puerta, pero cambió de pronto de opinión, retrocedió y le dio un beso en la mejilla que tantas mujeres habían besado aquella noche. Posó la mano en su barbilla.

—Nos vemos dentro de un rato. Y sin brillo.

—Hecho.

—Y, ¿Jamie? Ven con la falda.

Jamie entrecerró los ojos, de los que desapareció de pronto toda diversión.

—Como tú quieras.

Oliva se dijo que iba a tener que pedirle que le subiera la nota.

Divertirse era una cosa. Pedirlo suponía una capacidad muy superior.

Capítulo 15

–Le hice venir con la falda escocesa.

Gwen se atragantó con el agua con hielo.

–¡Oh, Dios mío! –exclamó con voz ahogada mientras se limpiaba la barbilla con la servilleta–. No puedes soltar estas cosas delante de una chica sin previo aviso. ¿Iba sin ropa interior?

–No. Dice que el suyo es un trabajo de riesgo. Creo que se refería a ti y a tus amigas.

–Apuesto a que sí –Gwen chocó su vaso contra el de Olivia–. Felicidades por haber roto la barrera de la falda.

–Gracias –Olivia bebió un sorbo de agua y esperó con impaciencia la llegada de los martinis–. Me siento culpable hablando de él.

–¿Crees que a él le importaría?

Olivia pensó en Jamie, ofreciendo besos sin ningún pudor a su clientela femenina. Lo único que parecía mantener Jamie en secreto era su ambición profesional.

–De todas formas, no voy a contárselo a nadie. Y puedes considerar esto como un servicio que le prestas a tu amiga que no está saliendo con nadie.

–¿Por qué no estás saliendo con nadie, por cierto?

El camarero llegó en aquel momento con dos martinis.

–¡Ay, gracias a Dios! –gimió Gwen–. El tema del celibato exige lubricación, ¿no crees? Y no pretendía hacer ningún juego de palabras.

—Claro que lo pretendías.

Gwen arqueó varias veces las cejas en respuesta.

—No sé por qué no estoy saliendo con nadie, la verdad. Parte de la razón por la que comencé a trabajar en la universidad fue que pensaba que era un lugar ideal para conocer hombres agradables.

—¿Y lo es?

—Eso parece, ¿no? —preguntó, dando un sorbo a un martini de color verde—. Pero no, después de pasar siete años trabajando allí, por fin me he dado cuenta de que en la universidad soy una ciudadana de segunda. Nadie quiere salir con alguien que solo tiene la educación obligatoria.

—¿No fuiste al instituto? ¿Qué te pasó?

—La tontería habitual. Era una adolescente rebelde sin visión de futuro. Después estuve estudiando dos asignaturas al año durante algún tiempo, pero el proceso era demasiado largo. Así que voy a ser una secretaria de universidad sin diploma de bachillerato durante una temporada.

—Vamos —la animó Olivia—, no creo que haya muchos hombres a los que eso les importe.

Gwen frunció el ceño.

—Ya sabes cómo son estas cosas. Se concentran de tal manera en llegar a ser numerarios que no son capaces de pensar en otra cosa. Y cuando lo consiguen, empiezan a competir para adquirir más prestigio. Y yo no tengo mucho prestigio.

—Tus tetas tienen bastante prestigio.

—Dios mío, como me hagas escupir esta bebida, vas a buscarte problemas. Pero tienes razón. Esos hombres no saben lo que se están perdiendo.

—Bueno, algo sí saben —replicó Olivia, señalando su escote.

Gwen soltó tal carcajada que rebotaron sus senos y Olivia se descubrió a sí misma mirándola fijamente. Por un instante, sintió unos celos intensos.

–¡Oh, no me mires así! –protestó Gwen–. Preferiría tener a Jamie Donovan que unos pechos increíbles.

–Sí, pero tú siempre vas a tener ese pecho. Y Jamie solo es algo temporal.

–¿Estás segura?

Olivia elevó los ojos al cielo.

–Vamos, no soy tan idiota.

–¿Sabes quién es un idiota? Víctor.

–¿Ha vuelto a hacer alguna idiotez? –preguntó Olivia. Gwen asintió.

–¡Sí! He hablado con la asistente de Lewis. Tengo entendido que ha habido algún problema.

–Fue él, ¿verdad? –Olivia gimió–. ¡Lo sabía! El muy canalla.

–¿Entonces es cierto que alguien te delató?

–¡Sí! Víctor, por supuesto. Llamó a Lewis y le dijo que me estaba acostando con un estudiante. Es tal la ironía que apenas puedo asimilarlo.

–No creo que te delatara Víctor.

–¿Qué quieres decir? Acabas de decirme que es un idiota.

–Claro, pero eso es una constante, ¿no? Lo que tengo entendido es que Víctor llamó después a Lewis. Por lo que oyó la asistente, quería asegurarle que tú jamás harías nada inapropiado.

–¡Ah! –Olivia sacudió la cabeza confundida–. ¿Estás segura?

–Sí, estoy segura, pero eso no es lo peor. Lo peor es que Víctor le dijo a Lewis que solo estabais pasando un mal momento. Que os ibais a reconciliar.

–¿De verdad?

–Ya me imaginé que era absurdo, pero pensé que era mejor preguntártelo.

—Sí... Claro que es absurdo. ¿Por qué habrá dicho una cosa así? ¡Llevamos ya un año divorciados!

—¿Has sido más agradable con él últimamente?

—¡No! Apenas hablamos. Al principio, cuando nos separamos, él no dejaba de decir que no quería que nos divorciáramos, pero, al cabo de un tiempo, dejó de insistir y parecía que lo había superado y había continuado con su vida.

Gwen asintió.

—He visto a otras amigas pasar por lo mismo, ¿tú no?

Olivia no tenía la menor idea de a qué se refería y su confusión debió de ser evidente.

—Los hombres suelen comportarse de manera razonable cuando se divorcian porque eso les da la oportunidad de echar una cana al aire. Vuelven a sentirse jóvenes y libres otra vez. Por supuesto, sufren con el divorcio, pero siempre encuentran a alguna jovencita dispuesta a curarles la herida. Así que todo transcurre de manera tranquila y razonable durante algún tiempo. Pero, entonces, su exesposa empieza a salir con alguien y todo cambia.

—Pero no es justo.

—Estoy segura de que también sucede en sentido contrario, pero, tienes razón, no es justo. Tengo una amiga que estuvo llevándose muy bien con su ex durante dos años. Compartían la custodia y eran unos padres divorciados modélicos. Yo estaba impresionada.

—¿Y entonces?

—Entonces, ella conoció a alguien y se enamoró. De pronto, su ex decidió llevarla a los tribunales para establecer un calendario de visitas más estricto y para pagar menos pensión a los niños. Jamás cedía ni un milímetro cuando surgía algún problema para ajustarse a los horarios de los niños. Fue terrible. Pero en cuanto ella dejó de salir con el hombre del que se había enamorado, las cosas volvieron a serenarse.

Olivia se frotó la frente.

—Yo… Estoy segura de que con Víctor no puede llegar a ser algo tan serio. Hablé con él después de ir al despacho de Lewis. A lo mejor es la única manera que se le ocurrió de ayudarme.

—A lo mejor.

Pero a la propia Olivia le costaba creer sus palabras. Sobre todo teniendo en cuenta las cosas tan horribles que le había dicho Víctor días atrás.

—¿Entonces tu amiga te ha dicho que no fue Víctor el primero en llamar a Lewis?

—En realidad no sabía nada sobre lo ocurrido. Puedo pedirle que lo averigüe, pero…

—No, no quiero que nadie se busque problemas. Supongo que no fue Víctor. A no ser que haya urdido un plan muy retorcido para causarme problemas y después ayudarme a conservar mi trabajo.

—Y así conseguir que, en agradecimiento, vuelvas a enamorarte de él. Es posible.

—¡No puede ser! —Olivia soltó una carcajada mientras alzaba la copa que tanto necesitaba—. Además, no le creo capaz de arriesgarse a parecer un loco delante de Lewis.

—Bien pensado.

—Aunque esté loco de remate.

—Brindo por eso —Gwen terminó de beber con un suspiro—. Si no te importa que te lo pregunte, ¿por qué Víctor y tú no tuvisteis hijos?

Olivia ordenó sus cubiertos mientras pensaba en aquella pregunta.

—No lo sé. Al principio, yo pensaba que tendríamos hijos, pero Victor prefería esperar hasta que su carrera estuviera más asentada. El tiempo fue pasando y parecía que él quería continuar esperando. Supongo que al final me quité la idea de la cabeza. Y creo que fue mejor así. Soy hija única. Los bebés me ponen un poco nerviosa.

–¿Tus padres viven aquí?

–No. Viven en St. Paul. Pero mi madre no me serviría de mucha ayuda. Ni siquiera sabía qué hacer con su hija. De todas formas, ya soy demasiado mayor.

–Eso no es cierto.

–Tengo treinta y cinco años. ¿Cuántos años crees que me podría llevar encontrar al hombre adecuado y casarme?

Gwen sonrió de oreja a oreja.

–Podrías tener un hijo con Jamie Donovan.

Entonces fue Olivia la que se atragantó con el martini.

–¡Dios mío! Sí, eso es justo lo que estoy deseando ser, la madre de uno de los hijos de Jamie.

–¿Tiene más?

–No, que yo sepa. Siempre, estemos donde estemos, tiene a mano algún tipo de protección. ¿Y qué me dices de ti? ¿Tú quieres tener hijos?

Gwen bajó la mirada hacia la mesa.

–No lo sé. Siempre pensé… –se aclaró la garganta–. Siempre pensé que tendría otra oportunidad, pero…

–¿Otra oportunidad? –Olivia se puso seria ante la solemnidad de las palabras de Gwen.

–Tuve una hija a los dieciocho años. La di en adopción.

Olivia tomó la mano de su amiga.

–Tengo la sensación de que debería decirte que lo siento, pero quizá no sean esas las palabras más adecuadas.

Gwen asintió y alzó la cabeza.

–Tomé la decisión que debía. Lo sé. Ahora tiene una familia magnífica. Pero cuanto mayor soy… Eso no significa que hubiera tomado una decisión distinta, pero creo que debería haber sido más consciente de que podría ser mi único hijo. Debería haberlo sabido cuando me despedí de ella.

–¡Oh, Gwen! –Olivia le apretó la mano–. Solo tienes veintiocho años. Seguro que conoces a un hombre maravilloso y formas una familia. No tengo ninguna duda. Eres una persona maravillosa.

—Tengo una gran personalidad, ¿eh?

—Y una pechera con mucho prestigio.

Aunque parecía un poco emocionada, Gwen se echó a reír y le dio a Olivia un golpe en el brazo.

—¿Te has pasado ya por el despacho de Paul?

—Lo dije de broma. Te pidió salir a ti, Olivia. No quiero inmiscuirme.

Olivia elevó los ojos al cielo.

—Sí, claro, estoy acostumbrada a tener a todos los hombres para mí, pero esta vez no quiero ser tan egoísta. Ya estoy ocupada.

Gwen negó con la cabeza.

—Es guapo.

—Ya lo sé —refunfuñó Gwen—. Le he buscado en Google.

—Entonces, habla con él.

—¿Sobre qué? ¿Le cuento cuál es mi programa favorito? Ya he aprendido, y de la forma más cruel, que no tengo nada que ver con esos profesores de universidad. Todavía como fideos chinos precocinados los lunes por la noche.

—No es cierto.

Gwen le guiñó el ojo.

—Solo cuando me da mucha pereza cocinar.

—Ya veremos si se puede hacer algo —respondió Olivia sin comprometerse.

Si Gwen no iba a pasar por el despacho de Paul, Olivia propiciaría un encuentro. Le había parecido un hombre agradable. Era inteligente, un hombre de éxito, y tenía ganas de salir. Era justo lo que Gwen necesitaba y, para el gusto de Olivia, no era suficientemente aficionado a las faldas escocesas.

—Por cierto —comenzó a decir Gwen—, nunca le había hablado a nadie de la adopción, así que…

—No traicionaré tu confianza —le prometió Olivia—. Y tú también tienes que guardarme un secreto.

—¿Te refieres a Víctor o a Jamie?

–Vale, dos secretos, supongo. Aunque uno de ellos parece estar dándose a conocer bastante rápido. Me refería a la pequeña indiscreción de Víctor.

–Sigo diciendo que deberías darle una buena patada en el trasero.

–Eso no cambiaría nada. Al final, él conservaría su trabajo y se aseguraría de que yo perdiera el mío. Como si así le resultara más fácil hacerme volver con él.

Gwen permaneció en silencio durante unos segundos.

–Siento no haberte contado nada entonces. Pero no éramos tan amigas y no estaba segura de que Víctor te estuviera engañando. Y, a veces, la gente prefiere no saber la verdad.

–Lo sé, créeme. Lo tenía delante de mí si hubiera querido verlo. Ahora soy consciente de que había ocurrido en otras ocasiones, pero no quería darme cuenta. No tienes por qué sentirte culpable. Y en una cosa tienes razón. Si me lo hubieras dicho entonces, ahora no seríamos amigas. Habría sido todo muy raro.

–Entonces, mucho mejor así. ¿Quieres otra copa?

–Por supuesto.

Llegó por fin la comida y Gwen pidió otra ronda. Mientras Olivia tomaba el primer bocado de salmón, Gwen se la quedó mirando en silencio.

–¿Qué pasa? –le preguntó Olivia.

–Cuando te divorciaste, pensé que te irías. Que volverías a Denver.

A Olivia le costó tragar.

–¿Ah, sí?

–¿Pensaste en ello?

–Claro –mintió, intentando ocultar que la mera idea la aterrorizaba.

–Lo digo en serio. Podrías ir a donde quisieras, no solo a Denver. A cualquier parte. No hay nada que te retenga aquí. De hecho, deberías averiguar si hay alguna posibilidad en Hawái.

Podía ir a cualquier parte, lo sabía. Y no entendía por qué el pensar en ello hacía que le entraran ganas de llorar. Era una mujer libre. Seguro que había una universidad en alguna parte que estaba buscando a alguien con su formación. Si se marchaba de Boulder, todas las situaciones violentas y las tensiones con su ex desaparecerían.

Pero la mera idea le provocaba un profundo dolor, era como si un ácido le estuviera devorando las entrañas.

–Hawái –musitó–. Tendré que mirarlo.

–Hazlo. Yo me enteraré de si están buscando una administrativa.

Olivia elevó su copa e incluso consiguió esbozar una sonrisa, pero sabía que jamás buscaría un trabajo fuera de aquella ciudad.

¿Por qué tenía miedo de cambiar? ¿Tan débil era que no era capaz de imaginarse en un lugar nuevo, probando algo diferente? Todavía estaba intentando desplegar las alas y aprovechar nuevas oportunidades. Pero la idea de buscar un nuevo trabajo la hacía sentirse enferma.

Poco a poco, se dijo a sí misma, deseando que fuera solo una cuestión de tiempo. Pero a lo mejor no era tan valiente. A lo mejor Jamie Donovan hacía que todo resultara tan fácil que no había necesitado valor en absoluto.

Capítulo 16

–¡Oh, Dios mío! –gritó Olivia–. ¡Oh, no!

–Aguanta –la urgió Jamie.

Olivia se agarró con fuerza a la barra de seguridad y apretó los ojos mientras el vagón de la montaña rusa subía hacia el punto más alto.

–¿Por qué estoy haciendo esto?

–¡Lo sabes perfectamente! –respondió Jamie riendo.

–¡Esto no tiene ninguna gracia! –gritó ella en el instante preciso en el que pareció desaparecer la gravedad y el mundo se hundió bajo sus pies.

Olivia dejó de gritar. Apretó los dientes y contuvo la respiración como si se estuviera sumergiendo en el agua.

Cuando giraron al final de la curva, abrió por fin la boca para tomar aire.

–¿Estás bien? –le preguntó Jamie, cerrando la mano sobre su rodilla.

Olivia asintió, intentando todavía recuperar la respiración. Pero para cuando llegaron a la siguiente cima, se estaba riendo. Con ganas. No podía parar de reír ni siquiera cuando el vagón voló por el trecho más largo de la montaña rusa y Jamie la estrechó contra él para darle un beso.

–Estás igual que después de disfrutar del sexo –le dijo.

–¿Porque me estoy riendo? –volvió a romper a carcajadas al ver su mirada de indignación.

–Estaba pensando en los gritos ahogados.

–Sí, claro.

Jamie la besó una vez más antes de ayudarla a salir del vagón.

–¿Adónde vamos ahora?

–Creo que ya no aguanto más. Me he quedado casi sin voz.

–¡Vamos, una vuelta más! –insistió Jamie.

Aunque estaba agotada, Olivia estaba disfrutando de lo lindo.

–De acuerdo, pero en algo más tranquilo. Como el tiovivo.

–Dios mío, no. A no ser que quieras que vomite.

Olivia se detuvo sobre sus pasos.

–¿Estás de broma? ¿Te mareas en el tiovivo?

Jamie la fulminó con la mirada.

–No es el tiovivo, son las vueltas. No el balanceo de los caballos.

–Primero tienes cosquillas, ¿y ahora esto?

–No se lo cuentes a nadie, ¿de acuerdo? Perdería el carnet de virilidad.

–Estoy segura de que tiene un carnet de miembro permanente, señor Donovan. Eso nadie se lo puede arrebatar.

Jamie la apartó de entre la gente y la agarró por las caderas.

–Señorita Bishop, no estará insinuando algo vulgar, ¿verdad?

Olivia se inclino hacia él y dejó que su aliento le acariciara el oído, consciente de que aquello le haría estremecerse.

–Por supuesto que no. No es vulgar –le rozó la oreja con los labios–. Es maravilloso.

Jamie gruñó antes de soltarla.

–¿Y qué tal la noria?

–¿Podrás aguantarla, grandullón?

Olivia le sonrió por encima del hombro y comenzó a avanzar hacia la noria.

–Deja de intentar halagarme.

–No creo que lo que he dicho sea muy halagador.

–Lo siento, has dicho «grandullón». Eso es lo único que he oído.

Cuando llegaron a la noria diez minutos después, a Olivia le dolían las mejillas de tanto reír. ¿Cómo se sentiría siendo como Jamie, un hombre tan libre y despreocupado? ¿Tan seguro de sí mismo y tan alegre? Olivia se relajó en el asiento de la noria con un suspiro de feliz alivio.

La primera vuelta fue emocionante, pero al cabo de un rato, el viaje se tornó tranquilo. Olivia apoyó la cabeza en el hombro de Jamie y observó la ciudad elevándose y cayendo frente a sus ojos. Cuando estaban en el punto más alto, el viento era frío y vigorizante, pero el brazo de Jamie era puro calor a su alrededor. Olivia tenía la sensación de que podría acurrucarse en su brazo y quedarse dormida.

Durante la cuarta subida, la noria fue disminuyendo la velocidad hasta detenerse, dejándoles colgando en el cielo mientras iban montando nuevos pasajeros. Se hizo el silencio. Fue como si el tiempo se hubiera detenido y les hubiera dejado meciéndose en el aire.

–Qué bonito –dijo Jamie, acariciándole el hombro con el pulgar–. Es muy hermoso.

Lo era. El sol del anochecer se había puesto tras un banco de nubes dejándoles una vista perfecta. Olivia contempló la ciudad y las montañas que se veían a lo lejos y consideró la posibilidad de dejar todo aquello tras ella. Podía montar en el coche y marcharse. Atravesar las montañas y el desierto y llegar hasta el mar. Ya no le daba miedo. Ninguno.

La noche anterior, había pasado horas tumbada en la

cama, analizándose a sí misma, intentando comprender sus propios miedos. Y al final había comprendido la verdad.

—¿Jamie? —preguntó con voz queda.

—¿Mm?

—Te dije que nunca había querido ser profesora.

—Pero se te da muy bien.

—A lo mejor, pero no quería serlo.

La noria comenzó a girar otra vez, aupándoles hacia las montañas y descendiendo después hasta el suelo.

—¿Querías trabajar en un restaurante? —preguntó él.

—Sí, crecí rodeada de restaurantes. Mis padres eran inversores y, a lo largo de los años, fueron socios de numerosos negocios. Salíamos a comer fuera con mucha frecuencia. Pero la parte que más me gustaba era la previa a la apertura de un restaurante. La emoción de la novedad. Las tormentas de ideas, la planificación. Ver cómo un espacio vacío se transformaba en algo bello. Los nervios del día de la inauguración, la tensión del miedo al fracaso... A eso era a lo que quería dedicarme.

—¿Y qué ocurrió?

Olivia se encogió de hombros.

—Decidí estudiar en Virginia para separarme de mis padres, la típica tontería adolescente. Pensaba que no me entendían y que nunca serían capaces de hacerlo. Lo único que quería era alejarme de ellos. Estuve trabajando en restaurantes para mantenerme. Intentaba buscar restaurantes que apenas estuvieran empezando. Seis años después, había terminado mi máster y estaba locamente enamorada.

—De Víctor.

—Sí —la noria llegó de nuevo al final y descendieron en círculo—. Él no necesitaba una esposa que trabajara catorce horas al día los siete días de la semana. Su carrera era importante. Necesitaba mi apoyo. Así que, en vez de invertir dinero en un pequeño negocio, compramos una casa y yo acepté trabajar dando clases.

–Renunciaste a tu sueño.

–Sí. Renuncié a todo.

–Ahora puedes empezar otra vez –reflexionó Jamie–. Eso es lo que estoy haciendo yo. Intentar conseguir lo que de verdad quiero. Intentar compensar… otras cosas.

–¿Alguna vez te has sentido atrapado? ¿Nunca has pensado que hubieras podido hacer algo mejor si no hubieras tenido la obligación de trabajar para tu familia?

Jamie echó la cabeza hacia atrás y fijó la mirada en el entramado metálico que los cubría.

–No, pero me gustaría que las cosas fueran diferentes. Me gustaría que mi hermano se moderara un poco. Me gustaría haber tenido las cosas más claras mucho antes. Me gustaría… me gustaría que mis padres no hubieran muerto. Pero me gusta mi trabajo. No me siento atrapado –levantó la cabeza y la miró–. Tú tampoco tienes que sentirte atrapada. Porque no lo estás.

–He pasado muchos años dando clase. He invertido toda mi carrera profesional en ello. ¿Cómo voy a darle la espalda a todo eso?

–Haciéndolo. En eso consiste darle la espalda a algo. En dejar atrás algo importante.

–Tardaría años en empezar de nuevo –consiguió esbozar una sonrisa–. Gwen cree que debería mudarme a Hawái y buscar trabajo allí. Tengo que admitir que es una buena idea.

–¿De verdad? Yo pensaba que pretendías quedarte por aquí.

–No te preocupes. No se me ocurriría marcharme hasta que hayamos puesto en marcha tu plan.

–¡Ah, bueno! –Jamie esbozó una sonrisa fugaz.

El suelo pareció avanzar hacia ellos, más despacio en aquella ocasión. La noria se estaba deteniendo.

–Lo siento –dijo Olivia–. No sé por qué me he desahogado contigo.

–No importa.

–Tener que hacer de psicólogo no es muy divertido, ¿verdad?

Notó el peso de sus ojos sobre ella, pero, cuando se volvió, Jamie desvió la mirada.

–No es para tanto.

Olivia cambió de postura, incómoda con el repentino silencio que se hizo entre ellos.

–Eh, ¿quieres que hablemos ahora de tu estudio sobre posibles competidores?

–No, pero gracias.

Olivia suspiró aliviada cuando la noria se detuvo y uno de los trabajadores le abrió la puerta. Nunca había visto a Jamie triste y no estaba segura de lo que había pasado. Quizá hubiera sido la conversación sobre sus padres y su familia.

–¿Nos vamos? –preguntó Jamie cuando estuvieron de nuevo en el suelo.

–Sí –Olivia le tocó el brazo y él se volvió–, ¿estás bien?

–Sí, estoy bien –contestó.

Le guiñó el ojo y le dio la mano. Y Olivia suspiró aliviada.

–¿Al final la noria te ha superado?

–Estoy un poco revuelto, sí.

Tomaron un camino y se fueron guiando por un letrero blanco que asomaba detrás de los árboles e indicaba la zona del aparcamiento.

–Gracias por escucharme, Jamie.

–Siempre se me ha dado bien –contestó.

Pero todavía se mostraba un poco distante y Olivia notó el hormigueo del desasosiego en la piel.

–Siento haber sacado el tema de tu familia.

Jamie le soltó entonces la mano y Olivia se sintió como si estuviera alejándose de él, como si estuviera regresando a su antigua vida, una vida en la que corría a las seis de la mañana y en la que jamás había tenido una relación sexual delante del espejo. Jamie se cruzó de brazos y miró hacia las filas de coches.

—No tiene por qué ser siempre divertido —musitó.

—¿El qué?

—Esto. Puedes hablarme de tu vida. Podemos hablar de cosas que no tengan que ver con la cerveza o el sexo.

—Ya lo sé. Es solo que nuestro acuerdo…

—¿Nuestro acuerdo?

—Ya sabes —a Olivia le ardía la cara.

No quería decir en voz alta que él le estaba ofreciendo sexo a cambio de la ayuda que le estaba prestando en los planes para la cervecería.

—Olivia, sé que tú eres una mujer reflexiva y con una mentalidad empresarial, pero yo no. ¡Esto no es un acuerdo!

—Pero dijiste que me ayudarías…

—Pero me refería a hacerlo como un amigo, o como un amante, o como tú quieras llamarlo.

—Es solo una cuestión de lenguaje, Jamie. No estoy diciendo que no te guste, pero no soy la clase de mujer con la que saldrías en circunstancias normales.

—¿A qué demonios te refieres cuando dices que no eres la clase de mujer con la que saldría en circunstancias normales?

—¡Oh, vamos! ¿Con cuantas mujeres tan recatadas como yo de treinta y cinco años te has acostado? Eres joven y trabajas de camarero. Hay mujeres que están dispuestas a cruzar la ciudad y a pagar por tener una oportunidad de coquetear contigo. Mujeres atractivas, universitarias. Mujeres con senos potentes que llevan vaqueros de cintura baja y se bañan desnudas todas las semanas.

Miró a su alrededor para estar segura de que nadie podía oírles y añadió:

—Dime que me equivoco.

No se equivocaba, lo sabía, pero Jamie parecía furioso. Tenía la boca cerrada con tal dureza que parecía que jamás la hubiera curvado en una sonrisa. Apretaba la mandíbula a un ritmo marcado por la tensión. Y los ojos…De sus ojos había desaparecido todo el calor y su color verde parecía el de los pinos en lo más profundo del invierno.

Olivia suspiró.

—Lo siento. No pretendía que fuera un insulto.

—¿No pretendías que fuera un insulto? ¿Y qué era? ¿Un cumplido?

—Tampoco. Es solo… la verdad.

—¿Que soy un camarero inmaduro y mujeriego que se acuesta con cualquier universitaria borracha que esté dispuesta a enseñarme su escote?

—No es eso lo que he dicho.

—¿Y lo de ese acuerdo por el que he aceptado acostarme contigo a cambio de que me ayudes a organizar el plan de mejora del restaurante? ¿Eso también es la verdad?

Olivia alargó el brazo hacia él.

—Jamie…

Jamie comenzó a alejarse. Un estallido de risas hizo detenerse a Oliva, que retrocedió mientras pasaba un grupo de adolescentes delante de ellos. Jamie clavaba la mirada furioso en el cemento que tenía bajo los pies mientras Olivia permanecía impotente frente a él, preguntándose por qué habría pensado que era una buena idea mantener aquella conversación. En aquel momento sentía que la corriente la alejaba de él con más fuerza cada vez, devolviéndola a lo que había sido su vida antes de conocerle. Lo había echado todo a perder.

Pasó el último adolescente a toda velocidad, intentando alcanzar a los demás.

Olivia tenía el ánimo por los suelos y una opresión en el pecho que le robaba el aire, pero el cuerpo entero de Jamie parecía expandirse cada vez que inhalaba. Al cabo de unos segundos, dejó escapar el aire con un lento suspiro.

—Lo siento —dijo por fin—. No debería haberme enfadado tanto.

—No pretendía decir eso —susurró ella—. No de ese modo.

Apenas se podía creer la rapidez con la que se había tranquilizado. Parecía casi el Jamie de siempre, aunque continuaba apretando la boca con firmeza. Aun así, había desaparecido la tensión de la mandíbula y su mirada había pasado del enfado a la tristeza.

—No te preocupes, estoy acostumbrado. Y me lo merezco.

—No, no es cierto. Lo único que pretendía decir es que no soy la mujer ideal para ti. No soy la mujer ideal para nadie. Y no pasa nada. Tampoco lo necesito.

—¿Y qué tal si me dejas decidir a mí quién es mi mujer ideal?

Olivia estuvo a punto de mostrarse de acuerdo. Aquello pondría fin a la discusión. Él le diría que era ella la mujer con la que quería estar. Ella se tranquilizaría, se sentiría atractiva, deseada y halagada. Pero no sería cierto. Y ya no quería más mentiras. De modo que, en vez de darle la razón, sacudió la cabeza.

—Me gusta que seas tan dulce y tan cariñoso. Me encanta. A cualquiera le encantaría. Pero no quiero que me engañes fingiendo que esta relación es más que lo que es.

Jamie alzó las manos con un gesto de exasperación.

—¿He hecho algo que te haya ofendido?

—No, has sido maravilloso conmigo. Siempre eres maravilloso conmigo. Por eso no puedo permitirme el bajar la guardia.

Jamie dejó caer las manos y suavizó la mirada.

—Eh —le dijo—, no tienes por qué estar en guardia conmigo.

—¡Ay, Jamie! En eso te equivocas, y mucho.

Jamie dio un paso hacia ella, le tomó la mano y la miró a los ojos.

—Yo no estoy en guardia contigo.

—Ya lo sé y, mírate, no tienes ningún problema. Pero tú eres el primer hombre con el que salgo después de mi divorcio y no puedo arriesgarme a volver a sufrir. Al menos, no tan pronto y, menos aún, contigo.

Jamie entrelazó los dedos con los suyos.

—¿Qué crees que voy a hacerte?

Solo lo que le estaba haciendo, pensó Olivia. Bastaban las caricias, las miradas cariñosas y unos encuentros sexuales perfectos. En cuanto bajara la guardia, estaría perdida. Rota. Destrozada. Disfrutaría de unos meses de sexo dulce y ardiente y después sería relegada a la lista de buenas amigas que, sin lugar a dudas, Jamie conservaba. Mujeres hacia las que guardaba un vago afecto. Mujeres con las que podía relacionarse sin problema alguno porque, para él, solo habían sido unas amigas maravillosas, mientras que, para cada una de ellas, había sido un hombre al que habían amado con pasión. ¡Dios santo! Aquello sería peor que ser su ex.

Olivia sacudió la cabeza y se dirigió hacia el aparcamiento de la mano de Jamie. Este continuaba con el ceño fruncido mientras le abría la puerta del coche. Y siguió frunciendo el ceño cuando se montó en el coche y puso el motor en marcha. Después de las cosas tan duras que le había dicho, se merecía que fuera sincera con él.

Cuando Jamie comenzó a meter la marcha, Olivia le agarró la mano para detenerle.

—Todo será menos complicado para ti si no me entrego por completo en esta relación.

—¿Cómo lo sabes?

Olivia se aclaró la garganta, apartó la mano y la posó en su propia rodilla. Clavó la mirada en sus dedos como si hubiera algo interesante que ver en ellos. Pero no había nada, salvo la marca blanca que conservaba todavía tras haberse quitado la alianza.

—Víctor fue mi primer amante. Jamás había hecho nada con otro hombre, más allá de compartir algún beso.

Jamie permaneció en silencio durante unos segundos. Olivia casi podía ver las preguntas que afloraban a su mente. Pasaron cuatro segundos antes de que tomara aire y lo soltara. Una nueva conciencia pareció elevar la temperatura en el interior del coche. A Olivia le ardía la piel.

—¡Ah! Entonces soy…

—Sí. No pensaba decirte nada. Sé que es raro. Pero esa es la razón por la que… por la que no puedo sucumbir ante ti…

—Olivia —cubrió la mano de Olivia con la suya, mucho más grande y morena, haciendo que le diera un vuelco el corazón—. No quiero que sucumbas ante nadie. Y menos ante mí.

No lo comprendía. Para él todo era demasiado fácil. Le resultaba fácil relacionarse. Fácil desear. Fácil amar. Y por eso no era capaz de comprender lo difícil que era la vida para otras personas.

—Solo quiero que comprendas por qué tengo que estar en guardia.

Jamie cerró la mano sobre la suya.

—De acuerdo, creo que lo entiendo.

—Gracias.

Jamie tomó aire como si fuera a decir algo más, pero, al final, se limitó a poner el coche en marcha y a alejarse de allí. Olivia observó la noria girando tras ellos, el blanco metal recortado contra el fuego del anochecer, y deseó que no hubieran bajado nunca.

Capítulo 17

Jamie hizo el esfuerzo de su vida para no parecer tan asustado como estaba. No había ningún motivo para dejarse llevar por el pánico. No había cambiado nada. Nada. Excepto que acababa de ser consciente de que las inseguridades que mostraba Olivia cuando la inducía a hacer cosas atrevidas no se debían al pudor, sino a una total inexperiencia.

No, inexperiencia, no. Olivia había estado casada durante diez años. Era una mujer con plena y total experiencia.

Pero nunca se había acostado con una mujer que hubiera estado con un solo hombre. Al menos, que él supiera. Desde luego, no desde que había salido del instituto. Y, por supuesto, no esperaba eso de alguien como Olivia Bishop, una mujer con un aire tan sofisticado.

La miró, observándola por el rabillo del ojo. Parecía cansada, derrotada. Jamie había planeado otra aventura para aquella noche, pero era obvio que Olivia no estaba en condiciones de hacer una visita a una tienda de lencería erótica. Y tampoco él. Apenas se podía creer que la hubiera hecho desnudarse fuera del jacuzzi. Ni que la hubiera hecho tumbarse boca abajo en la cama para tomarla con dureza.

La sangre le subió a la cara. Debería haber sido más romántico, no haberla tomado como si en ello le fuera la vida.

—Supongo que estarás demasiado cansada como para salir a cenar.

—Cansada y sucia. Tengo el protector solar cubierto de polvo.

—¿Y si cenamos en mi casa?

—Me dijiste que no eras buen cocinero.

—Bueno, no soy un chef, pero tengo una lista impresionante de restaurantes con comida para llevar en la puerta de la nevera —por fin se atrevió a mirarla, justo a tiempo de pillarla bostezando—. También tengo una cama muy cómoda con unos almohadones muy esponjosos.

—Sí, ya me acuerdo. ¿Y me prestarías tu ducha? Y a lo mejor también una camiseta...

Jamie mantuvo la mente en blanco, temiendo imaginarla mojada y con una camiseta limpia, medio desnuda.

—Claro. Desde luego. Todo lo que tú quieras.

—En ese caso, me encantaría.

Romanticismo, se dijo a sí mismo. Con un poco de suerte, todavía le quedaba una botella de vino en la despensa. A lo mejor debería comprarle flores o algo así.

Cuando llegaron a su casa, Jamie sacó dos docenas de propaganda de menús y las dejó en la mesa de la cocina.

—Elige lo que quieras. Voy a darme una ducha rápida y después te ducharás tú.

Jamie se duchó en un tiempo récord, se secó y se puso la ropa interior limpia y los vaqueros. Cuando estaba buscando una camiseta, se abrió la puerta del dormitorio.

—¡Ah, ya estás fuera! —dijo Olivia—. De pronto, se me ha ocurrido pensar que a lo mejor querías que me metiera contigo. Que fuera una incitación a la ducha.

¿Nunca lo había hecho en la ducha? Jamie soltó la camiseta, pero consiguió agarrarla justo antes de que cayera al suelo. Se la metió por encima de la cabeza a toda la velocidad que pudo.

–¡Ja! No. Yo voy a encargarme de la comida. ¿Has decidido algo?

Olivia inclinó la cabeza.

–¿Estás bien?

–Claro, ¿por qué?

–Pareces nervioso. ¿Todavía estás enfadado?

–No, qué va. Pero me sentía mal dejándote allí sola. Y no quería gastar toda el agua caliente. Y estoy muerto de hambre.

Olivia se encogió de hombros.

–Muy bien. ¿Qué tal comida vietnamita?

–Perfecto, lo que a ti te apetezca.

–¿Lo que a mí me apetezca? –preguntó, deslizando la mirada por su cuerpo.

A Jamie le sorprendió la dureza del latigazo de deseo que restalló en sus entrañas. Todavía estaba nervioso, pero había bastado una mirada de Olivia recorriendo su cuerpo para que la sangre se concentrara en su miembro. Había una química entre ellos que no tenía nada que ver con el hecho de que quisiera enseñarle a divertirse. Y la química crecía cada vez que la veía, como si cada combate sexual elevara un grado más la temperatura entre ellos.

Y, de pronto, decidió que le importaba un comino su nerviosismo. Sencillamente, se alegraba de que Olivia estuviera allí. Para cuando llegó el momento de pedir la comida y agarrar las llaves, Jamie tenía una nueva razón para salir huyendo. Olivia había vuelto a su dormitorio y sabía que, si la oía abrir el grifo de la ducha, no sería capaz de cruzar la puerta. Una iniciación al mundo de la ducha, nada más y nada menos.

Sí, los nervios habían desaparecido. Por fin se le revelaba el significado de su confesión. Las cosas que habían hecho juntos, las cosas que harían… todo era nuevo para ella.

Olivia solo había estado con su marido, solo había tenido una relación seria. Él era el segundo hombre que la había tocado, que se había deslizado en el interior de su cuerpo. Jamie no podía decir que ese tipo de cosas le importaran, pero tampoco podía negar la salvaje sensación de posesión que le invadía.

—Maldito hombre de las cavernas —musitó, pero su cuerpo ni siquiera le ofreció una punzada de arrepentimiento.

Su papel como tutor acababa de adquirir una intensidad nueva, inconcebible casi, y, una vez había conseguido deshacerse de los nervios, no podía esperar.

Media hora después, mientras abría la puerta, se dio cuenta de que nunca había dejado a una mujer sola en su casa. Era extraño, entrar sabiendo que había alguien allí. Una persona que, en aquel momento, podía estar desnuda en la ducha. O, a lo mejor, Olivia había cambiado de opinión y había optado por un baño de burbujas... A lo mejor...

—¡Hola!

Jamie giró y la vio al lado del sofá, con sus largas piernas desnudas, sedosas. Al verla con aquella camiseta en la que aparecían unos perros jugando al póker, se le tensó el pecho. Olivia llevaba puestas las gafas, sin nada de maquillaje, y tenía el pelo ondulado por la humedad. Con los pantalones cortos, estaba perfecta. La mirada de Jamie se posó en el diminuto dobladillo de tela negra que asomaba apenas al final de la camiseta. Parecían unos pantalones muy cortos. La miró con los ojos entrecerrados.

—¿Te has puesto unos calzoncillos?

Olivia extendió la mano, como si quisiera tapárselos.

—Espero que no te importe. No tenía ninguna otra cosa.

—¡Eh, no! Me parece muy bien —alzó la bolsa de la comida y señaló hacia la cocina—. ¿Tienes hambre?

Olivia se le adelantó, ofreciéndole la vista que había estado buscando. Tal y como esperaba, su pequeño trasero estaba perfecto bajo la suave tela de algodón, sobre todo cuando se inclinó hacia delante para dejar sitio en la mesa.

—He sacado los platos y los cubiertos. ¿Qué te apetece beber?

«¡A ti!». Se aclaró la garganta y le tendió la bolsa.

—Toma. Yo me ocuparé de las bebidas.

Llenó dos vasos de agua con hielo y sacó después una botella de vino tinto de la despensa. Y, en todo momento, estuvo oyéndola tras él. El susurro de la bolsa. El tintineo de los cubiertos.

Sintió un cálido cosquilleo en el cuello, pero ignoró aquella rara sensación y llevó los platos a la mesa.

—Bueno, cuéntame dónde te criaste —le pidió mientras esperaba a que se sirviera.

—En St. Paul.

—Lo dices con mucha frialdad.

Al rostro de Olivia pareció asomar una sonrisa.

—Tuve una infancia agradable. Vivía en un barrio bonito, iba a un buen colegio…

—¿Pero? —su tono de voz era inconfundible.

—Pero mi padre era un bróker y mi madre agente inmobiliaria. Pasaban todo su tiempo libre invirtiendo en diferentes negocios. Fui una de esas niñas que desde muy temprano se quedan solas en casa —se encogió de hombros—. Eso es todo. No hubo malos tratos. Ni problemas. Solo silencio. Y grandes expectativas hacia mí.

—¿Todavía están vivos?

—Sí, pero no les veo muy a menudo. No tiene mucho sentido, y menos ahora que Víctor ha desaparecido de escena. Les gustaba y eso significaba que en aquel aspecto había tenido éxito ante sus ojos. Pero con la separación volví a decepcionarles. Lo siento, supongo que echas mucho de menos a tus padres.

—Sí, pero eso no significa que tú tengas que llevarte bien con los tuyos.

—Es un alivio.

—¿Entonces eras una estudiante de sobresaliente?

—¡Por supuesto! Siempre lo fui. Estaba demasiado ocupada como para ir a fiestas o salir con chicos. Cuando uno se dedica a docenas de actividades después de clase tiende a robar demasiado tiempo al estudio. ¿Y tú? ¿Cómo eras tú?

—Era tal y como te imaginas.

—Mm —Olivia le miró como si de verdad tuviera que pensar en ello—. Creo que eras de esos alumnos que sacan siempre un aprobado justo. Y un chico popular. Muy popular. Seguro que ibas a todo tipo de fiestas. Bebías mucho, llegabas tarde al instituto, pero siempre eras respetuoso con tus profesores. Siempre muy educado.

Jamie se inclinó, en señal de reconocimiento.

—Todo eso es cierto, excepto lo de la bebida. No bebía con mucha frecuencia.

Lo dijo como si no tuviera mayor importancia y Olivia así lo tomó.

—¿Tú? ¿El heredero del trono de la cerveza?

—Bueno, la cerveza es como la comida. Siempre y cuando no te dediques a beberla haciendo el pino y directamente del barril.

—¿Haciendo el pino?

Jamie hizo un gesto con la mano, como si no mereciera la pena explicarlo.

—¿Y tu hermano se ocupaba de ti?

—Sí. Había cierta tensión, supongo que no hace falta decirlo. Yo pensaba que no tenía por qué estar pendiente de mí. Que podía arreglármelas solo. Por supuesto, no era cierto. Vivíamos en la casa de mis padres. Mi hermana todavía vive allí.

—¿Cuándo te compraste esta casa?

Jamie le habló entonces de la casa. De los cambios que había hecho. De los proyectos que tenía. Le encantaba aquel lugar. No había nada en la vida que sintiera más suyo. ¡Diablos! Si hasta parecía estar perdiendo a su familia. Peleaba con Eric más que nunca y Tessa estaba enamorada y a punto de iniciar una nueva vida.

—Siempre he sentido fascinación por los hermanos —musitó Olivia mientras jugueteaba con los fideos que tenía en el plato.

—¿De verdad? Pues si quieres, puedo prestarte los míos.

Olivia contestó con una carcajada.

—Sé que les adoras.

—Es cierto, sí. Pero nuestra relación no puede ser más complicada. La cuestión es que… los hermanos creen que se conocen mejor que nadie. Creces junto a ellos, así que, debería ser así, ¿no? Pero no es tan sencillo. A veces, saben menos sobre ti que cualquier otra persona.

Olivia dejó el tenedor en el plato.

—¿A qué te refieres?

¡Oh, no! Jamie no quería llegar hasta allí. Negó con la cabeza.

—A nada en particular. Cosas sin importancia. Como, por ejemplo, que pensaba que mi hermana era una joven dulce e inocente y resulta que se estaba acostando con un policía curtido por la vida.

—¿De verdad?

—Sí, de verdad.

—¿Y por qué pensabas que era una joven dulce e inocente?

Jamie gimió.

—No quiero hablar de ello. Por lo que a mí respecta, duermen cada noche en habitaciones separadas.

—¡Ay, qué tierno! ¿Cuántos años tiene tu hermana?

—Veintisiete.

Olivia contestó con una estridente carcajada.

—¡Eh! Es mi hermana pequeña.

—¿Te he dicho ya que eres una monada? —se burló Olivia, dándole en la rodilla.

—Cena —le ordenó Jamie, inclinando la copa de vino hacia ella para urgirla a seguir comiendo.

Olivia se reclinó en la silla con la copa en la mano y una enorme sonrisa en el rostro mientras apoyaba la pierna en la rodilla de Jamie. Este se la alzó un poco más, hasta colocarla sobre su cadera. Le rodeó para ello el tobillo y sintió la imposible suavidad y el calor de su piel. Había algo especial en la piel de una mujer, en aquel tacto tan delicado. Deslizó la mano hacia arriba hasta alcanzar la parte posterior de su rodilla. Olivia suspiró y se inclinó para besarle.

Sin saber muy bien cómo, Olivia consiguió terminar en su regazo, pero Jamie continuó besándola con una lenta delicadeza, permitiéndole sentir cada uno de sus movimientos mientras iba ascendiendo con la mano. Cuando llegó por encima del muslo, le acarició la ropa interior. Le encantaba que se hubiera puesto sus bóxers, un sentimiento que le habría asustado si no hubiera estado disfrutando tanto. Pero Olivia se estaba inclinando hacia él y su mano continuaba escalando por el muslo, de modo que lo último que le importaba en aquel momento era estar experimentando aquel sentimiento de posesión.

—Mm —suspiró Olivia, hundiendo la mano por la camisa—. Me alegro de que nos hayamos reconciliado.

—No tanto como yo.

Olivia le rozó el pezón y él siseó.

—Me encanta tu cuerpo —susurró Olivia contra su mandíbula—. De verdad, me encanta.

Jamie gimió mientras dibujaba con la lengua el lóbulo de su oreja. Olivia nunca se había mostrado tan agresiva.

—¿Estás un poco achispada?

—Es posible. ¿Dónde me quieres esta noche?

—¿Dónde?

Olivia rio, enfriando con su aliento la piel que antes había lamido.

–¿En la ducha? ¿En el jacuzzi? ¿Aquí, encima de la mesa? Eso nunca lo he hecho.

Nunca había hecho nada de lo que ofrecía, maldita fuera, y aquel pensamiento le puso duro como una piedra.

–He pensado que podríamos hacerlo en la cama. Y quiero que lo hagamos despacio, a conciencia.

–¿En la cama?

–Sí, a no ser que te parezca decepcionante.

Olivia soltó una carcajada y deslizó las manos por su espalda, presionando las uñas contra su piel.

–Jamás.

Comenzó a succionar un rincón perfecto de su cuello, despertando hasta la última de sus terminales nerviosas. Pero justo cuando él estaba empezando a suspirar, abandonó su cuello y se irguió en la silla.

–Espera un momento. Todo eso de hacerlo despacio y en la cama es por lo que te he dicho, ¿verdad?

Jamie estaba seguro de que la culpabilidad resplandecía como un letrero de neón en su semblante, pero intentó mantener una expresión neutra.

–¿Eh?

–Por mi culpa, ahora todo te resulta raro. ¡Sabía que iba a pasar!

–Eh –Jamie le agarró la mano antes de que pudiera alejarse de él–, ¿a qué te refieres?

–Ya lo sabes.

Jamie hizo el mayor de los esfuerzos por parecer confundido.

–¿Qué? Vamos, Oliva, hace falta algo más que eso para espantarme.

Su mentira tuvo el efecto que esperaba. La ansiedad que velaba los ojos de Olivia se aclaró y Jamie pudo reconocer la enorme vulnerabilidad que se ocultaba tras ella.

–¿De verdad?

–Soy camarero, ¿recuerdas? He oído de todo.

Olivia vaciló durante unos segundos antes de sonreír abiertamente.

—De acuerdo. Olvidaba que tú ya habías oído de todo.

Había oído de todo, sí. Y en labios de todo tipo de personas imaginables. Pero aquello no cambiaba lo mucho que su relación con Olivia significaba para él.

—Escucha —le dijo, extendiendo las manos sobre sus muslos—, si quieres que te vista como a una doncella francesa y lo hagamos encima de la mesa, lo haré. Pero lo que de verdad me apetece es llevarte a mi dormitorio y disfrutar contigo en la cama. No por lo que me has dicho antes, sino porque hoy ha sido un día muy largo, estás cansada y tengo una cama muy cómoda. Y no creo que no sea excitante disfrutar contigo del sexo en posición horizontal. Por lo menos, para mí.

Olivia cerró los ojos, se acurrucó contra él y apoyó la cabeza en su hombro con un suspiro.

—Me parece perfecto —al cabo de unos segundos de silencio, alzó la cabeza—. ¿Tienes un disfraz de doncella francesa por ahí?

—No, lo tengo bien dobladito y guardado —se levantó con ella. Olivia soltó un grito y le rodeó el cuello con los brazos—. Shh, solo estoy intentando animar un poco esta aburrida sesión de sexo.

—¡Esto no es aburrido! —protestó, pero sus palabras terminaron en carcajadas.

—Bueno, ahora no.

La llevó hasta el dormitorio y la dejó en la cama. Olivia todavía estaba intentando recuperar el aliento, así que Jamie se quitó la camiseta y la agarró del tobillo para acercarla a él. La camiseta que llevaba Olivia se deslizó hacia arriba, exponiendo su estómago plano y la delicada curvatura de su vientre. Los bóxers negros colgaban de sus caderas como un globo.

—Estás genial —susurró Olivia.

Olivia posó el pie desnudo en su pecho y le dio un empujoncito.

—¿Tienes idea de lo mucho que me excitas?

Sí, era obvio que estaba bebida. Y Jaime no iba a quejarse por ello.

—¿Por qué no me lo dices tú?

—Me basta mirarte para empaparme.

Si Jamie creía que estaba excitado, sus palabras le encendieron todavía más.

—Ni siquiera sabía que fuera posible —continuó Olivia, comiéndole el pecho con los ojos—, mirar a un hombre y desearle tanto que estarías dispuesta a hacer cualquier cosa por él.

Las manos de Jamie continuaron avanzando hacia el muslo. Olivia dejó caer la rodilla hacia un lado. Todavía estaba vestida, pero Jamie pudo vislumbrar su interior a través del hueco de la tela. Sabía que si metía los dedos, la encontraría húmeda y dispuesta.

—Pienso en ti todo el tiempo, Jamie —confesó Olivia en un susurro—. Pienso en tu boca sobre mí, en tu sexo dentro de mí...

—¡Dios mío! —jadeó Jamie, bajando poco a poco sobre ella, arrebatado por sus caricias y por su forma de rodearle las caderas con las piernas.

Cuando la besó, chocó contra sus gafas y Olivia se las quitó y las lanzó hacia la mesa.

Jamie la besó con dureza y ella le succionó la lengua como si deseara aquel beso tanto como él. Jamie le enmarcó el rostro entre las manos, la besó durante un largo minuto y abrió después la boca sobre su cuello. Olivia olía a él. A su jabón, a su champú. Llevaba su ropa, su esencia, y estaba en su cama. Le entraron ganas de gruñir de satisfacción.

Cuando Olivia se llevó su mano a los labios y succionó dos dedos, gruñó de verdad. El calor, la humedad de la succión… Jamie olvidó sus buenas intenciones de ser lento y delicado. En cambio, hundió los dedos en la boca de Olivia, sintiendo la fuerza de su lengua trabajando contra él.

Le subió después la camiseta y le devolvió el favor tomando el pezón entre los dientes y haciéndola gritar contra su mano.

Olivia ni siquiera le había acariciado y ya estaba tan excitado que le dolía la piel por la tensión. La imaginó abriendo los labios sobre él, tomándole, succionando con fuerza. Y se imaginó embistiendo contra su lengua, abriéndole la garganta.

Dios santo, sería capaz de correrse solo por su forma de succionarle los dedos.

Jamie se estremeció y descendió por su cuerpo, decidido a hacer durar aquello más de lo que pensaba su cuerpo. Hundió la lengua en su ombligo. Presionó los dientes contra el hueso de su cadera, pero, cuando continuó descendiendo, tuvo que liberar los dedos de aquella fantasía erótica que era su boca. Olivia le mordisqueó a modo de protesta, pero él tenía una clara intención. Necesitaba las dos manos para apartar la ropa interior de sus caderas y hacerla descender por sus piernas. Necesitaba las dos manos para hacerla abrir los muslos.

Olivia estaba tan húmeda como le había prometido.

A Jamie se le hizo la boca agua mientras deslizaba los pulgares a lo largo de sus muslos. Cuando le rozó el sexo, los músculos de Olivia se tensaron y abrió más las rodillas, urgiéndole a continuar. Como si él fuera a negárselo.

Le besó un muslo, el otro después, y deslizó a continuación la lengua entre sus pliegues, suspirando al sentir su sabor fluyendo en el interior de su boca. Olivia se arqueó cuando él le tocó el clítoris y Jamie le rodeó las caderas y empujó con delicadeza hacia abajo para así poder cerrar los labios sobre el tenso botón.

–¡Ah! –gimió Olivia–. ¡Cómo me gusta!

Jamie presionó la lengua contra ella y Olivia gimió con renovadas fuerzas. Comenzó entonces otro juego, el de comprobar cuántos sonidos podía arrancar de su cuerpo. Jamie la acarició, succionó y la mordisqueó con delicadeza. La lamió y hundió después la lengua en su interior. Cuando retrocedió para regresar al clítoris, Olivia gimió y arqueó las caderas contra sus manos. Jamie tensó la mano sobre sus caderas y se puso serio, concentrando toda su atención en aquellas caricias con las que la hacía estremecerse y gritar. Sentía el clítoris tenso, como un duro botón contra su lengua. A Olivia le temblaban los muslos y sus gritos se transformaron en un jadeo atragantado. Todo estaba a punto de terminar. Gimió, sacudida por los últimos espasmos.

—¡Dios mío, Jamie…!

Jamie se incorporó y se desabrochó los vaqueros con la mirada fija en la mano que Olivia presionaba contra su propio sexo. Todavía estaba temblando. Y él se sentía extraño, como si no fuera él mismo. No era el hombre encantador, simpático y dulce, sino un hombre posesivo y fiero. Quería averiguar todo lo que Olivia no había hecho jamás para así poder ser el primero. Quería tomarla con tanta intensidad que no tuviera ganas de buscar un tercer amante, ni un cuarto. Jamie sacó un preservativo del bolsillo y se bajó la cremallera de los vaqueros.

Olivia abrió los ojos. Clavó la mirada en la cremallera y después en el preservativo.

—Espera —musitó mientras se enderezaba—. Espera.

¿Cómo demonios iba a esperar? Jamie apretó los dientes e hizo lo que Olivia le pedía, y cuando ella posó los pies en el suelo y se levantó de la cama, se alegró como nunca de haberlo hecho.

—Olivia —dijo al verla ponerse de rodillas, obligándole a retroceder—. No tienes por qué…

Su cuerpo le ordenó callar antes de que hubiera podido terminar la frase.

Gracias a Dios, Olivia le ignoró y le bajó los pantalones.

—Lo sé, pero quiero hacerlo.

Era cierto. Sí, lo sabía porque le había lamido los dedos como si fueran un maldito polo minutos antes. Y le bastó pensar en ello para que el corazón le latiera con tal fuerza que se le nubló la vista durante unos segundos. Pero cuando Olivia alcanzó sus calzoncillos, Jamie parpadeó para aclarar la visión.

Su miembro quedó libre y Olivia rodeó al instante la base con un pequeño suspiro. Si hubiera podido respirar, también él habría suspirado. Después, Olivia se lamió los labios y a Jamie ya no le quedó ninguna esperanza.

—La tienes muy grande, ¿lo sabías?

Desde luego, en aquel momento así lo sentía.

Olivia fue acariciándole muy despacio, subiendo y descendiendo por su miembro.

—Me gusta cómo me penetras. Me gusta tanto que apenas puedo soportarlo.

Jamie se oyó jadear y sintió el oxígeno invadiendo su sangre, haciéndolo todo más intenso, incluyendo las caricias de Olivia.

Olivia movió de nuevo la mano y, en aquella ocasión, posó el pulgar sobre el glande para extender la gota de líquido a lo largo de su erección. A Jamie se le aceleró el ritmo de forma aterradora.

Jamie estaba a punto de alargar la mano para detenerla cuando Olivia posó la lengua sobre su miembro. Dejó caer la mano y observó la rosada lengua saboreándole de nuevo. En aquella ocasión, rodeando el glande. Su cerebro se llenó de luces que le cegaron en un primer momento.

—Mm —gimió Olivia y Jamie sintió sus labios sobre él.

—¡Dios santo! —gimió.

Olivia sonrió sin apartarse y alzó los ojos para contemplarle a través de las pestañas.

¡Dios santo!

La vio cerrar los labios sobre la parte superior de su miembro y la sintió acariciándole con la lengua antes de hundirle más en ella. Jamie jamás había vivido nada más excitante y estaba seguro de que jamás lo viviría. Olivia estaba tomándole de aquella manera por primera vez, extendía los labios a su alrededor y...

De pronto, comenzó a succionar y Jamie se olvidó de todo lo que no fuera sentir.

Todo su mundo se convirtió en calor, humedad y succión. Olivia tensó la mano en la base de su miembro sin dejar de acariciarle con la boca.

Jamie comprendió entonces que había estado tan pendiente de mostrarle lo que era el placer que no esperaba nada parecido. Aquello hizo todavía más dulce aquel momento. Cerró los ojos y echó la cabeza hacia atrás, pero cambió de pronto de opinión y volvió a mirarla.

El placer se concentraba en la base de su miembro e iba haciéndose más potente con cada caricia de aquella boca ardiente.

—Olivia —musitó, deseando pronunciar su nombre.

Olivia hundió su miembro de tal manera en ella que la sintió atragantarse.

—No... —le dijo, posando la mano en su pelo—. No hagas eso. Es solo... Es solo que me gusta mucho.

No necesitaba que hiciera nada. Solo la necesitaba a ella.

Olivia cambió la posición de la mano y Jamie jadeó. Después, ella apartó su boca y alzó la mirada.

—¿Te gusta? —volvió a acariciarle otra vez.

—Sí —contestó Jamie casi sin aliento—. Me gusta.

Olivia sonrió.

—Bien —dijo, antes de volver a deslizar la boca sobre él.

Jamie perdió el habla. Olivia trabajaba con la mano y

la boca con una lentitud que le emborrachaba de placer. Se sentía a punto de llegar al final, y no quería. Todavía no. No, cuando Olivia le estaba tomando cada vez con más profundidad; cuando su lengua era una caricia firme contra su miembro y su boca puro fuego.

Consiguió controlarse a pura fuerza de voluntad. Aquella primera vez nunca volvería a repetirse. De hecho, era posible que nunca volviera a ocurrir nada igual. Así que retuvo el placer cuanto pudo. Observó su boca contra su húmeda asta y sintió el delicado zumbido de su voz contra su piel. Y, al final, ya no pudo soportarlo más.

Hundió los dedos en su pelo.

—Voy a correrme —gruñó con los dientes apretados.

Olivia suspiro contra él.

—Olivia —le advirtió con intención de apartarla, pero ella no se movió y Jamie no pensaba forzarla.

En cambio, se permitió sentir cómo iba creciendo en su interior aquel intenso placer hasta alcanzar una presión imposible de soportar.

—¡Ah, mierda! —gimió, y dejó que el placer estallara dentro de él, derrotándole por completo.

Olivia apretó, succionó con la boca todavía tensa sobre su miembro. Jamie sabía que estaba engulléndole, podía sentirse palpitando dentro de ella, y aquello hizo el clímax mucho más dulce.

Cuando Olivia al final le soltó, Jamie giró sobre los talones y se desplomó en la cama. Oyó la risa de Olivia y le hizo un gesto para que se le uniera.

—Ven aquí.

Olivia se tumbó a su lado. Se dieron cuenta entonces de que estaban los dos medio vestidos.

—Se te da bastante bien —musitó.

—Mentiroso.

—Sí, ya, mentiroso —le contradijo.

La sintió incorporarse, apoyándose en un codo.

—¿Sabes qué? Me ha gustado. Me ha gustado de verdad —confesó Olivia.

Jamie abrió un ojo para mirarla.

—Pareces sorprendida.

—Me apetecía hacerlo. Contigo. Me apetecía de verdad.

—¿También ha sido la primera vez? —le preguntó con aparente ligereza, fingiendo que no estaba deseando oír su respuesta.

—Claro que sí.

El corazón le dio un vuelco.

—Ya te dije que te divertirías.

Olivia le dio una palmada antes de derrumbarse entre risas contra su pecho. Pero, por supuesto, era mentira. Había sido ella la que había hecho que aquello fuera magnífico.

—Quítate la camiseta —le pidió Jamie—. Quítate mi camiseta.

Olivia se acurrucó contra él y Jamie sintió que el corazón volvía a darle un vuelco.

—¿Por qué?

—Porque voy a darte dos opciones y ninguna de ellas funciona con camiseta.

Olivia sonrió y Jamie sintió el movimiento de sus labios contra su piel.

—¿Cuáles son?

—Dormir o ducharte.

—¿Estás de broma? Estoy agotada, ¡quiero dormir!

—Venga, Olivia. Uno de los salientes de la bañera puede hacer las veces de banco.

—No —frotó la mejilla contra su hombro.

—Puedes recostarte allí. O sentarte, o ponerte como tú quieras.

—Quiero dormir.

—No tendrás que hacer nada. Solo sentarte.

Olivia comenzó a reírse otra vez.

—Pero si acabas de correrte. ¿Qué quieres hacer conmigo?

–Mm… Algo para lo que tendré que utilizar el jabón. Y tú tendrás que estar desnuda.

–Jamie…

Jamie se levantó de la cama y la agarró en brazos.

–¡Vamos!

–¡Estás loco!

–Soy un hombre joven, señorita Bishop. Ya me he recuperado. ¿Además, no es esa la razón por la que me sedujo?

El grito de indignación de Olivia rebotó contra las paredes embaldosadas del cuarto de baño, hasta que Jamie la interrumpió con un beso. Y con agua. Y con sus manos bien enjabonadas.

Capítulo 18

Si la última vez que había estado en el campus lo había abandonado a paso firme, en aquel momento prácticamente volaba. No le importaba que pudieran enterarse de lo que hacía. Ni le importaba quién pudiera saberlo. Si por ella fuera, que todo el mundo se enterara de que estaba disfrutando del sexo en calidad y en cantidad. Comparado con ser invisible, era una agradable manera de moverse por el mundo.

Y no era solo Jamie lo que la hacía resplandecer. Aquella mañana había tomado una decisión. Solo tenía treinta y cinco años. Todavía no había llegado ni a la mitad de su vida laboral. No podía renunciar y obligarse a hacer algo que odiaba durante el resto de su vida.

Para ser justa, la verdad era que no lo odiaba. El problema era que la enseñanza no era lo suyo. No era un trabajo que le procurara satisfacción. Se había dedicado a la enseñanza porque Víctor le había conseguido un puesto de trabajo. Así de sencillo. Y año tras año se dedicaba a enseñar a jóvenes que continuaban sus carreras, se graduaban y terminaban saliendo al mundo para dedicarse a lo que a ella le habría gustado hacer. Aquello era lo más terrible de su trabajo. Lo que hacía que el estómago se le encogiera y se le revolviera.

Olivia caminaba por el césped o, mejor dicho, flotaba sobre el césped, para dirigirse a su despacho. No era tan ingenua como para engañarse pensando que podía renunciar a su trabajo y convertir en realidad sus sueños de un día para otro. Aquella era la vida real, no una producción de Hollywood. Pero podía trabajar en ello cada día. Podía comenzar calculando números, haciendo planes, bosquejando logos. En un año o dos, quizá estuviera lista para comenzar su propio negocio a tiempo parcial. La universidad podría...

–¡Olivia!

La voz sonaba desde tan lejos que no tenía la menor idea de a quién podía encontrarse cuando diera media vuelta. Podían ser Jamie, Víctor o cualquiera de sus colegas. Intentó impedir que burbujeara la esperanza mientras escrutaba el césped con la mirada. Un hombre alzó la mano y corrió hacia ella y Olivia tuvo que reprimir una sonrisa al ver a Paul. ¿Tendría algún sexto sentido para detectar a las mujeres satisfechas?

–¡Hola! –la saludó jadeando mientras se acercaba.

–Buenos días.

–Solo voy a entretenerte un momento –le dijo, alzando un dedo mientras tomaba aire–. Todavía no hemos tomado ese café.

–¿Te has quedado sin fuerzas?

Paul frunció el ceño al oírla y Olivia deseó tragarse sus palabras. Seguro que no era aquello lo que a un hombre le apetecía oír.

–Así que me preguntaba si este sería ese otro momento.

–¿Ese otro momento? –preguntó intrigada.

–Me dijiste que podía pedírtelo en algún otro momento y ahora mismo necesito un café.

Olivia le sonrió, todavía emocionada por ser objeto de su atención. Y estaba guapo. Parecía haber pasado el fin de semana al aire libre y su piel había perdido la palidez académica. Sus claros ojos grises contrastaban de forma llamativa con su tez.

Paul alzó la ceja con expresión esperanzada ante su escrutinio.

—Ahora mismo estoy saliendo con alguien —confesó Olivia. A Paul se le entristeció el semblante—. ¿Pero estarías dispuesto a considerar la posibilidad de una cita a ciegas?

—Eh… —asomó a sus ojos una mirada de terror.

—Te prometo que tengo buen gusto. Es una mujer que no solo tiene una gran personalidad, sino también un cuerpo de infarto.

—¿Un cuerpo de infarto? —se echó a reír.

—Sí.

—De acuerdo —aceptó Paul—. Estoy intrigado.

—Se llama Gwen. Trabaja aquí, en la universidad. Pero antes de que esto siga adelante, déjame aclararte que Gwen es administrativa. No tiene un título universitario, pero es una mujer inteligente y decidida. Si para ti la falta de títulos representa un problema, prefiero que me lo digas ahora.

Paul la miró confundido.

—¿Qué quieres decir?

—¿Profesor numerario? ¿Estrella emergente? Necesito que te preguntes ahora mismo si eres un estúpido arrogante.

—¿Un estúpido…? —Paul estalló en carcajadas y Olivia obtuvo así la respuesta. Un estúpido arrogante jamás se reiría de aquella manera de sí mismo—. Creo que no, ¿pero quieres que lo pregunte?

Olivia sonrió de oreja a oreja y negó con la cabeza.

—No, me parece que no tienes ese problema. Entonces, ¿qué me dices? ¿Estás interesado? —se inclinó hacia él—. Ella ya ha visto una fotografía tuya. Y le pareces atractivo.

Las mejillas de Paul se tiñeron de rosa.

–¿Ah, sí? Bueno, yo diría que no puedo rechazar una oportunidad como esa, ¿verdad?

Olivia reprimió las ganas de ponerse a saltar y a aplaudir.

–Muy bien. Hablaré con Gwen –sacó una tarjeta del bolso y escribió en el reverso el número de su amiga–. ¿Quieres llamarla?

Paul le tendió una de sus tarjetas.

–Estoy poniendo mi vida en tus manos, ¿crees que podrás soportar esa responsabilidad?

–Lo intentaré.

–De acuerdo. En ese caso, confiaré en ti. Si estás segura de que tú ya estás comprometida.

–No estoy comprometida –le corrigió–. Pero, desde luego, sí estoy bastante ocupada.

Se despidió de él con un gesto y continuó caminando, pero se desvió para acercarse al despacho de Gwen. La encontró hablando por teléfono, así que dejó la tarjeta de Paul sobre su mesa y sonrió.

–Por supuesto –dijo Gwen por teléfono. Levantó la tarjeta con el ceño fruncido–. El lunes como muy tarde. Ajá. Mire, acaba de entrar un estudiante, así que volveremos a hablar la semana que viene. Gracias otra vez –colgó el teléfono y señaló a Olivia con la tarjeta–. ¿Qué significa esto?

–Paul está interesado en tener una cita. Contigo. Te va a llamar.

–¿Qué?

–De nada.

Olivia giró sobre sus talones para alejarse, pero Gwen la agarró de la camisa.

–¿Qué quiere decir que está interesado?

–Le hablé de ti y va a llamarte para invitarte a salir.

–¿Sin haberme visto siquiera?

–Bueno, le he dicho que tenías un cuerpo de infarto.

Gwen la miró boquiabierta.

–¡No!

–Sí.

–¡Hace semanas que no hago abdominales!

Olivia elevó los ojos al cielo.

–Me estaba refiriendo a tus pechos y lo sabes. La dureza de tus abdominales no forma parte de la ecuación.

–Olivia... –comenzó a decir Gwen indignada, pero se le escapó una sonrisa. Y después una risa–. ¡Ay, vale! Supongo que... ¿crees que me llamará?

–Claro que sí. Le he dicho que le habías parecido atractivo en una fotografía y se ha sonrojado.

Gwen arqueó las cejas.

–¿Se ha sonrojado? ¿De verdad? Qué encanto.

–Deberías verle en persona.

–A lo mejor lo hago.

Olivia dejó a Gwen con la mirada clavada en la tarjeta. Se sentía bien repartiendo alegría a su alrededor. Y si Gwen tenía suerte, podrían salir y regodearse juntas de su suerte. Sería mucho más divertido que un club de lectura.

Las tres horas de trabajo en la oficina pasaron como si nada. Utilizó la mayor parte del tiempo intentando iniciar un proyecto. Para cuando llegó la hora del almuerzo, todavía no había llegado a nada concreto, pero tenía ya algunas piezas y había elaborado varias listas. Acababa de consultar por cuarta vez sus extractos bancarios a través de Internet cuando sonó el teléfono. Alargó la mano hacia el auricular sin apartar la mirada de los números que aparecían en la pantalla del ordenador con la esperanza de que hubiera aumentado desde la última vez. Debería haber sido más dura con Víctor a la hora de firmar el acuerdo de divorcio, pero había preferido evitar las peleas.

–Olivia Bishop –dijo por teléfono.

–Olivia –la saludó su madre.

Siempre hablaba en un tono de ligera desaprobación. Con los años, Olivia había aprendido a no tomárselo como algo personal.

–Hola, mamá.

–Solo llamo para decirte que tu padre y yo nos vamos a ir a Vancouver a pasar allí un par de semanas. Salimos mañana por la tarde.

–Me alegro de que me hayas llamado. Lo había olvidado por completo. Espero que os divirtáis.

–Lo haremos. Por lo menos, tu padre. Ya sabes cómo le gusta estar en el agua.

Su voz sugería que había algo repugnante en ello. Olivia había pasado la adolescencia fingiendo que su madre tenía alguna clase de dificultad al hablar que hacía que pareciera criticar cualquier lugar o situación.

–Bueno –respondió animada, esperando cortar a su madre–. Llámame cuando…

–¿Qué piensas hacer este verano? ¿Estás saliendo con alguien?

¡Dios santo! No, otra vez no.

–Mamá…

–Ya es hora de que vuelvas al mercado, cariño. A nadie le gustan las derrotistas.

–Gracias, mamá, lo tendré en cuenta –respondió con voz queda.

–No pretendo ser cruel, pero tienes treinta y cinco años. No puedes permitirte el lujo de pasarte años lamiéndote las heridas. Tú…

–Mamá, estoy demasiado ocupada para pensar en citas.

–¿Haciendo qué? ¿Trabajar? Los profesores de universidad no trabajáis tanto como trabajábamos tu padre y yo, y nosotros siempre tuvimos tiempo para hacer vida social.

Sí, era cierto. Pasaban la mitad de los fines de semana con gente influyente.

—Estoy ocupada. Tengo que mantenerme y estoy trabajando en un proyecto al margen de la universidad… —pensó en Jamie, pero apartó aquella imagen de su cabeza—. Estoy pensando en montar un negocio.

Durante una décima de segundo, se preguntó si su madre se animaría al oírlo. A lo mejor no llegaba a mostrar su aprobación, pero, al menos, podría mostrarse neutral. No había nada que su madre admirara más que a las personas emprendedoras.

—¿Quieres montar un negocio? —preguntó con la voz preñada de tantas dudas que hundió todas las esperanzas de Olivia—. ¿Qué clase de negocio?

—¿Te acuerdas de los proyectos que tenía cuando estaba en la universidad? ¿Te acuerdas de lo que quería hacer?

—¡Ay, no, cariño! No empieces otra vez con eso. Esa no es vida para ti.

—¿Qué quieres decir?

—Bueno, tú no eres una mujer fuerte.

Oliva se reclinó en su asiento y cerró los ojos.

—Mamá, ¿de qué estás hablando ahora?

—Tú no tienes instinto depredador, Olivia. Necesitas a alguien.

—¿Para qué necesito yo a alguien? —replicó.

—Necesitas a alguien que te cuide. Tu padre y yo teníamos la sensación de que Víctor era algo mayor para ti, pero por lo menos sabíamos que podría mantenerte.

Olivia sintió que se le erizaba el vello de la nuca. El escalofrío se extendió a partir de allí, descendiendo por su espalda y a lo largo de sus brazos. Aquello era lo que había estado intentando decirle su madre durante todo aquel año. Aquel era el resumen de todas sus insinuaciones. De todos los comentarios reprobadores y de todas sus advertencias. Jamás lo había dicho de manera directa, pero aquello era lo esencial en todos ellos: «eres débil».

—¿Por qué me dices eso?

–¡Cariño, no te lo tomes mal! No tiene nada de malo. Siempre has sido una persona seria, responsable e inteligente. Siempre hacías lo que te pedíamos.

–Estaba intentando ser una buena hija.

–¡Y lo fuiste! Eso es lo que quiero decir. Siempre has sido una niña adorable. Siempre.

–Pero ya no soy una niña, mamá. Soy una mujer adulta.

–Por supuesto, cariño.

Las manos le temblaron ante la condescendencia que rezumaba la voz de su madre.

–Tengo que colgar. Te llamaré dentro de unas semanas.

Colgó antes de que su madre pudiera protestar. Si continuaba hablando por teléfono un segundo más, comenzaría a gritar.

Era increíble.

Por una parte, estaba en estado de shock. Pero, por otra, no la había sorprendido en absoluto. Había sido así durante muchos años. «Siéntate, sé agradable y así alguien será capaz de aceptarte».

Sé buena. No hables. No causes problemas.

–¡Dios mío! –susurró, llevándose las manos todavía trémulas a la cara.

Le habían enseñado a ser una hija obediente que no causara problemas y, con los años, su madre se lo reprochaba como si fuera un defecto terrible.

Aunque Olivia continuó vigilando el teléfono, su madre no volvió a llamar. No tenía más ganas que Olivia de mantener una conversación profunda y complicada. Así que Olivia desvió la mirada hacia los gráficos que había impreso. Los gráficos, las tablas y las listas. Aquel era el futuro que quería construir empezando desde cero.

«No eres una mujer fuerte».

Quizá no lo fuera. Desde luego, había renunciado a sus sueños con excesiva facilidad. Y, en cierto modo, ¿aquello no había sido un alivio? ¿No se había sentido como si le quitaran una carga de encima cuando había decidido asumir los planes de Víctor?

Los números se nublaron ante sus ojos, convirtiéndose en columnas cimbreantes y borrosas. «No dejes que se te meta bajo la piel», se dijo a sí misma. Aquellos escalofríos no habían sido otra cosa que las dudas de su madre filtrándose bajo la superficie de su piel, infectándola.

Oliva se levantó y salió al pasillo con intención de dirigirse a la sala de profesores. Una vez allí, se sirvió una taza de un café sospechosamente oscuro, pero todavía humeante, que era lo único que importaba. No añadió leche ni azúcar. Se limitó a sostener la taza entre las manos para calentárselas. Cuando volvió a sentarse, fue bebiendo sorbo tras sorbo. Acabó la taza y, para cuando terminó el café, habían desaparecido los escalofríos y se encontraba mejor. Mucho mejor. Ya no estaba flotando. Pero tampoco se estaba tambaleando.

Regresó al despacho y cerró la pantalla con los extractos bancarios sin volver a mirarla. No importaba lo escasos que fueran sus ahorros. Los haría crecer. Encontraría la manera de salir adelante.

Hasta la mascota más dócil podía tornarse peligrosa cuando necesitaba sobrevivir, y todo en su interior estaba impregnándose del espíritu de lucha.

Capítulo 19

Olivia no era capaz de acordarse de lo que había pasado en clase, aunque esta había terminado solo media hora antes. Había conseguido hacer una presentación medio decente sobre la plantilla y los modelos de contratación, pero había estado distraída por el trabajo frenético de su cerebro. La había asaltado la urgencia, la necesidad, de poner sus planes en marcha. Pero cuando había dividido la clase en grupos de trabajo para organizar un presupuesto ficticio, había conseguido dedicarle también algunos pensamientos a Jamie.

Unos pensamientos X, a pesar de su mente dispersa. Le encantaba cómo se movía. Cómo subrayaba las ideas con el movimiento de sus manos mientras participaba en la discusión en grupo. La forma de quebrar sus labios en una sonrisa cuando alguien gastaba una broma. Tenía los hombros anchos, rectos. Una pose confiada. Observándole, le entraban ganas de suspirar. Pero cuando Jamie la descubrió mirándole, Olivia ni siquiera se sonrojó.

No iba a seguir siendo una mujer débil. No, si podía evitarlo.

Los planes que tenían para el almuerzo les llevaron a un restaurante que podía servirles de utilidad para compararlo con el proyecto de Jamie. Pero Olivia no podía dejar de darle vueltas a la idea de abrir su propio negocio.

—Tengo una propuesta que hacerte —dijo con firmeza.

Jamie alzó la mirada de la carta que estaba estudiando.

—Me gustaría enfocar esto de una forma distinta. Me gustaría que fueras mi cliente en vez de mi alumno.

—¿Quieres que sea… tu cliente?

—¡Para el proyecto del restaurante! No para… no para otras cosas.

Jamie arqueó las cejas.

—¿Para otras cosas?

Olivia estuvo a punto de sonrojarse y comenzar a farfullar, pero le sostuvo la mirada.

—El sexo continuará siendo gratis.

Jamie sonrió de tal manera que Olivia se derritió.

—Lo que quiero decir es que he decidido seguir adelante con mis planes. Voy a montar un negocio propio. Quiero crear una asesoría para restauradores. Ayudarles a montar sus negocios.

—¡Eh! Es una idea genial, Olivia.

—Tengo que ir despacio, pero me gustaría utilizarte como prueba. De forma gratuita, por supuesto.

—Yo pensaba que ya lo era. ¿No es esa la razón por la que hemos venido a ver este restaurante italiano?

—Sí, pero, hasta ahora, yo he sido tu profesora. He estado intentando ayudarte a resolver por tu cuenta tus problemas. Lo que te estoy proponiendo es trabajar para ti como si fueras un cliente que hubiera contratado mis servicios.

—¿Eso no es hacer trampa?

Olivia entornó la mirada.

—No voy a ayudarte a hacer el proyecto del curso. Quiero ayudarte a llevar a cabo un proyecto real. Y quiero que mi propio proyecto también lo sea.

Jamie le tomó la mano.

—Por mí, encantado. Será como un regalo caído del cielo. ¿Qué necesitas?

—Toda la información que has ido recopilando hasta

ahora. Lo organizaré en un portafolio. Un portafolio ilustrado con fotografías sobre lo que imaginas para el exterior y para el interior. Con modelos de cartas e informes sobre beneficios y pérdidas. Con presupuestos. Lo quiero todo.

—¿Y yo qué tendré que hacer?

—Trabajar para mí, por supuesto. Y, ¿quizá permitirme utilizar el proyecto de la cervecería como una herramienta publicitaria para mi asesoría?

—Por supuesto.

Oliva experimentó un inmenso alivio.

—Gracias. Será genial. Y así te ahorraré el seguir teniendo que visitar otras cervecerías. Sé que es algo que te resulta incómodo, pero, a partir de ahora, no tendrás que hacerlo. Lo haré yo.

—Me parece perfecto. Aunque no estoy seguro de que me haga mucha gracia que vayas por ahí coqueteando con otros camareros.

Olivia le pisó el pie.

—No voy a coquetear con otros camareros.

—¿Me lo prometes?

—Bueno, solo coquetearé si de esa forma puedo sonsacarles más información.

—Pero no les vas a contar ninguna historia lacrimógena sobre tus problemas para divertirte, ¿verdad? Todavía me cuesta creer que yo cayera por culpa de eso.

—¡Shh! —Olivia le miró con el ceño fruncido, pero ahogando una risa—. Sabes que era verdad.

—Sí, bueno. Pero eres la primera persona que ha conseguido romperme el toallero de la ducha.

En vez de pisarle otra vez, Olivia le dio una patada.

—¡Lo rompiste tú! —susurró.

—Estaba intentando agarrarme para soportar la fuerza de tu…

Olivia se abalanzó hacia él y le tapó los labios.

—¡Basta! —exclamó.

Pero la risa restaba rigor a sus palabras. Y el calor de la mirada de Jamie le indicó que estaba recordando lo que habían hecho en la ducha. Cómo la había aprisionado contra las baldosas. Y cómo ella había...

Jamie abrió la boca y ella retrocedió al sentir un intenso calor.

—Eres muy malo —le regañó.

Cuando llegaron las pizzas, Olivia todavía estaba sonrojada.

Se suponía que eran pizzas individuales y habían pedido tres para así hacerse una idea de su variedad, pero Olivia abrió los ojos como platos al verlas.

—¿Esas son pizzas individuales? —preguntó.

El camarero se echó a reír.

—A lo mejor son un poco más grandes.

—Podremos con ellas —le aseguró Jamie, sirviéndole una porción antes de servirse él mismo.

—Puedes llevarte a casa lo que sobre —le ofreció Olivia—. Yo no necesito tantas calorías.

—Me parece perfecto, porque yo todavía estoy creciendo.

Olivia volvió a reír otra vez. Claro que estaba creciendo. Crecía y crecía cada vez que ella se lo pedía. Todavía estaba pensando en ello con aire soñador cuando Jamie se puso serio.

—Demasiado queso —reflexionó, señalando la pizza—. No es una frase habitual en mí, pero me parece que lleva demasiado queso para esta masa.

Olivia mordió su porción.

—Sí, la proporción debería estar más equilibrada.

—Y demasiada grasa. Pero está rica. Y me gusta mucho la base.

—¿Qué te parece la idea de tener diferentes tipos de base para la pizza?

Jamie asintió mientras tragaba otro bocado.

–Sí, desde luego, haría falta servir una integral. Y a lo mejor otra sin gluten –frunció el ceño–. Tendré que averiguar lo que eso supondría.

–Tendrás que contar también con un cocinero –sugirió Olivia–. Alguien que sea capaz de ampliar la carta. Has empezado muy bien, pero tienes que mantener la mente abierta para aceptar las sugerencias de un cocinero profesional.

–Claro, yo no soy un experto. Solo sé lo que me gusta comer.

–¡Ah! Ahora que hablas de eso, prueba la de alcachofa.

Jamie gimió. La idea de pedir una pizza vegana había sido de Olivia, pero tuvo que reconocer al menos que aquellos sabores tan intensos despertaban su curiosidad. Para cuando dieron por terminada la comida, Olivia podía ver cómo iba trabajando la mente de Jamie, cómo se iban agolpando las ideas en su cabeza. Tenía la mirada perdida, de modo que, cuando sonó el teléfono de Olivia, no se sintió culpable por sacarlo del bolso.

–¿Te importa que conteste? Es Gwen y…

–No, no importa.

Olivia salió a la puerta. Sonreía mientras se llevaba el teléfono al oído.

–¿Y bien? –le preguntó.

Gwen solo podía llamar para hablarle de una cosa… de su cita con Paul.

–Bueno –comenzó a decir Gwen, haciéndose de rogar.

–¿Qué tal os ha ido?

–Reconozco que es tan atractivo como dijiste. Y me alegro de que hayamos salido a comer, porque si hubiera sido una cena habría roto todas las normas de la primera cita.

–¿De verdad? –exclamó Olivia, comenzando a caminar por la acera.

–¡Es tan divertido! No he parado de reír en ningún momento. ¿Quién iba a imaginar que un tipo con el aspecto de ejecutivo podía ser tan payaso?

—Supongo que lo de payaso lo dices en el buen sentido. Porque he conocido a algunos que son de lo más ñoño.

—Sí, payaso en el buen sentido. De hecho, es muy inteligente, pero le gustan, las películas de miedo, la televisión y la música buena. Lleva los calcetines conjuntados y huele muy, muy bien.

—¿Ah, sí? ¿Y habéis intimado mucho?

—No lo suficiente. Pero me ha preguntado que si me gustaría que volviéramos a salir. Y me ha dicho que me llamaría.

Olivia bajó la mirada sonriente hacia un rosal en el que apenas estaban empezando a brotar los capullos.

—¿Crees que te llamará?

—Bueno, eso espero. Yo creo que sí, pero nunca se sabe. Los hombres son impredecibles.

—Seguro que te vuelve a llamar. A los hombres les encanta que las mujeres se rían con sus bromas, ¿verdad? Seguro que le has hecho sentirse fuerte y viril.

—Bueno, y esperemos que también lo sea. No me importaría incorporar un poco de fuerza y virilidad a mi vida.

—¿Quieres que le llame para ver qué le has parecido a él?

Gwen suspiró.

—Me encantaría, pero será mejor que no lo hagas. Espera por lo menos hasta la semana que viene, si es que no vuelve a llamar.

—De acuerdo. Ahora tengo que volver con Jamie, pero felicidades. Me alegro de que la cosa haya salido bien.

Aquella también era una sensación novedosa. Era la primera vez en su vida que hacía de Cupido y cuando regresó al interior del restaurante, sonreía como el gato de Alicia. Paul le caía bien y, a pesar de su reciente aversión a salir con profesores, parecía un hombre agradable. El hecho de que saliera con mujeres adultas en vez de con estudiantes… A lo mejor ella había puesto el listón demasiado bajo, pero tenía la sensación de que aquel ya era un buen principio.

Por lo que a ella se refería, ni siquiera estaba segura de que quisiera un hombre agradable. Jamie lo era, por supuesto, pero aquello era parte del problema. Todo el mundo le gustaba. Y él le gustaba a demasiada gente. A lo mejor necesitaba un hombre antipático. Un hombre que no pudiera engañarla con otra porque no tuviera ni un gramo de encanto.

Estaba abriéndose camino entre las mesas cuando el vello de la nuca se le erizó. Miró hacia Jamie, segura de que la estaba mirando, pero le descubrió tomando notas en una servilleta. Presa de la curiosidad, miró a su alrededor. Y cuando descubrió a la persona que la estaba mirando fijamente se sobresaltó. Era Víctor. Estaba sentado en una mesa situada en la esquina más apartada de la pizzería. Clavó los ojos en ella hasta que le distrajo la mujer que le acompañaba. Allison se levantó con un movimiento brusco que traslucía su enfado, arrojó la servilleta a la mesa y agarró el bolso. Víctor hizo un tímido intento de agarrarla, pero ella retrocedió y se alejó a grandes zancadas. Se alejó de Víctor, sí, pero fue directa hacia Olivia.

Olivia se tensó, temiendo un enfrentamiento, pero Allison se limitó a fulminarla con la mirada durante unos segundos antes de continuar furiosa hacia la puerta con las mejillas empapadas por las lágrimas.

—¡Uf! —musitó Olivia, incapaz de comprender lo que estaba pasando.

Miró impotente a su alrededor y descubrió a Jamie con los ojos abiertos como platos. Este hizo un gesto de compasión cuando Olivia se acercó a él haciendo un esfuerzo para no mirar hacia Víctor.

—¡Vaya!—exclamó Jamie—. ¿Qué ha sido todo eso?

—No estoy segura. Supongo que no deberíamos haber venido a este restaurante.

—No quiero decir nada, ¿pero te has fijado en...?

—¡Mierda! Viene hacia aquí.

–¿Víctor? –Jamie miró por encima del hombro y elevó los ojos al cielo–. Hablando del rey de Roma…

Olivia intentó mantener una expresión neutral mientras le observaba acercarse. No podía negar la pequeña satisfacción que le había proporcionado aquella escena. Allison podía ser joven, pero, al parecer, no era una mujer dócil. «No como tú», le susurró la voz de su madre al oído. Olivia frunció el ceño.

–Víctor –dijo–, supongo que te acuerdas de Jamie.

Víctor contestó con falsa jovialidad.

–Me alegro de volver a verte. Olivia, ¿qué tal estás?

–Muy bien, ¿y tú?

–Genial –contestó como si su novia no acabara de salir llorando–. No te había visto. Pensaba que no te gustaban mucho los restaurantes italianos.

–No son mis restaurantes favoritos, pero estoy intentando probar cosas nuevas. Salir de la zona de confort.

Víctor desvió la mirada hacia Jamie y ella intentó reprimir una sonrisa de suficiencia. Sí, estaba intentando probar todo tipo de cosas nuevas con Jamie.

–La pizza estaba riquísima –comentó, intentando no rezumar demasiada satisfacción sobre los carísimos mocasines de Víctor.

–¿Qué tal está yendo el semestre de verano? –le preguntó él.

Las palabras de Víctor siempre eran como cuchillas bien afiladas, comprendió Olivia en aquel momento. En algunas ocasiones las utilizaba para conformar a su antojo la situación en la que se encontraba y, en otras, como en aquel momento, las utilizaba para cortar. Con aquella pregunta le estaba recordando que se veía obligada a trabajar en verano porque le había dejado. O quizá estuviera evidenciando que Jamie era su alumno. Pensando en ello, decidió que, en realidad, la estaba usando como una espada de dos filos, con intención de herirla en los dos sentidos.

–Muy bien –contestó animada–. Es muy cómodo, todo está muy tranquilo.

–Me alegro.

Permaneció frente a ella durante un embarazoso momento. Como el silencio se alargaba, Jamie señaló la caja en la que habían guardado los restos de las pizzas.

–¿Quieres una porción de pizza?

El hecho de que Jamie hubiera intervenido pareció sorprender a Víctor.

–No, gracias. Solo quería saludar. Que paséis una buena tarde.

Olivia contuvo la respiración mientras se alejaba. Al cabo de unos segundos, la soltó.

–Lo siento. Supongo que para ti es una situación incómoda.

Jamie se encogió de hombros.

–No te preocupes. Pero sé que para ti es difícil. Verla…

Olivia frunció el ceño. La verdad era que no lo había sido. Por lo menos aquel día. En el pasado, aquellos encuentros siempre le habían provocado una desagradable mezcla de odio, incomodidad y dolor por haber sido traicionada, pero aquel día solo se sentía un poco avergonzada de él. Y arrepentida de haber renunciado a tantas cosas por Víctor.

–No –contestó–. Me siento… bien. La verdad es que no me ha afectado mucho.

–Mm –musitó Jamie, desviando los ojos hacia las cajas de pizza.

No miraba a Olivia a los ojos.

–Jamie, ¿qué te pasa?

–Nada. Ya está pagado, solo tengo que firmar el comprobante.

–Vale, ¿pero por qué estás tan tenso? ¿Estás teniendo una aventura con mi exmarido?

Jamie apenas curvó los labios al oírla. Olivia alargó la

mano para acariciarle la muñeca mientras sentía que el vello de los brazos se le ponía de punta. No le gustaba aquella sensación. Jamie estaba mintiendo y aquellas mentiras tan obvias siempre anunciaban un desastre cuando procedían de hombres encantadores.

–¿Qué pasa, Jamie? Y quiero que me digas la verdad.

Jamie suspiró y soltó la caja de pizza que había estado colocando en la mesa.

–Esto solo es una hipótesis. Creo que ni siquiera debería mencionarla –la preocupación había ablandado su rostro cuando por fin la miró a los ojos.

–¿Qué clase de hipótesis? –preguntó Olivia, sentándose de nuevo en la silla y preparándose para la respuesta–. ¿Sobre qué?

–¿Has notado…?

–¿Qué?

Jamie se aclaró la garganta y miró a su alrededor una última vez. Se reclinó en la silla y suspiró con cansancio.

–Cuando Allison ha pasado delante de la mesa, caminando a toda velocidad, el vestido se le ha pegado un poco al cuerpo y su vientre parecía… –señaló su propio vientre, haciendo una curva con las dos manos.

El impacto para Olivia fue tal que soltó un grito ahogado.

–¡Pero qué dices! –no pretendía gritar y esperaba no haberlo hecho tan alto como para molestar a la pareja que estaba a su lado–. Quiero decir, ¿estás seguro?

–No, no estoy seguro, pero, por decirlo de alguna manera, si te viera así dentro de unos cinco meses, me pegaría un susto de muerte.

–Madre mía –musitó Olivia.

Se devanó los sesos, intentando recordar qué ropa llevaba Allison en la última fiesta en la que la había visto. Un vestido rojo. Precioso, con un escote muy pronunciado, pero bastante suelto a partir del pecho.

—¡Dios mío! ¿Crees que es posible?

—Supongo que eso depende de si han consumado o no su cortejo —bromeó.

A Olivia le costaba creerlo, pero sonrió al oír la respuesta de Jamie. Jamie era un hombre increíble.

—Si es verdad, ¿lo llevarás bien? Quiero decir, ¿vosotros intentasteis…?

—¿Qué? ¿Nosotros? No, qué va —Olivia todavía estaba intentando averiguar la respuesta a la primera pregunta.

¿Lo llevaría bien? ¿Acaso tenía otra opción? Si Víctor tenía un hijo con otra mujer… Si volvía a casarse… Al final, el único sentimiento que encontró dentro de ella fue el de la pena por todas las personas involucradas en aquella complicada situación.

—¿Sabes? Creo que yo lo llevaré bien, pero la pregunta es cómo lo llevará Víctor. Nunca intentamos tener hijos porque él no quería.

—¿Y tú?

Olivia no estaba segura de si aquella era una pregunta sincera o la estaba poniendo a prueba, pero decidió decirle la verdad.

—Si pudiera, sí, me gustaría tener hijos. Pero no soy un hombre y ahora mismo estoy a punto de encontrarme con un muro insalvable.

—¿Te refieres a tu edad? A los treinta y cinco años todavía se es lo bastante joven como para empezar a formar una familia.

—Sí, es posible que parezca sensato desde una perspectiva social, pero no tanto desde la de la madre naturaleza. Cuando terminó mi matrimonio, estuve leyendo un poco al respecto. Necesitaba saber en qué situación me encontraba y cuál podría ser mi futuro a largo plazo.

—¿Y cómo te parece que va a ser tu futuro? —preguntó Jamie con delicadeza.

Olivia tomó aire y cuadró los hombros.

—Creo que voy a ser una exitosa mujer de negocios —respondió.

Jamie contestó con una sonrisa. Olivia buscó el alivio en sus ojos, pero no lo encontró.

—¿Y tú? Nunca te lo he preguntado. ¿Tienes hijos?

—¿Yo? —la incredulidad con la que pronunció aquella palabra resonó en todo el restaurante—. No, no tengo hijos. Supongo que los tendré algún día, pero no he pensado mucho en ello. Tengo la sensación de estar criando todavía a mi hermana, a pesar de que ella no pueda estar menos de acuerdo.

—¿Porque tiene veintisiete años?

—Por lo que sea.

—Creo que serías un gran padre.

—Quién sabe. Nunca he tenido una relación larga.

Otra revelación sorprendente. Olivia no estaba segura de por qué aquella respuesta le produjo una punzada de dolor. ¿Habría empezado a fantasear con la posibilidad de que llegara a ser su novio, de que se enamoraran y continuaran siempre juntos?

—¿Con nadie? —consiguió preguntar con aparente ligereza.

—Sí, bueno. Yo solo… —se encogió de hombros y desvió de nuevo la mirada.

Le dirigió una sonrisa al camarero cuando le entregó el recibo con la tarjeta.

—Bueno, por lo menos nunca has estado viviendo una mentira —le consoló ella—. La mayor parte de los hombres quieren tener relaciones estables sin renunciar a las aventuras.

—Sí, he visto a muchos tipos así en la cervecería. A mí me parece agotador. No sé cómo se puede tener tanta energía como para mentir a tanta gente al mismo tiempo.

Aquella era la enorme diferencia entre la forma de seducción de Jamie y la de Víctor. Jamie no prometía nada, salvo placer y sonrisas. Si una chica se enamoraba de él, la culpa era de ella. Olivia haría bien en recordarlo.

Víctor, por su parte...

—Apuesto que esa es la razón por la que ha estado tan...

—¿Tan qué...? —la instó a continuar.

—Ha estado llamándome y molestándome.

Jamie la miró con el ceño fruncido.

—¿Ah, sí?

—No ha sido nada preocupante. Se presentó en mi casa para regañarme después de la fiesta. Y creo que es posible que le haya comunicado al jefe de mi departamento que me estoy acostando con uno de mis alumnos.

—¿Conmigo? ¡Mierda! Lo siento. ¿Eso te ha causado algún problema?

—No, tú no estás bajo mi supervisión. No estás estudiando una carrera, así que no puede haber por mi parte ninguna clase de favoritismo o manipulación. Pero me resultó muy violento.

—Lo siento —volvió a decir Jamie.

—No te preocupes, fui yo la que te invité a salir, ¿recuerdas?

—La última vez, sí. Eso lo admito. ¿Pero qué tiene que ver el embarazo con todo esto?

Olivia sacudió la cabeza.

—No sé. Pero si Allison está embarazada, seguro que Víctor quiere quitarse de en medio.

—¡Qué sinvergüenza! —musitó Jamie—. Lo siento —se disculpó.

Olivia se echó a reír al oírle disculparse.

—Bueno, ahora mismo me importa muy poco lo que esté haciendo. Así que, volvamos a lo que a mí me interesa. ¿Puedo pasar después por tu casa a recoger tus notas?

—¿Pasar por mi casa? —Jamie frunció el ceño un instante.

¿No querría que se pasara por su casa?, se preguntó

Olivia. ¿Qué significaba aquel ceño? Pero entonces Jamie sonrió.

—Sí, por supuesto —le dijo.

—Muy bien. Tengo que ir a buscar algunas cosas a mi despacho y después me acercaré por allí. A no ser que tengas otros planes.

Asomó otro gesto de incomodidad a los labios de Jamie, pero lo escondió tras una sonrisa.

—Muy bien —volvió a contestar.

Estaba mintiendo y a Olivia le dio un vuelco el corazón. Pero se dijo a sí misma que no le importaba. No necesitaba confiar en él. Había conseguido lo que necesitaba de Jamie y él había conseguido lo que necesitaba de ella. En aquella ocasión, nadie saldría herido.

Con los pies bien plantados en la madera de la terraza, Jamie fulminó con la mirada el arbusto de forsitia. Lo había intentado todo, pero la planta se negaba a crecer. El año anterior, se había dicho que todavía sufría el trauma de haber sido trasplantada, pero cada vez estaba peor. No le gustaba estar allí. Y, al parecer, tampoco a Olivia.

Estaba dejándose llevar por el enfado. Lo sabía, pero aquello no mitigaba su resentimiento. Había empezado el día dando por sentado que lo pasaría con Olivia, como había pasado sus últimos cuatro días libres. Había abierto los ojos aquella mañana con una maldita sonrisa en el rostro.

Aquella mujer le gustaba más de lo que consideraba saludable. Había suficiente química entre ellos como para iluminar toda una ciudad, pero no era solo eso. Le gustaba que se tomara las cosas tan en serio. Y le gustaba ser capaz de dulcificar la seriedad de su rostro. Le gustaba cómo se reía, como si estuviera intentando no hacerlo.

Pero lo mejor de todo era su capacidad para hacerle querer esforzarse. Había renunciado al esfuerzo mucho tiempo atrás. La noche que habían muerto sus padres había recibido una lección brutal. A veces, lo malo superaba en mucho a lo bueno. Y, a veces, era uno mismo el que lo echaba todo a perder. Todo. Incluso al intentar evitar un error, se podía agravar una situación.

Después de aquella noche terrible había aceptado la verdad sobre sí mismo. No era el hijo bueno y noble que siempre lo hacía todo bien. Él era el hijo que lo estropeaba todo por mucho que intentara hacer las cosas bien. Entonces, ¿por qué esforzarse? ¿Por qué ser responsable, comprometido y serio? Él era el joven fiestero, el payaso irresponsable que había matado a sus padres. El hecho de que hubiera estado intentando mejorar solo lo empeoraba todo.

Así que había renunciado. A los dieciséis años, había tirado la toalla y había aceptado lo que él era. Pero había llegado la hora de intentarlo de nuevo. No solo con la cervecería, sino también con sus hermanos. Y con Olivia.

Ella no le veía de forma muy distinta a como se veía él a sí mismo. Le consideraba un camarero feliz y despreocupado incapaz de pensar en nada demasiado complicado. Le veía como a un niño. Pero era un hombre e iba a demostrárselo.

Algo que le resultaría mucho más fácil si la tuviera allí.

Estiró sus pies descalzos y cruzó las piernas a la altura de los tobillos. El maldito arbusto de forsitia continuaba en su línea de visión y sabía que tenía razón al pensar que debería cambiarlo de lugar. Era lo único de su jardín que no le gustaba. Si lo trasladaba a un rincón más tranquilo y con menos sol, a lo mejor revivía.

Al principio había comenzado a trabajar en el jardín por pura necesidad. El jardín era bastante grande, pero estaba dividido por una cerca. El lado derecho pertenecía al vecino del segundo piso y el izquierdo a Jamie. Tras la construcción de la casa, no era más que un rectángulo estrecho lleno de escombros con un viejo roble en la parte más alejada y unas cuantas malas hierbas. Jaime había hecho algunos bocetos imaginando el césped, las plantas y la terraza, pero donde de verdad había encontrado la inspiración había sido en el vivero.

Sin saber muy bien cómo, Jamie Donovan, el camarero amante de las mujeres, se había descubierto a sí mismo estudiando libros de jardinería y revistas de diseño de jardines. Su proyecto inicial de un jardín cubierto de césped se había transformado en un diseño pensado para un aprovechamiento óptimo del agua, completado con caminos, elementos acuáticos y una terraza con dos niveles y un jacuzzi cerrado.

Aquel jardín había cambiado algo dentro de él. O a lo mejor lo había cambiado todo. Lo había hecho todo por sí mismo, con sus propias manos. Y lo había terminado. Se había esforzado. Y había conseguido crear un lugar hermoso. Tranquilo. Casi perfecto.

Y, aun así, no había querido enseñárselo a nadie. Por supuesto, algunas personas lo habían visto. Su hermana había ido varias semanas atrás y había visto el jardín por primera vez, pero, por alguna razón, en vez de mostrarle el jardín y explicarle todo lo que había conseguido, Jamie le había restado importancia.

Al no encontrar respuesta por parte de su hermano, Tessa había dejado de hacerle preguntas y había dejado el tema.

Entonces no había entendido por qué aquello le había aliviado. Meses después lo comprendía. Había sido por el esfuerzo realizado. Por la vulnerabilidad que implicaba. No había querido que Tessa supiera que aquel lugar le importaba lo suficiente como para entregarse a él con todo su ser.

Desvió la mirada hacia el jacuzzi instalado detrás de la reja y se descubrió sonriendo. También había hecho otras cosas con sus dos manos. Olivia. Una mujer que le importaba lo suficiente como para esforzarse por ella con todas sus fuerzas.

Se levantó y comenzó a caminar hacia un cobertizo diminuto para agarrar una pala. Cambiaría el arbusto de lugar ese mismo día y acabaría con aquel problema de una vez por todas. Después iría al vivero a comprar otro y no tendría que volver a pensar en ello.

Pero cuando estaba abriendo el cobertizo, llegó hasta él una voz de mujer. Inclinó la cabeza.

—¿Jamie?

Podía ser Olivia. Si fuera ella, a lo mejor le apetecía ayudarle. Podían plantar otro arbusto, ir a comprarlo juntos. Le daría un paseo por el jardín y le enseñaría todo lo que había hecho.

—¡Ya voy! —gritó.

Cerró el cobertizo de un portazo y se dirigió hacia la puerta lateral. Comenzó a abrirla con una sonrisa de bienvenida. Pero se encontró con su hermana.

—¡Vaya! Por lo menos podrías fingir que te alegras de verme —le reprochó Olivia.

—Estoy ocupado —le espetó.

—¿Hay alguien en tu casa?

—No —se sintió orgulloso de haber sido capaz de reprimir la irritabilidad en su voz.

Tessa miró a su alrededor y comenzó a avanzar hacia su hermano.

—No parece que estés ocupado. ¿Qué estabas haciendo?

Estuvo a punto de mentir y decirle que nada. Quería que se fuera, principalmente porque no era Olivia. Pero también quería que se marchara por aquel viejo deseo de mantener su casa para sí. Sin embargo, no tenía ningún motivo para ello. Era su hermana. Tessa le quería. Podía permitir que viera las cosas que le importaban.

—Tengo que cambiar una planta de sitio. No está bien y estropea la imagen del jardín.

—¡Ah! —exclamó Tessa confundida.

—¿Quieres ayudarme?

—Mm —Tessa miró a su alrededor, todavía confundida, pero al final asintió—. Vale, de acuerdo. Nunca le he hecho demasiado caso al jardín de mamá. No sé si voy a servirte de mucha ayuda.

—Es fácil. Ven. Te enseñaré lo que tienes que hacer.

Jamie localizó una nueva ubicación para el arbusto y le explicó a Tessa cómo había que cavar el agujero. La profundidad que debía tener y cómo había que enriquecer el suelo. Mientras añadía un nuevo tramo para el riego de la planta, le enseñó el sistema de riego por goteo y le contó cómo funcionaba y de qué manera permitía ahorrar agua.

—Deberías darte una vuelta por mi casa —le propuso Tessa—. Con todos esos arbustos tan altos, debo de estar gastando litros y litros de agua.

—No, el jardín de mamá ya está muy arraigado. Esos árboles tienen más de cincuenta años. Las raíces son profundas y no necesitan mucha agua. Y el césped recibe mucha sombra de esos árboles. Si tuvieras que montar un jardín como ese ahora mismo, necesitarías diez veces más de agua para mantenerlo vivo.

Tessa dejó de cavar para secarse la frente.

—¿Cómo sabes todas esas cosas? ¿Las aprendiste cuando estabas en el instituto y te ganabas algún dinero cortando el césped?

—No.

Tessa elevó los ojos al cielo.

—¿No? ¿Solo no? ¿No vas a contestar nada más?

Jamie fijó la mirada en el estrecho tubo negro que estaba cortando para darle la longitud adecuada. Se aclaró la garganta.

—Aprendí mucho trabajando en este jardín.

Aquella respuesta pareció satisfacerla. Tessa recorrió el

jardín con la mirada y se dirigió después a su hermano con una sonrisa radiante.

—Es precioso, Jamie. No me puedo creer que tengas… —señaló con la mano a su alrededor—, que tengas una vida secreta de la que nunca he sabido nada. Jamás has dicho una sola palabra sobre todo esto. Diablos, no me enteré de que pensabas comprarte esta casa hasta que tuviste que tomarte un día libre para cerrar la compra.

—Sí, bueno… —la sangre incendió su rostro al pensar en todos los secretos que había guardado—. Todos tenemos cosas que preferimos mantener en privado. Desde luego, tú las tienes.

—Eso es diferente. Yo he mantenido mi vida sentimental en secreto porque no queríais saber nada de ella.

—Yo nunca he dicho eso.

—¡Vamos, Jamie! Cuando tenía quince años, me dijiste que al primer chico que me tocara le mandarías a prisión por corrupción de menores. No creo que esa sea la mejor invitación a una conversación sincera.

—¡Yo no pretendía mantener una conversación sincera! Lo que quería era asustarte.

—Sí, lo sé. Pero entonces, ¿cómo podía ser sincera contigo?

—¿Y cuando fuiste haciéndote mayor…? —comenzó a preguntar, pero Tessa ya estaba sacudiendo la cabeza.

—¿Te acuerdas de la conversación que tuvimos antes de que fuera a la universidad? Me dijiste que no se me ocurriera emborracharme en ninguna fiesta, que corría el riesgo de ser secuestrada, violada y vendida como esclava.

—Eh, que esas cosas pasan.

—¿Ah, sí, Jamie? ¿Estás seguro?

Jamie se aclaró la garganta e intentó arreglarlo.

—A veces.

—Adonde quiero llegar es a que no podía hablar contigo

de sexo, pero no entiendo por qué has mantenido en secreto algo como esto.

—No lo sé —contestó.

Aunque intentó pensar en algo que añadir, lo único que acudía a su cabeza era la verdad.

—No lo sé —repitió sin decir nada más.

Tessa dejó la pala y se sentó en el suelo sin importarle mancharse los pantalones. Apoyó la barbilla en las rodillas y observó a su hermano mientras este trabajaba.

—Te echo de menos —musitó.

Y a Jamie le desgarró el corazón.

—Estoy aquí.

—Jamie, tú… En realidad, ahora sí estás aquí, en este momento. Pero normalmente no. Te pasas la vida entreteniendo a los clientes u ocupado con el bar. De vez en cuando, vienes a comer los domingos a mi casa porque te acorralo en el trabajo y te obligo a prometerme que vendrás. Pero… pero después desapareces. Siempre estás ocupado. Llevas una vida de la que no sabemos nada. Y yo te echo de menos.

Las palabras de su hermana se le clavaron como una cuchilla afilada, porque eran ciertas.

—Lo siento. Ya sabes lo tensas que están las cosas en el trabajo.

—Sé que están tensas, pero no solo somos tus compañeros de trabajo, Jamie. También somos tu familia.

Jamie dejó el tubo de riego que había estado apretando durante el último minuto. Lo había estado agarrando con tanta fuerza que le dolía la mano.

—¿Sabes? A veces pienso que fue a ti al que le hizo más daño la muerte de papá y mamá.

—¿Qué? —preguntó, con una voz apenas audible incluso para él.

—Fue casi como… como si se perdiera una parte de ti.

Jamie se levantó a tal velocidad que se mareó.

—Y así fue. Todos perdimos una parte de nosotros mismos.

—Lo sé.

Jamie no comprendía cómo podía estar Tessa tan relajada hablando de algo tan terrible. Su hermana se limitó a mirarle con ojos tristes y expresión seria, con la barbilla apoyada en las rodillas.

Jamie se apartó, pero oyó el roce de los zapatos de su hermana contra el suelo mientras se levantaba con intención de seguirle. Inclinándose para evitar su mirada, Jamie sacó el arbusto maltrecho de su lugar con la pala. Salió con facilidad, demostrando así que las raíces apenas habían crecido.

—El primer año estuviste muy enfadado —le recordó Tessa con dulzura.

Jamie alzó la mirada, pero fingió que le estaba dando el sol para no tener que mirarla.

—No es cierto.

—¿Sabes? Es normal. Me refiero al enfado. Es lógico estar enfadado por la muerte de tus padres. Y por el hecho de que estuvieran en aquella carretera a esas horas. Había estado lloviendo durante mucho tiempo y, habiendo tanta nieve derretida, deberían haber tenido más cuidado. Había corrimientos de tierra…

Jamie se levantó y se alejó de allí como si trasplantar aquel maldito arbusto fuera una cuestión de vida o muerte.

—No estaba enfadado —gruñó con la mandíbula apretada.

—Sí lo estabas, Jamie. Estabas furioso. Te enfrentabas a Eric todo el tiempo. Faltabas a clase para irte de fiesta con tus amigos y llegaste a insultar al director del instituto.

—Era un imbécil.

—Es posible. Pero aquello no era propio de ti. A lo mejor eras un poco irresponsable antes de que murieran papá y mamá, y solías relajarte con los deberes, pero nunca habías sido malo. Sin embargo, después de que murieran, estuviste durante una temporada como si nada te importara.

—No lo comprendes —se defendió, dejando el arbusto en el hueco que había cavado en la tierra para poder llevarse la mano al cuello.

—Claro que lo comprendo —susurró Tessa. Posó la mano en su hombro—. Yo también estaba enfadada con ellos.

—No, no lo entiendes. Yo no estaba enfadado con ellos. Estaba enfadado conmigo.

Tessa deslizó la mano por su brazo.

—¿Por qué?

La posibilidad de la confesión le desgarraba como las cuchillas de una trituradora de cebada, destrozándole las entrañas, pulverizándolas hasta convertirlas en harina. Pero no podía seguir. No quería seguir. La bilis le subió a la garganta y tragó para hacerla retroceder.

—Yo no fui el hijo que ellos se merecían —se limitó a decir.

Y era cierto, pero aquella no era toda la verdad.

—¡Oh, Jamie!

Tessa bajó la mano con intención de agarrar la de su hermano, pero Jamie se apartó para tomar de nuevo la pala y comenzar a llenar el agujero de tierra.

—Te querían mucho —susurró Tessa.

—Lo sé.

—Incluso cuando te metías en líos… tenían que hacer esfuerzos para regañarte, para castigarte. Intentaban hacerte entender lo que habías hecho. Pero después, les oía riéndose en su dormitorio porque les resultaba difícil mantenerse serios cuando hacías alguna de las tuyas. Adoraban todo de ti, Jamie.

Dios, la intención de Tessa era que se sintiera mejor, pero no comprendía que lo único que estaba haciendo era hundir más las cuchillas.

—¡Ya lo sé, maldita sea!

Si la hubiera estado mirando, podría haberla evitado,

pero como tenía la mirada clavada en la pala, Tessa tuvo oportunidad de rodearle con los brazos y apretarle con fuerza. La oyó sorber por la nariz y maldijo para sí.

—Vamos, Tessa.

Tessa volvió a sollozar. Jamie no era capaz de ignorar el llanto de su hermana, así que dejó la pala y se volvió hacia ella. Tessa le retuvo con fuerza mientras él presionaba las manos contra su espalda.

—No llores.

—¿Te has sentido así durante todo este tiempo? Es terrible.

No podía imaginar hasta qué punto. Pero se merecía sentirse mal. Se merecía sentirse mucho peor.

—Quiero que empieces a hablar con nosotros otra vez, Jamie. Quiero conocerte mejor que todos esos desconocidos con los que te pasas la vida hablando.

Jamie apoyó la barbilla en la cabeza de su hermana, pero no contestó. Le resultaba más fácil hablar con desconocidos. No les debía nada. No les afectaba en nada que él fuera un estúpido y un egoísta.

—Por favor...

—Sí —contestó—. Vale.

—Jamie -Jamie la sintió negar con la cabeza. Notó su pelo contra su barbilla—. Lo estoy diciendo en serio. Por favor, no me digas que sí para que me calle. Yo te quiero, Jamie.

Jamie sintió que se le cerraba la garganta, así que la soltó, cerró los ojos para combatir aquella repentina oleada de lágrimas y se apartó. Acababa de decidir que quería intentar volver a esforzarse y allí estaba Tessa, pidiéndole algo mucho más difícil que todo lo que él había imaginado. Mierda.

—Lo único que quiero es que hables conmigo.

Jamie agarró la pala para tener algo que hacer. Pero cuando acabó de apisonar el suelo, decidió que el tubo de goteo podía esperar.

–¿Te apetece una Coca-Cola o un vaso de agua? ¿Quieres tomar algo?

–Claro.

Tessa le siguió al interior de la casa. Se sentaron a la mesa de la cocina con sendos vasos de agua y una burbuja de incómodo silencio frente a ellos.

–¿Qué has estado haciendo últimamente? –le preguntó Tessa.

«Inténtalo», se ordenó a sí mismo.

–He estado… He estado saliendo con esa mujer.

–¿Con qué mujer?

–Con esa mujer que vino a verme. Olivia…

–¿De verdad? –se inclinó hacia delante–. ¿Vais en serio?

–Todavía no lo sé. A lo mejor. Sí.

Cuando Tessa soltó una carcajada, Jamie sintió que la burbuja de incomodidad explotaba, dejando entre ellos un espacio despejado y luminoso.

–Tu ambigüedad me lleva a pensar que podría tratarse de algo serio. ¿Jamie Donovan tartamudeando por una mujer?

–No he tartamudeado.

–No, pero cuando te he preguntado por ella te han entrado ganas de que te tragara la tierra. ¿Y son estrellas eso que veo en tus ojos?

–No.

–A lo mejor solo estás intimidado por la novedad de salir con una auténtica adulta.

La primera reacción de Jamie fue tomarse aquellas palabras como una ofensa, pero, después, sonrió. Su hermanita volvía a tener razón una vez más.

–¿Y qué más estás haciendo? –le preguntó–. ¿O dedicas todo tu tiempo libre a salir con esa tal Olivia?

Eso creía él. Pero allí estaba, pasando solo su día libre. Aunque volvió a decirse que quizá fuera lo mejor. Si hubiera llegado Tessa a casa y le hubiera encontrado con Olivia en el jacuzzi... Diablos, cualquiera sabía lo que habría terminado escribiendo en Twitter.

Jamie se aclaró la garganta.

—No, no todo. Solo parte. El resto...

La sonrisa de Tessa era todo ánimo y cariño, pero él todavía no estaba preparado para revelar sus planes. Eran demasiado novedosos. Y demasiado incipientes.

—He estado pensando mucho en la cervecería. En estar más activo, en implicarme más.

—Y deberías hacerlo —contestó Tessa ilusionada—, claro que sí.

—Ya sé que tú lo piensas, pero Eric no. Eso puede terminar en un enfrentamiento.

—Pues enfréntate a él.

—No te preocupes por eso. Pienso hacerlo.

Tessa abrió los ojos de par en par al ser consciente de lo que ella misma estaba potenciando.

—Bueno, a lo mejor no hace falta que te enfrentes a él. A lo mejor basta con que hables con él como estás hablando conmigo. Él no sabe que has cambiado, Jamie. Y tampoco yo lo sabía, porque te has mantenido alejado de nosotros. Yo pensaba que dedicabas todo tu tiempo libre a divertirte en el jacuzzi.

—¿Y cómo sabes que no lo estoy haciendo?

—Porque esta no es una casa en la que se organice fiesta tras fiesta. Es un hogar. Apuesto a que hasta tienes comida de verdad en la nevera.

Jamie se sonrojó al pensar en la carne y la verdura que había comprado aquella mañana. Había imaginado que Olivia pasaría por allí y, ante la posibilidad de que pudiera entrarle hambre mientras estaba desnuda en su cama, se había preparado para poder ofrecerle algo de comer sin que tuvieran que tomarse la molestia de vestirse y salir. No estaba muy seguro de si aquello entraba en la categoría de fiestas caseras o en la de hogar, pero mantuvo la boca cerrada.

—Solo tienes que hablar con él —repitió Tessa—. Sería maravilloso que volvierais a ser amigos como antes.

—Nunca hemos sido amigos —la corrigió—. Eric es mi hermano mayor, no mi amigo.

—¡Era tu héroe! Le admirabas muchísimo. No entiendo cómo es posible que hayáis pasado de eso a ser casi incapaces de soportaros.

Él sí lo entendía. A veces se sentía como si odiara a Eric. Odiaba que hiciera las cosas bien. Odiaba que fuera siempre tan responsable. Que fuera siempre el bueno. Pero la verdad era que Jamie sabía que a quien odiaba era a sí mismo.

—Chocamos. Es así de sencillo.

—En ese caso, intentad no chocar. Esfuérzate en llevarte bien con él. En hablar. No tenéis por qué pasaros la vida discutiendo.

Que se esforzara. Que lo intentara. Eso era lo único que le estaba pidiendo, y sabía que podía hacerlo. Jamie respiró hondo.

—De acuerdo.

—¿De acuerdo? —parecía estupefacta.

Cuando Jamie asintió, Tessa soltó un grito y se levantó de un salto para abrazarle.

Envolviéndola en sus brazos, Jamie consiguió reír a pesar de la fuerza con la que le apretaba su hermana. Le dio un beso en la frente antes de sentarla en su regazo.

—Ya no pesas tan poco como antes.

El cachete que recibió en el brazo fue la señal de que todo había vuelto a la normalidad. Todo iba bien. La única diferencia era que él por fin estaba comenzando a encontrar el rumbo después de haber pasado tantos años perdido.

—¿Ya has salido del trabajo? —le preguntó—. Si quieres cenar algo…

En aquel momento, le sonó el teléfono y Jamie se abalanzó hacia él a tal rapidez que Tessa saltó en su regazo.

—¿Qué pasa?

—Mierda —maldijo desilusionado al ver que no era un mensaje de Olivia—. Es del camarero que hemos contratado a media jornada, Zach. Se le ha estropeado el coche en Colorado Springs. No puede ir a trabajar esta noche.

—Vaya. Si quieres, puedo ir yo.

—No —suspiró—. Es uno de mis camareros. Le sustituiré yo.

—De acuerdo —dijo Tessa—. Pero si vas a ir, ponte la falda. Lo anunciaré en Twitter.

—Tessa… —comenzó a decir, pero ya le había quitado el teléfono y estaba comenzando a teclear. Qué demonios, pensó Jamie, Olivia podría llamarle y nunca estaba de más estar preparado.

Capítulo 20

–Tenemos un problema –le dijo Tessa por teléfono.

Con el teléfono en la mano, Jamie se relajó en la cama.

–¿Mm? –musitó en tono somnoliento.

Tessa se alteraba por cualquier cosa y recibir una llamada suya a primera hora de la mañana no era algo preocupante.

–Jamie, ¿estás despierto?

–Más o menos –gruñó con los ojos todavía cerrados–. ¿Qué hora es?

–Son las nueve.

Las nueve de un jueves por la mañana. Abrió los ojos y clavó la mirada en el techo. Solo había hablado una vez con Olivia desde el martes. Concentrarse en clase iba a representar todo un desafío. Esperaba que se pusiera otra vez los tacones. Y quizá también aquel inocente vestidito que llevaba el primer día de…

–¡Jamie! ¡Despierta!

Jamie se obligó a abrir los ojos.

–Estoy despierto, te lo juro. ¿Qué pasa?

–Ya sé que los jueves sueles llegar tarde, pero Chester acaba de llamar y dice que no va a poder ir a trabajar.

–¿Estás de broma? Ya hice una sustitución el martes y

ayer tuve que estar a las ocho en la cervecería para abrir al fontanero.

–Lo siento. Iría yo, pero tengo una cita con el contable y tengo que pasar por la imprenta para revisar las pruebas de los nuevos posavasos. Se supone que Eric tiene que irse a las dos para…

–No le digas nada a Eric. Mierda, ¿qué demonios le pasa ahora a Chester?

–Su novia está muy mal, con gripe. Ha tenido que llevarla a urgencias.

Genial. Jamie sí que se enfadó entonces. Bueno, no de manera explícita. Pero sí por dentro. Le enfurecía tener que perderse la clase. Y no ver a Olivia. Estaba tan entregada al proyecto de ampliación de la cervecería que parecía haberse olvidado de la otra cara de la moneda. Se suponía que tenía que divertirse. Con él.

–Muy bien –contestó malhumorado–. Estaré allí a las once.

–De acuerdo. Genial. Ponte la falda.

–No, no estoy de humor.

–Solo tienes que ponértela. Vamos, Jamie. Es genial para el negocio.

–No quiero ponerme esa maldita falda, ¿de acuerdo? –oyó un sospechoso teclear al otro lado del teléfono–. Tessa…

–Demasiado tarde. Ya lo he enviado.

–¡Maldita sea! Será mejor… –pero su hermana colgó.

Jamie fulminó el teléfono con una mirada de incredulidad y a continuación lo lanzó con todas sus fuerzas contra el colchón. El aparato aterrizó con un suave y poco satisfactorio plof y apenas rebotó.

Aquella maldita red social ya había ido demasiado lejos. Jamie se dirigió furioso al cuarto de baño y abrió la ducha. Ni siquiera la vista del toallero roto consiguió animarle y se duchó tan rápido como pudo.

No estaba de humor para ponerse la falda escocesa. No tenía ganas de ser el blanco de todo tipo de comentarios y miradas, pero si no se la ponía después de haberlo anunciado en Twitter sería mucho peor. Aguantar las decepciones le consumiría el doble de energía que los coqueteos, aunque la mayor parte de aquellas mujeres las fingieran.

De modo que se puso una falda de color marrón oscuro y una camiseta sin el logotipo de la cervecería a modo de protesta. Una protesta inútil, pero por lo menos el color negro reflejaba su mal humor.

Aparte de su enfado con Tessa, no estaba seguro de qué le pasaba. Estaba inquieto. Impaciente. Quería avanzar en su proyecto, pero sabía que supondría una pelea y cargaba con aquel peso sobre sus hombros. Estaba nervioso. Inseguro. No sabía qué iba a pasar con su familia. Con su trabajo. Y no tenía la menor idea de qué demonios estaba pasando con Olivia.

Jamie agarró un *bagel* de camino hacia la puerta. Ya estaba cansado y todavía tenía catorce horas por delante.

Sintió en la piel la humedad de la niebla mientras se dirigía hacia la camioneta y aquello consiguió calmarle. Un poco. Pero todavía tenía el cuello tenso cuando cruzó la puerta de atrás de la cervecería. Ignorando los sonidos que delataban la actividad procedente de la zona de los despachos, Jamie agarró un delantal y comenzó a meter las bandejas con los vasos en el lavavajillas. Gracias a Dios, todavía faltaba una hora para abrir la cervecería.

Henry salió de la zona de la producción de cerveza arrastrando el carrito de la fregona.

—¡Eh, hola, Jamie! Yo me ocuparé de eso en cuanto acabe.

Asintiendo, Jamie puso en marcha el lavavajillas que acababa de cargar y se dirigió a la barra. Las puertas todavía se estaban batiendo tras él cuando las empujó Tessa.

—¡Hola, Jamie!

—Dame la contraseña de la cuenta de Twitter.

—¿Qué? —Tessa se detuvo en seco—. ¿Por qué?

—Porque voy a ocuparme yo de ella.

—¡Jamie, no! Siento lo de la falda, ¿vale? No debería haberlo hecho.

Jamie negó con la cabeza.

—Esto se ha acabado. Mañana por la mañana me compraré un Smartphone. El servicio a los clientes es parte de mi trabajo y tengo que encargarme yo de ello. La contraseña, por favor.

—Ni siquiera sabes cómo funciona Twitter.

—Ten un poco de confianza en mí. Soy capaz de aprender.

Tessa miró con el ceño fruncido el teléfono que tenía en la mano.

—Pero me gusta…

—Lo siento.

Tessa se alejó malhumorada y agarró un pedazo de papel que había debajo de la caja registradora. Garabateó el nombre de la cuenta de Twitter y la contraseña y le tendió el papel con un mal gesto.

—Vaya, gracias.

—Tienes que ser divertido, ¿de acuerdo? No puedes limitarte a poner cosas serias. Tienes que responder a los mensajes de la gente y…

—Sé lo que tengo que hacer —la interrumpió—. No soy idiota.

—¿Por qué estás de tan mal humor?

—¡Porque se suponía que tenía que estar fuera de aquí hasta las cuatro!

—Vaya, ¿y tenías algo importante que hacer? —preguntó Tessa, tan enfadada como él.

—Yo… —Jamie sacudió la cabeza y se tragó lo que había estado a punto de decir—. No, nada. Solo estoy cansado.

—No sé. Tengo la sensación de que tenías que hacer algo.

–Fuera lo que fuera, tratándose de mí, no puede ser nada importante, ¿verdad? –gruñó Jamie.

–Esta mañana estás insoportable. Si mejora tu humor, puedes encontrarme en mi despacho.

Ignorando a su hermana, Jamie empezó a limpiar los grifos. Para cuando toda la barra estuvo limpia y reluciente, ya estaba un poco más tranquilo y casi se arrepentía de haber gritado a Tessa. Pero la verdad era que estaba comenzando a excederse con las bromas de Twitter. Tenía derecho a estar enfadado.

Cuando Henry entró con una caja llena de vasos todavía humeantes, Jamie se obligó a sonreírle.

–Gracias, Henry.

–De nada. Puedo sustituirte durante un par de horas si quieres. Hace un par de semanas estuve ayudando a Eric en una feria.

–No, no hace falta, estoy bien. Pero gracias.

Henry asintió y se volvió de nuevo hacia la cocina.

–Espera. Si quieres comenzar a prepararte para trabajar de camarero, podemos poner un calendario.

El chico asintió con entusiasmo y el cuello enrojecido por el rubor.

–Me encantaría. Creo que se me puede dar bien.

Jamie no estaba tan seguro. Henry tenía veintiún años, pero aparentaba dieciséis y todavía era tan torpe y desgarbado como un adolescente. Aun así, se merecía una oportunidad y su entusiasmo era una buena señal. No iba a resultarle fácil animarse aquel día, pero Jamie ya estaba silbando cuando agarró la aspiradora y la encendió. Había limpiado media habitación cuando se dio cuenta de que el rugido que acababa de oír tras él no procedía de la aspiradora. Miró por encima del hombro y vio a Eric tras él con los brazos cruzados y la boca torcida con un gesto de desaprobación.

Maldita fuera. Aquello era lo último que necesitaba. Continuó limpiando.

—¡Jamie!

Jamie tomó aire y apagó la aspiradora.

—Te he preguntado que qué estás haciendo aquí.

—Sustituir a Chester.

Prescindió de un «¿y a ti qué te parece?» en un esfuerzo por mostrarse civilizado.

—¿Por qué?

—Porque él no ha podido venir.

Eric apretó la mandíbula.

—¿Qué demonios les pasa a tus camareros? Es la segunda vez en esta semana.

—Tranquilízate, tío. Chester ha tenido que llevar a su novia al hospital. ¿Habrías preferido que se lo prohibiera?

—¿Y qué pasó el martes?

Jamie sintió los hombros rígidos como el acero.

—¿Qué pasó el martes? —le devolvió la pregunta.

—Era un camarero nuevo, ¿eh? ¿Algún amigo tuyo que decidió acercarse a Las Vegas en vez de venir al trabajo?

—No, no fue eso lo que pasó. Se le rompió el coche y…

—Estoy harto de esos fracasados a los que contratas. Voy a empezar a participar en las entrevistas.

—¡Y una mierda! —gruñó Jamie.

Eric contestó en el mismo tono.

—Es evidente que necesitas ayuda.

—¡No necesito ayuda! ¿Alguna vez te he pedido ayuda?

—¿Hace un mes en la Boulder Business Expo? ¿Te suena? Espera, a lo mejor no, porque no apareciste. Estabas demasiado ocupado sustituyendo a un camarero que se había ido a México de vacaciones.

«No voy a pegarle», se repetía Jamie en su cabeza, «no voy a darle un puñetazo en esa boca insolente».

—Mira —gruñó, intentando mantener un tono de voz razonable—. Contratar camareros no es como contratar a una persona para que trabaje en una oficina. Los sueldos son miserables y no es la clase de trabajo que uno acepta cuando lo que quiere es sentar cabeza. Así que habrá cambios, pero Chester es un buen…

—No estoy dispuesto a discutirlo –le interrumpió Eric.

Jamie perdió la paciencia y dio un golpe en una mesa.

—No eres tú el que va a tomar esa decisión. Somos socios a partes iguales.

—¿Ah, sí? ¿De verdad crees que arrimas el hombro tanto como los demás, Jamie?

Lo había dicho. Eric había dicho por fin lo que siempre había pensado. Aquel desprecio no explicitado que acechaba siempre detrás de sus palabras. Jamie oyó un rugido extraño y se dio cuenta de que era la presión de la sangre que corría por sus venas. El pulso le latía en las sienes. Todo su cuerpo se tensó de tal manera que pensó que iba a explotar o a partirse en dos.

Eric pareció darse cuenta de que había ido demasiado lejos. Agachó la cabeza y respiró hondo.

—Mira…

—Arrimo mi maldito hombro como todo el mundo –gruñó Jamie entre dientes–. Hago mi trabajo, y es un trabajo que tú no podrías hacer ni en un millón de años.

—Tú…

Eric alargó el brazo hacia él, pero Jamie le apartó

—Me gustaría verte intentándolo, hermanito. Me encantaría verte intentando ser simpático, interesante y asequible. Me encantaría verte manteniendo conversaciones con tipos cascarrabias y viejas glorias del deporte capaces de hablar de sí mismas durante dos horas, o con mujeres que creen que no tiene nada de malo tocarte el trasero porque siempre eres amable con ellas.

—Escucha…

—Me gustaría verte limpiando la cerveza que se le ha caído a alguien con una sonrisa, aunque estés agotado porque ya llevas diez horas de pie y sabes que todavía te falta otra hora para irte a casa. Porque si no dejas todo perfecto, a la mañana siguiente tu hermanito te llamará para decirte que eres un imbécil irresponsable incapaz de hacer nada como es debido.

Eric palideció como si Jamie acabara de darle un puñetazo en las entrañas.

Perfecto.

—¿Chicos? —susurró Tessa.

Estaba en el marco de la puerta, agarrando el bolso con una mano mientras las puertas se batían tras ella.

Jamie agarró otra vez la aspiradora.

—Jamie... —dijo Eric.

Posó la mano en su brazo y Jamie sintió aquel contacto como una descarga eléctrica que conectaba directamente con su rabia.

Empujó a su hermano. Con fuerza.

—¡No me toques!

—¡Eh! —gritó Eric, agarrándose a una mesa.

—Jamie —dijo Tessa, corriendo hacia él—. Para.

—¿Que pare? Fuiste tú la que dijiste que me enfrentara a él.

—¡Pero no de esta manera!

—Estaba aquí ocupándome de mis asuntos, trabajando, y él ha venido buscando pelea. ¿No es cierto, Eric?

—Yo solo quería hablar de...

—¡No querías hablar de nada! Solo querías decirme que estoy haciendo las cosas mal. Querías hacerme saber lo inútil que soy, como siempre.

—Muy bien —le espetó Eric—, ya basta. Siento haberme pasado de la raya, pero tienes que admitir que tú has contribuido a causar el problema. Llegaste tarde la semana pasada. El camarero nuevo ya había llegado. No paras de decir que quieres asumir más responsabilidades, pero nunca haces nada al respecto.

—Eso no es cierto.

Jamie sintió que se estaba clavando las uñas en las palmas de la mano y, teniendo en cuenta lo cortas que las tenía, aquello no era una buena señal. Intentó relajarse, aunque solo fuera porque Tessa tenía los ojos llenos de lágrimas.

—El problema no es lo que hago. El problema es que nunca vas a darme una oportunidad, ¿verdad?

—¿Una oportunidad de qué? Porque te aseguro que si estás intentando hacer algo, ni siquiera me he dado cuenta.

Jamie quería esperar el momento perfecto. Quería convocar una reunión y sentar a sus hermanos como si fueran solo socios y no una familia con toda una carga de miedos y rencores soterrados. Pero en aquel momento comprendió que no tenía sentido. Sintió un vacío en el pecho al pensar en ello.

Miró a su hermano a los ojos y no sintió nada.

—He estado pensando en hacer algunos cambios en la cervecería. Como empezar a servir comidas.

—Ya hablamos de eso el año pasado —respondió Eric, rechazando la propuesta de Jamie como si fuera una mosca molesta—. Y decidimos que nos causaría demasiados problemas.

—Lo decidiste tú —le recordó Jamie. Ya no estaba enfadado. Solo cansado—. Yo lo propuse y tú decidiste.

—Yo no soy el malo de la película —le advirtió Eric, clavándole el dedo en el pecho—. No pienso convertirme en el malo de la película porque tú te levantaras una mañana pensando que querías servir hamburguesas y te dije que no. Esto no es un restaurante, es una cervecería.

Tessa posó la mano en el brazo de Eric.

—Llevas tiempo queriendo ampliar el negocio, Eric. Escúchale al menos.

—Llevo tiempo queriendo ampliar el negocio, pero nuestro negocio es la cerveza, no la comida.

Jamie decidió intentarlo una vez más. Una sola vez, porque, al fin y al cabo, no tenía nada que perder. Ya lo había perdido todo durante aquellos años en los que se había dedicado a huir de su propio potencial.

—Nuestro negocio no es la cerveza. Nuestro negocio es esta cervecería. Tú quieres expandirla más allá de este local y me parece bien. Me parece genial. Pero a mí me gustaría centrarme en este lugar.

Eric puso los brazos en jarras y bajó la cabeza.

—Un restaurante no es algo que se pueda improvisar, Jamie. ¿Sabes algo sobre ese tipo de negocios? Tendríamos que ampliar los seguros, necesitaríamos más empleados. Piensa en ello. La cervecería sería un lugar distinto.

—Sé de lo que estoy hablando.

Eric soltó una carcajada carente por completo de humor.

—¿Qué fue lo que propusiste? ¿Hamburguesas y ese tipo de historias?

—Eso fue el año pasado. He seguido trabajando en ello desde entonces, Eric.

Su hermano miró con desprecio hacia la barra.

—¿Ah, sí?

—Pues sí. He estado yendo a clase…

Tessa alzó la cabeza con un gesto brusco y abrió los ojos sorprendida.

—¿Has ido a clase de cocina? —preguntó Eric.

—No, a una clase sobre negocios de hostelería. Y tengo una idea. Una idea de verdad. Quiero…

—Jamie —Eric suspiró—, para hacer algo así hacen falta años. Tendríamos que ampliar el capital y…

—No, no haría falta. Si me escucharas…

—¡Muy bien! —le espetó su hermano—. Pon tus ideas por escrito y ya hablaremos —Tessa comenzó a decir algo, pero Eric alzó la mano—, pero no lo haremos este año. Este año ya ha sido bastante complicado y ahora mismo tengo mucho trabajo.

—Eric —dijo Jamie con cansancio—, no te estoy pidiendo permiso para poner ese tema encima de la mesa. No te estoy suplicando tu aprobación. Solo estoy diciéndote que tengo una idea y que pienso sacarla adelante.

—No harás ningún cambio en la cervecería a no ser que estemos todos de acuerdo.

—Me parece justo —admitió Jamie—. Pero hay muchas otras cosas que puedo hacer sin necesidad de consultarte. Si quieres dirigir este lugar tú solo, adelante, Eric.

—No —dijo Tessa, sacudiendo la cabeza con movimientos rápidos—. No, Jamie, ¿qué pretendes decir?

Jamie odiaba ver aquel miedo en los ojos de su hermana, pero ya estaba harto. Se había ceñido al papel que le había correspondido jugar en aquella familia durante muchos años, pero nunca le iba a tocar ser el bueno, ni siquiera ante sí mismo.

—No te preocupes, hermanita. No voy a irme a ninguna parte.

Las lágrimas desbordaron los ojos de Tessa, pero Jamie solo fue capaz de sacudir la cabeza. Tenía que hacer lo que era mejor para él. No solo lo que quería, sino lo que de verdad le convenía.

—Jamie, por favor, no nos hagas esto —le pidió Tessa con la voz trémula por el llanto.

—Tessa, siento la cervecería como mi hogar tanto como tú. No voy a alejarme de ella. Solo quiero desplegar un poco las alas.

Eric frunció el ceño mientras volvía a cruzarse de brazos.

—¿De qué estás hablando?

Jamie miró a su hermano a los ojos y, por primera vez desde hacía mucho tiempo, le vio de verdad. Reparó en la intensidad de sus ojos azules. En las líneas que la tensión marcaba alrededor de sus ojos. En el gesto duro de su boca. Eric había cargado con la responsabilidad de aquel lugar desde los veinticuatro años. Había tenido que cuidar también de sus hermanos, y aquello no era bueno para ninguno de ellos.

—Estoy madurando, Eric, como tú siempre has querido que hiciera. Pero aquí no puedo demostrarme a mí mismo de qué soy capaz.

—A mí no necesitas demostrarme nada —musitó Eric.

—¿Sabes una cosa? Esto no tiene nada que ver contigo.

Eric alzó las manos con un gesto de disgusto.

—Todo esto es ridículo. Abrimos dentro de cinco minutos. Ya hablaremos de todo esto más tarde.

—Claro —se mostró de acuerdo Jamie.

No importaba cuándo lo discutieran. No iba a llegar a ningún acuerdo con Eric. Tessa tenía razón. Eric continuaba viéndolos como a niños. Si él quería dejar de ser tratado como el hermano pequeño, tenía que salir de allí.

Eric se alejó sin decir una sola palabra, pero Tessa permaneció donde estaba, mientras escapaba otra lágrima de sus ojos y descendía lentamente por su rostro.

—Corta el rollo, Tessa.

—¡Córtalo tú! —gritó—. No deberías decir ese tipo de cosas. Lo que te pasa es que estás enfadado.

—No estoy enfadado —respondió con voz queda.

Tessa asintió, con el miedo centelleando en sus ojos.

—Sí, claro que estás enfadado.

—Mírame. ¿Te parece que estoy enfadado? —sabía que la respuesta era negativa porque le había abandonado hasta el último vestigio de furia.

Se había equivocado demasiadas veces. La noche que había pasado con Mónica Kendall había sido la gota que había colmado el vaso. Un momento como tantos otros en el que no había sido capaz de juzgar una situación de manera acertada. No era el peor error que había cometido. Ni mucho menos.

Tessa debió de reconocer la verdad en su rostro porque dio un paso hacia él y le agarró del brazo.

—¿Qué piensas hacer, Jamie? ¿A qué te estás refiriendo?

Tessa le rodeó con los brazos y apoyó la mejilla en su pecho.

–Estoy madurando.

–Por favor, no lo hagas.

–¿No quieres que madure?

–No te vayas. Por favor, Jamie. No nos hagas esto.

Jamie alzó las manos, esperando que le soltara.

–No te estoy haciendo nada.

–¡Sí, claro que sí! –sollozó ella.

Jamie renunció a la esperanza de que se retirara. Bajó los brazos y la abrazó, sintiéndose enfermo al ver cómo temblaba.

–No quiero perderte, Jamie –susurró Tessa–. No puedo.

–No voy a ir a ninguna parte. Sigo siendo uno de los hermanos Donovan, igual que tú –en vez de reírse ante aquel chiste tan lamentable, Tessa volvió a sollozar y le abrazó con fuerza–. Tessa, necesito tener la oportunidad de salir adelante yo solo.

–Puedes intentar hacer algo aquí, Jamie. Yo te apoyaré, te lo juro. Cuéntame cuáles son tus planes. ¿Qué quieres hacer?

Jamie quería tranquilizarla. Quería tranquilizarla de verdad. Lo único que quería Tessa era que sus hermanos fueran felices. Pero no tenía fuerzas para mentirle y ya no veía la manera de salir de aquel lío. Eric no confiaba en él y él no era capaz de dominar su resentimiento durante el tiempo suficiente como para permanecer en calma. Al final, fue Henry el que le salvó.

–Eh… siento interrumpir –las cejas le llegaban casi al inicio del cuero cabelludo mientras empujaba una de las puertas abatibles–, son las once. ¿No debería ir abriendo la puerta?

–Sí –contestó Jamie al instante–, gracias.

Tessa le abrazó con más fuerza.

–Hablaremos de esto más tarde, Tessa. Tengo que terminar de preparar la barra.

—¡No! No voy a...

—No voy a irme a ninguna parte. Voy a estar aquí todo el día, y estaré aquí mañana y pasado mañana. Nadie va a salir corriendo, ¿verdad? Incluso en el caso de que decidiera abrir otro negocio, no pienso dejar de ser socio de la cervecería.

—¿Me lo prometes? —Tessa retrocedió, secándose la cara con la mano mientras alzaba la mirada hacia él.

—Te lo prometo.

Tessa seguía desolada cuando se alejó, pero Jamie se sentía bien. Demasiado bien, de hecho. La tranquilidad era un cambio bienvenido, pero al desahogar todo su enfado le había quedado un vacío en su interior, como si se hubiera desprendido de algo importante.

—Está bien —musitó mientras enrollaba el cordón de la aspiradora.

No tenía tiempo para terminar de limpiar el bar. Ni siquiera había bajado las sillas todavía.

Jamie hizo el resto de la limpieza a toda prisa, bajó las sillas y limpió las mesas a tal velocidad que el sudor le goteaba por el cuello. El hecho de haber dejado de pasar la aspiradora por la mitad de la cervecería le molestaba. Era algo que enturbiaba su calma.

Había pocas cosas en la vida que se le dieran bien y el vacío que sentía en el pecho era como la caja de resonancia del trabajo que había dejado sin hacer.

Jamie miró hacia la puerta por última vez. Si entraba un cliente en aquel momento, no le gustaría ser recibido por el rugido de la aspiradora, pero había una galleta salada aplastada en una esquina en la que acababa de fijarse.

—¡Mierda!

Jamie desenroscó el cable en un tiempo récord y pasó la aspiradora a un ritmo frenético por el resto de la habitación. Justo antes de que hubiera acabado, se abrió la puerta, iluminando el suelo con un cuadrado de luz. Jamie apagó la aspiradora y se hizo el silencio en el bar. ¡Mierda! Se había olvidado de poner la música.

–Lo siento, hoy voy con un poco de retraso. Si... –el rectángulo fue estrechándose a medida que la puerta se cerraba y cuando cesó el resplandor por fin pudo distinguir a su cliente. Se quedó sin habla–. ¡Tú! –exclamó.

–Hola, Jamie –le saludó Mónica Kendall.

En el cerebro de Jamie crepitaban un millón de sentimientos en aquel momento. Impresión. Vergüenza. Enfado. Y preocupación. La preocupación resplandecía por encima de cualquier otro sentimiento. Jamie bajó la mirada hacia el estómago de Mónica, recordando la conversación que había mantenido con Olivia en la pizzería, «si te viera así dentro de unos meses...».

Pero no. Gracias a Dios, Mónica continuaba tan delgada como siempre. Aquella posibilidad se abrió y se cerró a tal velocidad que Jamie estuvo a punto de marearse. No quería tener la más mínima relación con ella, y menos aún una que durara toda la vida.

–¿Qué estás haciendo aquí? –consiguió decir con voz ronca.

–Solo quería saludarte, saber cómo te va.

–No puedes estar hablando en serio.

La luminosa sonrisa de Mónica desapareció durante unos instantes.

–He visto un *tweet* en el que decía que ibas a estar aquí y...

¿De qué demonios estaba hablando? Jamie la miraba como si fuera un escorpión a punto de picarle.

–Quería disculparme por lo que hizo mi hermano.

–¿Por lo que hizo tu hermano? –soltó una carcajada–. ¿Estás de broma?

En los ojos de Mónica brilló un duro sentimiento. Estaba tan guapa como siempre, pero conservaba también aquellas frías aristas que casi podía ver brillar.

—Jamie, yo no pretendía que pasara lo que ocurrió. Tienes que creerme.

—Yo no tengo por qué creer nada —se burló mientras desenchufaba la aspiradora y se acercaba al armarito de la limpieza que había al lado de la barra.

Cuando se volvió, encontró a Mónica justo detrás de él.

—Jamie…

La puerta se abrió otra vez y entraron dos moteros. El metal de sus botas repiqueteó contra las baldosas del suelo.

—Hola —dijo uno de ellos, levantando la mano a modo de saludo—. Dos India pale ales.

—Ahora mismo —contestó Jamie aliviado, dirigiéndose al grifo.

Pero Mónica no renunció. Comenzó a meterse en la barra tras él, pero cuando Jamie le dirigió una mirada de advertencia, se quedó donde estaba y esperó con impaciencia.

Jamie sirvió dos pintas y se las llevó a los moteros, pero cuando intentó volver a pasar por delante de Mónica, esta le agarró por la muñeca.

—¿Podemos hablar un minuto?

—La última vez que te di un minuto, te tomaste diez horas.

Y aquello no era lo único que le había quitado. Habría apartado la mano, pero no quería que Mónica supiera hasta qué punto le afectaba.

—No sabía…

—Tonterías… —replicó con voz queda—. Fuiste tú la que le diste a tu hermano el código de la alarma. Mientras estabas a mi lado, frotándome el brazo con las tetas, me estabas viendo marcar el código. Así que no me digas que no lo sabías.

—De acuerdo. Sabía que mi hermano quería entrar en la cervecería, pero te juro que pensaba que solo quería información. Le dijo a mi padre que necesitaba más datos…

—¿Por qué has venido?

Mónica por fin le soltó la muñeca. Jamie quería frotársela para borrar la huella de sus dedos, pero ella no le quitaba ojo, así que se limitó a limpiarse el brazo con el delantal y a salir de detrás de la barra.

–La policía está intentando convertir esto en algo que no es. Me gustabas. Por eso vine aquí aquella noche. No fue un delito premeditado. Le dije a Graham que pensaba pasar por aquí y él me pidió que si podía...

–¿Ser su cómplice?

–¡No!

–¿Recibiste tu parte? ¿Te pagó para que me llevaras a casa y te acostaras conmigo?

–¡No! –volvió a exclamar en voz tan alta que los dos clientes dejaron de hablar para mirarles.

–Tienes que marcharte –le ordenó Jamie–. Ahora.

–No fue como tú crees. Yo te deseaba.

–Sí, ya me acuerdo. Tanto si a mí me apetecía como si no, ¿verdad?

La boca de Mónica se transformó en una mueca de enfado y sus mejillas enrojecieron.

–No finjas que tú no querías. Eres un hombre. Si no hubieras querido, no habría habido nada que hacer. Y, si mal no recuerdo, hicimos muchas cosas.

–¡Vete! –le ordenó Jamie.

Mónica pareció comprender que había ido demasiado lejos. Desapareció el gesto burlón de su rostro mientras sacudía la cabeza.

–Lo siento. De verdad. Te juro que no tenía idea de lo que había planeado mi hermano.

–¿Qué quieres, Mónica?

Mónica bajó la mirada y sacudió la cabeza.

–Dilo de una vez por todas para que puedas marcharte –insistió Jamie.

Mónica alargó la mano hacia él y deslizó el dedo por su brazo. El labio inferior le sobresalía un poco, como si fuera una niña que se hubiera metido en un lío.

—Están intentando implicarme, Jamie. Tú podrías decirles que no fue así. Que nos conocíamos y que yo jamás habría intentado hacerte daño. Solo tienes que decirles eso. Sé que tu hermana está saliendo con el detective que dirige la investigación. Seguro que te hará caso.

Mónica Kendall resultaba ridícula representando aquel papel. No había nada de vulnerable y débil en ella y aquella era la razón por la que nunca le había atraído lo más mínimo. Y por la que la había rechazado hasta que no le había quedado más remedio que acostarse con ella.

—Te aprecio de verdad, Jamie.

Jamie se apartó de su alcance y negó con la cabeza.

—Estás mintiendo. Eres una zorra sin sentimientos. No soy el primer hombre al que has engañado. Hubo una fiesta de Navidad de una constructora, ¿verdad? ¿Esa es la única manera que tienes de conseguir que un tipo decente se acueste contigo? ¿Engañándole?

Mónica reaccionó como si acabara de sufrir una descarga eléctrica. Primero, enderezo la espalda, después abrió los ojos como platos. Tenía los labios entreabiertos, pero no emitía sonido alguno.

Jamie la odiaba con una furia que a él mismo le habría sorprendido si no hubiera reconocido lo que le pasaba. Era odio por ella mezclado con odio por sí mismo.

—Eres preciosa, Mónica. Eso no voy a negarlo, pero hay algo malo dentro de ti. Y ahora mismo lo estoy viendo.

En aquella ocasión, cuando Mónica abrió la boca, sí fue capaz de gritar.

—¡Vete al infierno! —exclamó y se abalanzó hacia él, intentando marcarle la cara con sus uñas rojas.

Jamie retrocedió justo a tiempo, pero ella continuó acercándose.

—¡Eh! —gritó él, agarrándola por las muñecas para detener el ataque.

—¡Te encantó! —gritó—. ¡Disfrutaste cada minuto!

–Sal antes de que llame a la policía.

Las puertas abatibles se abrieron y salió Eric caminando a grandes zancadas.

–¿Qué demonios está pasando? –miró Mónica con los ojos entrecerrados–. ¿Qué demonios está haciendo esta mujer aquí?

–Ya se iba –gruñó Jamie, esforzándose para mantenerla a distancia.

Mónica todavía estaba rabiando. Abrió la boca, mostrando sus dientes blancos y perfectos.

–Eres patético en la cama, ¿lo sabes? Ni siquiera conseguí llegar al orgasmo.

Otra mentira. Había gritado de tal manera que a Jamie le habían pitado los oídos.

–Sí, lo siento. No estaba muy concentrado.

Mónica alzó la barbilla, tomó aire y le escupió. Jamie la soltó estupefacto y ella consiguió arañarle la mejilla.

–Mierda.

De pronto aquel tornado de uñas y gritos desapareció. Eric la sujetó por detrás y la arrastró hasta la salida. Jamie agarró un trapo y se secó la cara antes de dirigirse corriendo hacia la puerta con intención de abrirla. Eric empujó a Mónica a la calle y Jamie cerró a toda la velocidad que pudo.

–Santo Dios –dijo uno de los moteros.

–Ese tipo de cosas hacen que me alegre de estar casado –musitó el otro.

Jamie les ignoró y volvió a limpiarse la cara. La mano le temblaba de manera notable. Advirtió la sangre que empapaba el trapo y lo presionó contra la mejilla, que le escocía como el ácido.

–Siento lo que ha pasado –oyó decir a Eric–. A esas cervezas invita la casa.

Los dos hombres soltaron un grito de alegría. Era evidente que haber sido testigos de aquel melodrama no les había causado ningún trauma. Jamie, por su parte, sentía el fuego de la adrenalina y los pulmones le ardían como si acabara de hacer una carrera de más de diez kilómetros.

Eric se volvió hacia él.

—¿Puedes venir a hablar conmigo a la parte de atrás?

Jamie asintió, pero de camino hacia allí, se detuvo para servirse una pinta de pilsner. Vació la mitad de un solo trago.

Cuando empujó las puertas abatibles, encontró a Eric esperándole con los brazos cruzados y mirada centelleante.

—¿Qué demonios ha sido eso?

Jamie continuó limpiándose la mejilla.

—No tengo ni idea.

—Pues será mejor que te inventes algo, porque acabas de tener una bronca con una mujer delante de dos clientes.

—No ha sido culpa mía.

Eric enarcó las cejas.

—¿Hay alguien más a quien puedas culpar de haberte acostado con ella?

—Eso no es...

—¿Hay alguien más a quien puedas culpar de haberla dejado sola de manera que pudiera dejar la puerta abierta? ¿O de que consiguiera el código de la alarma porque estabas distraído con sus tetas? ¿Quién tiene la culpa de todo eso?

Jamie dejó el vaso con fuerza sobre una encimera.

—Ya me disculpé por todo eso.

—Y eso sirve de mucho.

—Muy bien —Jamie tomó el vaso y se terminó la cerveza antes de volver a dejarla con mucho cuidado sobre la superficie de metal—. Muy bien.

—Yo me ocuparé de la barra —dijo Eric con voz baja y áspera.

—No —replicó Jamie—. No vas a decirme lo que tengo que hacer. Estoy yo a cargo de este turno y pienso trabajar tanto si te gusta como si no.

Eric comenzó a alejarse, pero regresó de nuevo a su lado.

–¿Qué estaba haciendo aquí? ¿La has llamado?

–No, no la he llamado –respondió Jamie sombrío–. Quería que le dijera a Luke que no había intentado engañarme. Supongo que Luke ha conseguido asustarla.

Nunca habían hablado abiertamente de lo que había ocurrido aquella noche, pero Jamie pudo ver el disgusto reflejado en el rostro de su hermano. Y lo comprendía. También él estaba muy disgustado consigo mismo.

–Me voy a trabajar –musitó.

No quería oír nada más sobre aquel tema. Si pudiera dar marcha atrás en el tiempo, lo haría, pero era imposible enmendar los errores por mucho que se arrepintiera uno de ellos.

Pero cuando comenzó a abrir las puertas, la voz de Eric le detuvo.

–¿Por qué nunca puedes hacer las cosas bien? –susurró.

Jamie miró su propia mano, apoyada contra la puerta de madera. Recordó lo grandes que le parecían las manos de su padre cuando era niño. Él tenía las manos iguales, unas manos anchas y largas, y estaba tocando la misma puerta que tantas veces había tocado él, situada en el mismo edificio en el que su padre había trabajado. Era la peor de las ironías. Porque él no se parecía nada a su padre. No se parecía nada en absoluto.

Empujó la puerta sin darle a su hermano una respuesta. No tenía ninguna.

Capítulo 21

Olivia abrió la puerta de su apartamento a tal velocidad que el pelo se le fue hacia delante.

—¡Jamie! ¿Qué te ha pasado?

Con las manos en los bolsillos, Jamie esbozó una mueca.

—Nada —se llevó la mano a la mejilla para palpar el arañazo—. Me he arañado con algo cuando estaba poniendo un barril.

—No, me refería a por qué no has venido hoy a clase.

—Lo siento. He tenido que quedarme en la cervecería.

Aunque Olivia llevaba cuatro días sin parar, el tiempo pareció detenerse en aquel momento. Jamie llenaba el vano de la puerta, sus hombros parecían anchísimos incluso cuando el cansancio le obligaba a inclinarlos. Sus antebrazos eran puro músculo. Y en aquel momento curvaba los labios con una sonrisa un tanto irónica mientras esperaba a que Olivia dijera algo más.

Olivia le había echado mucho de menos, pero había estado tan ocupada que no se había dado cuenta hasta aquel momento.

Jamie bajó la mirada hacia sus pies mientras la brisa se agitaba en la noche tras él. Cuando el viento le revolvió el pelo, alzó la mirada por encima de sus negras pestañas y la luz de la entrada iluminó sus hermosos ojos verdes.

–Pasa –le urgió Olivia, pero antes de que hubiera cruzado la puerta, le abrazó–. Tengo la sensación de que no nos hemos visto desde hace semanas.

–Estabas demasiado ocupada para atenderme.

Jamie le devolvió el abrazo y Olivia intentó no reaccionar a lo bien que se sentía, a pesar de que cerró los ojos y aspiró su esencia.

–Lo siento –le dijo.

¿La habría echado de menos? Olivia intentó obviar aquel pensamiento y le soltó.

–Pero he pasado todo este tiempo contigo –añadió.

–Es curioso, porque ni siquiera te he visto.

Olivia sonrió y le dio un beso en la mejilla, solo para tener otra oportunidad de acariciarle.

–Me he estado dedicando a tu proyecto. He trabajado en él día y noche y quería enseñarte todo lo que he hecho después de clase. ¡Ha sido muy emocionante, Jamie! No fui consciente de todo el trabajo que habías hecho hasta que no empecé a trabajar con todas esas servilletas.

Jamie esbozó una sonrisa fugaz ante aquella broma, pero no dijo nada más.

–No estás enfadado, ¿verdad?

Jamie suspiró.

–No, claro que no. Solo estoy cansado.

–¿Demasiado cansado como para echarles un vistazo? –intentó no parecer tan desilusionada como se sentía.

–¿Esta noche? –no parecía muy convencido, así que Olivia mantuvo una expresión neutral mientras asentía–. Claro –dijo Jamie por fin–, ¿pero antes puedo ir a robar algo a tu nevera?

–Por supuesto –comenzó a dar media vuelta, pero cambió de opinión–. Eh, Jamie, ¿estás bien?

–Sí, no te preocupes. Es que he vuelto a discutir con mi hermano.

–Lo siento.

Jamie consiguió esbozar una sonrisa sincera en aquella ocasión.

—Estoy bien. Solo hambriento y cansado.

—Puedo prepararte una ensalada y un sándwich de pollo.

—¿Qué tal si pones la lechuga encima del sándwich?

Olivia elevó los ojos al cielo.

—Qué niño eres.

—Me alegro de que lo hayas notado.

Jamie parecía más relajado. Más contento. Olivia se descubrió a sí misma sonriendo mientras le preparaba un sándwich con una ración extra de lechuga y se sentaba en la mesa para verle comerlo.

—No tienes por qué revisar el proyecto esta noche. Vamos a la cama… bueno, si pensabas quedarte a dormir.

—No —respondió Jamie, y a Olivia le dio un vuelco el corazón—. Quiero decir, sí. Esperaba quedarme a dormir. Pero no estoy tan cansado como para necesitar que me acuestes. Por lo menos, todavía.

Gracias a Dios. Una vez que Olivia por fin pudo respirar, deseó tenerle más cerca. Quería sentir la caricia de sus manos. Si Jamie estaba demasiado cansado, no sabía cómo iba a soportarlo.

A lo mejor era ella la que quería ir directa a la cama.

—Muy bien —dijo Jamie, sacudiéndose las manos. El sándwich había desaparecido en tres bocados—. Veamos ese proyecto.

Todo pensamiento de meterse en la cama ardió en un fogonazo de emoción y Olivia tuvo que reprimir las ganas de ponerse a dar palmas de alegría.

—De acuerdo —contestó—. Vamos. Te he llevado una silla a mi despacho.

—¿Ah, sí? ¿Y puedo volver a llamarte señorita Bishop?

Olivia corrió a su despacho para colocar las sillas y ordenar la mesa antes de que Jamie entrara. Se sentó entonces y posó las manos sobre la carpeta mientras esperaba a que Jamie se sentara.

Tenía la sensación de que la sangre le temblaba en las venas.

—Eh, Olivia, ¿estás preparada? —le preguntó Jamie al cabo de unos segundos.

Olivia tomó aire y encendió la pantalla del ordenador.

—Empezaremos con algo emocionante. He estado trabajando con las fotografías que me enviaste. No soy diseñadora, pero...

Olivia abrió la primera fotografía, en la que aparecía la parte delantera de la cervecería tal y como estaba en aquel momento: una pared de ladrillo y una acera de color blanco a lo largo de la base.

—Así es como está ahora. Y así es como la he imaginado para contar con espacio que permita comer al aire libre.

Mostró la siguiente fotografía y fue recorriendo con la mirada todos los detalles: la larga terraza de madera, las sombrillas de color verde con el logo de Donovan Brothers y las mesas y las sillas que permitirían a los habitantes de Boulder relajarse con una cerveza en su lugar favorito: la calle.

—¿Un espacio al aire libre? —musitó Jamie.

—No habíamos hablado de ello, pero he pensado que sería una forma de ampliar el espacio durante los meses de más clientela. No solo os permitiría tener seis mesas más, sino que serviría de publicidad para la cervecería.

—Es un espacio muy agradable —reconoció Jamie, asintiendo.

—Y ahora pasemos dentro —hizo clic sobre la fotografía del interior—. Por si te lo estás preguntando, aquí no quiero hacer muchos cambios, pero... —abrió la fotografía de la zona del bar—. Creo que unas mesas cuadradas os permitirían ganar asientos, por no decir que os ofrecerían la oportunidad de juntar mesas cuando vienen más clientes. Pero podemos utilizar las mismas sillas que tenéis ahora. Eso os ahorrará dinero.

—Mm. Está bien.

Olivia le miraba de reojo, intentando escrutar su expresión, pero no era capaz de adivinar lo que estaba pensando.

—Aquí tienes la carta. Es solo un borrador y he tenido que imaginar los maridajes de la cerveza, pero…

Le encantaba aquella carta. Se había divertido mucho elaborándola. ¿Quién no se iba a divertir organizando una carta de pizzas?

Se había servido de las ideas de Jamie y había puesto algunos pasteles salados de cosecha propia. Tal y como Jamie había sugerido, había añadido ensaladas más la opción de una sopa de cebolla francesa. La sopa podía pasar el día al fuego y el cocinero podría limitarse a añadir pan y queso y a pasarla por el horno de pizza para hacer más intenso el sabor.

Llevaba unos segundos sonriendo ante su propia creación cuando fue consciente de que Jamie todavía no había dicho nada. Se aclaró la garganta.

—La carta es simple y sencilla para que puedas dejarla en las mesas junto a la carta de las cervezas. O a lo mejor puedes hacer una que incorpore las dos. El caso es que los clientes puedan sentarse donde quieran. No vas a necesitar a nadie que les acomode.

—Está muy bien. Me gusta mucho, de verdad.

¿De verdad le gustaba? No lo parecía. Con el corazón hundido, abrió la siguiente fotografía.

—La cocina —se limitó a decir.

Jamie gruñó en respuesta.

A Olivia se le cayó el corazón a los pies de tal manera que hasta le dolió.

—¿Hay algo que te parezca mal? ¿No era esto lo que querías?

—No, no. Esto es justo lo que quería. Es solo que estoy cansado, lo siento.

—No pasa nada —respondió ella, pero no pudo disimular la inseguridad que reflejaba su voz.

—Lo siento —repitió Jamie.

Parecía lamentarlo de verdad, ¿pero sería porque no era capaz de felicitarla por el proyecto?

Olivia se hundió en la silla, con la mirada fija en la disposición de la cocina nueva.

—He elegido un horno para pizza de rango medio —le explicó con la voz apagada—. Creo que es lo que necesitáis.

—A lo mejor deberíamos irnos a la cama —la interrumpió Jamie—. No estoy valorando tu esfuerzo como es debido y no me gusta. Es lo último que quiero, de hecho. Pero es que…

—¿Qué?

Jamie se volvió hacia ella para mirarla a los ojos y Olivia encontró por fin el sentimiento que había estado buscando. Pero no era un sentimiento agradable. Era… desesperación.

—Jamie, ¿qué te pasa?

Jamie se la quedó mirando con los labios entreabiertos, como si fuera a decir algo, pero al final, se limitó a negar con la cabeza y a desviar la mirada.

—Estoy cansado. Y la discusión con mi hermano…

—Entonces, vamos a la cama. El resto puede esperar hasta mañana. Solo son presupuestos y números aburridos.

Había algo más, algo que Jamie no quería contarle, pero eso no debía sorprenderle. No era su novia. Ni siquiera era su amiga.

Así que le acompañó a la cama. Su encuentro sexual fue lento, delicado, perfecto, y Olivia se dijo a sí misma que estaba satisfecha.

Pero el desasosiego continuaba anidado en su pecho y tardó en quedarse dormida.

La habitación estaba a oscuras y sentía el calor de Olivia contra él, pero Jamie no encontraba la calma. Su mente no paraba. Eran solo las cinco de la mañana y ya estaba despierto y despejado, con los ojos clavados en la oscuridad.

Pasó media hora más intentando quedarse dormido, pero se le abrían los ojos y el pulso le latía a demasiada velocidad como para permitirle el descanso. Al final, decidió abandonar los cálidos brazos de Olivia y se puso los calzoncillos y una camiseta.

Sintiéndose como un intruso, estuvo merodeando por el piso de Olivia. Estaba demasiado nervioso como para quedarse quieto. Cuando abrió la puerta de la nevera, vio un paquete de seis cervezas de trigo de Donovan Brothers y consiguió sonreír. ¿Las habría comprado para él o para ella?

Aunque estuvo tentado a abrir una, prescindió de la cerveza, se sirvió un vaso de agua y se dirigió al despacho de Olivia. El ordenador seguía resplandeciendo, como si estuviera dándole la bienvenida, y cuando movió el ratón, la pantalla negra volvió a la vida.

Horas antes estaba demasiado cansado como para sentir nada mientras Olivia le mostraba el proyecto, pero en aquel momento, el corazón le dio un vuelco al ver la fotografía. Fue retrocediendo, fijándose en detalles en los que no había reparado la primera vez y se sintió… deprimido.

Quería aquel proyecto. Continuaba queriéndolo. Pero Eric sería un obstáculo. Jamie podría llegar a convencerle, pero cada paso sería una prueba. Y cada error una oportunidad para que Eric sacudiera la cabeza y le mirara disgustado. En realidad, no cambiaría nada.

Jamie necesitaba empezar desde cero. A lo mejor no se lo merecía, pero lo necesitaba.

Abrió la carpeta que había dejado Olivia en la mesa y miró los números que esta había conseguido reunir en tan poco tiempo. Hojas de números que adquirieron de pronto un significado distinto. Si de verdad quería abrir una nueva filial él solo, el esfuerzo económico sería mayor. No estaba seguro de tener las habilidades necesarias para sacarlo adelante.

Dejó caer la cabeza entre las manos y cerró los ojos.

—No te gusta, ¿verdad?

Jamie tensó los hombros al oír la voz de Olivia. Sacudió la cabeza.

—No sé en qué me he equivocado. Pensaba que era eso lo que querías.

—No es eso —susurró.

—¿Entonces cuál es el problema? Estás como… como si hubiera destrozado tus sueños, o como si acabara de darle una patada a tu mascota…

—No voy a ampliar el negocio —confesó, mesándose los cabellos.

—¿Qué? —preguntó Olivia casi sin aliento—. ¿Por qué?

—Le hablé de mi idea a mi hermano. Se rio de ella. Me dijo que era ridícula.

—Jamie… —se acercó a él con pasos susurrantes sobre la moqueta—, pensaba que ibas a esperar. Que querías presentarle el proyecto…

—No habría servido de nada.

—¡Eso no lo sabes! —le pasó la mano por la espalda mientras se arrodillaba a su lado—. Tienes que volver a intentarlo.

—Ya es demasiado tarde, Olivia. En realidad, siempre ha sido demasiado tarde. Mi hermano no confía en mí.

—¿Por qué? —preguntó Olivia elevando la voz y clavándole los dedos en la espalda.

Jamie suspiró y alzó la cabeza.

—Porque nunca he hecho nada que me haya permitido ganarme su confianza. Mi malgastada juventud duró demasiado tiempo.

—¿Y cómo la malgastaste?

Jamie negó la cabeza. No podía explicarlo. Habían sido demasiadas cosas. Se saltaba clases. Llegaba tarde a casa. Le ponían multas por beber siendo menor de edad. Y, una vez había empezado a trabajar en la cervecería, lo único que le había importado era divertirse. Sí, cumplía con su trabajo, pero nada más. Durante los primeros años, Eric había intentado enseñarle muchas cosas, había intentado hacerle asumir más responsabilidades. Pero él se había negado.

—Se fueron sumando cosas —respondió, esperando que aquella respuesta tuviera algún sentido para ella—. Tú dijiste que no te llevabas bien con tu madre.

—Y es cierto.

—Pero no puedes atribuirlo a una sola cosa, ¿verdad? Con la familia se producen miles de situaciones. Millones. Y no se pueden reparar millones de errores. Es imposible.

—Entonces, ¿vas a renunciar? ¡No puedes hacer eso!

Jamie la miró a los ojos.

—¿Por qué no? —le preguntó, esperando de verdad recibir una respuesta.

Olivia bajó la mirada. Se levantó, se alejó de él y se cruzó de brazos como si de pronto tuviera frío.

—Reconozco que cuando te conocí, pensé que eras… No sé, solo un camarero. Un chico sin planes de futuro, sin objetivos. Pensaba que disfrutabas siendo así.

Jamie intentó no sentirse ofendido. Al fin y al cabo, aquella era la imagen que proyectaba de sí mismo. Olivia había visto lo que él quería que viera.

—Pero tú no eres solo eso, Jamie, tienes que permitir que tu hermano lo vea. No puedes limitarte a limpiar mesas y a servir cervezas porque así no serás feliz.

Jamie no había sido consciente de ello, pero aquella era la respuesta que necesitaba oír.

—Tienes razón. No puedo.

Los ojos castaños de Olivia se iluminaron. Tomó aire y sonrió.

—Entonces, ¿vas a intentarlo otra vez?

–Con Eric, no. He decidido abrir una filial de la cervecería.

–¿Qué?

Jamie sonrió al ver la sorpresa que reflejó su rostro.

–Creo que me gustaría abrir mi propio negocio.

Olivia parpadeó, con la boca todavía tan redonda como una cereza.

–Sé que, en términos de planificación, las cosas serán diferentes, pero…

–Diferentes –repitió Olivia con voz ahogada–. Eso será… será mucho más difícil, Jamie. Tendrás que reunir fondos. Alquilar el local y comprar el equipo supondría un compromiso a largo plazo. No puedes… Tú…

–Lo comprendo.

–¡Pero Jamie! Hazme caso. Tendrás que empezar desde cero. Todo lo que hacen Eric y Tessa, todo ese papeleo tan aburrido, tendrías que hacerlo tú.

–A lo mejor no –pronunció aquellas palabras como si le faltara el aliento.

–Con tu pasado y tu apellido, estoy segura de que podrás encontrar inversores, pero el riesgo es grande. Y todos y cada uno de los inversores querrán meter mano, créeme, lo sé.

–No me refería a eso, Olivia –el corazón le latía a toda velocidad y con cada segundo que pasaba se incrementaba el ritmo de su pulso.

Oliva sacudió la cabeza. El pelo le ocultó los ojos y se lo retiró de la cara.

–No lo comprendo.

–He pensado… que podrías ayudarme.

–Claro que sí. Por supuesto, Jamie.

No entendía lo que le estaba diciendo y a Jamie le entró pánico.

–Es solo… –se levantó y la rodeó para hacerla sentarse en su silla–. Siéntate un momento y escúchame.

–Claro, por supuesto –pero parecía casi tan confundida como él.

Jamie acercó la segunda silla y se sentó frente a ella.

–Lo que he pensado es que podríamos hacer esto juntos.

–¿Juntos?

–Tú podrías ser la directora. Podríamos montar juntos el restaurante.

Esperó alguna reacción por parte de Olivia. Cualquiera. Pero su semblante permanecía impasible. La idea se le había ocurrido a Jamie una hora antes. Se había despertado de un sueño profundo y la había encontrado allí. Un pensamiento esperanzador al que aferrarse. Y con cada minuto que pasaba había ido pareciéndole mejor.

A lo mejor debería dejarle a Olivia unos minutos porque no parecía capaz de asimilarla.

–¿Directora? –susurró.

–El título es lo de menos. Directora, gerente. Llámalo como quieras. Lo que quiero decir es que... juntos somos buenos.

–¿Ah, sí?

Jamie se echó a reír.

–¿Tú crees que no?

–Jamie... no sé. Es una locura.

–Lo sé. Pero somos buenos el uno para el otro. Y esto era lo que tú querías. Este es tu sueño, ayudar a la creación de un negocio nuevo. Podemos hacerlo juntos.

Olivia parpadeó varias veces. Jamie comprendía su impresión, pero él se sentía genial una vez se había desahogado. Tras haberlo dicho, le parecía incluso mejor. Sonaba perfecto. Se relajó y sonrió. Aquello iba a salir bien.

–Sí –dijo–. Va a ser maravilloso, Olivia. Para los dos.

Olivia no sabía qué decir. La cabeza le giraba a toda velocidad, haciendo martillear su corazón.

Por una parte, a la gente le ofrecían trabajo cada día. Todos y cada uno de los días. Y a veces se lo ofrecían completos desconocidos. No tenía por qué estar tan sorprendida.

Pero, por otra, aquello era una locura.

–Nos llevamos bien –susurró–, claro que sí. Como amigos. Como personas que salen juntas.

Jamie le tomó la mano.

–Es algo más que eso. Tú sacas lo mejor de mí.

El corazón de Olivia saltó de alegría al oír aquellas palabras, pero volvió a hundirse otra vez, palpitando de miedo. ¿Estaba diciendo que la amaba? No, no podía ser.

–¿Has estado bebiendo? –le preguntó bruscamente.

–No –respondió Jamie riéndose–. Estoy sobrio. Y estoy siendo sincero. Cuando estoy contigo, me siento maduro. Responsable. Es lo que me ha gustado de ti desde el primer momento. Eres tan seria… –cuando Olivia soltó una exclamación ahogada, él alzó la mano–. Sé que no es eso lo que quieres que diga, pero esa es la verdad. Eres una mujer seria e inteligente y eso me gusta. Me haces desear ser algo más.

–Más –susurró, casi sin respiración. ¿Le hacía sentirse maduro?

–No me mires así. Me gusta que seas así.

–Pero yo no quiero ser solo una persona que te haga sentirte maduro.

¿Qué demonios era para él? ¿Una figura maternal? El rostro le ardía de humillación, pero, cuando intentó apartar la mano, Jamie entrelazó los dedos con los suyos.

–Piensa en ello, Olivia. Esto también podría ser una solución para ti. En vez de seguir trabajando en la universidad y ahorrando durante años para empezar a montar tu propio negocio, podrías empezar a hacerlo ya. Conmigo. No tendrías que trabajar durante años para alcanzar tu objetivo. No tendrías que arriesgarlo todo metiéndote tú sola en un negocio. Tú sabes lo difícil que sería.

—Sí, será difícil —musitó.

Difícil, repitió para sí. Como su madre le había advertido años atrás. Como había vuelto a repetirle aquella semana. «Tú no eres una mujer fuerte. Necesitas a alguien que
te cuide». Víctor le había dicho lo mismo, solo le faltaba
que se lo dijera Jamie.

Por un momento, todo dentro de ella pareció entume-
cerse. Y, por un instante, estuvo a punto de considerar su
ofrecimiento. La idea era buena. Jamie tenía el nombre y la
personalidad para llevarla a cabo. Solo necesitaba… Una
persona seria tras él. Una persona madura.

Una persona que no fuera capaz de sacar adelante su
propio proyecto, pero que estuviera encantada de apoyarle.

Intentó soltar la mano y, en aquella ocasión, cuando Jamie se resistió, tiró con más fuerza.

—Suéltame.

—¿Qué te pasa? —preguntó Jamie con expresión de incredulidad.

—Yo no puedo convertirte en una persona seria.

—Lo sé.

—No puedo hacerte madurar. Mi sosería no es conta-
giosa.

—¡Eh, vamos! No era eso lo que pretendía decir.

Olivia se levantó y retrocedió.

—Ya sé lo que querías decir. Tienes sueños y lo comprendo, porque yo también los tengo y no pienso dejarlos
de lado.

—No te estoy pidiendo que lo hagas.

—¡Acabas de hacerlo! Sé lo que he oído porque no es la
primera vez que me lo dicen.

Jamie curvó las manos sobre los brazos de la silla con
tanta fuerza que sus nudillos palidecieron.

—Yo no soy tu exmarido —gruñó.

—No —respondió ella con voz queda—. No eres mi exmarido, pero eres igual que él.

–¡Eso es ridículo! –le espetó, levantándose de la silla.

–Eres un hombre encantador, inteligente y atractivo. Le dices a la gente lo que quiere oír y de esa forma terminas gustándole a todo el mundo. Y ahora quieres utilizarme para que haga algo que te conviene a ti. Quieres que renuncie a mis sueños para hacer realidad los tuyos.

–¡No quiero que renuncies a nada! Sería justo lo que tú querías. ¡He pensado que la idea te gustaría!

–¿Por qué? ¿Porque sería más fácil para mí?

–¡Sí!

Olivia respondió con un sonido burlón.

–¿Más fácil que llevar adelante mis propios planes? ¿Más fácil que ahorrar mi propio dinero? ¿Más fácil que arriesgarlo todo para hacer lo que quiero?

–¡Dios mío! –gritó Jamie–. Es solo una oferta. No estoy intentando robarte tu futuro. ¿No deberías sentirte halagada por el hecho de que te respete lo suficiente como para querer empezar un negocio contigo?

–¿Halagada porque te hago sentirte maduro? Déjame decirte algo, Jamie. Si necesitas que alguien te ayude a madurar, no creo que seas la pareja ideal para montar un negocio.

–¿Ah, no?

A pesar de su enfado, la dura sonrisa que asomó al rostro de Jamie aguijoneó la conciencia de Olivia, pero no estaba dispuesta a mentir.

–No.

–Muy bien –Jamie soltó una risa dura como el acero–. Estoy seguro de que eso es lo que piensa mi hermano. Le haré saber que estás de acuerdo con él.

–Si lo que quieres es crecer y comenzar a caminar tú solo, no puedes apoyarte en mí.

–¡No estaba pensando en apoyarme en ti, maldita sea! Quería contratarte, de la misma forma que pienso contratar a un cocinero, a un arquitecto o a un diseñador. ¿Por qué demonios tienes que convertir esto en una prueba de mi debilidad?

—Has sido tú el que ha dicho que te hacía desear ser mejor. Como si fuera tu muleta. Pero yo no soy esa mujer. No soy esa mujer que está dispuesta a entregarse a ti hasta que dejes de necesitarla.

—Y yo no soy tu exmarido —replicó de nuevo.

—Es cierto. Pero yo sigo siendo su exmujer. Y si crees que voy a convertirme otra vez en la muleta de un hombre, estás muy equivocado.

Tomó aire y se obligó a ver a Jamie tal y como era, a no pensar en él solo como en otro hombre que le pedía que renunciara a algo.

—Tú también me has ayudado —reconoció con voz queda—. Me has ayudado a descubrir algo más dentro de mí. Pero ya es hora de que cada uno de nosotros continúe por su camino.

Jamie detuvo sus furiosos pasos y alzó la cabeza para mirarla a los ojos.

—¿Estás cortando conmigo? ¿Ahora?

—Jamie… esto no es una ruptura. Teníamos un acuerdo.

—¡Vete al infierno! —pero, más que de enfado, aquella frase estuvo llena de incredulidad.

Olivia volvió a reprimir una punzada de culpa.

—Si decides seguir adelante con esto, puedes llevarte el proyecto. Quiero ayudarte, Jamie.

—No quisiera utilizarte de muleta —le espetó él.

Olivia comenzó a negar aquellas palabras, pero ya era demasiado tarde. Jamie dio media vuelta y desapareció en el pasillo.

Ella le siguió, pero se movía despacio. No sabía lo que iba a decirle. No podía mejorar la situación. ¿O sí? Jamie había admitido que su atracción por ella estaba vinculada al deseo de madurar. Parte de la razón por la que le gustaba era algo en lo que ella habría preferido que ni siquiera se fijara. En que era mayor. En que era una persona que había sido utilizada por un hombre que la había considerado demasiado seria, como estaba haciendo Jamie.

Una mujer seria cuyos atributos podían consignarse en una hoja de cálculo. Una mujer cuyo cuerpo era algo accesorio comparado con lo que podía llegar a aportar en una mesa de trabajo. La próxima vez, elegiría a un hombre que no necesitara nada de ella. Así sabría que la quería de verdad.

Cuando llegó al dormitorio, Jamie ya estaba vestido y atándose las botas.

—Lo decía en serio —susurró—. Sigo dispuesta a ayudarte en tu proyecto.

—No necesito tu ayuda —mintió.

Tiró de los cordones por última vez antes de terminar de atárselos. Se levantó y pasó por delante de ella, rozándola como si ni siquiera fuera real.

—Ya nos veremos, Olivia.

—Jamie, espera —corrió tras él y le agarró del brazo—. Lo siento, pero…

—Esto no es una ruptura, así que puedes ahorrarte la despedida.

Cuando intentó abrazarle, Jamie se alejó.

—Te veré dentro de dos semanas —susurró.

—¿Dentro de dos semanas?

—Cuando te reúnas con el club de lectura. Me aseguraré de llevar la falda escocesa puesto que tanto te gusta —se detuvo en la puerta y cuando la miró a los ojos, los suyos parecían de hielo—. Que tanto os gusta a todas.

Se marchó cerrando la puerta tras él con apenas un suspiro y se adentró en la oscuridad.

Olivia permaneció en la puerta durante más de un minuto. Diez. Continuó allí hasta que comenzó a filtrarse el resplandor del sol. Después, respiró hondo y regresó a su estudio. Allí cerró la carpeta y apagó el ordenador y las luces. Después, deshizo la cama y metió las sábanas en la lavadora.

A las seis de la mañana estaba vestida y saliendo a correr, justo a su hora. Las cosas volvían a ser como antes e intentó no odiar aquella realidad.

Capítulo 22

Se presentó en clase.

Olivia no se lo podía creer. Había dado por sentado que la evitaría, que no querría volver a verla. Pero allí estaba, tecleando en el ordenador, como siempre. Aunque, cuando Olivia desviaba la mirada, nunca le descubría mirándola. A lo mejor su intuición no la había engañado. No quería verla, así que no se tomaba la molestia de mirarla.

Pero ella no podía evitarlo. Jamie podía estar sonriendo menos que en otras ocasiones, pero continuaba estando igual de atractivo. E, ironías de la vida, sin aquella sonrisa traviesa y los ojos chispeantes, parecía mayor. Más maduro. Justo lo que él quería. Pero a Olivia le dolía en el alma verle así, tan serio y encerrado en sí mismo como todos los demás.

Para cuando terminó la clase, Olivia estaba mirando el reloj con la firme sospecha de que lo habían retrasado de manera deliberada.

—¿Señorita Bishop?

Olivia miró por encima del estudiante que tenía ante ella para mirar a Jamie. Estaba hablando con la chica que estaba sentada a su lado.

—¿Mm?

—¿Qué le parecen las previsiones?

Olivia se obligó a prestar atención al alumno que se había acercado a su mesa.

–Sí, perdona. Has hecho un gran trabajo. ¿Cuántas fuentes has consultado?

Se obligó a concentrarse en aquel estudiante y en su proyecto, pero la inquietud con la que removía sus papeles delataba su impaciencia. Alzó la mirada hacia el reloj.

–De acuerdo. Podrías... –pero sus ojos volvieron a encontrarse con Jamie y tartamudeó. Estaba ya subiendo las escaleras, su espalda era como un enorme muro que la separaba de ella–. Si todavía no has terminado con las estimaciones, intenta hacerlo antes de la próxima clase. Y asegúrate de revisar la información que he colgado en la web. Deberías tenerlas antes del jueves que viene.

Se acercaron otros estudiantes a hacerle preguntas, pero Jamie ni siquiera miró hacia atrás. La puerta se cerró tras él y Olivia tuvo que tragarse el nudo que tenía en la garganta.

No sabía a qué se debía aquella tristeza. No podía haber llegado a amarle en tan poco tiempo. No podía sentirse traicionada, Jamie no le había prometido nada. Pero entonces, ¿de dónde nacía aquel dolor? ¿Y por qué se sentía tan culpable? Él había hablado con la misma libertad que ella. Aunque era posible que ella hubiera tenido menos tacto. Jamie la había herido por sorpresa y ella le había atacado.

Olivia fingió entusiasmo durante su conversación con los estudiantes, pero suspiró aliviada cuando por fin se fue el último. Recogió sus apuntes y el ordenador y corrió a su despacho.

Si continuaba hacia delante con su vida, terminaría dejando aquel episodio tras ella. Su relación con Jamie no tenía futuro. Y, con toda sinceridad, ambos habían conseguido lo que querían. Olivia había descubierto su faceta más divertida y Jamie había elaborado su proyecto. No era a ella a quien quería.

Y eso estaba bien. Ella ya estaba bastante ocupada. El problema había sido que no esperaba verle. En aquel momento, lo único que le apetecía era marcharse a su casa y esconderse, pero, después de su divorcio, jamás se había permitido regodearse en su sufrimiento y tampoco pensaba empezar a hacerlo entonces. Tenía planes que hacer. Sus propios planes.

Con la boca apretada con un gesto de determinación, abrió la puerta de su despacho, pero al descubrir al hombre que estaba allí sentado soltó un grito de sorpresa.

—Menudo recibimiento —se quejó Víctor.

—No te esperaba —le miró con los ojos entrecerrados—. De hecho, no esperaba encontrar a nadie en mi despacho, que es un lugar privado.

Víctor le guiñó el ojo.

—He pensado que daríamos que hablar si te esperaba fuera.

Olivia reprimió los efectos de la sorpresa y se sentó como si la presencia de su exmarido no la molestara.

—¿Qué quieres?

—Quería verte para saber cómo estás.

—Estoy muy bien.

—¿Sigues saliendo con ese joven?

Olivia le fulminó con la mirada.

—¿Qué estás haciendo aquí, Víctor?

—Me ha llamado tu madre.

Olivia estuvo a punto de dejar caer el libro que estaba colocando en un estante.

—¿Mi madre? Está de vacaciones.

—Ya lo sé, pero, por lo visto, ha decidido que no podía esperar hasta su vuelta. Está muy afectada por lo que le dijiste.

—El sentimiento es mutuo.

Estaba haciendo un esfuerzo por sonar indiferente y aburrida, pero odiaba aquella situación. Cada vez que su madre llamaba a Víctor se sentía como si estuvieran conspirando contra ella. Como si estuvieran urdiendo una estrategia para convertirla en lo que ellos esperaban de ella. Entre otras cosas, porque eso era lo que hacían.

—Suéltalo —le pidió Olivia—. ¿Y esta vez por qué está decepcionada?

—No está decepcionada. Está preocupada.

Olivia elevó los ojos al cielo mientras sacaba el ordenador portátil de la funda y lo colocaba sobre el escritorio.

—Muy bien. Está preocupada. Ahora, ve al grano.

—Me ha dicho que estás pensando en montar un negocio.

Olivia se tensó y tuvo que morderse el interior de la mejilla para evitar contestar con un gruñido, pero miró a Víctor a los ojos y dejó traslucir su enfado.

—No estoy pensando en ello. Pienso hacerlo.

Víctor curvó los labios en una ya conocida y compasiva sonrisa.

—Olivia…

—No.

La sonrisa permaneció, pero tensó la mirada.

—¿Vas a renunciar a tu trabajo y a arriesgarlo todo por un sueño de quinceañera?

—A pesar de lo que puedas pensar, no soy tonta, Víctor.

—¿Estás segura? porque parece que no has leído las noticias de los últimos años. Este no es momento para montar un negocio, Oli.

—Te pedí hace un año que dejaras de llamarme así.

—Lo siento —le brindó una de sus encantadoras sonrisas—. Es la fuerza de la costumbre.

Olivia unió las manos para dominar la tentación de darle una bofetada. Víctor sería capaz de llamar a la policía y denunciarla por violencia doméstica… y, por supuesto, ofrecerle la posibilidad de retirar la denuncia a cambio de que se mostrara razonable y volviera a su lado. Aun así, merecería la pena, aunque solo fuera para notar el escozor de su piel bajo la palma. Pero quizá no tanto como para perder el trabajo.

—En serio, Olivia, no lo hagas. Lo perderás todo. Tu madre está histérica.

—Pensaba que querías que lo perdiera todo.

—Ya te dije que no había sido yo el que había llamado. No quiero arruinarte la vida, que es lo que te pasará si decides perseguir tu sueño.

Olivia suspiró exasperada.

—¿Es que no me conoces? No voy a tirarlo todo por la borda como una idiota. Estoy ahorrando dinero. Este otoño daré cuatro asignaturas.

—Si es que Lewis te las da.

—Sea como sea, este es un objetivo a largo plazo. A muy largo plazo, teniendo en cuenta que renuncié a él por ti.

Víctor la miró con expresión compasiva.

—Sé que te pedí mucho. He sido muy egoísta.

Bueno, aquella admisión era una novedad. En el pasado, siempre había intentado convencerla de que era ella la que estaba equivocada. La que había confundido las motivaciones, los sentimientos y la conducta de Víctor.

—Voy a hacerlo, Víctor, quiera lo que quiera mi madre. Y pienses tú lo que pienses. No necesito que nadie me proteja de mí misma.

Víctor inclinó la cabeza y la estudió con atención, con aquellos ojos grises llenos de calor y afecto. Siempre le habían encantado sus ojos. No había comprendido, hasta que ya era demasiado tarde, que él sabía el efecto que tenían en una mujer. Parecían siempre sinceros.

—Tienes muchas ganas de hacerlo, ¿verdad?

—Sí —contestó Olivia con cansancio—, claro que quiero.

Víctor se reclinó en la silla y la miró como si fuera una niña decidida a abandonar el nido.

–En ese caso, te apoyaré en todo lo que pueda.

–Caramba, gracias –musitó.

Cuando Víctor se inclinó hacia delante, sus ojos parecieron incluso más sinceros. Apoyó las manos en la mesa con las palmas hacia arriba como si le estuviera ofreciendo el mundo.

–¿Qué puedo hacer para ayudarte a hacerlo realidad?

–Por el amor de Dios, Víctor, no necesito tu ayuda. Soy capaz de hacerlo sola.

–Es posible que no me necesites, pero quiero ayudarte. Te quiero, Olivia.

A Olivia sintió en el estómago el fuego de una rabia repentina.

–¿Sabes quién creo que necesita tu ayuda? ¿Y tu amor? Tu novia, que está embarazada.

El rostro de Víctor cambió tan rápidamente de color que Olivia estuvo a punto de inclinarse hacia delante por miedo a que cayera de cara sobre el escritorio.

–¿De qué estás hablando? –preguntó casi sin aliento.

–La vi en el restaurante. Está embarazada.

El tono ceniciento de Víctor fue transformándose poco a poco en rosa. Se le pusieron las orejas rojas y se frotó la cara con las manos.

–¡Dios mío! –gimió.

–¿Por qué sigues diciéndome que me quieres cuando vas a tener un hijo con Allison?

–Yo no quería llegar a esto –se mesó los cabellos–. No quería. Escucha –cuando alargó las manos hacia ella, Olivia se apartó–. Olivia, por favor. Nunca he dejado de quererte. Sé que lo eché todo a perder y que no fui capaz de encontrar la manera de arreglarlo, pero...

–¡No había ninguna manera de arreglarlo! ¡Me traicionaste!

–Lo sé, pero yo pensaba, pensaba que, con el tiempo, te darías cuenta de lo mucho que me necesitas.

Olivia se levantó de un salto, apoyando los puños contra el escritorio.

–¡No te necesito!

–De acuerdo, de acuerdo. No pasa nada –alzó ambas manos y sonrió con delicadeza–. Lo he entendido. Lo que pretendía decir era que pensaba que te darías cuenta de lo mucho que me quieres. He estado esperándote durante todo este tiempo.

–Pues reconocerás que te has mantenido bastante ocupado.

–Porque creía que de esa forma te pondrías celosa. Sí, pensaba que todas esas mujeres me darían alguna ventaja. Pero nunca he querido a ninguna de ellas. Y ahora… ¡Mierda! –se desplomó en la silla como si los huesos se le hubieran transformado en gelatina–. No la quiero a ella. Te quiero a ti.

La indignación la abandonó y Olivia se sentó con mucho cuidado en la silla.

–Víctor, Allison va a tener un hijo tuyo. Vas a tener un hijo con ella, así que te conviene intentar quererla.

–A lo mejor no es mío –musitó.

–¿Allison ha estado saliendo con alguien más?

La forma en la que Víctor desvió la mirada evidenció que se estaba agarrando a un clavo ardiendo.

–Yo no quiero tener hijos.

No importó que ya lo supiera, a Olivia se le desgarró el corazón al oír aquellas palabras. Víctor nunca las había dicho con tanta franqueza, jamás lo había admitido ante ella. Siempre había puesto excusas, razones para retrasar el momento, pero nunca había reconocido la cruda verdad… y ya era demasiado tarde para ella.

–No te quiero, Víctor. No te quiero desde hace mucho tiempo. Y a ese niño le debes al menos el intentarlo. No puedes fingir que no existe. No puedes tratar a su madre como si fuera basura. Es probable que este sea tu único hijo.

—Puedo ser un buen padre para él con Allison o sin ella. De hecho… —se le ocurrió de pronto una idea que le iluminó la mirada—. De hecho, creo que sería mejor padre si estuviera contigo. Sería feliz. Querría que te sintieras orgullosa de mí. Y tú serías una madrastra maravillosa. Siempre has querido tener hijos.

El golpe fue tan fuerte que Olivia se sintió aturdida por su violencia.

—Eres un canalla —susurró.

—¿Qué?

—Eres un canalla. ¿Sabes? Durante mucho tiempo me culpé a mí misma de no tener hijos. Me decía que a lo mejor no había sido bastante franca. Que no te habías dado cuenta de que quería ser madre. Pero tú lo sabías. ¡Lo sabías y te importó un comino!

—Eso no es verdad. Estábamos muy ocupados. Yo solo quería retrasarlo, pero después…

—Eres un mentiroso, Víctor. Y yo jamás estaría con un hombre que despreciara a su propio hijo como estás despreciando tú al bebé de Allison. Sal de mi despacho. Y sal de mi vida.

Víctor se levantó, pero no se marchó.

—Esto ha sido un duro golpe para ti.

Olivia rio con desprecio.

—Sal ahora mismo de aquí o te juro por Dios que llamaré a la seguridad del campus y les diré que te niegas a marcharte.

—Muy bien, me iré. Pero piensa en lo que te he dicho.

Olivia descolgó el teléfono, y debió de ponerse muy seria, porque Víctor corrió hacia la puerta como la rata cobarde que era.

¿Qué demonios le pasaba a aquel hombre? ¿Y qué demonios le pasaba a ella? No era una de aquellas mujeres que se pasaban años estudiando catálogos infantiles, mirando anhelantes los muebles para la futura habitación de sus bebés. Era cierto que había pensado que tendrían hijos, pero nunca le había dolido no tenerlos. Respiro hondo y se sintió mejor. No la había afectado tanto porque no le hubiera dado hijos. Habían sido los celos de saber que le había negado algo que le había dado a otra mujer.

Bueno, no por decisión propia, pero...

–Qué desastre –musitó.

Desde luego, en aquella ocasión, Víctor había cavado su propia tumba. Cualquier antipatía que sintiera por Allison se transformó al instante en compasión.

Pero, fuera como fuera, no tenía por qué preocuparse por Allison. Ni por Víctor. De lo único que tenía que preocuparse era de su negocio. Las estúpidas palabras de Víctor la habían reafirmado en su decisión. Estaba más decidida que nunca. Y más impaciente.

Olivia extendió el proyecto sobre la mesa y abrió las hojas de cálculo en el ordenador. A lo mejor tardaba años en ahorrar el dinero que necesitaba. A lo mejor no conseguía impartir cuatro asignaturas el próximo semestre. Pero le bastaría con dos si era capaz de conseguir que le pagaran por hacer un proyecto. Solo uno. Aquello ya sería un comienzo.

Capítulo 23

El viernes por la noche llevó al local a una multitud de clientes y al grupo de música irlandesa favorito de Jamie. Todo el mundo estaba de un humor excelente, tamborileaba con los pies siguiendo el ritmo de la música y aplaudía con entusiasmo después de cada canción.

También él se lo estaba pasando muy bien. ¿Y por qué no iba a hacerlo? Estaba de nuevo en su lugar, detrás de la barra, tirando cerveza y sonriendo a todo el mundo. Tessa se ocupaba de servir las mesas aquella noche y, aunque continuaba dirigiéndole miradas interrogantes, él se aseguraba de sonreír cada vez que le miraba.

—¿Quieres que hablemos? —le había preguntado Eric con recelo cuando Jamie había llegado a la cervecería a las dos.

—¿Sobre qué? —le había preguntado él, y aquello había puesto fin a la conversación.

¿De qué demonios se suponía que iban a hablar? Podían pasarse días debatiendo sobre sus problemas sin resolver nada. Eric haría alguna concesión a regañadientes. Estaría dispuesto a tirarle algunas migajas para dejarle contento, pero él no iba a permitir que le trataran como a un perro. Los planes que hiciera los mantendría en secreto.

Pero, de momento, ni siquiera era capaz de imaginarlos.

Volvía a sentirse perdido, aunque, en aquella ocasión, estaba decidido a encontrar el camino por sus propios medios.

—¡Eh, Jamie! —le gritó una mujer desde una de las mesas—. ¿Dónde está tu falda?

—¡En la tintorería! —gritó en respuesta.

Aquella maldita falda le hizo pensar en Olivia, en cómo había ido subiendo la mano por su muslo hasta cerrarla sobre su miembro. Después, se había colocado encima de él, desnuda, estando él todavía completamente vestido, hasta con las botas atadas. Y…

Sacudió la cabeza, intentando alejar aquel pensamiento. No quería volver a pensar en Olivia. Había ido a clase el martes para ponerse a prueba, pero la prueba había estado a punto de acabar con él. Había hecho un trabajo excelente en lo que se refería a no mirar a Olivia ni una sola vez, pero no había podido evitar oír su voz. No había sido capaz de ensordecer. No había querido renunciar a la clase, ni a la información que necesitaba, pero había salido con dolor de estómago. El jueves, se había inventado una excusa para saltarse la clase. Tenía los apuntes y la información que necesitaba podía encontrarlos *online*. Tendría que arreglárselas con eso.

—¿Jamie?

Alzó la mirada y descubrió a Tessa observándole con el ceño fruncido y expresión preocupada.

—¿Qué?

—¿Has oído el pedido?

Se aclaró la garganta.

—La música está demasiado alta. Repítemelo.

Tessa se le quedó mirando durante un largo rato, pero él la ignoró y se concentró en servir una cerveza negra para el tipo que estaba al final de la barra, que le había hecho un gesto para que volviera a llenarle el vaso. Tessa renunció por fin, le repitió el pedido y se alejó corriendo.

Cansado de pensar en Olivia, Jamie intentó distraerse

cantando a viva voz las canciones del grupo, pero perdió su oportunidad. La canción terminó con un estruendo de címbalos. La última nota del violín enmudeció.

–¡Muy bien, amigos! –dijo el cantante que lideraba el grupo. Tenía un marcado acento irlandés que exageraba cuando estaba sobre el escenario–. Tenemos que pasar un rato en compañía de una pinta, pero dejad de lamentaros. ¡Volvemos a las diez!

Haciendo una mueca ante el silencio que se produjo en aquella momentánea calma, Jamie conectó la música y fue a llevar una jarra de cerveza al grupo.

–¡Eh, camarero! –gritó un hombre cuando regresó a la barra.

Jamie alzó la mano pidiéndole que esperara y agarró el cuenco de galletas saladas que les había prometido a los músicos. Unos segundos después, estaba de vuelta.

–Lo siento. ¿Qué puedo…? –las palabras parecieron transformarse en gravilla en su boca cuando vio con quién estaba hablando.

Era él. Víctor. ¿Qué demonios…?

–Jamie –le saludó el tipo, sonriendo como si fueran viejos amigos–, me alegro de volver a verte.

–Muy bien –respondió, aceptando con desconfianza la mano que Víctor le tendía.

Víctor intentó apretarle los dedos a Jamie. Pero no lo consiguió.

–Tomaré una pinta de tu mejor cerveza.

–Todas son las mejores –respondió Jamie con vehemencia.

–De acuerdo, en ese caso…

Tomó una carta y la revisó como si estuviera leyendo un importante tratado. Jamie intentó no mostrar su violenta irritación. Jamás había estado celoso de aquel canalla, pero, en aquel momento, un sentimiento oscuro inflamaba su pecho. ¿Habría ido allí para que le atendiera él?

—Probaré la ale tostada —dijo por fin.

Jamie agarró un vaso de pinta sin responder.

—¿Qué tal está Olivia?

Jamie le fulminó con la mirada.

—Si quieres saber cómo está Olivia, te sugiero que se lo preguntes a ella.

—Claro, claro. Solo quería saber si la estabas tratando bien.

Jamie le tendió a Víctor la cerveza, se secó las manos y fue a servir a otro cliente. Qué tipo tan asqueroso. Asqueroso, patético e inútil. Y aquella era la razón por la que no debía permitir que su presencia le molestara.

Pero Jamie ya no se acostaba con Olivia, ya no formaba parte de su vida. Y, de pronto, aquel canalla le pareció su enemigo. No porque estuviera compitiendo con él... Era solo que él ya no era el ganador. Compartía el barco de los perdedores con aquel inepto. Había sido rechazado. Ya no le querían. Pertenecían al mismo penoso club de dos.

¿Cuándo iba a empezar a tocar aquel maldito grupo otra vez? Por lo menos la música ahogaría cualquier intento de Víctor de entablar conversación.

—¿Por qué estás tan gruñón esta noche, Jamie? —una chica le pasó el brazo por la cintura y le obligó a detenerse.

Jamie le dirigió una sonrisa.

—No estoy gruñón, cariño.

—¿Y por qué no me has sonreído?

Jamie la reconoció entonces. Era una chica morena y atractiva que se pasaba un par de veces al mes con una amiga por el bar. Eran demasiado jóvenes y risueñas para su gusto, pero, por otra parte, eran inofensivas.

—Ahora te estoy sonriendo, ¿no?

—Sí, claro que sí.

—¿Quieres otra cerveza? —le preguntó. Miró después hacia su mesa y vio que la jarra estaba casi vacía y solo estaban ellas dos—. ¿O un taxi?

La joven rio a carcajadas y bajó la mano por su espalda.

—Nos va a venir a buscar una amiga —le contestó con una radiante sonrisa—. Pero eres muy considerado al preocuparte.

Considerado. Claro que sí. Y tampoco quería que le retiraran la licencia. Pero le guiñó el ojo antes de alejarse. Se detuvo en otra mesa, pero Tessa le apartó de allí con una mirada de indignación. Su trabajo estaba detrás de la barra y no le quedaba más remedio que volver allí.

Víctor había vaciado ya su vaso y lo empujó hacia Jamie.

—Otra —le pidió con una sonrisa de superioridad.

—Sí, señor —musitó Jamie.

Consiguió no mirarle mientras tiraba la cerveza y se la servía. Para dejar las cosas claras, imprimió la cuenta de Víctor y también se la tendió.

A pesar de que pasó cinco minutos hablando con otros clientes para evitar a Víctor, al final no le quedó más remedio que acercarse para agarrar la tarjeta de crédito. Víctor la había dejado junto a la cuenta en su lado de la barra y Jamie tuvo que alargar el brazo para alcanzarlas.

Pero antes de que lo hubiera conseguido, Víctor le agarró por la muñeca.

—Sabes que solo está utilizándote, ¿verdad? —le dijo con una voz que todavía rezumaba amabilidad.

Jamie se tensó y miró de nuevo a su alrededor. El batería se había levantado, pero el resto del grupo se estaba tomando su tiempo con los últimos restos de cerveza.

—Está intentando darme una lección. Ponerme celoso. Tú solo eres un apoyo para ella.

Jamie apretó la barbilla y liberó su mano. Sí, ya sabía que le había utilizado. Aquel había sido el objetivo de su relación. Diversión para todos.

—Voy a conseguir que vuelva conmigo —le aseguró Víctor—. Y tú solo serás un recuerdo vergonzoso para Olivia. Algo que deseará mantener en secreto.

–Lárgate –gruñó Víctor.

Se acercó al mostrador para cargar la cuenta y advirtió furioso que Víctor le había dejado cincuenta céntimos de propina.

Estuvo a punto de tirarle a la cara el recibo, pero no le pasó por alto lo que Víctor acababa de decir.

–Necesita a alguien que se haga cargo de ella, y no al revés.

El rostro de Jamie ardía de enfado, pero se alejó de allí. Distraerse con otros clientes no le serviría en aquella ocasión, así que fue directo hasta el final de la barra y se acercó a las puertas que daban a la parte de atrás. El grupo comenzó por fin a afinar los instrumentos, pero ya no le servían de ninguna ayuda. La próxima vez, la jarra de cerveza gratis sería algo menos generosa.

–¡Eh! –ladró una voz tras él–. No me has dado las gracias por la propina.

Jamie miró hacia atrás justo en el momento en el que Víctor le estaba agarrando del brazo.

–Suéltame –le advirtió Jamie, evitando que le detuviera–. Y sal de mi bar.

Empujó las puertas y el aire frío de la cocina le produjo un alivio inmediato. Hasta que se le filtró hasta los huesos el sonido de una mano sujetando la puerta.

–Es mi esposa –dijo Víctor. Su falsa sonrisa desapareció y reveló por fin unos labios tensos por la rabia–. Y no es nada tuyo.

–Te equivocas.

–Necesita un hombre, Jamie. No un niño como tú.

Jamie sentía que se le iba nublando la visión, pero el rostro de Víctor lo veía cada vez más nítido.

–Y tengo lo que necesita –susurró Víctor–. Una jugosa cuenta corriente en el banco para ayudarla a hacer realidad su sueño de montar un pequeño negocio.

–Sal de aquí antes de que te saque yo mismo.

Las siguientes palabras de Víctor fueron ahogadas por el sonido del grupo, que por fin comenzó a tocar. Jamie señaló hacia la puerta, pero Víctor le miró con desprecio y se acercó un paso más.

–Solo espero que le hayas enseñado algunos trucos en la cama –gritó.

El aullido de los violines pareció tensar los nervios de Jamie. Los sintió estallar en todo su cuerpo.

Víctor le mostró los dientes con un gesto de desdén.

–Porque el cielo sabe que si a alguien le venía bien un poco de vidilla en la cama era a Olivia.

Jamie ni siquiera reparó en el movimiento del brazo. Su primera conciencia de ello fue la de la sensación de la barbilla de Víctor, que rebotó contra sus nudillos antes de alejarse de ellos. El cuerpo de Víctor la siguió. Salió disparado hacia atrás y abrió con los hombros las puertas abatibles como si no pesaran nada.

Antes de que las puertas volvieran a cerrarse, Jamie le vio rebotar en el suelo. Todo el bar pareció soltar una exclamación silenciosa al mismo tiempo, salpicada por algunos gritos. La música fue cesando con un sonido distorsionado a medida que cada uno de los músicos fue dejando de tocar. Jamie cruzó las puertas, agarró a Víctor del cuello y le arrastró hacia la puerta. Algunos clientes dieron por sentado que Jamie era el bueno de aquella película y lanzaron gritos de ánimo, pero Tessa corrió hacia él como un rubio remolino de terror.

–¡Jamie! –gritó.

–Quédate ahí.

Víctor gimió e intentó incorporarse, así que Jamie le ayudó, tirando hacia arriba de él. Antes de que hubiera podido recuperar el equilibrio, abrió la puerta y le lanzó a la calle.

–¡Animal! –resolló Víctor–. ¡Me has pegado!

–Sí, te he pegado.

Le dolían los nudillos y el estómago se le había hundido como si todavía estuviera en la montaña rusa con Olivia. Sabía lo que iba a ocurrir a continuación. Empujó a Víctor hacia el aparcamiento.

—¡Esto es un bar, idiota, no estamos en el despacho del decano!

—¡Voy a llamar a la policía! —gritó Víctor mientras sacaba el teléfono móvil del bolsillo.

Maldita fuera. Víctor intentó parecer despreocupado.

—Adelante, pero ten en cuenta que pienso contar a la policía hasta el último detalle de lo ocurrido. Y a la prensa.

Víctor frunció el entrecejo, pero pulsó el número nueve.

—Y recuerda que yo soy camarero. Un arresto por una pelea no va a afectar a mi carrera profesional. ¿Pero un artículo en el *Daily Camera* sobre un profesor que ha tenido una bronca por su exesposa en un bar? Seguro que a tu departamento le encantará.

El dedo de Víctor revoloteaba sobre el número uno.

—Y todo un bar lleno de gente que te ha visto comportarte como un idiota. Me has agarrado dos veces. Me has seguido a la parte de atrás. ¿Quién sabe lo que ha pasado allí?

La mano de Víctor vaciló y Jamie sonrió.

—Si has tenido la suerte de conservar todos tus dientes, creo que deberías marcharte.

Como si necesitara comprobarlo, Víctor alzó la mano para tocarse con mucho cuidado la barbilla.

—¿Están todos allí?

A pesar de que volvió a guardarse el teléfono en el bolsillo, Víctor continuaba sonriendo con suficiencia, como si hubiera ganado él la pelea.

—Espera a que Olivia se entere de que me has atacado. ¿De verdad crees que los matones son su tipo?

—Ni siquiera estamos saliendo ya, estúpido. Haz lo que te dé la gana.

Jamie giró para regresar al bar, pero se encontró con un muro de gente apiñada en la puerta. En medio de todos ellos estaba Tessa, con una expresión que se debatía entre la preocupación y la ira.

Le agarró por la camisa.

—¿Qué ha pasado?

—Estás echando a perder una entrada triunfal. Apártate.

La gente entró de nuevo en el edificio y Jamie consiguió abrirse camino entre todos aquellos clientes que le palmeaban la espalda con la mano.

—¡Buen trabajo! —le gritaban algunos.

No tenían la menor idea de quién era Víctor, pero, al parecer, el hombre que les servía las cervezas se había convertido en un héroe.

Ironías de la vida, Tessa parecía más reacia a inclinarse a su favor. Volvió a agarrarle de la manga y, cuando intentó meterse detrás de la barra, tiró de él para obligarle a dirigirse hacia la parte de atrás.

—Perdonarnos, chicos. Ahora volvemos.

Se levantó un pequeño grito de apoyo entre las mesas, pero Jamie no sentía ánimo alguno. El corazón todavía le latía con fuerza suficiente como para suministrar sangre a un pequeño ejército. ¿Y si Víctor llamaba a la policía? ¿Qué pasaría entonces?

—¡Jamie! —le regañó su hermana.

—Lo sé —alzó las manos antes de volverse hacia ella—. Lo sé.

—¿Qué demonios ha pasado?

—Me ha agarrado dos veces, Tessa. He intentado alejarme, pero me ha seguido hasta aquí.

—¿Quién era?

—El exmarido de Olivia.

Tessa abrió los ojos como platos.

—Me ha seguido hasta aquí soltando pestes por la boca.

Después ha dicho algo sobre ella y no he podido dominarme. No debería haberle pegado, pero…

—¡Claro que no!

—¡Dios mío! Si ha llamado a la policía… Escucha, déjame hablar mañana con Eric. Intentaré… —las palabras murieron en su boca al ver la expresión de culpabilidad de Tessa—. ¿Qué?

—Ya le he llamado.

—¡Dios mío, Tessa! ¿Qué pretendes hacerme?

—Lo siento —gritó—. ¡Creía que te iban a detener! Solo le he dicho que viniera. No he tenido tiempo de darle explicaciones.

Jamie golpeó una de las mesas.

—¡Maldita sea! Muy bien, déjame manejar las cosas a mí. Le contaré mi versión de…

Se abrieron las puertas de golpe y entró Eric con el rostro distorsionado por la furia.

—Eric… —Jamie suspiró.

—¿Has vuelto a meterte en una pelea? —preguntó Eric entre dientes.

Al parecer, se había enterado de lo ocurrido en cuanto había cruzado la puerta. Mierda.

—No ha sido en una pelea —replicó Jamie—. Ese tipo no paraba de molestarme. Me ha seguido hasta aquí y me ha cabreado.

—Y tú le has dado un puñetazo.

Jamie cambió de postura y se cruzó de brazos.

—¿Conoces a ese tipo?

Jamie desvió la mirada hacia Tessa, pero sabía que no tenía ninguna esperanza de recibir ayuda.

—Es el exmarido de una mujer con la que he estado saliendo.

Para su sorpresa, Eric no dijo nada. Se quedó mirando a Jamie durante largo rato y después señaló la puerta con la cabeza.

—Vete a casa. Yo me ocuparé del bar.

—Estoy bien —respondió Jamie—. Le he convencido de que no llamara a la policía.

—No, tú no estás bien en absoluto—gruñó Eric—. Lo que hagas con tu vida es asunto tuyo, aunque te metas en todo tipo de líos. Pero esto ha afectado a la cervecería.

—He intentado alejarme. No tengo la culpa de que él…

—Claro que tienes la culpa. Jamie. ¡Por Dios! Es la segunda vez en una semana. Primero una discusión con Mónica Kendall y ahora le pegas a un exmarido celoso.

—Yo no… —Jamie se obligó a interrumpir su explicación. Aquella no era la cuestión—. Sé que no debería haberle pegado a ese tipo. Ha sido un error. Lo siento. Pero no tengo por qué responder ante ti de todo lo que…

Eric resopló disgustado.

—¿Sabes una cosa? Estoy harto de hacer este papel.

—¿Qué papel?

—El de jefe malo. El del hermano pesado. ¿Quieres marcharte de aquí? Pues adelante. Te has convertido en una carga.

—¿Qué?

A Jamie le daba vueltas la cabeza y todavía tenía el pulso acelerado después de la pelea.

—Si quieres madurar, lárgate de aquí y hazlo, porque estoy cansado de esperar.

—¡Dios mío, Eric! Mónica vino al bar y me atacó. Y ese imbécil estaba insultando a una mujer que no se lo merece. ¡Yo no he provocado ninguna pelea!

Eric esbozó una sonrisa cargada de amargura.

—Te has metido en esos líos tú solito, Jamie, como siempre. Al fin y al cabo, yo nunca he hecho ningún negocio pensando con lo que no debía y ninguna mujer enloquecida y ningún marido celoso se han presentado en el bar y me han atacado delante de todos los clientes.

El vacío que Jamie sentía comenzó a llenarse de un dolor que tenía la consistencia del cemento. Estaba desconcertado, perdido, y lo peor era que no tenía a nadie a quien acudir. Su familia era parte del problema y Olivia había desaparecido de su vida.

–Vete a casa –le dijo Eric–. Hablaremos mañana.

–No me mandes a casa, Eric, no tienes por qué regañarme ni decirme que no soy bienvenido en este lugar. ¿Pero sabes una cosa? Te ahorraré las molestias de despedirme. Renuncio.

–¿Qué? –gritó Tessa.

–Renuncio. No creo que sea ningún problema, porque estaréis mucho mejor sin mí.

Se desató el delantal y se lo lanzó a su hermano, que lo agarró con mano firme. Eric le miró con los ojos entrecerrados, pero no le detuvo. ¿Por qué iba a hacerlo?

–Jamie, tranquilízate –le pidió Tessa–. Todavía estás muy nervioso por la pelea.

–Esto viene de hace años, Tessa. Déjalo –incapaz de enfrentarse a la animada y alegre multitud del bar, Jamie se dirigió hacia la puerta de atrás.

–¡Me lo prometiste! –gritó Tessa–. ¡Me prometiste que no te irías!

–No me queda otra opción –musitó.

Salió entonces a la noche y el aire frío le llenó los pulmones. Respiró hondo varias veces con la esperanza de aliviar la tensión de las bandas que parecían oprimirle el pecho. Para su asombro, funcionó. Se enderezó y echó los hombros hacia atrás. Todo aquello se remontaba muy lejos en el tiempo. Y ya estaba más que preparado para marcharse y hacer algo por su cuenta. A lo mejor debería darle las gracias a Víctor por haberle impulsado a ponerse en movimiento. Si no le hubiera empujado, habría seguido en la cervecería durante meses. Durante años, quizá.

–Sí –musitó con una sonrisa–. Le daré las gracias a ese idiota cuando se hiele el infierno.

Sacó las llaves del bolsillo y se dirigió hacia el coche sin dejar de sonreír. Pero mientras se alejaba de la cervecería, puso mucho cuidado en no mirar por el espejo retrovisor. No quería ver la cervecería de su padre haciéndose más pequeña a medida que él se alejaba.

Capítulo 24

Los martes, Jamie no trabajaba, de modo que Olivia no tenía muchas probabilidades de encontrarse con él si iba a la cervecería. No sabía si le vería en clase aquel día, pero, desde luego, no esperaba verle allí. No tenía ningún motivo para pensar que pudiera aparecer. Aun así, permanecía en el coche, aferrada al volante con las dos manos, pendiente de cada vehículo que parecía a punto de meterse en el aparcamiento de la cervecería.

Solo había tres coches aparcados en aquel momento y ninguno era el de Jamie. Podía entrar tranquila en el bar.

El portafolio que había dejado en el asiento de pasajeros parecía palpitar a su lado, así que se limitó a dirigirle una mirada fugaz antes de cerrar los ojos. Tenía la sensación de estar haciendo lo que debía, pero no podía estar segura.

Comprendía lo que era querer alejarse de algo. Ella se había alejado de sus padres con inmenso alivio. Pero Jamie se merecía otra oportunidad con su hermano. Se merecía la oportunidad de dejar su huella en la cervecería, pero el orgullo se la estaba arrebatando.

Aun así, ¿tenía derecho a dar aquel paso por él?

—No —se contestó a sí misma con un hilo de voz.

No tenía ningún derecho, pero pensaba hacerlo. Sabía que Jamie no se lo agradecería. Si volvía a hablar con ella, solo sería para regañarla, pero no le importaba. Podría manejarlo.

Siempre, claro estaba, que fuera capaz de salir del coche.

Había pasado todo el fin de semana intentando elaborar una estrategia para abrir cuanto antes su negocio. Cada lista que hacía, cada columna de cifras, sumaba una pizca de seguridad a su decisión. Podía hacerlo. Podría sacarlo adelante. Hasta la última célula de su ser parecía revivir con la emoción.

Si conseguía encontrar un cliente, una persona con la que trabajar haciéndole un serio descuento, podría ponerse en camino. Un éxito conduciría a otro. Iría subiendo poco a poco sus tarifas. Y, muy pronto, podría convertir su sueño en realidad. Las yemas de los dedos le cosquilleaban al sentir por fin su sueño al alcance de las manos.

Pero había algo que enturbiaba su felicidad y no tenía la menor duda de lo que era. Cada vez que veía la carpeta de Donovan Brothers en su mesa se le encogía el corazón.

Así que el domingo por la noche había dejado de lado su trabajo y había vuelto a abrir aquella carpeta. Le había dado los retoques finales, había pulido los detalles que quedaban por terminar. Después, había plastificado la carta y había impreso los planos y el proyecto en papel satinado. Una vez impreso, lo había llevado todo a una imprenta profesional y allí lo había encuadernado.

Era un proyecto maravilloso. Merecía ser visto.

Olivia respiró hondo, tomó el portafolio y miró a su alrededor por última vez.

Eran pasadas las once cuando Oliva entró en la cervecería, y allí solo había una persona dentro. Suspiró aliviada al encontrarse con un joven al que no reconoció.

—Buenos días —le saludó el joven pelirrojo.

No podía tener más de veintiún años. Y parecía más joven incluso.

–Hola.

–¿Has venido para el recorrido por la cervecería? Todavía es muy pronto.

–¡Ah! Yo… No… Eh, ¿está Eric Donovan?

–Claro, ¿quieres que vaya a buscarle?

Olivia consiguió sonreír, pero sentía que le temblaban las piernas.

–Sí, te lo agradecería.

Estaba allí. ¡Eric estaba allí y ella iba a tener que seguir adelante con su plan! El joven desapareció en la parte de atrás y Olivia tuvo que obligarse a permanecer donde estaba y no lanzarse a detenerle.

–Tranquilízate –susurró para sí.

No podía presentarse delante de Eric para mostrarle la propuesta como si fuera una histérica.

Por primera vez en su vida, Olivia sintió ganas de beber una cerveza. La ironía de la situación la ayudó a respirar con más calma y tranquilizarse.

–Muy bien –suspiró.

Justo en ese momento, se abrieron las puertas.

Si aquel era Eric Donovan, no se parecía nada a su hermano. Tenía el pelo oscuro y los ojos muy claros. Las líneas de expresión de su rostro le definían como un hombre que llevaba una pesada carga sobre los hombros.

–Soy Eric –se presentó–, ¿en qué puedo ayudarle?

–Hola –le tendió la mano–. Soy Olivia Bishop.

Eric no dio muestra alguna de reconocerla mientras le estrechaba la mano. Olivia se dijo a sí misma que no tenía por qué sentirse ofendida.

–¿Tiene un momento? Quiero hablar con usted para hacerle una propuesta.

La escasa afabilidad del rostro de Eric desapareció al instante y Olivia esbozó una mueca.

–¿Es una vendedora? Todas las semanas dedico algún tiempo a reunirme con comerciales. Si pudiera…

–¡No! No vendo nada. Yo… Si me concede unos minutos, podría explicárselo.

Eric la miró con los ojos entrecerrados durante unos segundos y, al final, se encogió de hombros.

–De acuerdo. Tengo el despacho en la parte de atrás.

Olivia le siguió a un despacho que ya había visto en otra ocasión y se sentó antes de que Eric pudiera cambiar de parecer.

–¿Qué puedo hacer por usted?

–Yo… –tuvo que tragar saliva para evitar que el nerviosismo se reflejara en su voz–. Soy profesora en la universidad. Doy clases sobre negocios minoristas. Restaurantes y hostelería, para ser más concreta.

Eric se inclinó hacia delante con cautela.

–He estado trabajando con su hermano, ayudándole a desarrollar algunas ideas nuevas para la cervecería.

Eric se permitió entonces mostrar todos sus recelos. Tensó los hombros.

–No necesitamos ideas nuevas.

–Aun así, no le haría ningún daño echarles un vistazo, ¿verdad? Hemos estado trabajando en este proyecto –dejó el portafolio encima de la mesa–. Si quisiera…

–¿Jamie sabe que está usted aquí?

–Él… –Dios santo, aquel hombre resultaba intimidante. Olivia se sentía como si estuviera en el despacho del decano–. No, no tiene ni idea.

–Es lógico, puesto que dejó el trabajo el viernes pasado.

–¿Qué? –preguntó Olivia con un grito ahogado.

¿Había renunciado a su trabajo? Se devanó los sesos, intentando recordar todo lo que había hablado con él. En ningún momento le había dicho que quisiera renunciar.

–¿Cuándo lo dejó? Él es uno de los propietarios de la cervecería.

–Sí, y sigue siéndolo, pero ya no trabaja aquí.

–Pero… –pobre Jamie. Tenía que haber ocurrido algo

terrible–. Pero no puede permitir que abandone. Él adora este lugar. Si pudiera echarle un vistazo a su propuesta – acercó una mano trémula al portafolio.

–Señorita Bishop, aprecio su preocupación, pero esto no es asunto suyo.

Tenía razón, maldita fuera. Olivia se sintió como si le estuviera regañando su hermano mayor. Eric parecía decepcionado e impasible al mismo tiempo. Ella se movió incómoda en la silla, pero no renunció. Fuera lo que fuera lo que había pasado, Jamie tenía que estar destrozado. Deseó que su relación no hubiera terminado tan mal para poder llamarle y enterarse de lo que había ocurrido.

Bajó la mirada hacia sus manos y tomó aire.

–Estoy segura de que cree que esto no es asunto mío. Admito que, al principio, tampoco yo me lo tomé muy en serio, pero Jamie siente pasión por este lugar. Y ha hecho un trabajo exhaustivo. Ha pensado en todo lo que hace falta para convertir la cervecería en un lugar de reunión, en un destino.

–La cervecería ya es un lugar de reunión –le espetó Eric. Empujó el portafolio hacia ella–. Siento arruinar la imagen que tiene de Jamie, pero no es tan encantador como usted cree.

¿Encantador? El rubor trepó por su cuello ante lo que insinuaban aquellas palabras.

–Yo no he dicho que sea encantador. Jamie asume la responsabilidad de su trabajo y, si se toma la molestia de echar un vistazo a este proyecto, le prometo que quedará impresionado. Sean cuales sean los errores que haya cometido Jamie en el pasado.

–¿En el pasado? ¿Eso es lo que le ha contado? ¿En el pasado?

Consciente de todos los errores que ella misma había cometido a lo largo de los años, Olivia le fulminó con la mirada.

–Todos nos equivocamos. Eso no significa que no tengamos ningún valor.

Eric miró hacia el techo como si estuviera pidiendo paciencia.

—Mire. No sé qué interés tiene usted en esto, pero sus argumentos son muy discutibles. Jamie no consiguió lo que quería y decidió marcharse.

—¿Porque usted no quiso darle una oportunidad?

—¿Una oportunidad? —curvó la boca en una sonrisa cargada de amargura—. ¿Me está diciendo que no le di una oportunidad?

—Eh... —Olivia se descubrió a sí misma apretando los dedos con fuerza—. Estoy segura de que usted...

—Este no es un asunto de llegar cuatro días tarde o equivocarse al cobrar con tarjeta. Ni de que yo sea un estúpido que le echa en cara todas las veces que se ha equivocado al servir una cerveza.

—A lo mejor...

Olivia se encogió cuando Eric posó las manos en el escritorio y se inclinó hacia delante.

—¿Sabe cuál fue el último inocente error de Jamie, señorita Bishop?

Olivia negó con la cabeza. Sentía las yemas de los dedos entumecidas.

—Hace dos meses, arruinó un acuerdo en el que yo había estado trabajando durante meses. Yo también tenía planes para ampliar la cervecería, ¿sabe? Y mis planes incluían un nuevo acuerdo de distribución que Jamie echó a perder acostándose con la hija del distribuidor.

A Olivia se le paralizó el corazón. Dejó de latirle, así, sin más. Y durante largos segundos, permaneció en completo silencio mientras aquellas terribles palabras iban filtrándose bajo su piel.

—Cometió el error de echarlo todo a perder a cambio de una noche de sexo. ¿Quiere saber qué otras cosas ha hecho desde entonces?

—No —graznó, pero Eric continuó hablando.

—La semana pasada, esa misma mujer se presentó en el bar y tuvieron una pelea. Una pelea auténtica. Tuve que separarla de él en este maldito bar. ¡Ah! Y el viernes acabó a puñetazos por culpa de otra mujer.

Dios santo. Olivia se mordió la parte interior de la mejilla hasta que el dolor superó al horror.

—Así que no quiero ni oír hablar de darle otra oportunidad. Ya ha tenido muchas y estoy harto.

Olivia parpadeó lentamente, intentando pensar la mejor manera de hacer una elegante salida. Jamie se había acostado con otra mujer dos meses atrás. Y quizá con alguna más desde entonces. A ella le había dicho que hacía un año que no salía con nadie. Le había mentido en algo sobre lo que no necesitaba mentir. ¿Por qué lo habría hecho?

Eric frunció el ceño y bajó la mirada hacia las manos de Olivia. Unas manos que ella ni siquiera sentía en aquel momento.

—Eh… —por primera vez desde que se habían presentado, Eric parecía incómodo. Miró preocupado hacia la puerta y la miró de nuevo a ella—. Me temo que yo… A lo mejor he confundido la naturaleza de su relación con mi hermano.

—No —consiguió contestar ella.

—No debería haber dicho lo que he dicho. Lo siento. Espero que usted…

Olivia se levantó a tal velocidad que Eric se echó hacia atrás.

—Gracias por dedicarme su tiempo. Se lo agradezco.

Alargó la mano hacia el portafolio, pero cuando lo tocó, se detuvo y lo apartó. Jamie podía ser un mentiroso y un sinvergüenza, pero aquel proyecto era su trabajo. Lo dejó donde estaba y permaneció erguida.

—Ha sido un placer conocerle —consiguió decir con voz ronca.

—Escuche… —comenzó a decir Eric.

Pero Olivia estaba ya fuera, corriendo por el pasillo a toda la velocidad que le resultaba posible.

«No importa», se repetía, «no importa».

—¿Olivia? —la llamó una mujer justo tras ella.

Tras cruzar las puertas abatibles, Olivia se volvió y vio a Tessa Donovan observándola con la confusión dibujada en el rostro. No respondió. Se limitó a correr hacia la puerta del bar y después hasta el aparcamiento.

Gracias a Dios no se había enamorado de él. No habría sido capaz de enfrentarse a un corazón roto por segunda vez. ¿Qué había hecho ella para merecer tantas mentiras a lo largo de su vida?

Había sido una hija buena, había hecho las cosas bien. Había llegado virgen hasta el primer amor y, en la siguiente relación, se había entregado a la pasión. Pero ambas relaciones habían terminado de la misma manera. Con mentiras. Y tópicas, estúpidas, falsas y reiteradas consideraciones sobre que era una mujer especial, sexy y deseable.

Secándose las lágrimas para poder ver mientras conducía, puso el coche en marcha y salió de allí. Condujo con cuidado, sin alejarse a toda velocidad, sin intentar escapar. Al fin y al cabo, ya no tenía nada de lo que huir. Todo había terminado con Jamie.

Todo había terminado con cualquier hombre en general. No iba a volver a mantener ninguna relación con nadie. Con los años, conseguiría establecerse y hacer sus sueños realidad y, quizá, quizá entonces volviera a pensar en salir con algún hombre. Cuando hubiera conseguido por sí misma todo lo que deseaba, podría contemplar la posibilidad de salir con algún hombre agradable. Un hombre inteligente y tímido. Alguien que no la engatusara con dulces mentiras porque el mero hecho de mentir le proporcionara una absurda emoción.

—Yo también conseguí lo que quería de Jamie —dijo en voz alta. Pero acabó llorando.

Y era cierto. Había conseguido lo que quería. El problema era que no le gustaba sentirse como una tonta otra vez. Como una estúpida, ciega e impotente idiota.

Aunque estaba ya casi en su casa, Olivia no fue capaz de continuar conduciendo. Giró en la calle siguiente y aparcó en la acera. Escapó un nuevo sollozo a su control, y después otro. Olivia posó la frente en el volante y dejó que fluyeran las lágrimas.

Ella había querido ser alguien especial para Jamie porque él lo había sido para ella. Había querido significar algo para él porque, durante unos días, él lo había significado todo para ella.

En cambio, él le había robado el corazón y…

Pero no. Jamie no le había robado nada.

Sofocó otro sollozo y sacudió la cabeza. No le había robado nada porque había sido ella la que se había entregado. Y en aquella entrega había mucha valentía. Olivia iba a retomar aquella valentía y la iba a convertir en algo asombroso. Iba a salir de aquello más inteligente y más fuerte.

Pero antes iba a llorar como una niña. Iba a llorar por todo aquello que nunca había tenido.

Capítulo 25

Los árboles pasaban ante él como una mancha borrosa de color verde. Jamie giró alrededor de unas rocas e inclinó todo su peso sobre la parte delantera del pie para que la moto sorteara un saliente de la roca.

Por tercera vez, sintió la vibración del teléfono móvil en el bolsillo. Y, por tercera vez, la ignoró. Llevaba recorridos veinticinco kilómetros de un trayecto de treinta y había salido para no tener que pensar en su familia. Lo último que le apetecía era incorporarles a aquella excursión. ¿Y quién más podía estar llamando una y otra vez, como si se tratara de una emergencia?

Pero, ¿y si era una emergencia?

Jamie siguió avanzando, cruzó un arroyo, salpicándose las piernas de agua helada, esquivó un tronco casi deshecho y giró en una curva. Unos cuantos metros después, el camino salía de entre los árboles hasta un ancho carril que parecía pender en el aire sobre la ciudad. El cielo se extendía sobre su cabeza, kilómetros y kilómetros de azul. Jamie apoyó la moto contra un árbol y sacó el teléfono del bolsillo. Tenía tres llamadas de Tessa. Antes de que hubiera podido devolver la llamada, el teléfono volvió a vibrar.

–¿Qué pasa? –preguntó en cuanto descolgó.

—Nada —contestó ella—. ¿Qué estás haciendo?

Jamie echó la cabeza hacia atrás, miró hacia el cielo y soltó un suspiro de exasperación.

—Estoy en la moto. ¿Por qué demonios me has llamado tres… cuatro veces, seguidas?

—Solo quería hablar contigo.

—Pues estoy ocupado.

—¡Siempre que te llamo estás ocupado!

Jamie se acercó hasta el borde del precipicio y retrocedió. Como no dio respuesta a su queja, Tessa volvió a presionar.

—¿Puedes venir hoy?

—No, estoy ocupado.

—Por favor, Jamie. Quiero hablar contigo. Y Eric también.

Jamie tomó aire. Se acercó al borde del precipicio varias veces más y se sentó al final en una piedra que sobresalía sobre él.

Querían hablar. Unos días atrás les habría dicho que no. Estaba harto de hablar. De suplicar una oportunidad.

Pero después de los primeros días, la furia y la indignación se habían agotado. Jamie sentía cientos de cosas diferentes. Determinación, sí. Y conciencia de haber hecho las cosas bien. Y miedo. Y esperanza. Pero por las noches, aquellos sentimientos parecían disolverse y revelaban la verdadera emoción que latía bajo todos ellos: tristeza. Tristeza por todo lo que había perdido.

—¿Jamie? —susurró su hermana—. Por favor, ven a hablar con nosotros.

Jamie cerró los ojos y escuchó el silencio que le rodeaba. La paz. Aquella calma no tenía nada que ver con todo lo que tenía en el interior de su cabeza.

—Tessa, ya no quiero hablar más.

—Lo digo en serio, de verdad, queremos hablar. No discutir. Y no habrá regañinas.

–¿Y por qué queréis hablar conmigo? –preguntó con recelo.

–¡Porque tú formas parte de este lugar! –gritó–. Y porque no queremos hacer esto sin ti –Jamie oyó la voz de Eric de fondo antes de que Tessa le espetara–: Cierra el pico. Estás en mi lista negra, así que cállate.

A Jamie estuvieron a punto de salírsele los ojos de las órbitas. Eric nunca había estado en la lista negra de su hermana.

Tessa se aclaró la garganta.

–Por favor, ven, Jamie –su voz volvió a ser toda dulzura y vulnerabilidad–. Ya has dejado el trabajo, así que no tienes nada que perder.

Mierda. Su orgullo le decía que no fuera, pero la verdad era que echaba de menos la cervecería. Solo llevaba unos días fuera, pero la distancia estaba allí. La echaba de menos. Echaba de menos el lugar que ocupaba en ella. Echaba de menos a su hermana. Y, de momento, Eric quedaba fuera de aquella lista.

Había intentado concentrarse en el futuro. Aquella mañana, incluso había estado viendo algunos locales disponibles, pero se sentía raro. No experimentaba la emoción que sentía antes. Jamie giró los hombros, intentando sacudirse la tensión, pero la tensión seguía allí incluso después de veinticinco kilómetros de carretera.

–Vale –contestó–. Intentaré estar allí dentro de una hora más o menos.

–¡Gracias! –le agradeció Tessa con voz ahogada–. Te veré dentro de una hora.

–Más o menos –le aclaró. No quería darle a Eric la oportunidad de otra crítica.

Colgó el teléfono, se montó de nuevo en la moto y condujo montaña abajo. No le había abandonado ninguna de sus preocupaciones, pero por lo menos tenía la sensación de estar dirigiéndose en la dirección correcta.

Justo una hora después estaba delante de la cervecería. La puntualidad no fue casual. No se había tomado la molestia de secarse el pelo después de la ducha. No iba a darle a Eric la oportunidad de dirigirle su habitual mirada de reproche.

—Ya estoy aquí —anunció sin emoción alguna en la voz.

Tessa se levantó de un salto y le invitó a salir.

—Vamos al despacho de Eric.

—De acuerdo.

Entró en silencio en el despacho de su hermano y se dejó caer en una silla. Eric tenía el mismo aspecto de siempre: rígido, severo. Jamie le miró a los ojos sin decir nada. Si Eric quería hablar con él, que hablara.

La puerta se cerró tras ellos y Tessa ocupó la silla que quedaba libre.

—Muy bien —dijo, tomando la mano de Jamie.

—¿Muy bien qué? —preguntó él.

Tessa le apretó la mano y, por un instante, todo pareció sosegarse dentro de él. Después, Eric empujó algo sobre la mesa.

Jamie lo miró, pero no entendió nada. Aquello no significaba nada para él. En un primer momento, solo vio un rectángulo de color marrón con una etiqueta blanca en medio. Después reconoció el logotipo de Donovan Brothers en el cuadrado blanco. Y a continuación se fijó en la tapa negra con la que estaba encuadernado aquel portafolio.

Jamie arqueó una ceja y se encogió de hombros.

Eric parecía… ¿sorprendido?

—Tengo entendido que esto es tuyo.

—No lo he visto en mi vida —contestó Jamie.

Sí, parecía sorprendido.

—¿Estás seguro?

Tessa alargó la mano hacia el portafolio.

—Mira —lo abrió y lo giró hacia él.

A Jamie le dio tal vuelco el corazón que estuvo a punto

de atragantarse. Era la carta. La carta de pizzas que había elaborado Olivia.

—¿De dónde demonios habéis sacado eso?

—Lo ha traído Olivia —contestó Tessa con voz queda.

Jamie giró la cabeza hacia ella.

—¿Qué?

—¡Ay! —se quejó Tessa, liberando su mano de la de Jamie—. Eso duele.

—¿Qué quieres decir? ¿Os lo ha dado ella?

—Se lo ha dado a Eric —le aclaró Tessa.

Jamie no podía creer lo que estaba oyendo. Sacudió la cabeza e intentó aclararse.

—¿Qué demonios estás diciendo?

—Ha venido hoy —le explicó Eric—. Me ha traído esto y me ha pedido que te diera una oportunidad.

—Pues yo no sabía nada de eso —sus ojos se sintieron arrastrados hacia la carta plastificada, que reposaba en marcado contraste sobre la hoja más delgada que tenía tras ella—. No tenía ningún derecho a entregarte eso.

—No lo has reconocido, pero ella me ha dicho que este trabajo es tuyo.

—Y lo es, y, precisamente por eso, no es asunto tuyo —alargó la mano hacia el proyecto, pero Eric lo apartó—. ¡Eh!

—Tenemos que hablar sobre esto —insistió Eric.

Jamie le fulminó con la mirada.

—Nos gusta —confesó Eric.

—¿Ah, sí? —se burló Jamie—. ¿Os gusta?

Tessa asintió.

—Eric, díselo.

—Me ha… sorprendido.

—¡Eric! —le espetó Tessa.

Jamie elevó los ojos al cielo.

—Mira, no tengo ningún interés en ver cómo le retuerces el brazo, Tessa, así que déjalo.

—Me ha sorprendido —repitió Eric— porque es muy bueno.

—Vaya, gracias.

Pero, a pesar de que Jamie estaba empleando el tono que solía utilizar con su hermano, el pulso se le aceleró desmintiendo su cinismo.

—Si al final terminamos sirviendo comidas en la cervecería, y he dicho «sí», esta sería una buena idea —añadió Eric.

A Jamie no le gustó la forma en la que se le aceleró el pulso con renovadas esperanzas, así que las ahogó con un sonido burlón.

—No pretendas hacerme creer que has cambiado tan rápido de opinión, Eric. No finjas que te ha bastado echarle un vistazo a ese proyecto para ver la luz.

Eric arqueó una ceja y Tessa contestó por él.

—Queremos hablar sobre ello, Jamie. Si me das tiempo para hacer números, si dejas que Eric y yo aportemos algo, entonces…

—No, no voy a permitir que me pongáis un cebo para que vuelva como si fuera una maldita mascota. Tienes razón, es una buena idea. Pero es mía y no tengo ningún interés en permitir que Eric la machaque hasta que sea lo bastante buena para él. No tengo ninguna intención de ir renunciando a pedazo tras pedazo de mi idea mientras tú orquestas una negociación entre nosotros, Tessa.

—Somos socios —gruñó Eric—. Todos tenemos algo que decir.

—Te refieres a que tú tienes algo que decir. Tú siempre has tenido algo que decir. ¿Cuándo me has pedido a mí consejo o permiso para hacer algo?

—Yo siempre he dirigido la cervecería por vosotros…

—No finjas que no sabes cuál es la diferencia, Eric. Tú conduces la cervecería por Tessa y por mí a toda velocidad y sin frenos. Y tienes la cortesía de notificarnos lo que haces. Pero jamás nos has preguntado nada.

Eric se inclinó hacia delante con la boca abierta con

intención de contestar, pero Jamie alzó la mano para interrumpirle.

—Si lo niegas, es que eres un mentiroso, y los dos lo sabemos.

Observó cómo crecía el enfado en el rostro de Eric, como una marea roja. Le vio cerrar los puños, pero no lo negó. Era demasiado sincero como para negarlo.

—Si al final vuelvo, si llevo adelante el proyecto de ampliación —golpeó la cubierta con la mano—, quiero que las cosas se hagan a mi manera. Seré yo el que esté a cargo de todo.

—Jamie... —le advirtió Tessa.

—No, Tessa, esta vez no voy a intentar que nos llevemos bien. No voy a preocuparme por mantener la paz entre nosotros. La idea es sólida. Apenas requiere inversión y no implica ninguna remodelación importante. Es un regalo del cielo, eso es lo que es.

Eric resopló.

—No puedes esperar que tomemos una decisión como esa de una forma tan repentina.

—Claro que no. Y lo mismo te digo a ti. Cuando decidí renunciar, lo hice en serio. Si voy a volver, necesito estar seguro.

Eric desvió la mirada hacia Tessa. Se miraron el uno al otro durante largo rato. Al final, Tessa posó la mano en el brazo de Jamie.

—¿Lo dices en serio? ¿Estás pensando en volver?

—Sí.

—De acuerdo. En ese caso, Eric y yo estudiaremos el proyecto línea por línea. Y necesitaremos unos días para pensar en ello.

Jamie reconoció aquel tono de voz. Lo oía todos los días cuando Tessa estaba hablando por teléfono con proveedores y distribuidores. Era la voz que utilizaba cuando hablaba de negocios.

De pronto, aquello fue algo real. Ya no se trataba de una nueva discusión familiar. Había un proyecto sobre la mesa. Su proyecto.

—De acuerdo —respondió con voz queda—. Llamadme cuando queráis que nos reunamos.

Tessa alargó la mano hacia el proyecto. Jamie retrocedió y estuvo a punto de volver a sentarse.

—Tendremos que revisarlo —le advirtió ella.

—Muy bien.

Tensó las manos sobre la textura áspera de la cubierta. Todavía no lo había visto. Aquello había sido obra de Olivia. Y él todavía no conseguía averiguar lo que sentía al respecto.

—¿Os importa que me lo lleve un momento a mi despacho? Todavía no lo he visto. Antes solo había unas cuantas hojas sueltas.

—Claro, por supuesto.

Jamie se dirigió a su despacho apenas amueblado y cerró la puerta tras él. Se dejó caer en su silla antes de soltar una respiración trémula. Aquello era una locura. No tenía sentido. A lo mejor se había caído de la moto y todavía estaba en la montaña, con un golpe impresionante en la cabeza.

Con la mirada clavada en sus propias manos, abrió el portafolio y comenzó a revisar el proyecto. Olivia había hecho un trabajo increíble. La noche que lo había visto en su apartamento, Jamie apenas le había prestado atención, pero en aquel momento cada página parecía destacar con todo lujo de detalles. Estaba todo allí, todas las ideas que había ido reuniendo. Todos los cálculos que había hecho más algunos que todavía no había terminado. Y todo en páginas satinadas y a color. Para cuando llegó a la última página, le temblaba la mano.

¿Por qué lo habría terminado Olivia? Y, lo más importante, ¿por qué se lo habría llevado a Eric en vez de entregárselo a él?

Antes de darse tiempo a pensar en ello, sacó el teléfono y marcó su número. El teléfono sonó cinco veces antes de que saltara el buzón de voz. Jamie colgó. No sabía qué le iba a decir. ¿Estaba agradecido o enfadado? ¿Había quebrantado Olivia su confianza y su intimidad o había hecho algo maravilloso?

Jamie no tenía ni idea. Cuando se levantó, se sintió más fuerte de lo que se había sentido desde hacía años. Se sintió… orgulloso.

Salió al pasillo y encontró a Tessa esperándole. Le tendió el libro sin reluctancia alguna.

–Si tienes cualquier pregunta, dímelo. Me pondré en contacto con vosotros dentro de unos días.

En aquella ocasión, cuando se marchó, tampoco miró hacia atrás, pero porque sabía que volvería. Era una idea excelente y serían unos estúpidos si no decidían llevarla a cabo. Y podían desquiciarle durante trescientos sesenta y cinco días al año, pero sus hermanos no eran tontos.

En cuestión de meses, Jamie estaría dirigiendo un restaurante.

Capítulo 26

Cuando la puerta del despacho se abrió, Jamie alzó un dedo y se presionó el teléfono contra la oreja.

–Bueno, me alegro de que te vaya todo tan bien y de que estés tan ocupado, pero necesito que vengas mañana a hacerme un presupuesto. Si no puedes venir tú, llamaré a otro.

El electricista suspiró.

–¿Hasta qué hora estáis allí?

–Es una cervecería. Siempre que vengas antes de las nueve, nos encontrarás aquí.

–De acuerdo. ¿Qué te parece a las seis y media?

–Perfecto. Y vendrá otro electricista a la una, así que, si quieres quedarte con el trabajo, asegúrate de que el precio sea competitivo.

Colgó, alegrándose de haber oído las conversaciones telefónicas de Eric durante años. A Jamie se le daba muy bien ser un tipo simpático, pero con la simpatía no se conseguía nada en el mundo de los electricistas, fontaneros y vendedores de electrodomésticos.

Oyó que alguien se aclaraba la garganta, alzó la mirada y vio a Henry en la puerta.

–¡Ah, hola! Gracias –se levantó para estrecharle la mano, un gesto que pareció poner nervioso al joven–. Siéntate. Me he enterado de que has atendido la barra en un par de ocasiones cuando yo estaba fuera.

–Sí.

–¿Y te ha gustado?

–Sí.

–Quiero una respuesta sincera, Henry. Disfrutar de tu trabajo es lo más importante para atender esa barra. No se sirven cócteles que haya que recordar ni las cuentas son nunca complicadas. Solo tienes que ser amable y feliz mientras trabajas. ¿De verdad te gusta estar en el grifo de la cerveza?

La nuez de Henry subió y bajó mientras este tragaba saliva.

–Estaba un poco nervioso, pero me gustaba.

–De acuerdo. Esta noche puedes trabajar con Chester. Intenta ver cómo te sientes. Si Chester te da el visto bueno, te encargarás un par de días de la barra durante esta semana. Así podré echar un vistazo a tu trabajo. ¿Qué te parece?

–¡Genial! –Henry se levantó con cierta torpeza de la silla y se dirigió a la puerta–. Eh, me alegro de que hayas vuelto –añadió antes de marcharse.

Sí, Jamie también se alegraba de haber vuelto. Se sentía bien. Se sentía genial.

Antes de que se le olvidara, abrió la aplicación de Twitter de su móvil y comenzó a teclear:

Hay un tipo nuevo detrás de la barra. Ven a conocer a Henry esta noche. Pero sé amable con él. Solo es un cachorro.

Reenvió un par de mensajes sobre una nueva cerveza de trigo y anunció la aparición de la nueva hefeweizen con sabor a albaricoque para la semana siguiente.

Estaba disfrutando de verdad asumiendo tantas responsabilidades. De hecho, estaría en la gloria si no fuera porque el recuerdo de Olivia le aguijoneaba en el fondo de su mente. Llevaba cinco días sin devolverle las llamadas.

No había aparecido en el club de lectura. Por lo visto, ni siquiera había estado en su casa la semana anterior. En la universidad le habían dicho que había cancelado la clase del martes debido a «un inesperado asunto personal» y no esperaban que regresara hasta el día siguiente.

«Un inesperado asunto personal». ¿Qué demonios significaba aquello? Se negaba a creer que pudiera tener algo que ver con Víctor. Al margen de lo que aquel hombre quisiera de Olivia, había quedado claro que ella no quería nada de él, ¿o no?

Jamie estiró el cuello. Solo quería verla. Había desaparecido ya cualquier sensación de traición por lo que había hecho. Para empezar, enfadarse había sido una estupidez por su parte. Había vuelto ya a la cervecería y tenía la sensación de que había pasado un siglo desde el martes anterior.

Pero fuera como fuera, lo único que podía hacer era conducir a su casa cada noche para ver si Olivia había regresado. De modo que se obligó a concentrarse en la tarea que tenía entre manos.

Todavía tenían problemas para cubrir la atención de la barra, puesto que él tendría que pasar más tiempo en su despacho durante una temporada, de modo que lo siguiente que hizo fue sacar la lista de sustitutos y la de camareros que habían solicitado un puesto en el bar. Era probable que la mayoría de ellos tuviera trabajo a aquellas alturas, pero nunca se sabía.

—Anthony —dijo cuando el primero de ellos contestó al teléfono—. Soy Jamie Donovan. Ya sé que han pasado meses desde la última vez que estuviste con nosotros, pero quería saber si estarías dispuesto a trabajar este mes.

Una leve llamada a la puerta le distrajo cuando estaba apuntando los días que podía trabajar Anthony. Jamie alzó la mirada y vio a Eric apoyado en el marco de la puerta con los brazos cruzados. Jamie alzó un dedo.

–Lo siento, Anthony, has dicho el viernes por la noche, ¿verdad? ¿Por qué no vienes también el jueves y el viernes desde las cuatro hasta la hora de cenar? Te veré entonces.

Colgó el teléfono y miró a su hermano arqueando las cejas.

–¿Qué pasa?

–Nada. He oído que estabas trabajando en el despacho. Me distraes.

–¡Ah! La puerta está cerrada. ¿Quieres…?

–Solo era una broma –Eric se sentó en la silla y se recostó como si fuera a quedarse un rato.

–¿Vas a mirarme como si estuvieras viendo una película?

–A lo mejor. Estoy en el borde de la silla, aguardando expectante para ver cuál es el siguiente movimiento.

Jamie sonrió por fin.

–¿Quieres ser testigo del momento de máximo suspense de la temporada?

–Sí –Eric curvó los labios en una sonrisa apenas visible–. Me alegro de que hayas vuelto. Nadie quiere quedarse a solas conmigo durante sesenta horas a la semana. Ni siquiera yo. Creo que tengo un moratón en el brazo de la cantidad de veces que Tessa me ha pellizcado en el mismo sitio.

–Has estado mal, ¿eh?

–He estado bastante gruñón.

–¿Ah, sí? –preguntó Jamie–. ¿Y solo porque me echabas de menos?

En aquella ocasión, Eric esbozó una auténtica sonrisa.

–Algo así. Y Tessa no me ha dejado olvidar ni por un segundo que la culpa era mía.

–Sé muy bien lo que es eso.

Eric asintió y alargó la mano con un gesto vago hacia el catálogo de proveedores que Jamie tenía en una esquina de la mesa. Lo hojeó, revisando las páginas marcadas.

Jamie tomó aire y se preparó para recibir sugerencias, críticas y señalamientos sobre todo lo que estaba haciendo mal. Pero no le importaba. Sabía que sería capaz de manejarlo.

Eric dejó el catálogo en la mesa, se aclaró la garganta y miró a Jamie a los ojos.

—Estás haciendo un buen trabajo —le dijo.

Tensaba la boca como si le resultara difícil pronunciar aquellas palabras.

—Gracias.

—Me preocupa un poco que ya no me necesitéis.

Jamie soltó una carcajada, pero Eric no se estaba riendo.

—La verdad es que yo no tengo ningún don. No tengo ninguna habilidad especial. Lo único que sé hacer es trabajar.

—Eso ya es una habilidad —respondió Jamie.

—Supongo que sí. Pero lo que estoy intentando decir es que... tú también puedes hacer todo lo que yo hago. Tienes ese algo especial que también tenía papá. Y si a eso le añades que trabajas como una bestia, lo tienes todo.

—Eso no es cierto, Eric. Yo puedo encargarme de la barra, pero no puedo hacer lo que hace Tessa con los números y con los horarios. Y tampoco sería capaz de hacer lo que haces tú un día sí y otro también.

—Claro que podrías.

Parecía estar hablando en serio, pero Jamie no comprendía qué demonios le pasaba.

—Eric, yo no tengo una visión global, aquí tú eres el único que la tiene. Y yo vuelco todo mi esfuerzo en cosas de las que disfruto. Pero no puedes convencerme de que tú disfrutas con esos tipos a los que tienes que aguantar en las ferias de cerveza. Y sé que odias encargarte del embotellamiento y los envíos. Así que ahórrame la autocompasión.

Aquello pareció espolear a Eric. Consiguió incluso esbozar una sonrisa y dio un golpe en el escritorio de Jamie.

–De acuerdo. Solo quería que supieras que estoy orgulloso de ti. Papá también lo estaría, y no solo hoy. Es algo que debería haberte dicho hace mucho tiempo.

A Jamie no le gustó el calor que sintió en el rostro así que musitó una palabrota y le pidió a Eric que se largara de su despacho.

–Tengo trabajo que hacer. Y harías mejor en no arriesgarte a interrumpir mi ritmo de trabajo.

–Bien dicho –Eric estaba ya a medio camino de la puerta cuando se detuvo de pronto y se volvió–. Eh, escucha… es posible que haya cometido un error.

–¿Tú? –se burló Jamie.

–Cuando Olivia vino a verme, me dijo que estabas con ella en la universidad. Tú me habías dicho que estabas recibiendo clases y…

–No te preocupes, tío. Era mi profesora, pero todo fue legal y respetable –Jamie le guiñó el ojo, todavía un poco emocionado con su elogio. O un mucho.

–Ya. Pero yo no era consciente… no tuve la impresión de que estuvierais saliendo. ¿Pero estabais saliendo?

–Estuvimos saliendo durante una temporada, sí.

Eric agachó la cabeza y dejó escapar un largo suspiro.

–¿Qué hiciste? ¿Intentaste ligar con ella? –Jamie sonrió ante la idea. Pero cuando Eric tragó saliva con tanta fuerza que hasta él pudo oírlo, su sonrisa se desvaneció–. ¿Qué pasa?

–Vino aquí para decirme que debería darte una oportunidad. Yo estaba a la defensiva. Le dije que ya te había dado muchas oportunidades. Como siguió presionándome, le eché en cara tu último error.

–¿Y cuál es ese error?

Eric le miró a los ojos.

–Mónica Kendall.

Jamie tuvo la sensación de que la sangre abandonaba su cuerpo en un instante. El corazón continuaba latiéndole, pero no tenía nada que bombear.

–¿Qué le contaste?

–La verdad.

Mierda. La mente de Jamie giraba como un tornado. Olivia debía de haber pensado…

–Mierda –susurró–. ¿Y qué dijo ella?

–No dijo nada, pero era evidente que estaba afectada. Entonces me di cuenta… Jamie, lo siento. Aunque no hubieras estado saliendo con ella, no tenía ningún derecho a contárselo.

–No, no tenías ningún derecho –contestó Jamie, pero ni siquiera estaba enfadado.

No sentía nada, excepto pánico. Le había dejado muy claro a Olivia que no había estado con ninguna mujer desde hacía mucho tiempo, y se lo había dicho en serio. Después de aquello, Olivia sabía que le había mentido y debía de estar pensando lo peor sobre él. Que la había engañado. Que había jugado con sus sentimientos. Debía de pensar que era idéntico a su exmarido, algo que ya sospechaba.

Jamie se frotó la cara.

–Lo siento –volvió a decir Eric–. A veces me dejo llevar por el genio.

–No pasa nada. Pero tengo que intentar…

Miró a su alrededor, hacia todo el trabajo pendiente que tenía sobre la mesa. No podía marcharse en aquel momento. Y, de todas formas, tampoco tenía la menor idea de dónde podía estar Olivia. Pero habían pasado seis días. Seis días maldiciéndole, odiándole y diciéndose a sí misma que todos los hombres estaban cortados por el mismo patrón.

Movió la mano y se descubrió mirando la pila de solicitudes de trabajo.

–No pasa nada, Eric. Hablaré con ella esta noche.

–Bien. Espero no haberte estropeado nada.

—No, no te preocupes —al fin y al cabo, ¿qué demonios podía estropear?

Jamie agarró el teléfono y se puso de nuevo a trabajar, pero el miedo le ardía en el estómago.

El vapor del café se elevaba en aire, las volutas subían perezosas hasta que el viento las atrapaba y las lanzaba en remolinos hacia el cielo. A aquella altitud, incluso en medio del verano hacía frío en el balcón en sombra y Olivia se había envuelto en una manta para disfrutar de la vista matutina.

A lo mejor había sido un viaje absurdo. Debería estar ahorrando dinero y no gastándolo. Pero necesitaba marcharse. Alejarse de todo el mundo y de todo.

Al salir de la cervecería había recibido una llamada de Víctor. Como no le había contestado, su exmarido se había presentado en su casa. Olivia se había sentado en una silla y había estado oyéndole tocar el timbre durante cinco minutos. Estaba segura de que también Jamie se iba a presentar pronto por allí y había decidido que aquello ya la superaba.

Así que se había preparado una maleta y después de clase se había marchado. Había tomado las carreteras secundarias por las que se llegaba hasta Winter Park, unas carreteras sinuosas y estrechas que suponían una hora más de viaje. Una vez allí, había alquilado una habitación en un hotel situado cerca de una pista de esquí. Al ser verano, le había salido a un precio ridículo. Todo estaba muy tranquilo, casi desierto, y Olivia no había hecho otra cosa que sentarse. Sentarse y tomar café. Sentarse y ver películas por las noches.

Aquello era lo que debería haber hecho cuando había dejado a Víctor. Debería haberse sentado a pensar en sí misma. Pero en aquel entonces se había encontrado con muchas cosas que hacer. Había tenido que dedicarse al horrible y tedioso trabajo que sucedía a un divorcio. Cambiar la propiedad de todas las posesiones, buscar una casa y soportar el pánico por las cuentas del banco, los seguros y los planes de jubilación. Pero lo que de verdad habría necesitado hacer era pensar.

—Más vale tarde que nunca —suspiró mientras apoyaba los pies en la barandilla de la terraza.

Aquel mismo día tenía que regresar a la vida real y sabía que estaría bien. En su corazón nada había cambiado. Se alegraba de haber dejado a Víctor. Y se alegraba de los días que había compartido con Jamie. Y estaba deseando empezar el que consideraba su verdadero trabajo. El trabajo al que siempre había querido dedicarse.

De modo que aquellos días de calma no habían cambiado nada, pero habían merecido la pena. Se sentía… se sentía como una mujer adulta, algo que a ella misma no podía resultarle más irónico.

Sonriendo, terminó el café y fue a hacer la maleta para volver a casa. Cuando sonó el teléfono, supo al instante quién era. Tenía el móvil desconectado desde que había salido de su casa y la única persona a la que le había dado el número del hotel era Gwen.

—Buenos días, Gwen —la saludó cuando contestó.

—Pareces contenta. ¿Piensas volver hoy?

—Sí, pero solo porque mañana tengo clase. ¿Qué tal estás?

—Deseando que me lo preguntaras. ¡Porque ayer me enrollé con Paul! ¡Y fue increíble!

Olivia se echó a reír.

—Yo creía que te habías acostado con Paul la semana pasada.

—No, la semana pasada nos besamos. Es cierto que durante mucho tiempo, pero esto ha sido muchííisimo más que eso. Nos enrollamos en el sofá y nos quedamos medio desnudos. ¡Dios mío! Volví a sentirme como una adolescente otra vez, con la notable diferencia de que tuve un verdadero orgasmo.

–Eres una brujita perversa –dijo Olivia, repitiendo lo que Gwen le había dicho a ella unas cuantas semanas atrás.

–Diablos, sí –gruñó Gwen–. Y pienso serlo mucho más esta noche, cuando le deje acostarse conmigo.

–Y viceversa.

–¡Qué más da! Lo digas como lo digas, al final voy a acostarme con él.

A Olivia le dolían las mejillas de tanto sonreír.

–Me alegro de que hayáis congeniado. ¿Te gusta de verdad? ¿No solo físicamente?

–Es... es un tipo normal. Una persona de verdad.

–Creo que la mayor parte de los profesores de la universidad son personas de verdad, ¿sabes?

–Sí, bueno, eso lo dices porque tú no lees sus correos electrónicos.

–¿Y tú sí?

–¡Puf! Algunos quieren que se los clasifique. Otros que se los imprima. Al final termino sabiendo demasiado. Y, hablando de saber...

¡Ay, no! Aquello sí que era la vuelta al mundo real.

–¿Qué?

–Corre un rumor por el campus. Voy a contártelo porque no quiero que te enteres por cualquier otra persona. Pero es posible que no sea cierto.

–Cuéntamelo –le pidió Olivia, preparándose para lo peor.

Su mente corría a toda velocidad, pensando en lo que haría si perdía el trabajo.

–Se comenta que la novia de Víctor está embarazada.

–¡Ah! –Olivia frunció el ceño–. ¿Y eso te parece algo digno de cotilleo?

Gwen permaneció en silencio durante casi un minuto.

–¡Dios mío, ya lo sabías!

–Sí –admitió Olivia–, ya lo sabía.

–¿Entonces es verdad?

Olivia suspiró.

–¿Por qué está hablando todo el mundo de ello?

–Bueno, por lo que yo sé, el rumor ha salido de la oficina del decano. A lo mejor la gente ha empezado a preguntarse cuándo comenzó a salir con ella.

–¡Ah!

Así que era eso. Aquello era lo que Víctor más temía. No iban a despedirle por ello. Era un profesor numerario y Allison una mujer adulta, no una ingenua estudiante de los primeros cursos. Pero dañaría su reputación y su perenne e importante campaña para convertirse en jefe del departamento.

–Quería decírtelo para que no te llevaras un disgusto. Sobre todo después de la conversación que tuvimos sobre los hijos. Lo siento mucho, Olivia. Supongo que esto es algo difícil de aceptar.

Olivia sacó el teléfono al balcón y se apoyó contra la barandilla. Los rayos del sol se deslizaban sobre el tejado y se convertían en un fuego dorado en sus brazos.

–Me sorprendió, pero eso fue todo. He estado pensando en ello. Sondeando un poco mis sentimientos. Y me alegro mucho de no haber tenido hijos con él. La verdad es que ni siquiera estoy segura de que quisiera. Creo que es solo una cosa más que puedo esgrimir en su contra. Otra injusticia. Había renunciado a muchas cosas y me resultaba fácil decir que también había tenido que renunciar a los hijos por su culpa.

–Que se vaya el infierno –musitó Gwen–. Se merece que le consideres culpable.

–Es cierto. Pero yo también tuve que ver en ello. Y ahora estoy bien, ¿no te parece?

–No puedes estar mejor.

—Gracias por decírmelo. Eres una buena amiga. Te veré mañana, ¿de acuerdo?

—Se prudente —le aconsejó Gwen.

—Y tú también. Los preservativos son tus amigos —colgó mientras Gwen reía nerviosa y miró el bolso.

Tenía allí el teléfono móvil, seguramente a punto de estallar de mensajes. No sabía qué demonios había pasado con Víctor, pero todavía no quería averiguarlo. Los problemas de su ex podían esperar. Tenía todo un trayecto de vuelta del que disfrutar.

De alguna manera, consiguió regresar a la ciudad sin recibir noticias de nadie. La paz duró mientras deshacía la maleta, se duchaba y ponía la lavadora. Pero todavía no había conectado el teléfono. Y no tardó en encontrarse frente a la mesa de la cocina con la mirada fija en la pantalla en negro.

—Eres odioso —le dijo al aparato.

Pero agarró el móvil y presionó el botón de encendido. El teléfono volvió parpadeante a la vida con un mensaje absurdo en la pantalla.

—Veintidós llamadas perdidas —musitó—. ¡Santo Dios!

Quince eran de Víctor. Era indudable que estaba perdiendo los papeles, pobre hombre. Pero solo tenía cuatro mensajes. Y tres eran de Jamie.

El corazón le dio un vuelco al pensar en volver a oír su voz. Echaba de menos sus llamadas a última hora de la noche y quería saber si había salido algo bueno de su solapada gestión. Y, por lamentable que fuera, quería oír su voz.

Disgustada con su estúpido corazón, intentó endurecerse contra aquellos sentimientos y se preparó para el primer mensaje. Todo su cuerpo se tensó al oír su voz.

—Olivia —decía. Su nombre pareció quedar flotando en el aire. Le oyó suspirar y tuvo que reprimirse para no contestar con otro suspiro—. He visto el portafolio. No sé qué decir. Llámame, ¿quieres?

Tenía otra llamada de Jamie pidiéndole que se pusiera en contacto con él. Y una tercera.

—*Estoy preocupado por ti. Espero que todo vaya bien.*

Guardó el mensaje, odiándose a sí misma mientras lo hacía.

El último mensaje se lo habían dejado en el teléfono la noche anterior. Era de Víctor.

—*¿Has llamado tú al decano?* —preguntaba con dureza—. *¿Le has contado lo de Allison? Dios mío, jamás imaginé que fueras capaz de hacer algo así. Pero lo has hecho. Y estoy acabado. Supongo que ya no tendrás que preocuparte porque vuelva a molestarte. A partir de ahora, no voy a tener tiempo.*

Bueno, aquello era un misterio, pero ni siquiera despertaba su curiosidad. Sus vidas ya no estaban entrelazadas. Ni siquiera podía decirse que estuvieran transcurriendo por caminos paralelos. Ella había tomado un desvío y con cada paso se alejaba un poco más de él.

Borró el mensaje y bloqueó su número. También el de su teléfono fijo. Le deseaba suerte en su nueva vida, pero ya no quería tener nada que ver con ella.

Tras abrir todas las ventanas a la brisa nocturna, Olivia se sirvió una copa de vino y encendió el portátil. El correo que estaba esperando estaba justo allí, destacando entre los correos basura.

Preparándose por si sufría una desilusión, abrió el mensaje del diseñador gráfico. Llevaba un archivo adjunto. Tenía que ser el logo que había encargado dos semanas atrás. Cruzó los dedos y lo abrió. Pero era imposible verlo con los ojos cerrados, así que se obligó a abrirlos un poco y después soltó un grito ahogado.

—¡Es perfecto! —exclamó—. ¡Dios mío, es perfecto!

Good Table Consulting aparecía en una fuente de letra limpia y de agradable lectura. Las letras eran de color naranja y se recortaban contra un óvalo de color amarillo claro. Había decidido prescindir de las imágenes, excepto de un moderno y estilizado plato que aparecía después de la G de Good Table.

Los ojos se le llenaron de lágrimas y se llevó la mano a la boca para no ponerse a llorar. Aquello era real. Era real y era suyo.

Tecleó sus efusivas gracias al diseñador y abrió después un programa para creación de webs. Sabía el aspecto que quería que tuviera la suya: diáfano, moderno y amable, igual que el logo. Ya había escrito los encabezamientos y los contenidos. Y aquella noche iba a hacerse una web.

Olivia bebió un sorbo de vino, pero no lo necesitaba. Ya estaba embriagada de una sensación de confianza, alegría y triunfo. Fue repasando diferentes diseños y detalles con tal frenesí que tardó varios segundos en darse cuenta de que estaban llamando a la puerta. Frunció el ceño ante aquella interrupción, pero abrió de pronto los ojos como platos, preguntándose quién podría ser.

«Jamie, Jamie, Jamie», recitaba su estúpido corazón. No le había devuelto la llamada y quería hablar con ella. Podía ser él. O podía ser cualquiera. Víctor. O un vecino. O un mensajero de UPS. Pero se alisó el pelo, se pintó los labios y esperó no estar bizca después de haber pasado tanto tiempo delante del ordenador.

Aunque tampoco importaba. Jamie no significaba nada para ella. Significaba tan poco como ella había significado para él.

Miró por la mirilla y el corazón le dio un salto en el pecho antes de comenzar a acelerarse. Era Jamie. Se preparó para el encuentro y abrió la puerta. Y así, sin más, todo su triunfalismo se desvaneció y lo único que sintió fue un profundo anhelo.

—Estás bien —dijo Jamie nada más verla.

—Sí.

Sus ojos la desobedecieron, desviándose para embeberse de él. No importaba que le hubiera hecho daño. También le había inspirado el placer más grande que había sentido jamás. Todos sus nervios parecieron removerse al verle, como si estuviera siendo atravesada por oleadas de agua caliente.

—Tenemos que hablar.

No parecía tener problema alguno para sostenerle la mirada. Al parecer, no estaba tan afectado como ella.

Olivia abrió la puerta por completo.

—Pasa.

Jamie entró y se detuvo al llegar al cuarto de estar como si no supiera adónde debería ir.

—¿Quieres una copa?

—No, gracias. Estoy bien. Yo solo... —miró a su alrededor con las manos en los bolsillos—. ¿Has estado fuera?

—Sí.

Jamie esperó a que dijera algo más, pero si quería que hablara, iba a tener que ganárselo. Olivia no quería fingir que seguían siendo amigos. Los amigos no se mentían.

Jamie se aclaró la garganta.

—Ni siquiera sé por dónde empezar.

—Empezaré yo —se ofreció ella con voz queda—. Lo siento. No debería haber enseñado tu trabajo.

Jamie respiró hondo, elevando los hombros antes de volverse hacia ella.

—No, no deberías haberlo enseñado, pero no pasa nada.

—Yo, quería ayudarte y... —alzó las manos—. Solo quería ayudarte.

—Y me has ayudado.

—¿Sí? —el alivio fluyó dentro de ella.

—Conseguimos hablar. Eric, Tessa y yo. De hecho, he vuelto a la cervecería. Estamos trabajando en el proyecto.

—¿De verdad? ¿En serio? Es genial —comenzó a avanzar hacia él, pero se dio cuenta de que no debería.

—Quería contártelo, pero no contestabas al teléfono y...

—Estaba fuera —contestó, como si los teléfonos móviles no funcionaran en la distancia.

Permanecieron mirándose con cierto embarazo. Olivia no creía haberle visto nunca tan incómodo.

—Bueno, me alegro de que todo haya salido bien. Espero... espero que me mantengas informada.

Jamie miró hacia la puerta, pero no se movió.

—Sé lo que te dijo mi hermano. Y quería explicártelo.

Aquello sacó a Olivia de su incomodidad.

—No hace falta, de verdad.

—No, quiero ser...

—Lo digo en serio —le espetó mientras abría la puerta del refrigerador y sacaba una botella de vino—. No quiero explicaciones o... o como quieras llamarlo. Ya lo he superado.

—¿Ya lo has superado? ¿Así, sin más?

—¿Qué quieres que te diga, Jamie? Tuvimos una relación, nos divertimos. Y si quieres que eso signifique algo para mí, entonces también tendrían que significarlo tus mentiras. Y no necesito que tus mentiras signifiquen nada.

—Olivia, por favor, escucha, es...

—¡No quiero escuchar! ¿Qué vas a decirme? ¿No es lo que tú piensas? ¿No significó nada? ¿Solo te mentí para que te sintieras mejor? Ya he oído todo eso antes, Jamie. Y, créeme, eso no ayuda a sentirse mejor. ¿Sabes lo que se siente cuando te mienten? ¿Sabes lo que se siente cuando te toman el pelo?

—Sí. De hecho, sé muy bien lo que se siente cuando te engañan. Esa misma mujer...

Alzó la mirada hacia el techo como si estuviera buscando ayuda para guiarse en aquel campo minado. Pero, al parecer, no la encontró porque cerró los ojos y frunció el ceño.

—Aunque te engañara, Jamie, eso no significa que no

cuente. ¿Con cuántas mujeres más de las que no cuentan te has acostado? Dios mío, ¿te acostaste con otras mientras estabas conmigo?

—No, y no es esa la razón por la que no cuenta.

—¿Te acostaste con ella?

—Sí —gruñó.

—¿Entonces por qué estamos teniendo esta conversación? Te esforzaste en dejar muy claro que no te habías acostado con nadie desde hacía un año. ¡Ni siquiera tenías la necesidad de decírmelo! ¡Yo no te lo había preguntado!

—Quería que supieras que significabas algo para mí.

—Jamie —Olivia alzó las manos—. Tengo la sensación de estar adentrándome en una zona oscura. Lo que me estás diciendo no tiene ningún valor si me sigues mintiendo.

—¡No te estoy mintiendo! —gritó—. ¡A esa mujer no la cuento porque no quería acostarme con ella!

—¡Oh, por el amor de Dios! Renuncio.

Jamie se acercó hasta la mesa del comedor y apoyó las dos manos sobre la madera. Dejó caer la cabeza, tensando los músculos del cuello.

—Mi hermano llevaba meses trabajando para conseguir un trato. No quería que yo me involucrara en la operación, pero insistí en ir a una comida con Roland Kendall.

—¿Roland Kendall? —intentó recordar por qué le sonaba aquel nombre.

—Es un pez gordo. El propietario de High West Air.

¡Ah, sí! Era un hombre muy conocido en el mundo de los negocios de Colorado. Olivia movió la mano con un gesto de impaciencia, invitándole a continuar.

—Queríamos llegar a un acuerdo para convertirnos en los únicos proveedores para High West Air. Era un acuerdo importante. El contrato más importante al que habíamos accedido nunca. Nos permitiría hacer llegar nuestra cerveza a una clientela internacional. Y yo quería participar. Quería demostrar mi valía. Así que fui a cenar con Eric, con Roland Kendall y con la vicepresidenta de High West Air, que resultó ser la hija de Kendall.

Al verla abrir los ojos por la sorpresa, rio con amargura.

—Sí, exacto. Pero no soy ningún idiota, en serio. Unas cuantas semanas después, Mónica se presentó en la cervecería. Quería probar las cervezas. Le di un tratamiento de vicepresidenta, por supuesto.

Volvió a reír y a Olivia se le pusieron los pelos de punta. La amargura era un sentimiento extraño en Jamie.

—Cuando llegó la hora de cerrar, me dijo que estaba demasiado bebida como para conducir. Yo estaba intentando hacer bien mi papel, ¿sabes? Me mostré amable, solícito, y me ofrecí a llevarla a su casa. Eso fue lo único que le ofrecí. De hecho, dejé muy claro que la llevaría en su coche y luego volvería en taxi a la cervecería. Pero no paró de meterme mano en ese maldito coche. ¿Qué se suponía que podía hacer yo? La llevé a su casa y me pidió que la acompañara adentro...

—¿Y os acostasteis?

—Sí, nos acostamos. Después de que yo le dijera que no estaba interesado. Que no quería complicar las cosas, puesto que íbamos a tener una relación de trabajo. No le hizo ninguna gracia. Mónica es una mujer muy atractiva. Y es rica. Está acostumbrada a conseguir lo que quiere. Me dijo que si iba a comportarme de forma tan grosera, a lo mejor no deberíamos tener siquiera una relación de trabajo.

Olivia se había dicho que solo iba a escucharle para quitárselo de encima, para que se marchara cuanto antes. Nada de lo que pudiera decir iba a suponer ninguna diferencia. Pero su ceño burlón se transformó en otro de preocupación.

—¿Te dijo eso?

—Sí. Me preguntó que qué pensaría su padre si se enteraba de que le había pedido llevarla a su casa y no le había quitado las manos de encima.

Cuando Olivia soltó una exclamación, Jamie volvió a soltar aquella horrible risa.

—Me di cuenta de que estaba a punto de echar a perder el trato. Lo irónico de la situación estuvo a punto de acabar conmigo. Mi hermano llevaba meses sin hablar de otra cosa. Insistía en que era el futuro de la cervecería. Y aquella zorra iba a tirarlo todo por la borda si no me quedaba en su casa. Así que me quedé.

—¡Oh, Jamie…!

—Pasé la noche allí y me fui al día siguiente por la mañana. Y, de todas formas, lo eché todo a perder.

—¿Qué quieres decir?

—Su padre me vio salir de su casa. Pero, al final, eso fue lo de menos. Porque mientras Mónica estaba jodiéndome, literalmente, su hermano aprovechó mi ausencia para entrar en la cervecería e intentar robar todos los datos de las tarjetas de crédito de nuestros clientes.

Cuando Olivia arrugó la frente con un gesto de confusión, Jamie hizo un gesto con la mano.

—Es una historia muy larga. No conseguimos el contrato y mi hermano tuvo una prueba más de que yo era un inútil.

—¿No quiso comprender por qué lo habías hecho?

—No se lo conté.

—¿Por qué? —preguntó Olivia elevando la voz.

—En primer lugar, no tenía muchas ganas de hablar de ello. Y, en segundo lugar, ¿de qué habría servido? ¿Iba a explicarle Eric al padre de esa chica que me había obligado a meterme en su cama? No, eso no habría cambiado nada.

—Habría hecho cambiar de opinión a tu hermano.

—No. Habría hecho falta mucho más para cambiar la opinión que tiene mi hermano sobre mí. Pero ahora lo estoy consiguiendo.

—Jamie… —no sabía qué decir—, lo siento mucho.

Jamie se encogió de hombros.

—Tampoco te lo habría contado a ti, pero... Por eso no la conté, Olivia.

Contra aquello, Olivia no tuvo manera de resistirse. No pudo evitar acercarse a él y rodearle con los brazos.

—Lo siento —susurró. Las lágrimas la atragantaban al pensar en lo que le había hecho aquella mujer—. Lo siento mucho.

Sintió la extrema calidez de los brazos de Jamie mientras la abrazaba. Jamie hundió el rostro en su cuello y aspiró.

—No lo digas como si ella... como si... Si nadie se hubiera enterado, no habría pasado nada. Estoy bien.

Pero Olivia no estaba tan segura. Más que enfadado, parecía herido.

—Así que no hubo nadie más hasta que apareciste tú, Olivia. Y mi relación contigo significó mucho para mí. Y lo sigue significando.

—Dios mío. Lo siento mucho —le abrazó, deseando que aquel momento no terminara nunca. Pero había algo más—. Pero... tu hermano me dijo que también habías tenido una pelea con un marido celoso.

Jamie se separó de ella para poder mirarla a los ojos.

—Olivia, ese marido celoso era Víctor.

—¿Qué? —Olivia se aferró con los puños a la camiseta de Jamie—. Por favor, dime que estás de broma.

—No, no es ninguna broma. Vino a la cervecería el viernes por la noche buscando pelea. Por desgracia, la encontró.

—¡Ay, no! —Olivia le soltó y se tapó la boca horrorizada—. Y fue entonces cuando te fuiste. Él es el que...

—No es para tanto. No debería haberle dado un puñetazo.

—¿Estás bien? —alargó la mano hacia su rostro y le acarició la mandíbula—. ¿Te pegó?

—No, no me pegó. No es fácil golpear a nadie desde el suelo.

–¡Oh, Dios mío! –Olivia intentó ponerse seria, pero no pudo disimular una sonrisa–. Lo siento mucho.

–¿De verdad? Porque te veo un poco emocionada.

–¡Cierra el pico! –le ordenó riéndose, a pesar de los esfuerzos que estaba haciendo para evitarlo.

Jamie suavizó su expresión.

–¿Eso significa que me perdonas?

–¿Por haber pegado a Víctor? No tengo por qué perdonarte.

–No, por mentir. Sobre Mónica.

Olivia olvidó su diversión y volvió a sus brazos.

–Por supuesto. Claro que te perdono. Y siento mucho haberte causado problemas.

–En absoluto. Tú has hecho que todo sea mucho mejor.

Olivia cerró los ojos. Escapó de ellos una lágrima que se deslizó por su rostro hasta desaparecer bajo su mejilla. Se sentía tan bien abrazada a Jamie. Su olor le resultaba tan familiar… Y no tenía ni idea de qué significaba todo aquello. No era su novio. No era su amante. Pero le quería. Le quería con tanta fuerza que se sentía como si tuviera una brasa en el pecho que hacía arder todo su cuerpo.

–Cuánto te he echado de menos… –susurró.

Olivia no fue capaz de responder. Porque sabía que terminaría llorando y suplicándole que se quedara. Se agarró a su camisa y le acercó a ella. Al principio, el corazón de Jamie latía con fuerza en su pecho. Olivia le abrazó hasta sosegarle. Después, le estrechó con más fuerza. Toda la tensión desapareció. Pero no iba a dejarle marchar.

Al cabo de unos minutos, se sintió lo bastante fuerte como para destensar el abrazo y soltarle.

–¿Vas a contarme que has estado…?

Jamie la interrumpió con un beso, deslizando la lengua en el interior de su boca para saborearla. El deseo la golpeó con tanta fuerza que gimió y le clavó los dedos en la espalda. Él sucumbió a la misma urgencia. Sus manos parecían estar por todas partes, moldeando el cuerpo de Olivia como si necesitara recordarlo todo.

Olivia no tardó en empezar a jadear, a gemir desesperada. Quería acercarse más. Acercarse hasta lo imposible. Cuando Jamie la levantó en brazos, le envolvió con las piernas para poder sentirle. Jamie giró con ella en brazos y la sentó en la mesa del comedor.

—Sí —le urgió ella, quitándole la camiseta por encima de la cabeza.

Le besó en el pecho y le lamió el pezón mientras él también intentaba quitarle la camisa.

—Levanta los brazos —le pidió Jamie.

Y ella obedeció para ayudarle. Se quitó las gafas y las oyó caer al suelo, pero Jamie estaba ya desabrochándole el sujetador, así que le importó muy poco. En vez de intentar recuperarlas, alargó las manos hacia el botón de sus vaqueros. Jamie presionó las manos contra sus senos con un suspiro de placer.

Pero Olivia no tenía tiempo para preliminares. En cuanto cedió el último botón de los vaqueros, metió la mano para acariciar su erección y le dijo:

—Quiero tenerte dentro de mí. Ahora.

Jamie gimió y volvió a besarla. Olivia le sintió contener la respiración cuando deslizó la mano en su calzoncillo para tocar su piel ardiente y desnuda y separó su rostro para suplicarle.

—Por favor, te deseo —y era cierto.

La desesperación la desgarraba por dentro con una brutalidad que resultaba casi dolorosa.

Jamie alargó las manos hacia sus vaqueros. Un instante después estaba tirando de ellos, llevándose también las bragas, y Olivia se encontró de pronto desnuda, con las rodillas a cada lado de sus caderas. A Jamie le brillaban los ojos mientras sacaba un preservativo de la cartera y la tiraba después al suelo.

Humedeciéndose los labios, Olivia le observó deslizar el preservativo sobre su gruesa erección, tomar después su miembro con la mano y frotar el glande contra ella. Jamie se deslizó en su interior hasta hacerla gemir, presionó hacia delante y Olivia sollozó aliviada mientras su cuerpo iba cediendo ante aquella invasión.

—¡Sí! —jadeó mientras le veía desaparecer dentro de ella—. ¡Dios mío, sí! —cuando por fin le vio hundirse hasta el fondo, suspiró.

—Shh —susurró Jamie, secándole una lágrima con el pulgar.

Olivia negó con la cabeza, pero las lágrimas continuaban cayendo.

—No llores, cariño.

—Lo siento —susurró.

Pero cuando Jamie intentó abrazarla, se negó a permitir que la consolara. No era consuelo lo que necesitaba. En cambio, la urgió a besarla al tiempo que movía las caderas contra él.

Jamie embistió y le devolvió el beso. Ella volvió a mover las caderas, succionándole la lengua hasta hacerle gemir mientras acariciaba el interior de su boca y se hundía con fuerza en su sexo.

Durante algunos minutos, el encuentro fue lento y sensual. Jamie mimaba su cuerpo, encaminándola hacia el orgasmo. Oliva apoyó las manos en la mesa y se reclinó hacia atrás hasta quedar tumbada sobre la fría madera.

—Tómame —le ordenó, doblando las rodillas para deslizarlas a ambos lados del cuerpo de Jamie.

Jamie la agarró por las piernas y se las levantó todavía más. En aquella ocasión, cuando embistió, ella gritó con todas sus fuerzas. Estaba abierta a él, era absolutamente vulnerable y Jamie se hundía cada vez más en ella con cada embestida.

Olivia abrió los brazos y se agarró a los bordes de la

mesa mientras Jamie empezaba a moverse dentro de ella. Aquello era lo que quería. Deseaba que Jamie la tomara en aquella mesa como si la hubieran servido para su placer.

Jamie tensó las manos y le abrió las piernas todavía más. Olivia le contemplaba como a una gloriosa obra de arte mientras se movía dentro de ella. Los músculos de su cuerpo se flexionaban mostrando su perfección. No podía apartar la mirada de él. Le miraba mientras obligaba a una de sus manos a abandonar su férrea sujeción a la mesa. Deslizó la mano por su propio cuerpo y dobló el dedo a la altura del clítoris.

–¡Sí!–jadeó Jamie–. Quiero verte correrte.

Y lo iba a ver. El cuerpo entero de Olivia estaba vibrando. Los nervios se tensaban alrededor del clítoris mientras se frotaba. Quería correrse para él. Quería que viera el efecto que tenía en ella.

Jamie gimió, mostrando los dientes, lejos ya de cualquier contención. Sus embestidas se hicieron brutales mientras la veía acariciarse.

–¡Oh, Dios mío! –susurró Olivia mientras su cuerpo parecía invadirlo todo. No sentía nada que no fuera la fiera invasión de Jamie y sus propias caricias. No era nada, salvo lo que estaba sintiendo en aquel momento. Nada, salvo un acto animal–. Dios mío… –exclamó–. Jamie…

El cuerpo de Olivia pareció estremecerse y levitar durante una décima de segundo antes de fundirse de nuevo con ella. Echó la cabeza hacia atrás y gritó y Jamie gruñó de placer como un animal salvaje mientras ella arqueaba las caderas contra él.

Con el cuerpo entumecido por su última embestida, Olivia no fue capaz de abrir los ojos mientras Jamie se estremecía sacudido por un último temblor. Quería mirarle, pero ni siquiera podía reunir la fuerza de voluntad que necesitaba para lamentar el no ser capaz de hacerlo.

Tenía la piel húmeda y resbaladiza contra la mesa. Jamie apartó las manos con las que le sostenía las piernas. Pero ella continuó con los ojos cerrados.

—Ven aquí —musitó él, inclinándose para pasarle el brazo por la espalda.

Cuando la levantó, Olivia consiguió fruncir el ceño expresando su oposición y tensó las piernas a su alrededor. No quería separarse de él. Todavía no estaba preparada. De modo que Jamie se dejó caer en el sofá estando todavía dentro de ella. Olivia se acurrucó contra él con un feliz suspiro.

—No quiero que lo nuestro sea solo diversión —confesó Jamie, acariciando con su aliento el hombro de Olivia—. Quiero que lo sea todo.

Los últimos vestigios de desesperación se removieron dentro de ella. Le clavaron las garras en la garganta. Olivia se liberó de ellos con un sollozo. Las lágrimas rodaron por sus mejillas y empaparon la piel de Jamie.

—Lo siento mucho —sollozó Olivia—. Siento todo lo que te dije.

—Shh. Ahora ya no importa. Y tenías razón. Necesitaba madurar.

Olivia sacudió la cabeza.

—Yo también.

—Creo que estoy enamorado de ti, Olivia.

Olivia abrió los ojos de golpe. Y debió de tensarse porque Jamie se echó a reír.

—Sé que para ti es difícil. Acabas de divorciarte y… no espero que el sentimiento sea mutuo. Todavía. Pero es algo que nunca le había dicho a nadie y quería decírtelo a ti. Ahora puedes acusarme de no saber de qué estoy hablando.

Olivia se reclinó en el respaldo del sofá y le enmarcó el rostro con las manos.

—No sabes de qué estás hablando —contestó sonriendo—. Jamie…

Le resultaba difícil pensar lo que quería decir. No sabía cómo disuadirle, o disuadirse a sí misma de que…

—Shh —le ordenó Jamie.

Así que cerró la boca y se limitó a mirarle. Jamie estaba mirando por encima de su hombro.

—¿Qué es eso?

Olivia intentó mirar sin moverse demasiado, pero Jamie ya se estaba levantando. Olivia cerró los ojos mientras él abandonaba su cuerpo.

—Good Table Consulting —leyó Jamie.

Olivia abrió los ojos de golpe y cambió de postura en el sofá para sentarse a su lado.

—¡Ah! Eso… Esa es mi consultora.

—¿Estás de broma? —se le iluminó el semblante. Por ella. Sonrió de oreja a oreja y acarició el logo que aparecía en la pantalla—. ¿Esa es tu consultora?

—Sí —agachó la cabeza cuando Jamie la miró, pero él la agarró por la barbilla para hacerla mirarle a los ojos.

—Lo estás consiguiendo.

—Sí —era imposible no contestar a su sonrisa.

—Eres increíble. Lo sabes, ¿verdad?

—Solo estoy haciendo algo que debería haber hecho hace mucho tiempo.

—Supongo que somos como esas plantas que tardan en florecer, ¿eh?

Olivia besó su dulce sonrisa.

—Algunos más tarde que otros.

—Solo un poco más, señorita Bishop.

—Yo… —no. Todavía no era capaz de decirlo. Todavía no.

—Lo sé —susurró él.

Capítulo 27

Olivia cruzó la puerta de su casa como si estuviera saliendo de la parrilla de salida. Llegaba tarde. ¡Tarde!

Bueno, no muy tarde, pero no era pronto y no soportaría llegar tarde a la primera reunión con la familia de Jamie. Pasaría la noche en casa de Jamie y al día siguiente saldría muy temprano hacia Denver, donde a las ocho de la mañana tenía una reunión con un agente inmobiliario. Ella no necesitaba un local para su negocio, pero quería estar al día de cómo estaba el mercado de los locales comerciales.

Corrió hacia el coche haciendo equilibrios con la bolsa de viaje y el bizcocho de chocolate que había hecho para la familia de Jamie. Ni siquiera se fijó en la chica que estaba de pie al lado de su coche. De hecho, ya había desbloqueado las cerraduras y estaba a punto de abrir la puerta cuando detectó un movimiento por el rabillo del ojo que la asustó. Retrocedió sobresaltada. El bizcocho se le resbaló, pero lo agarró antes de que terminara en el suelo.

—¿Allison? —preguntó casi sin aliento cuando la chica se apartó del parachoques—. ¡Dios mío, qué susto me has dado!

Allison apretó la mandíbula y permaneció en silencio.

Olivia parpadeó sorprendida no solo porque su presencia fuera inesperada, que lo era, sino por lo mucho que había cambiado desde que Olivia la había visto tres semanas atrás. Había desaparecido la joven de cola de caballo e indumentaria bohemia. Allison se había cortado el pelo en una moderna melena corta y llevaba unos pantalones oscuros y una blusa negra premamá diseñada para enfatizar su embarazo, más que para ocultarlo.

—Eh, ¿me estabas esperando? —le preguntó Olivia.

El bizcocho volvió a resbalarse otra vez, así que abrió la puerta del coche y lo dejó con mucho cuidado en su interior.

Cuando se enderezó, vio que Allison la estaba fulminando con la mirada. Tenía los brazos en jarras.

—Vamos a casarnos —anunció, pronunciando cada sílaba con deliberada precisión.

—¡Ah! Qué bien. Felicidades.

—Quiero que te mantengas alejada de Víctor.

—Allison —suspiró—, eso no va a ser ningún problema. Llevamos ya mucho tiempo haciendo vidas separadas.

Allison sonrió con suficiencia.

—Sí, claro.

Dios santo.

—Escucha, no sé qué te ha dicho él, pero…

—Lo que me ha dicho es que sigue enamorado de ti y que vais a volver a estar juntos.

—Eso no es cierto.

—Sí, ahora ya sé que no es cierto. Ya me he ocupado yo de que no lo sea.

Parecía tan orgullosa, la muy estúpida. Como si le hubiera tocado la lotería. Como si hubiera cazado a un valioso animal que… Olivia parpadeó y clavó la mirada en la petulante sonrisa de Allison.

—¡Dios mío! Fuiste tú la que llamaste al decano, ¿verdad?

La sonrisa de Allison vaciló durante una décima de segundo, pero la joven volvió a sonreír como si su intención hubiera sido que Olivia lo averiguara.

–No tuve otra opción. Víctor estaba obsesionado contigo. Decía que había intentado atraparle quedándome embarazada. ¡Como si él no hubiera tenido nada que ver!

–¿Y es cierto?

–¡Caro que no! Pero cuando descubrí que estaba embarazada… Él quería dejarme.

–Lo siento. Eso es… –Olivia podía comprender el miedo que debía de haber pasado Allison, pero aun así… –. ¿No pensaste nunca en la posibilidad de dejar que se fuera?

–Yo no quiero ser como mi madre. Tiene tres hijos de tres hombres diferentes y ninguno estuvo a su lado durante más de dos años. No me he dejado la piel en la universidad para terminar en el mismo lugar que empecé. No estaba dispuesta a permitir que Víctor me abandonara.

–Así que se lo contaste al decano.

–No lo comprendes –le espetó, señalándola con el dedo–. Desde que empezaste a salir con ese chico, Víctor no era capaz de pensar en otra cosa. Le estaba volviendo loco. Yo le decía que me tenía a mí, pero él… ¿Sabes lo que hizo cuando se enteró de que íbamos a tener gemelos?

Impactada, Olivia desvió la mirada hacia el vientre de la joven, que posó la mano sobre él en un gesto protector.

–Fue al bar de tu amigo, se emborrachó y se peleó con él. ¡Como si eso fuera a cambiar algo! Estaba histérico, así que yo hice lo que debía.

–¿Y crees que vas a arreglar algo causándole problemas?

Allison se encogió de hombros.

–Si nos casamos antes de que nazcan las niñas, el escándalo no será tan sonado.

Una jugada inteligente. Olivia podía imaginar la conversación de Víctor con el decano: «No es ningún asunto sórdido, señor. De hecho, vamos a casarnos y a hacerlo todo de manera formal y respetable. No habrá ningún escándalo».

Olivia se cruzó de brazos y bajó la mirada hacia sus pies. Quería decirle a Allison que estaba cometiendo un terrible error. ¿Por qué quería casarse con un hombre que no la quería? Pero cualquier cosa que dijera quedaría ensombrecida por el espectro de una exesposa celosa. De la mujer engañada. Ella...

–¡Dios mío! –exclamó de pronto–. Y también fuiste tú la que llamó a Lewis, ¿verdad?

Allison volvió a encogerse de hombros.

–Imaginé que las cosas serían más fáciles si tenías que marcharte. Así Víctor no tendría que verte cada día en la universidad.

–¿Sabes una cosa? Te mereces a un hombre como él. Felicidades.

–Tú lo único que tienes que hacer es mantenerte lejos de Víctor –repitió Allison con un brillo triunfal en la mirada.

–Por eso no te preocupes.

Olivia se montó en el coche e intentó no regodearse en lo ocurrido mientras se alejaba. Al fin y al cabo, se dirigía a ver a su novio. Un hombre atractivo que quería estar cerca de ella y no estaba enamorado de otra mujer. Pero a medida que se alejaba, la imagen de Allison fue haciéndose cada vez más pequeña y la sonrisa de Olivia se desvaneció. A lo mejor, al cabo de diez años, Allison reaccionaba y se daba cuenta de que tenía sueños más grandes que Víctor Bishop. Tomó aire y le deseó suerte. La pobre chica iba a necesitarla.

Pero todos los pensamientos sobre Allison y su reticente prometido estallaron como una burbuja cuando aparcó en casa de Jaime y le encontró esperándola en el porche.

–¿Llego tarde? –preguntó mientras salía del coche.

–No –se inclinó para darle un beso mientras le quitaba el bizcocho de las manos.

–Lo siento. Será mejor que nos demos prisa. No quiero hacerte llegar tarde.

—No creo que le sorprendiera a nadie.

—No digas eso.

—Es la verdad —llevó el bizcocho a su camioneta y metió la bolsa de viaje de Olivia en su casa antes de cerrar la puerta.

Una vez estuvieron en la calle, Olivia le tomó la mano y se la apretó con fuerza.

—Tu relación con tu familia va bien, ¿verdad?

—Sí, todo va genial, pero todavía me va a llevar una temporada ganarme su confianza. He pasado demasiados años perdiéndola.

—No lo comprendo. Por lo que me has contado, no has hecho nada tan terrible.

—Creo que es más la cantidad que la calidad. Cuando era adolescente, me saltaba las clases, pasaba de hacer las tareas que me asignaban e iba a donde no debía. A veces, me pasaba dos días fuera de casa y regresaba como si no hubiera pasado nada. Pero, sobre todo, no les hacía ni caso. Quería que me dejaran en paz. No quería deberles más de lo que ya les debía.

Olivia frunció el ceño, intentando comprender lo que pretendía decirle.

—Pero eso fue cuando estaba en el instituto. En la universidad me comporté como cualquier otro chico al que le gustara la fiesta. Desde entonces, he ido arreglándomelas más o menos.

—¿Por qué tienes la sensación de que les debes algo?

Jamie desvió la mirada antes de volverla a mirarla. Se encogió de hombros. El tráfico se detuvo para dejar paso a una multitud de ciclistas. Un policía alzó la mano en el momento en el que el semáforo cambió a verde. Continuaron pasando ciclistas. Debían de haber coincidido con una carrera.

—¿Qué les debes? —presionó Olivia.

Jamie negó con la cabeza.

—Todo.

—¿Te refieres a Eric? Él se ocupó de vosotros, ¿verdad?

—Sí. Es complicado.

—¿Pero qué es lo que te parece tan complicado?

Parecían haber pasado ya las últimas bicicletas, pero el semáforo se puso en rojo otra vez. Jamie se movió incómodo en el asiento.

—Estoy convencida de que es muy normal que un adolescente se comporte mal tras la muerte de sus padres. Lo haría cualquiera. No puedes culparte por ello.

—No es de eso de lo que me culpo.

—¿Entonces de qué es?

Jamie apretó la mandíbula y no contestó. Olivia decidió dejar el tema. Ya hablaría de ello cuando quisiera. No quería empezar una discusión. Apenas hacía una semana que se habían reconciliado y se dirigían a ver a la familia de Jamie. No era momento para tensiones.

Le tomó la mano y se la estrechó.

—Lo único que importa es que ahora os lleváis bien. Cuando te conocí, me pareciste un hombre feliz, pero ahora tengo la sensación de que has encontrado la paz.

—Sí —él le apretó la mano en respuesta—. Ha sido algo así.

Por fin se puso el tráfico en marcha y Jamie suspiró con aparente alivio.

—Llegamos tarde, ¿verdad?

Jamie se echó a reír.

—No, no llegamos tarde. Les dije que llegaríamos alrededor de las seis.

—A mí me dijiste que habíamos quedado a las cinco y media. ¡Estaba muy preocupada!

Jamie se inclinó hacia ella y le robó un beso.

—Ya sabes cómo me gustas cuando te pones tan responsable.

—¡Jamie! —le empujó para hacerle volver a su lado del

coche–. ¿Por qué me dijiste que habíamos quedado a las cinco y media?

La sonrisa de Jamie desapareció. Se aclaró la garganta.

–Había pensado que podíamos hacer antes una parada. Será muy rápido.

El nerviosismo con el que se aferraba al volante la extrañó, pero, aun así, asintió.

–Por supuesto.

Continuaron por esa misma calle, después, tomaron varios desvíos y llegaron a una parte de la ciudad en la que Olivia no creía haber estado nunca. Jamie se detuvo en una puerta que hizo que Olivia se irguiera en su asiento. Estaban en el cementerio.

Jamie aminoró la marcha para avanzar por un camino estrecho antes de apagar el motor.

–Quería traerte aquí porque… porque es aquí donde están enterrados mis padres –señaló una colina salpicada de árboles muy altos.

Olivia, boquiabierta, alargó la mano hacia la manilla de la puerta.

–¿Quieres que subamos? Podemos acercarnos. No me importa llegar tarde, Jamie.

Pero Jamie la agarró por la muñeca.

–No, no quiero. Nunca subo allí.

–¿Nunca?

–Solo cuando Tessa insiste.

Olivia volvió a reclinarse en el asiento y observó a Jamie mientras este miraba por la ventanilla.

–Fueron unos padres maravillosos –dijo Jamie.

–Estoy segura. ¿Tú te pareces a tu padre?

Jamie esbozó una sonrisa fugaz.

–Sí. Mi madre se quejaba porque a ella le había tocado hacer todo el trabajo a la hora de tenernos y todos llevábamos los genes de su marido.

Olivia no sabía qué decir. ¿Que sentía que los hubiera

perdido? Le parecían unas palabras insignificantes frente a todo aquello que le habían arrebatado.

–Lo siento mucho –dijo por fin, sintiéndose impotente.

–Yo también. No fui… No fui el hijo que se merecían.

–Jamie…

–Fue culpa mía, Olivia.

–¿El qué?

–El accidente.

A Olivia se le encogió el corazón y el aire pareció congelársele en los pulmones.

–¿Qué quieres decir? ¿Estabas con ellos?

–No. Ninguno de los tres estaba con ellos. Tessa estaba pasando la noche en casa de una amiga. Eric ya se había ido a vivir a Denver. Y yo estaba fuera haciendo lo que hacía siempre, metiéndome en líos.

–¿Entonces por qué dices que fue culpa tuya?

Jamie cerró los ojos un momento y tragó con fuerza, pero cuando los abrió, no había lágrimas en ellos.

–Les dije a mis padres que iba a ir a un baile del instituto, pero no había ningún baile. Una chica rica iba a organizar una fiesta en una casa que tenía en las montañas. Yo tenía coche, así que me ofrecí a ser el conductor. Quería hacer las cosas bien. Pero no lo conseguí. Cuando llegamos a la fiesta, comencé a beber como todo el mundo. Pero después tenía que marcharme. El amigo con el que había ido tenía que estar en casa antes de las doce para que no le castigaran. Yo estaba borracho. Todo el mundo estaba borracho. Así que llamé a mis padres. Les dije que había bebido y que necesitaba que me llevaran a casa. Por supuesto, se pusieron en camino sin pensárselo siquiera. Pero no llegaron nunca. Había estado lloviendo durante tres días y se produjo un desprendimiento de rocas. Se estrellaron contra una. Ni siquiera tuvieron tiempo de frenar.

Dejó que Olivia tomara su mano, pero no la miró. Ella intentó reprimir las lágrimas. Era terrible. Dieciséis años.

Entonces Jamie solo tenía dieciséis años. Debía de haberse sentido...

—Fue un accidente, Jamie.

—No fue un accidente. Fue culpa mía, que estaba comportándome de forma irresponsable. Me había comprometido a conducir. Había dicho que solo tomaría una cerveza.

—Llamaste a tus padres porque era lo que debías hacer.

—No —respondió él con firmeza—. Lo que debería haber hecho era no haber mentido y no haber ido a aquella fiesta. O haberme mantenido sobrio, como les había dicho a mis amigos que haría.

—Hiciste bien al no volver a casa con tus amigos conduciendo borracho. Si lo hubieras hecho, habrías muerto tú.

—Lo sé. Pero por lo menos mis padres podrían haber criado a mi hermana, que no habría tenido que crecer con dos hermanos que no tenían la menor idea de cómo educarla. Por lo menos...

—¡Basta, Jamie! No puedes culparte por ese accidente. Tus hermanos no te culpan de lo ocurrido, ¿verdad?

Jamie la miró por fin a los ojos.

—Tú eres la única a la que se lo he contado.

Entonces Olivia lo comprendió. Reconoció en su rostro la razón por la que guardaba las distancias con sus hermanos. El motivo por el que sentía que les debía tanto.

—No podía decírselo. No quería que me odiaran tanto como me odiaba a mí mismo.

—Jamie, no —Olivia alargó la mano hacia él, acercándose tanto como le permitía el coche—, no digas eso.

—Es la verdad. He sido un cobarde. Nunca he querido que sepan lo miserable que fui.

—No digas eso —consiguió pedirle a través de las lágrimas—. No es verdad, Jamie.

—No pasa nada —susurró contra su pelo—. Por fin lo he comprendido. Creo que me merezco algo mejor que la vida que he llevado hasta ahora. Por lo menos, quiero vivir de una forma de la que mis padres se habrían sentido orgullosos. Se lo debo. A mis padres y a mis hermanos.

–Jamie, no le debes nada a nadie. Tenías dieciséis años. Cometiste un error estúpido y después has hecho lo que tus padres habrían querido que hicieras.

Las lágrimas rodaban por sus mejillas, pero mantenía el rostro apoyado en el hombro de Jamie para que este no pudiera verlas.

–Por mucho que hayas intentado tirar tu vida por la borda, no lo has conseguido porque eres un buen hombre. Cuidaste de tu hermana, te graduaste en la universidad y has trabajado con tu familia día tras día. Jamás te he visto ser desagradable con nadie. Jamás.

Olivia le sintió elevar la mejilla al sonreír.

–¿Y qué me dices del puñetazo que le di a Víctor?

–Eso fue un acto de justicia. Por lo menos para mí. Lo que pretendo decir es que siempre has intentado hacer las cosas bien. No eres más culpable de lo que habría sido tu hermana si les hubiera pedido que fueran a buscarla a un centro comercial. No la habrías culpado a ella porque habrías comprendido que se trataba de un accidente.

–Yo no soy capaz de verlo así, pero estoy aprendiendo a perdonarme –respiró hondo. Olivia vio expandirse su pecho y sintió su aliento en el pelo–. Te he contado todo esto para que puedas comprenderme. Estoy trabajando en ello. Me estoy esforzando. Sé que el día que discutimos te dije cosas que no debía, pero...

–No pasa nada.

–Olivia, no me gustas porque crea que vas a convertirme en una persona mejor, ni porque seas una mujer inteligente y madura y yo necesite a alguien así en mi vida. Me gustas porque creo que hay alguna posibilidad de que de verdad te merezca. Solo alguna.

Olvidándose de que se había prometido a sí misma disimular las lágrimas, Olivia estalló en llanto.

—Vamos, Olivia. No soy tan malo, ¿verdad?

—Cierra el pico —sollozó ella—. Te quiero.

—¿Sí? —Jamie se apartó para poder mirarla y ella intentó disimular su llanto—. ¿De verdad?

—De verdad —tomó aire y escondió su rostro en la camisa de Jamie para poder llorar con libertad.

Le quería tanto que debería estar asustada, pero no lo estaba. Ocurriera lo que ocurriera, era lo suficientemente fuerte como para sobrevivir a un corazón roto. Pero quizá no tuviera por qué hacerlo.

—Gracias por contarme lo que ocurrió —suspiró. Le costaba creer que Jamie hubiera vivido con aquella carga durante tanto tiempo. No era extraño que hubiera estado tan perdido—. Tienes que contárselo a tus hermanos, Jamie.

Jamie negó con la cabeza.

—Quizá lo haga algún día. Pero no hoy. Necesito tiempo. Necesito tiempo para pensar.

Olivia lo dejó así. Era el secreto de Jamie. Su verdad.

—¿Ya has terminado de llorar? —preguntó Jamie al cabo de un rato.

—Creo que sí.

—¿Vamos a ver a mi familia?

—Sí —sorbió por la nariz varias veces, intentando contener las lágrimas—. Espera. Dame un minuto —Olivia bajó el espejo del asiento de pasajeros y estudió su rostro—. Dios mío, estoy horrible.

—Solo un poco llorosa. Toma —le plantó una servilleta de Dairy Queen en la mano.

Olivia se secó con mucho cuidado las mejillas y se dijo así misma que no importaba. Llegaría tarde y con el rostro enrojecido, pero le daba igual. Estaría con Jamie y su relación con él no solo era buena, sino que mejoraba cada día.

Jamie puso el coche en marcha, pero continuó con el pie en el freno durante largo rato.

—La próxima vez —dijo—, a lo mejor subimos a la colina.

Cuando Olivia le tomó la mano, él le apretó la suya con fuerza.

—Creo que es una gran idea.

Jamie llamó sin prestar mucha atención a la puerta antes de abrirla él mismo. Le hizo un gesto a Olivia y la observó mientras ella entraba y miraba a su alrededor.

Sintió una repentina opresión en el pecho. ¿Qué estaría viendo? Para Jamie, aquel era su hogar. Los suelos de madera oscura, una enorme chimenea, los ventanales frente a los que su madre ponía siempre el árbol de Navidad. Todo tenía el mismo aspecto de siempre, pero mientras seguía a Olivia al interior de la casa, Jamie comprendió que él había cambiado.

Ya no se sentía como un niño entrando en casa. Ni como alguien que estuviera usurpando un lugar que no se merecía. Se sentía… bien. Tranquilo. Feliz de tener a Olivia a su lado. Emocionado al verla sonreír mientras le agarraba de la mano.

—Es preciosa. Supongo que echas de menos el vivir aquí.

—No. Esta casa guarda demasiados recuerdos. Pero me alegro de estar aquí ahora contigo.

Olivia siempre se sonrojaba cuando le decía cosas de ese tipo y todavía estaba ruborizada cuando se oyeron los pasos de Tessa en el pasillo.

—¿Estás preparada? —le susurró.

—¡No! —contestó Olivia, abriendo los ojos nerviosa—. No estoy preparada.

—Demasiado tarde.

Le quitó el bizcocho de las manos mientras Tessa corría hacia la entrada con una enorme sonrisa en el rostro.

—¡Hola! —saludó.

—Hola.

Olivia retrocedió como si le hubiera asustado la precipitada carrera de Tessa, pero esta abrió los brazos y la envolvió en un abrazo.

—¡Me alegro de conocerte por fin!

—Eh —Olivia le palmeó la espalda con gesto vacilante—. Ya nos habíamos conocido en la cervecería.

—Sí, pero no de esta forma. ¡Esto es oficial!

Jamie sonrió de oreja a oreja cuando vio sonreír a Olivia por encima del hombro de su hermana.

—Eres la primera chica que he traído a mi casa —le dijo, guiñándole el ojo.

Tessa soltó un sonido burlón.

—Es la primera chica que sabemos cómo se llama —le aclaró.

Olivia se desasió del abrazo y se echó a reír.

—Me siento como si fueras a anunciar nuestro compromiso, Jamie.

—No te preocupes —susurró Tessa—. Solo te haré unas cuantas fotos.

—Eh, de acuerdo.

Era evidente que Olivia no sabía si Tessa estaba de broma o no. Y la verdad era que tampoco Jamie estaba seguro.

—Luke no tardará en llegar. Tenía trabajo que…

Tessa se interrumpió cuando la puerta de la calle se abrió con un sonoro zumbido, pero no era Luke.

—¡Ah! —Eric desvió la mirada hacia Olivia en cuanto entró—. Hola.

—Olivia, a Eric ya le conoces —dijo Jamie secamente.

—Sí. Me alegro de volver a verte.

—Sí —contestó Eric—. Yo también. Y… eh… siento lo de la última vez.

Eric parecía avergonzado. Era algo que Jamie no había visto jamás, y lo estaba disfrutando, así que no se molestó en hacer nada para interrumpir aquel silencio incómodo.

Se limitó a sonreír y a dejar que fuera Eric el que saliera solo del apuro.

—Entonces... —empezó a decir Eric, desviando la mirada.

Tessa aprovechó la interrupción para intervenir.

—¡Has traído un bizcocho! —se lo quitó a Jamie de las manos—. Tiene un aspecto delicioso. La cena todavía no está lista, así que, Jamie, ¿por qué no le enseñas la casa a Olivia? Yo voy a llevar esto a la cocina.

—¡Gracias! —le dijo Olivia mientras Tessa se alejaba corriendo otra vez.

Riéndose de la expresión de perplejidad de Olivia, Jamie la agarró de la mano para hacerle una gira por la casa. La subió al piso de arriba y le señaló la ventana de su antigua habitación, que solía utilizar como ruta de escape cuando era adolescente. Le mostró también la barandilla en la que se había roto el brazo intentando bajar como si estuviera girando sobre un monopatín. En el pasillo había fotografías de la familia. Él nunca había comprendido que Tessa fuera capaz de vivir con las fotografías de sus padres siempre expuestas, pero, en aquel momento, se alegró de que estuvieran allí.

—Es cierto que te pareces a él —Olivia acercó un dedo al rostro de su padre—. Parece tan feliz como tú.

—Y lo era.

—¿Y esto? —preguntó, señalando la fotografía que Tessa le había obligado a hacerse durante el último año de instituto.

Jamie negó con la cabeza, pero Olivia no abandonó.

—Mira qué sonrisa. ¿Todas las chicas del instituto estaban enamoradas de ti?

—No.

—Mentiroso. Pero no importa. Ahora eres mío.

—Es cierto —miró hacia la cocina y como no vio a su hermana, estrechó a Olivia contra él—. ¿Sabes lo que más me gusta de ti? Que toda mi familia cree que eres una mujer seria y responsable. No tienen ni idea de lo que se esconde bajo esa chaqueta.

—Jamie —le advirtió, mirando a su alrededor con los ojos abiertos con expresión de alarma.

Pero Jamie reparó en cómo arqueaba el cuello cuando la besó, invitándole a tener un mejor acceso al rincón que se ocultaba justo debajo de la oreja. Y suspiró cuando Jamie cerró la boca sobre él.

Para cuando Jamie se apartó, una expresión soñadora había suavizado la mirada de Olivia. ¡Dios, Jamie la amaba con locura!

—De acuerdo. No te molestaré en el pasillo. Pero esto es una aviso. El examen final es después de la cena.

—¿Qué?

—Todavía no hemos terminado tus prácticas.

—¿Qué prácticas? —preguntó Olivia.

—Tus prácticas en aventura y diversión. Vamos a parar en The White Orchid y te vas a gastar allí todo tu dinero.

—¡The White Orchid! —exclamó Olivia.

Tessa asomó la cabeza por la esquina del pasillo.

—Vaya, ¿habéis estado últimamente por allí?

Jamie se echó a reír, pero Olivia parecía a punto de sufrir un infarto mientras se llevaba la mano a la boca. Sacudió la cabeza en una frenética negación. Jamie tiró de ella para llevarla hacia la cocina, aunque Olivia parecía estar intentando clavar los talones en el suelo.

—Estoy seguro de que nunca has estado en esa tienda, ¿verdad? —le dijo a su hermana en tono de advertencia.

—¡Ja! Soy el primer nombre que aparece en la base de datos.

Jamie no se había fijado en que Eric estaba apoyado contra la pared, pero, por supuesto, reparó en él cuando su hermano comenzó a atragantarse. Tenía el rostro rojo como la grana y se golpeaba el pecho con el puño mientras tosía.

—Dios mío, Eric, ¿estás bien?

Eric negó con la cabeza, pero la tos comenzó a remitir.

—Oh, vamos, Eric. No es una sórdida tienda de sexo. Por dentro es preciosa. Y no venden vídeos X —Tessa se volvió sonriente hacia Jamie—. ¿Tienes pensado ir a algún curso?

—¿A algún curso? —preguntó Jamie en tono burlón—. No creo.

Eric se aclaró la garganta.

—¿Qué quieres decir? ¿Qué tipo de cursos…?

—La última vez que estuve allí, la directora estaba dando una clase sobre… —miró a sus hermanos y después movió varias veces las cejas— *fellatio*. Estuve a punto de desmayarme. Había pepinos encima de una mesa. Y creo que hicieron demostraciones.

El rostro de Eric pasó del rojo a un blanco fantasmal en cuestión de décimas de segundo.

—Eric —dijo Tessa—, tranquilízate. No me quedé a la clase. Solo lo oí mientras me estaba yendo.

Eric apretó los labios con tanta fuerza que Jamie elevó los ojos al cielo. También a él le horrorizaba que Tessa conociera The White Orchid, pero el puritanismo de Eric resultaba excesivo.

—A lo mejor deberías preguntar si dan clases para relajarse, Eric. Creo que no has vuelto a divertirte desde mil novecientos noventa y siete. A lo mejor esa mujer puede enseñarte algo.

Eric abrió los ojos como platos.

—¿Qué?

—Solo estaba diciendo que…

Pero antes de que hubiera terminado la frase, Eric había dado media vuelta y había salido con paso firme de la cocina. El portazo de la puerta de atrás retumbó en toda la casa.

—¿Qué le pasa? —musitó Jamie.

Tessa se encogió de hombros.

—Supongo que pensará que no nos ha educado como es debido si los dos hemos terminado merodeando por The White Orchid. Y ya que ha salido el tema… —señaló a Olivia con una espumadera–, tienes que ir a ver la lencería francesa que tienen. Es maravillosa.

Cuando Tessa desapareció en la despensa, Olivia le clavó a Jamie el dedo en las costillas.

—Te odio —susurró.

—Sí, sí —respondió, haciéndola volverse para abrazarla–. Ya es demasiado tarde para eso, cariño. Me has confesado tu amor. Ahora vas a tener que quedarte conmigo.

—Pero ahora tu familia pensará que soy…

—¿Una mujer sexy? ¿Ardiente? ¿Perfecta? Y es cierto.

—Jamie —el ceño de Olivia desapareció mientras sacudía la cabeza–. ¿Por qué es tan difícil enfadarse contigo?

Jamie se inclinó hacia ella y la besó en los labios.

—¿Porque soy un tipo bueno y decente?

Olivia curvó los labios en una sonrisa.

—Lo dices como si de verdad lo creyeras.

—Sí —una sensación cálida y dulce llenó el último vacío que quedaba en su pecho–, claro que me lo creo.

ÚLTIMOS TÍTULOS PUBLICADOS EN HQN

Amor en cadena de Lorraine Cocó

Algo más que vecinos de Isabel Keats

Antes de la boda de Susan Mallery

Todas las estrellas son para ti de J. de la Rosa

Reflejos del pasado de Susan Wiggs

Amor en V.O de Carla Crespo

Siempre en mis sueños de Sarah Morgan

Tú en la sombra de Marisa Sicilia

Enamorada de un extraño de Brenda Novak

El retrato de Alana de Caroline March

Gypsy de Claudia Velasco

Un beso inesperado de Susan Mallery

El huerto de manzanos de Susan Wiggs

El tormento más oscuro de Gena Showalter

Entre puntos suspensivos de Mayte Esteban